EL ESCONDITE
DE GRETA

EL ESCONDITE DE GRETA

LORENA FRANCO

Novela Finalista en el Premio Literario Amazon Storyteller 2022

Título original: *El escondite de Greta*
Copyright © Edición original 2022 por Lorena Franco
Diseño cubierta: J. Brescó
Imágenes: ©Kseniya Ivashkevich, ©Tashka/IstockPhoto
SafeCreative ©2205061078090
Publicado por: Kindle Direct Publishing, Amazon Media
ISBN: 9798465868723

A mis hijos

La única verdad es todo lo
que me he inventado en la vida.

ANA MARÍA MATUTE

Si nada nos salva de la muerte,
al menos que el amor nos salve de la vida.

PABLO NERUDA

NOTA DE LA AUTORA

La voz narrativa de *El escondite de Greta* es omnisciente en todos los capítulos sin excepción, por lo que sabe más de lo que los personajes aquí expuestos conocen y/o recuerdan, incluidas las partes del pasado etiquetadas como «grabaciones», con el firme propósito de ser fiel a la historia y revivirla a través de las palabras tal y como de un modo ficticio sucedió.

QUE EL AMOR NOS SALVE DE LA VIDA

Redes, A Coruña
19 de noviembre de 2015

Existen las palabras malditas. Son las que anuncian un fin. Cualquier fin. Las que son tan necesarias y, al mismo tiempo, tan indeseables para quien las tiene que recibir. Las que se te clavan muy adentro y te desgarran, provocándote un dolor que roza la locura, una locura por la que podrías cometer una atrocidad con la que luego tendrías que aprender a vivir aunque te cueste trabajo hasta respirar.

Voy a dejarla.

Esas tres palabras malditas se habían formado en su cabeza convirtiéndose en una obsesión. Su obsesión. Una de tantas.

Voy a dejarla.

Esas eran las tres palabras que se repetían una y otra vez en bucle como un mantra, adueñándose incluso de su última canción.

Y ella lo sabía.

No hay mayor error que dejar entrever tus intenciones.

Cuidado. Hay ojos y oídos en todas partes.

Voy a dejarla.

Ese pensamiento lo acompañaría también durante los últimos minutos de su existencia. No vio venir una presencia velada por culpa de la bruma tras su espalda, anticipándose a algo que no tenía que ocurrir, que no podía ocurrir. Ya era tarde cuando sintió la mano fría que lo empujó al vacío. Su cuerpo empezó a flotar en el espacio hasta aterrizar con violencia en la formación rocosa de Punta da Agra, quedando encajonado entre dos rocas afiladas de aspecto salvaje que evitaron que el mar bravo lo arrastrara hasta las profundidades.

El cielo salpicado de estrellas fue lo último que vio.

No tuvo tiempo de entender qué estaba ocurriendo, por qué volaba.

Esas tres palabras se esfumaron con la misma fugacidad con la que sus ojos se cerraron para siempre, sumiéndolo en el sueño eterno de los que nos dejan sin querer dejarnos.

Alguien a quien una vez amé me dio
una caja llena de oscuridad.
Tardé años en comprender
que eso, también, era un regalo.

MARY OLIVER
Los usos del dolor

PRIMERA PARTE

1

TRES AÑOS MÁS TARDE

Redes, A Coruña

Greta Leister conduce como cada mañana desde hace tres años los siete kilómetros que separan su casa del cementerio Cruceiro de Caamouco. Conoce tan bien el camino que podría hacerlo con los ojos cerrados, si no fuera por los animales que, imprevisibles, cruzan por las estrechas carreteras flanqueadas por bosques con olor a mar.

Aparca su vieja camioneta de color cereza levantando gravilla con las ruedas. Sale con determinación, cruza la verja del cementerio custodiada por cipreses que parecen guardianes serios e indulgentes, y camina con calma, trescientos metros en línea recta, saludando a esos viejos conocidos que la observan desde sus fotografías en blanco y negro incrustadas en sus lápidas. Mecánicamente y sin titubear, gira a la izquierda y se detiene junto al sauce llorón donde suele sentarse durante diez minutos a pintar esbozos en su eterna libreta, una de esas cuyas páginas en blanco parece que nunca se vayan a acabar.

Las tumbas son solitarias. Las hay tan viejas que no existe

nadie en el presente que las recuerde, pero a la que ella viene a visitar no le falta nunca una visita. Puede que el futuro de esa tumba ahora cuidada y repleta de obsequios sea incierto, como el de todos, porque el olvido llegará, pero, mientras tanto, Leo Artes puede presumir de compañía. Dicen que nadie muere del todo mientras siga siendo recordado; Leo parece más vivo ahora que cuando vivía. Es por la maldición del artista muerto a los veintisiete, en la flor de la vida, piensa Greta a diario con cierto resquemor.

Greta espera pacientemente a que el grupo de tres chicas jóvenes que, cabizbajas, miran con desolación la tumba, se marchen. Pero no se impacienta, no le incomoda, las mira con una sonrisa discreta y la cabeza ligeramente ladeada. No tiene prisa. La prisa, como tantas otras cosas, la dejó olvidada en su vida anterior, esa en la que tenía la mala costumbre de correr a todas horas sin permitirse respirar la calma. Parecía que el tiempo pudiera terminarse o fuera manipulable como un mando a distancia.

Hoy, la tumba de Leo Artes, además de más flores de las que puede cobijar, también tiene una braga de encaje de color rojo, un búho de cristal, una botella de whisky y un anillo con una inscripción:

No te olvidamos
19-11-2015

—Hola, Leo —saluda Greta, como quien saluda a un viejo amigo al que ve a diario, agachándose para recoger los regalos y meterlos en la mochila que trae para tal labor. Nada más llegar a casa, colocará cada obsequio en un altar privado cerrado con llave al que apenas le queda un hueco libre. Coge las bragas con cuidado de tocar la menor tela posible y las tira a la papelera del cementerio. Es de lo único de lo que Greta se desprende, de la ropa interior que suelen dejar las fans como si la tumba de Leo fuera un escenario—. Espero que no te importe. Seguro que lo

20

entiendes —añade, refiriéndose a los ramos de flores que coge con ambas manos para repartirlos entre las tumbas olvidadas, esas que no tienen visitas, esas que ya nadie recuerda ni limpia ni llora.

Seguidamente, Greta se sienta con las piernas cruzadas al estilo indio y apoya la espalda contra el tronco del sauce llorón que la abraza en esta mañana fría de octubre. Hasta hace un rato había una bruma ligera y lechosa que había dado paso a un cielo teñido de rosa y naranja difuminando el contorno de las cosas. Las ramas se mecen al mismo compás lento y cuidadoso con el que Greta traza el rostro del hombre al que le es imposible olvidar. Ese hombre al que conoció siete años atrás en una exposición que hizo en una importante galería del centro de Madrid y que la dejó sin habla cuando le confesó:

—Soy un gran admirador de tus obras, Greta.

Greta, incrédula ante lo que estaba viviendo, no le diría que la admiración era mutua hasta tres meses más tarde. Que, cuando él, humilde y excitado, con esa imponente presencia que hipnotizaba, le confesó que ni Picasso ni Monet, ni Velázquez ni Rembrandt, le provocaban las emociones que sí conseguían cada una de sus pinturas, ella, en soledad, se dejaba transportar por sus canciones y hasta lloraba con algunas de ellas. Era inevitable. Letras profundas y secretas cargadas de historias sobre amor y desamor que, en mayor o menor medida, nos pertenecen a todos, porque Leo conseguía conectar con el corazón de quienes estaban atentos a sus letras. A Greta cada canción de Leo le pertenecía. Aunque aún no se conocieran. Aunque, con el tiempo, habría preferido no pertenecer a ninguna de esas letras.

Qué pequeño le pareció Madrid entonces. Qué grande se le hace ahora el pueblo, sus calles empedradas, la casa en ruinas convertida en un cálido hogar, el mar y hasta el acantilado que, de un modo inexplicable, aún la encadena al que fue el lugar de Leo como si Greta fuera una presa incapaz de escapar.

—El paso del tiempo no lo cura todo, Leo. El tiempo no

apaga el dolor, lo intensifica. Cada vez me siento más perdida —confiesa en un murmullo. A los muertos se les da muy bien escuchar.

Greta besa la palma de su mano y la lleva a la fría piedra de la tumba de Leo, donde la arrastra hasta su fotografía a modo de despedida. Hace un año dejó de llorar, cuando se dio cuenta de que las lágrimas no iban a devolverlo a la vida ni a mitigar la culpabilidad.

2

Madrid

Diego Quirón, profesor de escritura nivel iniciación y escritor de éxito discreto, se mueve en bicicleta a todas partes. Así se mantiene en forma y, además, el transporte público no está hecho para él, la culpa es del sentido del olfato, que lo tiene muy fino. Podría atravesar Madrid con su bicicleta con los ojos cerrados, conoce la ciudad como la palma de su mano, si no fuera por los viandantes imprevisibles con las cabezas enterradas en sus móviles a los que no quiere arrollar. Con la mala suerte que tiene últimamente, seguro que saldría peor parado, con la cadera rota, sin dientes o algo así.

Llega a su destino a las once menos diez de la mañana: calle Cervantes, número 21. No existe mejor arteria en todo Madrid para alojar un taller de escritura creativa. En la calle Cervantes está todo pensado, desde el restaurante El Barril de las Letras, hasta el Hostal Dulcinea o el Hostal Cervantes, que convive con el Hostal Gonzalo y la Pensión Corbero. Mención especial a la casa museo de Lope de Vega, de quien se sabe que siempre andaba metido en conflictos con colegas y a quien no le haría ni pizca de gracia hallarse en una calle con el nombre de Cervantes. Ambos se conocieron en Lavapiés allá por 1583, se hicieron

23

amigos, compartieron inquietudes y hasta llegaron a ensalzar sus respectivas obras. Pero los celos desgastaron su relación hasta exterminarla por completo. Algo parecido le ocurrió a Diego con su hermano mayor Amadeo. Amadeo se llevó el nombre feo, pero sus cinco novelas escritas hasta la fecha han sido traducidas a más de veinte idiomas y ha vendido la friolera cantidad de diez millones de ejemplares en todo el mundo, algo que le ha permitido comprarse un chalecito en La Moraleja del que le gusta presumir casi más que de sus obras. Diego, por su parte, tiene que seguir viviendo como el noventa por ciento de los escritores, de alquiler en un piso en el que a duras penas cabe su bicicleta, compaginando la escritura con las clases para llegar a fin de mes.

Arrastra la bicicleta por la entrada y saluda al conserje con un gesto automático de cabeza. La costumbre. Cientos de veces le ha pedido que deje la bici en la calle, amarrada a una farola como hace todo el mundo, pero Diego no es todo el mundo y tiene miedo de que se la roben.

Nada más poner un pie en clase, suena su móvil con la canción *Aserejé*. Se la puso Begoña, su última novia, por la gracia de que la canción hablaba de un tal Diego rumbeando con la luna en las pupilas y su traje aguamarina y ahora no sabe cómo cambiarla y pasa de que nadie le toquetee el móvil, que capaces son de ponerle otra canción peor. Amadeo, su hermano, el escritor de éxito, lo reclama.

—Vete al cuerno —espeta Diego, colgándole el teléfono con una sonrisa triunfal por la satisfacción que eso le produce.

Mientras Diego silencia el móvil, los tres alumnos, dos chicas y un chico de veintipocos años y grandes aspiraciones, lo miran impasibles, tragándose la risa por la torpeza del profesor.

—Los sobrinos, que me pusieron la cancioncita y… —se inventa Diego, con el móvil en alto, sin darse cuenta de que les está mostrando su intimidad en forma de fondo de pantalla de *Star Wars*. Ni siquiera tiene sobrinos—. En fin. Último día. ¿Va a venir alguien más? —pregunta sin esperanza, mirando de reojo hacia la puerta entreabierta y repasando la lista de los diez alumnos que empezaron hace un mes. Solo quedan tres y no parecen muy entusiasmados, por lo que Diego emite un suspiro, consciente de las consecuencias. Últimamente, sus cursos de quince días o un mes empiezan con una lista decente y no llegan al último día ni la mitad.

La hora y media transcurre sin emoción, con un cielo azul tan brillante ahí fuera que hasta duelen los ojos si lo miras fijamente. Los alumnos leen sus relatos, mil quinientas palabras comprimidas en historias cargadas de clichés que no muestran, sino que hacen un intento por contar algo que se queda en agua de borrajas, mientras Diego ahoga varios bostezos de puro aburrimiento y frustración.

«No han aprendido nada», se lamenta, para, al segundo, replantearse que tal vez es por su culpa, que no tiene nada interesante que enseñar.

Los alumnos se despiden de Diego con indiferencia. A sus oídos llega la conversación, demasiado cerca de la puerta, como si creyeran que Diego es sordo, cuando la realidad es que, al igual que el sentido del olfato, el oído también lo tiene muy fino:

—Vaya mierda de cursillo.

—Ya ves. ¿Pero quién es ese tío?

—Por lo menos está bueno.

Y, tal vez, si solo hubiera llegado a oídos de Diego, se habría quedado en una mera anécdota, pero Eloísa, la directora del centro, también ha oído la breve y banal conversación de los alumnos y entra en clase con una mirada compasiva. Eloísa sacude la cabeza y chasquea la lengua contra el paladar a medida que se acerca a Diego, que baja la mirada y hace como que tiene muchas notificaciones en el móvil que atender.

—Diego. Esto no funciona —sentencia.

—¿Qué? ¿Cómo?

Diego se hace el loco. Eso tampoco funciona.

—Llevas ocho meses impartiendo clases. Hay inscripciones, el temario en un principio es atrayente, algunos alumnos te conocen, te han leído, pero la mayoría… la mayoría no llegan al último día, Diego, a la vista está. No puedes empezar un curso diciendo que de la escritura no se puede vivir. Hundes a los aspirantes cuando les aseguras que encontrar agente y editorial es un reto prácticamente imposible.

—Pero… pero Eloísa, es que es verdad. Hay que preparar a la gente para lo peor, que luego se hacen ilusiones, se creen el próximo Ken Follett y pasa lo que pasa.

—Mira. Me encanta cómo escribes. Me gusta tu técnica, de verdad que sí, por eso te fiché, porque creía que tenías mucho que ofrecer. Pero no considero que seas el mejor para impartir clases, Diego. Eres… ahora mismo eres… un escritor frustrado —se sincera Eloísa, componiendo un gesto de apuro—. Y aquí no queremos escritores frustrados que contagien su negatividad. Me he enterado de que te han rechazado el último manuscrito. ¿Tienes algo entre manos? ¿Un plan B?

«Joder, parece mi padre», calla Diego, frotándose la barbilla y limitándose a negar con la cabeza.

—Te deseo lo mejor. Pásanos la factura de los dos últimos cursos para hacerte el ingreso a final de este mes. Y ya… ya te llamaré.

—Gracias, Eloísa.

Diego sabe que ese «ya te llamaré» seguido de un carraspeo al que está más acostumbrado de lo que querría, ha sido una despedida elegante. Pero, por mucho que necesite el trabajo, no va a suplicar ni a mentir a la gente diciéndole que está a punto de adentrarse en los mundos de Yupi. No. Ni hablar. Se niega. Se las apañará. Y, si tiene que servir mesas o fregar platos, hacer de botones o lo que sea, lo hará con gusto sin que se le caigan los anillos, faltaría más. Desanda el camino con su bicicleta a cuestas hacia la salida. Se despide del conserje con el mismo gesto con el que lo ha saludado al llegar, como si fueran a verse al día siguiente. Pero ya no va a haber día siguiente, no en el taller de escritura creativa para este escritor de éxito discreto. No hay más cursos programados para Diego ni los va a haber. La vida tiene un plan muy distinto para él y se encuentra a seiscientos kilómetros de distancia, treinta y cinco horas —sin contar paradas— si cometiera la locura de ir pedaleando en su bicicleta. Que ya te adelanto que no va a ser el caso.

3

Redes, A Coruña

Hay un lugar en el que Greta se siente tan a gusto como en casa. Es en la librería de Celso, ubicada en la rúa Nova que desemboca en la praza do Pedregal, al lado del edificio pintado de azul de la Casa Do Concello, la sede de administración local. Solo ahí siente que puede ser ella, recuperar la seguridad en sí misma, su esencia perdida. Celso no solo vive de las ventas de los libros, también prepara el mejor café para llevar o para tomar sentado en unos sillones orejeros que, junto a las sillas plegables, están de lo más solicitados los jueves a las siete de la tarde en el club de lectura. Greta no falta ni un solo jueves a la cita y, cuando sale del cementerio, sobre las once de la mañana, suele ir a ver a Celso, que, como siempre, le dedica una sonrisa paternal. Antes de que diga nada, Greta ya tiene hecho su café con leche lleno de espuma. En el hilo musical de la librería suena, como cada día en bucle, la balada *Frente a frente* emergiendo de la voz de su cantante original, Jeanette, una letra que a Greta la estremece por todo el significado que entraña, especialmente para Celso.

—¿Qué tal *miña* Lucía?

Lucía era la mujer de Celso. Su gran amor. La canción *Frente a frente* sonaba desde el salón cuando expiró en la cama de su casa con una lágrima rodando a cámara lenta por su mejilla hasta terminar en la comisura de sus labios exangües. Falleció de cáncer de mama hace seis años; Greta no la llegó a conocer, pero ha oído hablar tanto de ella que la siente como si hubieran sido amigas.

—Le he dejado un ramo de lirios blancos preciosos.

—Seguro que le han encantado, muchas gracias. ¿Has leído *Los puentes de Madison County*?

—Ajá —contesta Greta, distraída, dando un sorbo al café humeante—. Preparada para la cita del jueves. ¿Cómo es posible que no hayamos leído el libro antes?

—Las adaptaciones cinematográficas nos hacen perezosos —argumenta Celso con una media sonrisa.

Greta, a sus treinta años, es la más joven del club de lectura. La sigue Celso, que tiene sesenta y tres. Candela, Fina, Lucio y Margarita no aspiran a vivir diez años más a sus setenta y ocho, ochenta, ochenta y tres y ochenta y cinco años respectivamente; de hecho, han sido más las bajas en el club de lectura que las altas en los dos últimos años. Entre todos suman cuatrocientos diecinueve años. Y un impecable gusto por la literatura. Para Greta, las reuniones alrededor de un buen libro son muy importantes, como lo es un grupo de alcohólicos anónimos para alguien que necesita apoyo para mantenerse sobrio.

—¿Qué planes tienes para hoy?

—Pues no mucho, pero me han ofrecido exponer en el centro social y me lo estoy pensando —contesta Greta.

—¡No me digas! —se emociona Celso—. ¿Tienes obras preparadas?

—Sí, son de hace tiempo, pero…

—¿No te animas a pintar, *pequeña*?

Greta no contesta. Hace dos años y medio que no pinta, la última obra le dejó un regusto amargo. Ahora mismo no le saldría nada decente. Pese al tiempo transcurrido y a la seguridad que ha vuelto a instalarse en ella gracias a un día a día tranquilo, siente que en su interior aún habita un resquicio de oscuridad. Nada que ver con los colores vibrantes que le gustaba usar en el pasado en sus obras, jugando con distintos estilos que le hacían saber que, mientras visualizara lo que quería, no había nada que se le pudiera resistir. Inspira hondo, se muerde los carrillos, Celso la mira como si fuera la hija que nunca pudo tener.

—Sé que exponer aquí no es como en Madrid. Sé, que lo he visto en internet aunque tú nunca me cuentas nada, que eres una pintora de renombre muy famosa, que hasta has hecho ilustraciones para cubiertas de libros.

—No es para tanto. Que mi nombre salga en Google no me convierte en famosa —ríe Greta, sacudiendo la cabeza ante la ingenuidad cibernética del librero.

—Pero te han hecho entrevistas. Has salido en televisión, que lo he visto en Youtube —prosigue Celso henchido de orgullo—. Ábrete una cuenta de Instagram de esas, parece mentira que no estés al día. Seguro que triunfas.

—Esa vida ya pasó, Celso.

—Solo tienes treinta años. A esa edad no puedes decir que ninguna vida pasó. Que lo diga Margarita, vale, pero tú… *no, pequena, non podes falar así.* Aún tienes mucho que ofrecerle al mundo.

—Gracias.

Es todo cuanto puede decir. Greta siente el ataque de un nudo atenazándole la garganta que le tensa el semblante. Hace un intento por no echarse a llorar, que es lo que suelen provocar las palabras de Celso, siempre dulces y acertadas. Paga el café, se da una vuelta por la librería de suelos desgastados de madera y altas estanterías sin una mota de polvo ni un solo hueco libre, y echa un vistazo a los nuevos títulos que han llegado esta semana. Tiene una buena pila de lecturas pendientes, pero le es inevitable acumular más libros. Le encantan, es su vicio. Siempre encuentra el lugar idóneo para ellos y así le hace gasto al librero, que lo necesita. Se decanta por un par de thrillers, novedades del mes, y una bonita edición en tapa dura de *El fantasma de la ópera* que no tiene. Ha perdido la cuenta de cuántas ediciones hay en casa de la novela de Gaston Leroux, la preferida de Leo, aunque Greta todavía no se ha animado a leerla, no vaya a ser que se reencuentre entre sus páginas con su propio fantasma.

4

Antes de regresar a casa, Greta se detiene en el supermercado. Tiene la nevera vacía como suele ser habitual. No es que no sea una cocinitas, es que no le ve la gracia en cocinar para sí misma, por lo que come a deshoras y no cuida su alimentación. Cualquier cosa le sirve para llenar la tripa. Por los pasadizos del familiar supermercado, se encuentra con Elsa, una buena amiga y de las pocas en el pueblo de su edad que la ha ayudado a sobrellevar la muerte repentina de Leo. Elsa, quien conocía a Leo desde la más tierna infancia, ha sido como un bálsamo para Greta. A través de sus historias, ha podido conocer al niño y al adolescente que Leo fue antes de mudarse a la capital para probar suerte como músico, aun teniendo la seguridad de que acabaría regresando a su tierra. Elsa le ha contado infinidad de veces lo mismo: Leo, a partir de los doce años, tenía dos novias de las que nunca se separaba, su guitarra y su libreta, con las que soñaba despierto inventando acordes, plasmando palabras y sentimientos a cualquier hora y en cualquier lugar, daba igual si la inspiración lo pillaba en mitad de una fiesta o en el momento álgido de un botellón en la playa. Por supuesto, entre ellas no ha habido medias tintas. Elsa, con naturalidad, respondió a todas y a cada una de las preguntas que Greta le formuló respecto a la parte oscura de Leo que muy poca gente conoció. No obstante, Greta es consciente de que Elsa ha omitido las partes más escabrosas y que no conoce toda la verdad. Probablemente, nunca la sabrá. Y puede que sea lo mejor.

—¡Greta! Hoy me iba a pasar por tu casa, que anoche me enredé haciendo croquetas y he hecho de más. ¿Querrás?

—Claro, te salen riquísimas. Hoy tengo lío, pero mañana, a partir de las once, vente a casa a tomar un café.

—Hecho.

—¿Cómo está tu madre? —se interesa Greta.

María, la madre de Elsa, tiene alzhéimer precoz. El olvido más cruel con solo cincuenta y cinco años. Durante el día, una chica va a su casa a ayudarlas, pero Elsa lo ha dejado todo para cuidarla, negándose a internarla en un centro especializado aun estando cada vez peor. Hasta hace un par de años, Elsa trabajaba como profesora en el colegio As Mirandas, en Ares, el pueblo vecino, y tenía una relación con Javier, el camarero del bar donde iba a desayunar cada mañana. Pero la vida puede cambiar en un instante, ambas lo saben bien. Cuando a María le diagnosticaron la enfermedad, Elsa no se detuvo a pensarlo ni un segundo. Su madre es lo más importante. De la noche a la mañana, tomó la decisión de que se dedicaría en cuerpo y alma a ella, a pesar del gran sacrificio que eso implica. A Elsa se la ve agotada, más delgada, ojerosa, y con el cabello descuidado anudado en una coleta baja. Desde que lo dejó con Javier, no se le ha vuelto a conocer ninguna relación.

—Como siempre —contesta Elsa con un deje de amargura que no pasa desapercibido—. Le cuesta hablar. Apenas podemos salir a pasear y menos con este frío. El alzhéimer es devastador.

—Lo siento mucho.

—Es lo que hay —se conforma Elsa que, pese a todo, no ha perdido su bonita sonrisa—. Nos vemos mañana, ¿sí?

—Sí. Hasta mañana.

Se dan dos besos de despedida y cada una vuelve a su lista de la compra, la de Greta más escueta que la de Elsa, que tiene buena mano en la cocina, su bálsamo para combatir los nervios y la pena.

5

Greta conduce por los senderos flanqueados por muros rudi-
mentarios de piedra llenos de baches sin asfaltar y llega a casa al
mediodía. Vive como si se escondiera de alguien, a las afueras del
pueblo y sin vecinos en dos kilómetros a la redonda, en una casa
de piedra del siglo XVIII que Leo y ella reformaron con la esperanza de llenar de niños que se han quedado tristemente anclados
en el inventario de su imaginación. Lo único que se oye desde
aquí es el canto de los pájaros, los grillos en la época estival y el
rumor hipnótico de las olas rompiendo en los peñones colindantes a una pequeña cala llamada praia Coído. La soledad en este
rincón del mundo es apacible, si bien no han sido pocas las veces
en las que Greta ha saltado la valla que rodea el jardín trasero y ha
corrido hasta el acantilado con deseos suicidas.

Saluda a Frida, su perra, su anclaje en el mundo para no
desaparecer de él. Frida depende de ella, la necesita. Es una bu-
lldog americana marrón con manchas blancas en el lomo que
infunde respeto dada su imponente presencia, pero en realidad
es de carácter afable, dulce y vaga, el único perro en el mundo,
Greta está convencida de ello, que no se levanta del sofá para
recibir a nadie, ni siquiera a ella, y tampoco suele ladrar cuando
vienen desconocidos. Es como si a Frida le diera igual todo, y, por
eso, Greta a veces la envidia. Ojalá vivir sin tensión, sin la mala

costumbre que tiene el ser humano de angustiarse por cualquier nimiedad.

Durante la media hora siguiente, Greta se dedica a organizar la cocina y a llenar la nevera y la despensa. Cuando termina, sube las escaleras hasta la tercera planta, donde está ubicada la buhardilla de techo abovedado apuntalado con vigas con una claraboya en el centro por la que se puede contemplar las estrellas. La mayor parte de las paredes están cubiertas de arriba abajo por estanterías hechas a medida repletas de libros. Y, en una esquina discreta, Greta guarda sus lienzos y pinturas cubiertos con sábanas viejas y deslucidas. Ahí están, abandonados, esperando pacientes a que vuelva a perderse en su mundo de color para encontrarse. Busca la balda de honor donde reposa cada edición de *El fantasma de la ópera* que Leo fue recopilando en vida, le hace un hueco y coloca el nuevo ejemplar.

—Espero que te guste, Leo.

—Tienes que leerlo, Greta. Es increíble.

—Lo leeré. Pero aún no estoy preparada. No es el momento.

Seguidamente, abre la mochila y saca cada obsequio que ha recabado esta mañana en la tumba de su marido, reservándose la botella de whisky para cuando necesite evadirse de la realidad.

—Para ellos eras un gran artista. No te han olvidado. Pero para mí…

—Era tu marido. Y era lo que más me gustaba ser, Greta. Más que subirme a un escenario, más que componer, más que… Vivimos tan rápido que no nos damos cuenta de lo verdaderamente importante hasta que ya es demasiado tarde. Hasta que estamos muertos.

«Esta no es la voz de Leo —reflexiona Greta, cabizbaja—. Este no es Leo, él nunca diría algo así», se repite internamente, para convencerse de que subir hasta aquí a hablar con él es una locura que tiene que llegar a su fin. No es más que una invención que su mente fabrica para protegerse.

—¿Por qué discutíamos tanto, Leo? Por qué... —Greta cierra los ojos. Sacude la cabeza y barre el aire con la mano como si estuviera espantando una mosca. ¿Por qué se lo pregunta si ya conoce la respuesta?—. Bah. Me voy a volver loca. Si no lo estoy ya. No quiero hablar más. No puedo seguir con esto. La tristeza es como una pastillita para envejecer que hace que el tiempo pase sin que nos demos cuenta, encaneciéndonos, arrugándonos la piel... El tiempo pasa y yo no recupero mi vida y necesito recuperarla. Necesito alejarme de ti.

El búho de cristal y el anillo están dentro del armarito, junto a la variopinta colección de velas, inciensos, medallones, camafeos, colgantes, pulseras de cuero como las que le gustaban a Leo, cartas sin abrir, postales, vasos de chupito, pañuelos, pendientes... A Greta le cuesta cerrar el armario, está demasiado lleno, un día de estos va a reventar.

—Quizá tenga que dejar de ir a verte al cementerio. No es sano. Y aquí ya no cabe nada más.

—Yo no estoy allí, cariño. Sigo aquí. Estoy aquí, en casa, en esta buhardilla, contigo.

Greta se queda quieta un instante, como intentando revivir un recuerdo muy lejano. Lo mismo le ocurre por las mañanas, cuando se despierta. Lo primero que hace es rebuscar en su memoria las imágenes de la noche en la que Leo murió y volver a proyectarlas. Pero, por más que lo intenta, la nada más descorazonada se adueña de su mente con el poder de enturbiarla.

—Sobre las siete viene Yago. Será mejor que te vayas si no quieres ver... en fin, ya sabes —dice al cabo de un rato sin mirar a los ojos de su fantasma.

—Sí, sé, y te lo he dicho cien veces. Me parece bien. Tienes que seguir con tu vida, Greta. Es importante que sigas con tu vida.

«No eres Leo. No eres Leo. He devuelto a la vida a un espejismo», se muerde la lengua Greta, presa de un dolor intenso en el pecho.

—No puedo.

—Podrás. La vida está a punto de cambiar.

En el preciso instante en que la voz imaginaria del fantasma de Leo pronuncia esas palabras, Greta está a punto de replicar: «siempre dices lo mismo». Pero no le da tiempo. Su móvil suena desde la cocina, se había olvidado por completo de que lo había dejado ahí. Baja las escaleras de dos en dos pensando que será Celso, Elsa o Yago, no hay mucha gente que tenga su número; sin embargo, la llamada proviene de un contacto desconocido que no tiene guardado en la agenda.

—¿Sí?

—¿Greta Leister?

—Sí, soy yo —contesta extrañada mirando a Frida, cuyos ronquidos resuenan en todo el salón.

—Verás, soy… soy Diego Quirón y… —La voz al otro lado de la línea, aunque grave y potente, una buena voz digna del mejor locutor radiofónico, suena errática, insegura. Parece que le estén dictando las palabras o no tuviera muy claro qué decir. Mientras se decide, Greta espera, preguntándose si se trata del mismo Diego Quirón que ella conoce. ¿Cuántos Diego Quirón debe de haber en el mundo?—. Perdón. Greta, ¿sigues ahí?

—Sí.

—Soy Diego Quirón, escritor —vuelve a empezar el hombre tras inspirar hondo, más confiado que instantes antes, y a Greta le da un vuelco el corazón—. Y… y tengo una propuesta para escribir una biografía sobre Leo Artes, tu marido.

6

Madrid

Amadeo, explotador de los adjetivos delante de los indefensos sustantivos, tiene muchas cualidades, como la de arrastrar a cientos de lectores a la Feria del Libro de Madrid. En la última arrasó, incluso vinieron los Reyes y le estrecharon la mano, momento histórico que inmortalizaron en una fotografía que, cómo no, tiene enmarcada presidiendo con orgullo la pared de su despacho. Sin embargo, es un plasta y nunca ha tenido el don de la oportunidad. Ocurre, por ejemplo, con sus llamadas telefónicas a deshoras, creyéndose el ombligo de un mundo que siempre tiene que estar disponible para él. Parece que lo hace a propósito. Que se lo digan a su editor, que está hasta las narices de que lo llame con alguna de sus neuras a las dos de la madrugada, justo cuando su bebé de tres meses se ha quedado frito por fin.

¿El secreto del éxito reside en no dormir? Tal vez.

Así que, con su hermano Diego, Amadeo no va a ser menos. El *Aserejé* del móvil de Diego, colocado en una esquina de la mesita de noche, suena estridente en el momento en que Ingrid, la vecina de arriba, actriz de teatro y amante ocasional, yace sudorosa bajo su cuerpo desnudo y alcanza el orgasmo. Su jadeo coincide con la estrepitosa caída del móvil al suelo. Un móvil inmortal que sigue sonando pese a la aparatosa caída. Diego, hundiéndose en el interior de su vecina con la misión de provocarle un segundo orgasmo y que le tiemblen tanto las piernas que al día siguiente le cueste hasta caminar, mira de reojo la pantalla iluminada. Amadeo reclama la atención de su hermano pequeño a la una y media de la madrugada.

—Sigue. Sigue, no pares… no pares… —le pide Ingrid entre jadeos, apretando a Diego contra su cuerpo.

Y Diego, que es muy obediente en la cama, no para. Una vez más, sonríe triunfal por el poder que le otorga ignorar a su hermano, pero que lo llame dos veces en menos de veinticuatro horas suena a algo urgente. ¿Y si ha ocurrido algo? ¿Algo malo? Diego se pone en lo peor. Piensa en sus padres. En algún ingreso hospitalario urgente, un accidente… Se desconcentra y sus movimientos, hasta ahora perfectos y rítmicos, se vuelven torpes y descoordinados. Ingrid lo nota, compone un gesto de fastidio y la excitación se va con la misma rapidez con la que ha llegado cuando una hora antes se ha presentado en su piso ligera de ropa y con la típica broma de: «¿Tienes sal, vecino?».

—¿Qué tiene que decirte a la una de la madrugada? —inquiere Ingrid, resollando, cuando Diego se levanta.

Con la respiración irregular, Diego recoge los calzoncillos del suelo, se los pone y coge el móvil ignorando a su vecina, que profiere un suspiro y se cubre con la sábana, decidiendo si se queda a dormir o sube a su piso. Aunque en la cama se compenetran más que bien y la atracción física fue evidente e inevitable desde que se conocieron hace siete meses, cuando Ingrid alquiló el piso de arriba, últimamente es ella quien busca a Diego y no al revés. Empieza a estar cansada de que Diego no parezca estar interesado en algo más que en un par de revolcones a la semana, y lo peor de todo es imaginarlo con otra. Se la llevan los demonios, no lo puede evitar, se está empezando a enamorar y tiene miedo de decírselo. Con los ojos clavados en Diego, más interesado en su móvil que en ella, Ingrid lamenta internamente que hoy en día parece que todos seamos como bolas de billar: chocamos brevemente unos con otros y luego nos alejamos rodando.

—Voy a llamarlo. A ver qué quiere. Ahora vuelvo.

Diego recorre los dos pasos que lo separan del estrecho pasillo y, de ahí, gira a la derecha y cruza el arco adentrándose en la estancia favorita de su pisito de soltero de Lavapiés. Un chollo por quinientos euros al mes. Cocina, salón, comedor, despacho, libros en el suelo, en estanterías torcidas con baldas a punto de partirse en dos y plantas mustias, conviven en un desorden equilibrado de treinta metros cuadrados. Apenas hay espacio para una sola persona. Diego se deja caer en el sofá de dos plazas de IKEA y llama a Amadeo.

—¡Dieguito, joder, por fin!

—¿Qué pasa?

—Tengo algo importante para ti —contesta Amadeo con aires de grandeza. Diego entorna los ojos, resopla, se revuelve el pelo, desconfía.

—¿El qué?

—Vente mañana por la mañana a casa y te lo cuento.

—No voy a poder, estoy muy ocupado y…

—Genial, sí, a las doce me va bien. Hasta mañana, hermano.

Y cuelga. Amadeo cuelga y Diego, con la boca entreabierta, se queda mirando la pantalla de su móvil fundida a negro, asqueado por tener que ir hasta La Moraleja, con la pereza que le da. Sin dudarlo ni un segundo, abre la aplicación de WhatsApp y le escribe a Amadeo: «Vale, a las doce. Pero me pagas el taxi».

—Diego, me voy —le dice Ingrid desde el umbral de la puerta.

—¿Te vas? ¿No te quedas a dormir? —pregunta Diego sin mucho interés. Ni siquiera la mira.

—No, mañana tengo que estar en el teatro a las ocho de la mañana. Nos esperan unos días de ensayo bastante intensos.

—Vale —acepta Diego sin insistir. Prefiere dormir solo.

En vista de que Diego no se levanta del sofá, Ingrid, sin ocultar lo molesta que está, le pregunta:

—¿Es que no me vas a dar ni un beso?

—Joder, perdona. —Diego deja el móvil sobre el sofá y la mira como si se hubiera acabado de despertar de la siesta y estuviera confuso y desubicado. Se pelea con su bicicleta para llegar hasta Ingrid y la besa.

—¿Te veo mañana? —le pregunta ella—. Así terminamos lo que tu hermano ha interrumpido… —ríe traviesa.

Diego le dedica una sonrisa forzada, pero no dice nada. Empieza a darse cuenta de que Ingrid quiere más y de que él no puede darle lo que ella necesita. No la quiere. No de ese modo. Diego opina que entre ellos hay chispas, sí, pero no fuegos artificiales, que es lo que él necesita para comprometerse al cien por cien con alguien. Y ese alguien, aunque cuando están juntos se lo pasan bien, no es Ingrid. Qué más querría él que fuera tan fácil, conocer a alguien y enamorarse al instante. A lo mejor tendría que cortar lo que tienen, sopesa Diego, al ver cómo a Ingrid le brillan los ojos cuando sus labios se separan. No quiere hacerle daño, pero cierra la puerta sin miramientos y sin tan siquiera intuir que su vecina regresa a su piso llorando.

7

Madrid se ha despertado perezoso, casi tanto como Diego, con un cielo encapotado que apenas deja ver el sol. Las hojas otoñales, brillantes como llamas, ondean en las copas de los árboles que flanquean la calle y se vislumbran desde los balcones. Apura el café americano cuando el taxi, puntual, le manda un mensaje avisando de que ya lo está esperando en la calle. Nada más salir por la puerta, Diego oye voces. No hay ascensor ni manera de escabullirse. Dolores, la vecina del segundo A, le cuenta a Aurelia, la vecina del segundo B, que su nieto Teo le ha pintado las paredes del salón.

—¡No se le puede dejar solo ni un segundo!

Aurelia sacude la cabeza escandalizada, desaprobando el acto vandálico de Teo.

Diego desciende las escaleras con rapidez. Saluda esquivo, no permite el contacto visual, no vaya a ser que lo entretengan como es habitual. Diego es el más solicitado por sus vecinas octogenarias. Lo adoran. La frase que más ha oído desde que se instaló en el tercero B hace tres años es: «Ay, criatura, si fuera cincuenta años más joven, no te dejaba escapar».

—¿Dónde vas con esas prisas, Diego? —se interesa Dolores.

—Quédate con nosotras un ratito, anda —le pide Aurelia.

—¡Ojalá pudiera! —se disculpa Diego, con una de esas sonrisas deslumbrantes con las que sabe ganarse a todo el mundo. O eso le parece a él por la de veces que las ha ensayado frente al espejo.

A Diego, cambiar Lavapiés por La Moraleja le apetece tanto como bailar desnudo en la Puerta del Sol en pleno mes de diciembre, en cuanto el taxi deja atrás el barrio y se adentra en la concurrida M-30. Media hora más tarde, el taxista silba cuando se detiene en el número 19 del Paseo del Conde de los Gaitanes. A Diego le parece oír que murmura con ironía:

—Igualito que Carabanchel.

El hombre debe de preguntarse qué hace un tipo como Diego, a quien hoy, para rebelarse, se le ha ocurrido ponerse unos tejanos desgastados de mendigo, como diría su madre, en el paraíso de los ricos de la capital. Las mansiones no se atisban desde las amplias avenidas por la privacidad de las vallas de setos perfectamente recortados. A lo mejor el taxista no se pregunta nada. Bueno. A quién le importa. En La Moraleja hasta el aire huele distinto.

—Espere un momento, por favor —le pide Diego, enviándole un wasap a Amadeo para que salga y pague la carrera.

Pero transcurren veinte minutos en los que Diego ha bajado del taxi y ha llamado al timbre sin que nadie conteste al otro lado. El taxímetro no se ha detenido y a Diego le toca sacar la cartera y acarrear con los gastos más los intereses por la espera. Parece que Amadeo, malicioso, lo ha visto todo desde la cámara de seguridad que hay colocada encima de la verja y, para fastidiarle, en cuanto el taxi se aleja, abre a un Diego cabreado que se jura a sí mismo que va a cobrar los cuarenta y cinco euros que le ha costado venir aquí sí o sí. Cruza a grandes zancadas el jardín sin entretenerse en contemplar la belleza que hay a su alrededor hasta plantarse frente a su hermano, que lo espera esbozando una sonrisa socarrona en el umbral de la puerta de la entrada de su gran mansión.

—¡Dieguito! —Le da una palmada en la cara. Diego odia esa mala costumbre de macho alfa, así que, como por instinto, se la devuelve, quizá un poco más fuerte de lo debido—. Hostia. ¿Has entrenado? Te veo en forma —ríe Amadeo dándole la espalda y entrando en la casa, repleta de ventanales por los que, a pesar de estar a punto de llover, entra claridad. Se sienta en el descomunal sofá de cuero negro con los brazos abiertos y señala un sillón en el que Diego, obediente como es en casas ajenas, se acomoda—. Te preguntarás qué haces aquí. Bien, tengo un trabajito para ti.

—Mira, si ese trabajito implica cargarme a alguien, olvídalo —bromea Diego mirando a su alrededor. La de horteradas inútiles que ha acumulado Amadeo con los años, incluida la pintura de una mujer desnuda encima de la chimenea que debe de costar un riñón.

—Joder, qué gracioso eres.

Amadeo, con el porte elegante que lo caracteriza, enciende un cigarrillo. Le ofrece uno a Diego, que declina la invitación. Con lo apurado que va de pasta, como para tener vicios, con lo caro que sale fumar. En todos los sentidos.

—Al grano. Sé que las cosas no te van bien. Que han rechazado tu último manuscrito.

—¿Pero qué pasa? ¿Ha salido en los informativos? ¿Cómo es posible que lo sepa todo el mundo?

—El mundillo es pequeño, hermano, parece mentira que aún no lo sepas. En fin. La editorial Viceversa, que, como bien sabes, es uno de los numerosos sellos del grupo editorial más influyente del país, me ha ofrecido una biografía muy importante, pero tengo un proyecto entre manos más ambicioso, novela histórica, por si te interesa saberlo, y les he dicho que lo harás tú. Han estado de acuerdo.

—¿Una biografía?

—De Leo Artes. El cantautor.

—¿El que se mató hace unos años en un acantilado?

—Ajá, ese. Hace tres años para ser exactos, sí. Hay opiniones para todos los gustos, allí te dirán que fue un accidente, pero yo soy de los que piensan que se suicidó. La maldición de los veintisiete.

—Pero yo nunca he escrito una biografía. No sabría ni por dónde empezar.

—Te pagarían veinte mil de adelanto —lo tienta Amadeo con mirada afilada, como un águila a punto de saltar sobre su presa—. Un cinco por ciento para su mujer y el otro cinco por ciento para ti de las ventas en papel. Ganancias de un veinte por ciento en digital. Puede que audiolibro, que dicen que lo va a petar dentro de nada. Y hasta un documental basado en la biografía que tú, hermano, tú, escribirás, y del que también recibirás pasta gansa. ¿A que es un caramelito?

—Bueno, sí, pero…

—Pero hay un problema —interrumpe Amadeo chasqueando la lengua contra el paladar. Lo hace mucho. Es un tic—. Hay que convencer a la mujer. Greta Leister. ¿Te suena?

Diego niega con la cabeza, la ladea un poco, bueno, ahora que lo dice… Greta Leister, Greta Leister, repite mentalmente. Sí, le quiere sonar de algo, pero no cae. Amadeo coge el móvil y le muestra la fotografía de una chica atractiva de unos veintipocos años, de melena rubia, larga y lacia, unos ojos verdes felinos preciosos y un reguero de pecas sobre el puente de la nariz que a Diego, más que pecas, le recuerdan a una constelación de estrellas.

—Un bombón, ¿eh? —prosigue Amadeo—. Era pintora. Bastante reconocida, tuvo éxito en su momento. Que yo sepa, ahora no hace nada. Era la mujer de Leo, se fueron a vivir juntos al pueblo de él. Uno de costa en A Coruña donde Almodóvar rodó algunas escenas de la película Julieta. Parece que Leo regresó a su tierra para encontrar la muerte. Y ella sigue ahí, aferrada al recuerdo —comenta con gesto dramático, insensible ante la tragedia—. Difícil de convencer, un hueso duro de roer. La editorial lo intentó hace un año y es la única que puede dar permiso para que se publique la biografía; los padres de Leo la palmaron hace años.

—¿Y no les sirve una biografía no autorizada?

—No, no, que con las biografías no autorizadas siempre hay marrones, que se lo pregunten al primo de doña Letizia. Necesitan la autorización de la mujer —insiste Amadeo ceñudo.

—Pero si hace un año dijo que no, ¿qué va a ser diferente esta vez?

—Tú, Dieguito, tú. Te he vendido a la editorial como lo más grande, un fuera de serie capaz de convencerla. Llevar mi apellido también ayuda, obvio.

—No soy quien para forzar. Si no quiere que la biografía de su marido salga a la luz, hay que respetarlo. Demasiado tiene la pobre con el dolor de la pérdida.

—Ya, ya, ya… Pero hay más.

8

Amadeo levanta una de sus cejas pobladas, gesto con el que cree que vuelve locas a las mujeres, y da una calada al cigarro tomándose su tiempo. Sentado en su pose favorita, con la copa suspendida en el aire de manera elegante mientras observa a Diego, se relame los labios, asiente un par de veces con la cabeza… Las palabras flotan en el aire manteniendo el suspense mientras forma aros perfectos como hacía cuando era un adolescente desgarbado, inspira hondo y machaca la colilla contra el cenicero haciendo tamborilear la mesa de centro.

—Se comenta que Leo Artes compuso una última canción que vale oro. He oído que fue su nota de suicidio, una despedida. ¿Sabes el morbo que eso despierta? Y el morbo vende. Vaya si vende. La discográfica con la que trabajaba ha intentado por todos los medios conseguirla, pero no hay manera. Como te he dicho, esa mujer es un hueso duro de roer, debe de tener la canción guardada bajo llave. Se nota que no necesita la pasta porque le han ofrecido una millonada, y la tía, nada, ni se inmuta.

—No todo el mundo es como tú —rebate Diego—. Hay cosas más importantes que el dinero.

—Eso lo dices porque estás en números rojos. Quien no se consuela es porque no quiere —lo pica su hermano.

—Bueno. —Diego se cruza de brazos, resopla, le ruega a

un Dios en el que no cree que le dé paciencia—. ¿Y yo qué tengo que ver con eso?

—Cien mil.

A Diego se le atraganta el café de la mañana. Está a punto de pedirle un cigarro a Amadeo. No, un cigarro no, un puro, de esos habanos que duran ocho horas. Y, ya puestos, el mueble bar entero que Amadeo tiene en una esquina bajo una lámina enmarcada del autorretrato de Van Gogh.

—Lo que yo te propongo es que la convenzas. Mírate, aún estás de buen ver; no sé qué tienes, pero todas caen rendiditas a tus pies. Lo único que tienes que hacer es colarte en su casa con la excusa de que ahí, entre sus recuerdos, en el lugar donde el mismísimo Leo Artes vivía, podrás inspirarte mejor. Y, además de escribir la biografía, consigues la canción. Con Leo muerto, esa canción inédita y póstuma vale mucha pasta. ¿Sabes que cientos de fans visitan su tumba cada día? No me caerá a mí esa breva, no. Todavía quieren a ese hombre. Se ha convertido en una leyenda que crece con los años. Vende más muerto que vivo, a veces ocurre. Igual te pasa lo mismo a ti, como le pasó a Kafka o a Edgar Allan Poe, que murieron en la indigencia y ahora, fíjate, los conoce todo quisqui.

—¿Y si sigue negándose a vender la canción? —se preocupa Diego, pensando en los cien mil euros, ¡cien mil euros!, cayendo en la tentación económica que hasta hace escasos segundos repudiaba, e ignorando la pullita de su hermano. ¿De qué sirve el reconocimiento una vez extinto? Diego no aspira a un chalet en La Moraleja, pero sí a vivir dignamente de la escritura, aun sabiendo que, a veces, de los sueños no se puede comer ni pagar las facturas.

—Hay maneras y maneras de conseguirla…

—¿Estás insinuando que la robe?

—A ver…, si no queda más remedio.

—¿Qué ganas tú con eso? —desconfía.

—El cincuenta por ciento, por supuesto. Cincuenta mil

tú, cincuenta mil yo.

—No, Amadeo, no me veo haciéndole algo así a…

—…Greta Leister. Qué nombre tan exótico. Su padre era alemán. O es, qué sé yo. Vamos, Diego, si lo hago por ti. Podrías ganar mucho dinero. Lo necesitas. Estás en la quiebra.

—No me ha quedado claro si lo importante es conseguir su autorización para escribir la biografía o entrar en su vida para robarle la canción en el caso de que exista.

—No, la canción, no. ¡La última canción! Las dos cosas son importantes —replica Amadeo con voz grave como si estuviera tramando una conspiración. Qué teatrero es—. Debes tener en cuenta que Leo era un romántico. Nada de ordenadores. Por lo visto, era enemigo de Spotify, Youtube y toda la mandanga. La letra tiene que estar escrita en alguna libreta vieja y grabada a viva voz, a capela o acompañada de su guitarra, en una maqueta como las de antes, según dice el que fue su mánager, un facineroso con el que espero que no tengas que relacionarte. En un CD, seguramente, tampoco me hagas caso que de esas cosas yo no entiendo. Lo importante es que sea en el formato que sea, des con ella, y, si no la consigues con el permiso de la mujer, la robas —zanja contundente.

—Que es un delito —insiste Diego, sacudiendo la cabeza, con el «no» en la punta de la lengua.

«Esto es una locura», piensa, a punto de levantarse del sillón que, de lo cómodo que es parece que se haya tragado su trasero, declinar la propuesta y largarse de La Moraleja de vuelta a su vida sencilla en Lavapiés sin mueble bar ni copias de cuadros de Van Gogh.

—Cincuenta mil. Más los veinte mil de adelanto por el libro, que tampoco te tienes que comer mucho la cabeza. No tiene que ser excesivamente largo, doscientas páginas y listos. Setenta mil euros para ti. Setenta mil.

—Ahora mismo me solucionaría la vida, la verdad.

—¿Entonces? ¿Eso es un sí, Dieguito?

Diego, que suele ser impulsivo por naturaleza, esta vez se replantea qué decisión tomar. El dinero le tienta, pero lo que quieren hacerle a esa mujer no le parece ético. Y, a pesar de no conocer a Greta, no le gusta cómo su hermano habla de ella. Sin embargo, Amadeo, con esa mirada de águila despiadada y esas arrugas que se le forman en la frente, mete presión, y Diego se siente agobiado, acorralado, sin otra opción que contestar:

—Vale. Lo intentaré.

—Inténtalo ahora mismo.

—¿Qué?

—Que llames a Greta.

—Pero si yo... yo no... —balbucea, nervioso, con un tono de voz inusualmente agudo, visualizando a la chica de la foto y sus espectaculares ojos verdes.

—Venga, Dieguito, un poco de sangre, más decisión. Dame tu móvil.

Diego, como si hubiera caído hechizado, le tiende el móvil. Amadeo coge el suyo, busca en la agenda y graba el número de Greta en el móvil de su hermano. Para cuando se lo devuelve, Diego ve incrédulo que está realizando la llamada.

—¿Pero qué haces?

Sin tiempo para nada más, una voz femenina suave como el terciopelo suena al otro lado de la línea. A Diego le empiezan a sudar las manos, está a punto de colgar, pero algo, quizá la mirada severa de Amadeo, lo impulsa a hablar:

—¿Greta Leister?

—Sí, soy yo.

—Verás, soy... soy Diego Quirón y...

—Vamos, joder, no te quedes callado. Di algo, que te veo alelado. Invéntate lo que sea, pero hazlo ya. No podemos perderla, es la oportunidad de tu vida —susurra Amadeo gesticulando en exceso.

—Perdón. Greta, ¿sigues ahí? —vuelve a preguntar Diego un tanto inquieto, componiendo un gesto de irritación dirigido a

51

Amadeo.

—Sí.

«Joder, joder, joder. ¿Y ahora qué?», piensa Diego, mirando a todas partes salvo a su hermano. Lo importante es evitar el contacto visual con Amadeo. Es muy persuasivo. Inspira hondo y vuelve a empezar:

—Soy Diego Quirón, escritor. —No hay gota de sudor resbalando por su sien, pero la siente como si existiera—. Y tengo una propuesta para escribir una biografía sobre Leo Artes, tu marido.

—…

—Eh… ¿Greta?

—…

Acto seguido, unos pitidos le hacen saber que Greta ya no está. Ha colgado abruptamente como si Diego la hubiera llamado para venderle un seguro de vida.

—Ha colgado.

—Vaya, qué predecible. Pues no te queda más remedio que irte.

—Sí, será lo mejor. Me debes cuarenta y cinco euros del taxi. Y otros cuarenta para el de la vuelta. No tengo cambio, dame cien y ya…

—No, no me has entendido —niega Amadeo—. Que te tienes que ir a A Coruña. A ver a esa mujer.

—Estás loco.

—Cuanto antes, mejor. Llévate mi coche. El Audi, que es el más barato y tú para aparcar siempre has sido muy torpe.

—Pero que me ha…

—¡A ver! ¿No pensarás ir en tu bicicleta, no?

—Amadeo, que me ha colgado. Que es inútil. Que no quiere ni va a querer y yo no soy nadie para convencerla. ¿Qué coño hago yo en A Coruña?

—En Redes. El pueblo se llama Redes. Dicen que es precioso, aprovecha la visita para hacer turismo.

—Me va a mandar a la mierda —predice Diego con gesto sombrío.

—¡Fuera negatividad, coño! Por eso no has alcanzado la cima del éxito, porque siempre te pones en lo peor y al universo hay que mandarle señales positivas para que los planes salgan como queremos. Si no lo intentas, no lo sabrás nunca. Recuerda, Dieguito: setenta mil.

Hora y media más tarde, Diego, sin saber muy bien cómo se ha dejado embaucar, coge el Audi con lo puesto y se dispone a conducir hasta Redes bajo un chaparrón de órdago. Parece que Amadeo tenía la jugada bien planeada, ya que le da una maleta con una bolsa de aseo personal, cepillo y pasta de dientes incluidos con el logo de un hotel NH y ropa cara, de marca y elegante, polos Ralph Lauren y pantalones de pinza que no van acorde con su estilo y tienen pinta de irle enormes.

—Y quinientos euros. Coño, parezco tu padre. Para tus gastos y gasolina, no apures el depósito que me jodes el coche. Eso sí, te lo descontaré del adelanto de la discográfica, fíjate la fe ciega que tengo en ti. En la lista de reproducción tienes todas las canciones de Leo Artes para que te vayas familiarizando.

—Lo tenías todo planeado, ¿verdad? —Amadeo se encoge de hombros y pone ojos de cordero degollado—. ¿Pero por qué das por hecho de que voy a convencer a esa mujer?

—Porque a ti, salvo tu editora, nadie se te resiste, Dieguito.

¿Ha habido cierto resquemor en el tono de voz de Amadeo? ¿Algún trauma infantil que se remonta a 1986, cuando un Amadeo de seis años se vio relegado a un segundo plano por culpa de un recién nacido tan adorable como llorón que se quedó con el nombre bonito?

9

Redes, A Coruña
Día 1

Yago Blanco, policía local en Redes, se presenta en casa de Greta a las siete y media de la tarde. Quería salir antes de comisaría, pero le han enredado. Viste de uniforme, que sabe que a Greta le pone. Hace una semana que, por decisión de ella, no se ven, así que se tienen ganas. Es un tipo alto, fuerte y atractivo que, tras mucho insistir, consiguió conquistar a Greta hace un año y medio. El luto no puede durar toda la vida, ¿verdad? No somos de piedra, tenemos nuestras necesidades, cualquier excusa es válida para no sentirse mal.

Yago se enamoró de Greta desde que llegó a Redes con su famoso marido, pero es algo que no reconocerá, ni ahora ni, posiblemente, nunca. Su conversación es limitada y no provoca en Greta el mismo fuego que desató Leo al principio, aún le es inevitable compararlo todo a él, su única relación, pero Yago tiene sentido del humor. Su compañía es agradable cuando no se enfada por cualquier tontería o se pone a hablar de trabajo. Hay poca acción en un pueblo con pocos habitantes como Redes, cero casos emocionantes, que era lo que buscaba cuando se hizo policía. Sus besos enganchan. Le huele bien el aliento, que ya es mucho. Cuando hacen el amor se compenetran, fue así desde el principio; ambos son amantes apasionados. Pero no es más que una fuerte atracción que, con el tiempo, no conducirá a nada, solo al vacío y, en el caso de Yago, que está más enganchado a Greta, al dolor. Nunca han dormido juntos. Han follado en la cocina, en el sofá y hasta en el porche trasero con vistas al mar cuando llega el buen tiempo, pero nunca en la cama que Greta compartió con Leo. Nunca. Ese lugar es tan sagrado como lo es la buhardilla. Y, en el caso de que algún día vuelva a compartir esa cama, será con alguien especial y definitivo, aunque, ¿qué es definitivo en esta vida? Nada. A pesar de que el policía es lo más cerca que ha estado de una relación sentimental desde que Leo murió, a ella le es imposible comprometerse seriamente. Se trata, por así decirlo, de una ilusión que aporta una pizca de emoción a sus días grises y solitarios.

—Qué ganas tenía de verte, nena —dice Yago con voz ronca, agarrándola por la cintura y devorándole la boca. Greta detesta que la llame *nena*, pero nunca se lo ha dicho. Si no se lo dice, ¿cómo va a saberlo? Yago no tiene muchas luces, esa es la verdad; sin embargo, no hace falta ser un lumbreras para darse cuenta de que Greta está absorta, en su propio mundo. Mira a Yago, pero en realidad no lo ve—. Eh, ¿estás bien?

—Sí. Sí, claro.

Greta no le cuenta que lleva horas dándole vueltas a un nombre. Diego Quirón. Y a su propuesta, la misma que rechazó hace un año cuando unos buitres carroñeros tuvieron la cara dura de presentarse en su casa con ofertas millonarias y malos modales para escribir una biografía sobre su marido. Pero ahora es distinto. Ese hombre es distinto. Y puede que lo que les une aun sin conocerse en persona, sea una señal para dar el paso. De alguna manera, Greta lo había estado esperando.

¿Pero a Leo le habría gustado que se supiera la verdad sobre él?

Su misión, según sus propias palabras, era hacer reflexionar a la gente con las letras de sus canciones. Paradójicamente, ya que a nivel personal Leo era una persona complicada, quería hacer felices a los demás, a gente que ni siquiera conocía ni le importaba. Estaba convencido de que cada persona viene al mundo con una misión y esa era la suya. La felicidad ajena. Muy ajena, tanto, que con Greta no lo tuvo en cuenta. Puede que en eso también le mintiera. No obstante, Greta batalla internamente y, si una biografía puede hacer felices a los miles de fans que sienten que se han quedado huérfanos tras su fallecimiento, ¿por qué no? A veces siente que no le debe nada, pero sería un bonito gesto por su parte. Perdonar es también perdonarse a uno mismo. Desea hacer las paces con el pasado para seguir mirando hacia delante, si bien descubrir según qué cosas sobre Leo puede conllevar a una polémica que él siempre se esforzó en evitar. A Greta le da miedo meterse en la boca del lobo y no saber cómo salir.

Pero lo que Greta necesita ahora es evadirse. Olvidarse del escritor y de su propuesta. Centrarse en el instante presente y divertirse. Así que le devuelve el beso a Yago con la misma efusividad y lo arrastra hasta el sofá. Hoy Greta no tiene ganas de complicarse la vida con poses imposibles encima de la encimera de la cocina que luego desinfecta como si fuera la maniática de la limpieza que en realidad no es. Frida los mira con el rabillo del ojo. La perra emite un gruñido de fastidio; Yago nunca ha sido santo de su devoción y no tiene ningún reparo en demostrarlo dedicándole constantes desaires. Seguidamente, la perra salta y se aleja de la pareja que, semidesnudos y sin tiempo que perder, se meten mano. Parecen dos adolescentes con las hormonas a mil revoluciones. Yago sienta a Greta a horcajadas encima de él. Le susurra algo:

—Te tengo tantas ganas…

Yago le muerde con suavidad el lóbulo de la oreja, sus labios descienden con avidez hasta sus pechos, los envuelve con sus manos y le mordisquea el pezón. Greta arquea la espalda hacia atrás, gime, sus movimientos se vuelven más provocativos, tortuosamente lentos a medida que palpa la erección de Yago, que la agarra de las caderas marcando el ritmo que desea. Pero entonces, cuando están a punto de bajarse los pantalones y dar rienda suelta a la pasión, algo cambia. Las respiraciones agitadas son engullidas por los ladridos de Frida que, en estado de alerta, mueve el rabo a una velocidad desorbitada frente a la puerta de entrada.

—Pero si nunca ladra —se extraña Greta, separándose de Yago e incorporándose para ver qué pasa.

—No será nada. Anda, ven aquí…

Yago la agarra de la muñeca, pero Greta, con un pie en el suelo, se zafa al oír el sonido de un motor que se detiene enfrente de casa. La luz de unos faros atraviesa las ventanas.

10

—Viene alguien.

—¿Tengo que coger el arma?

—No digas tonterías, Yago.

Yago suspira maldiciendo a quienquiera que se haya atrevido a interrumpirlos, mientras Greta se pone el jersey y se abrocha los tejanos. Se acerca a Frida, que continúa ladrando, le acaricia entre las orejas levantadas en posición de alerta, y abre la puerta ensimismada con la silueta que acaba de salir del coche y viene hacia ella con pasos cortos e indecisos.

Greta enciende la luz del porche para ver de quién se trata. Frida corre hacia el invitado inesperado dejando a Greta atónita, porque recordemos que Frida nunca recibe a las visitas. Nunca. Hasta hoy.

—¡Frida! —grita Greta avanzando, pero la perra no le hace ni caso. Está ocupada olisqueando al hombre que, sonriente, se agacha a acariciarla.

—Así que te llamas Frida. Como Frida Kahlo —la saluda Diego, agasajando a la cariñosa perra.

Es Diego.

Diego Quirón, que viene muerto de cansancio, con un dolor de lumbares terrible debido al viaje en coche que ha hecho del tirón. Solo ha parado un par de veces para repostar, con ganas de tirarse por uno de los acantilados de Redes después de estar escuchando durante más de seis horas las canciones deprimentes sobre amor y desamor de Leo Artes. Dios mío. O estaba muy enamorado o muy deprimido, no había término medio, ha pensado Diego con la cabeza como un bombo a punto de estallar.

Greta reconoce a Diego enseguida. Y, sin motivo aparente, durante unos segundos le da la impresión de que se le ha paralizado el corazón.

—Perdona. Frida nunca… nunca molesta a nadie, a duras penas me cuesta sacarla del sofá para salir a pasear.

—Umm… entonces Frida es muy especial —murmura Diego, levantando la cabeza y clavando sus ojos en Greta.

No es la misma chica de la fotografía que Amadeo le ha enseñado. Los años pasan, las penas pasan factura, y han borrado de su rostro cualquier rastro de dulzura, volviéndolo anguloso, de pómulos prominentes y una mirada directa y beligerante. Ya no luce una melena larga y lacia, ahora lleva el pelo corto y ni una gota de maquillaje disfraza su rostro, lleno de sombras bajo la luz tenue del porche que no le restan ni un ápice de la belleza que, desde la distancia, Diego contempla con una media sonrisa. Avanza con Frida a su lado, que lo mira con la misma fascinación con la que mira los huesos de cordero. La entusiasta acogida de la perra le ha insuflado la seguridad de la que carecía hasta hace escasos minutos, cuando ha cruzado el cartel que le daba la bienvenida a Redes en esta noche fría de luna llena y mar revuelto en la que un límpido y nervioso viento del norte bate la hierba, que se ondula como las olas.

—Soy Diego Quirón, hemos hablado por teléfono este mediodía… —se presenta, silenciando en su cabeza lo de: «Y me has colgado como si te hubiera llamado para venderte un seguro de vida»—. Sé que no son horas, que tendría que haber avisado, pero…

—Pasa, por favor —lo sorprende Greta, que ha olvidado por completo que ha dejado a Yago empalmado en el sofá.

Antes de entrar en casa, las miradas de Greta y Diego se entrelazan con una complicidad familiar, lo cual es extraño, porque, supuestamente, es la primera vez que se ven.

Supuestamente.

¿Sabe Diego quién es ella?

Al percibir la amabilidad de la viuda, aunque usar una palabra tan deprimente para alguien tan joven debería considerarse sacrilegio, a Diego se le cae el mundo a los pies. Durante el trayecto ha imaginado cientos de posibilidades y ninguna se acercaba a esta ni remotamente. Para él, Greta tenía que ser una mujer arisca, borde, antipática, estúpida, malcarada y un sinfín de adjetivos despectivos que no se corresponden con la realidad. Al fin y al cabo, presentarse así, insistente, en un lugar donde no te esperan y donde imaginaba ser mal recibido, no es de buena educación. Después de que le colgara el teléfono, daba por hecho que lo mandaría a freír espárragos, que le cerraría la puerta en las narices, que lo insultaría e incluso que lo abofetearía. Que las artistas tienen un carácter imprevisible, ha dicho en voz alta para sí mismo, haciendo tamborilear los dedos sobre el volante forrado de cuero al ritmo de Tú eres mi reflejo, una de las canciones del cuarto disco de Artes. Ahora Diego se pregunta si esa canción estaba dedicada a la mujer que entra en casa un par de pasos por delante de él.

11

En el sofá, Yago, aún empalmado y desnudo de cintura para arriba, alterna la mirada de Diego a Greta y de Greta a Diego, con los ojos muy abiertos y las cejas enarcadas.

¿Quién es este tío? ¿A qué ha venido a estas horas?

¿Debe preocuparse? ¿Le ha salido competencia?

Se levanta como un resorte mientras Greta se pregunta cómo demonios ha podido olvidar que Yago estaba aquí.

—Yago.

El nombre del policía brota de los labios de Greta en una exhalación, como pensando: «Anda, si estás aquí». Yago, molesto, sintiéndose que sobra, busca la camisa, la encuentra tirada en el suelo, se agacha a recogerla y se la pone. No es tan veloz abrochándose los botones, se toma su tiempo para examinar a Diego con ojos escrutadores como dos polígrafos.

—Yago, él es Diego Quirón, un escritor con el que tengo una reunión. Se me había olvidado por completo, perdona.

—¿Qué? ¿A estas horas?

Es lo que Diego quiere decirle también: «¿Qué? ¿Por qué le mientes? ¿Por qué me sonríes así, echando por tierra al personaje malvado que había creado para ti?». Está claro que ha pillado a la pareja en un mal momento o en uno muy bueno, según se mire, envidiando en silencio el abdomen musculado del hombre

61

que no aparta los ojos de él. Lo de ser inoportuno le recuerda a Amadeo. Igual viene en los genes.

—Pues eso… —balbucea Greta—. Que lo dejamos para otro día, ¿vale? —prosigue con tono melifluo.

—Soy Yago —se presenta el policía con gesto sombrío y un marcado acento gallego, tendiéndole la mano a Diego, que se la estrecha arrepintiéndose en el acto por la fuerza que emplea, como si quisiera partirle los huesos—. Policía local aquí en Redes —añade altivo y, por su tono, parece una amenaza.

—Encantado —dice Diego con la mano dolorida.

—Bueno. Pues me voy. ¿Seguro que estarás bien, Greta?

—Sí. Te llamo mañana.

Yago sabe que no lo llamará. Que Greta no suele cumplir con su palabra, al menos con él. Es lo que siempre dice y al final es Yago quien la llama a ella, quien se traga el orgullo y va detrás como un perro faldero que se contenta con unas pocas migajas. Echa un vistazo al salón para comprobar que no se ha dejado nada. En realidad lo hace para ganar tiempo, mirando de refilón a Diego, memorizando su cara. Finalmente, sin necesidad de palabras, Yago se planta frente a Greta, coloca las manos en su nuca, la atrae hacia él y le planta un beso en la boca incomodando a la visita. Es Greta quien, correspondiendo a su beso más por compromiso que por ganas, tiene que separarse esbozando una sonrisa tirante como una goma de mascar. Nunca se han besado delante de nadie, pero es la necesidad que tiene Yago de hacerle ver a Diego que esta mujer ya está comprometida, que ni se le ocurra acercarse más de la cuenta o se las tendrá que ver con él. Aunque sea mentira. Una farsa que solo existe en su cabeza. Greta le da una palmadita en la espalda y lo acompaña hasta la puerta.

—¿Seguro que prefieres que me vaya? —insiste Yago.

—Que sí, vete tranquilo.

—Me he quedado con su cara, eh.

Greta ríe por lo ridículo de la situación.

—Bien hecho.

Aprovechando la ausencia de la pareja, Diego echa un vistazo a su alrededor ante la atenta mirada de Frida, que se ha acostado en el mismo punto donde hasta hace nada estaba sentado Yago. La casa, de piedra grisácea, grandes ventanales y techos altos abovedados, es acogedora. Se mantiene caliente gracias a la chimenea encendida que hay frente a un par de sofás beis de tres plazas repletos de cojines y mantas de tonos cálidos. Cocina, salón y comedor de estilo rústico comparten la planta baja en un espacio diáfano. Levanta la cabeza en dirección al pasillo que se ve tras una barandilla de hierro forjado; las habitaciones, deduce. Y, más arriba, la buhardilla, el escondite de Greta, pero eso Diego todavía no lo sabe. Curioso, se acerca a la mesita auxiliar que hay junto al sofá para comprobar si lo que le ha parecido ver es verdad o solo las ganas de que alguien a quien no conocía hasta hoy tenga un libro suyo.

Pero no es cualquier libro.

Es su primer libro.

El más especial. El que recuerda con más cariño porque no ha sido capaz de volver a escribir con tanto sentimiento.

12

Greta regresa a escena en el momento en que Diego viaja al pasado a través de la fotografía en blanco y negro que le hicieron para la contracubierta de *Una promesa en Aiguèze*. Se trata de su primera novela, un homenaje de tan solo ciento veinte páginas al primer amor que vivió en la comuna francesa ubicada en la región de Languedoc-Rosellón. Greta, en silencio, observa cómo Diego, sin percatarse de su presencia, sonríe al chico de veintitrés años que fue. Un joven de sonrisa abierta con unos hoyuelos enmascarados tras una barba de tres días, pelo castaño revuelto y ojos color miel llenos de brillo, con aspiraciones de convertirse en una prometedora voz que a duras penas alcanzó los trescientos ejemplares vendidos con esta publicación, descatalogada en el presente, nueve años más tarde.

—Valerie —rompe el hielo Greta—. Realmente tuvo que marcarte mucho para dedicarle esta maravilla.

—¿Maravilla? ¿Crees que es una maravilla?

Diego y el síndrome del impostor. Una batalla diaria.

—Sí. Después de nueve años, hoy lo he vuelto a leer. ¿Qué edad tenías cuando lo escribiste?

—Veintitrés —contesta Diego con aire nostálgico, admirando la ilustración de la cubierta—. No funcionó bien. No conseguí volver a publicar nada hasta cuatro años más tarde y la siguiente aún vendió menos. Un fracaso tras otro.

—Igual falló el dibujo de la cubierta.

—¿El dibujo? No. El dibujo es fantástico. Una obra de arte.

Greta sonríe ante el cumplido. Diego abre el libro ajado de tanto uso y lee la letra pequeña que aparece en la parte inferior de la solapa para descubrir el nombre de la ilustradora que tan bien plasmó el rostro de Valerie, sus ojos grandes y redondos, las cejas espesas y los labios carnosos, quedándose atónito al descubrir que tiene delante a la artista.

—Fue mi primer trabajo. Bueno, el primer trabajo por el que me pagaron —le cuenta Greta sonriente, recordando los cincuenta bocetos anteriores al definitivo y los ciento sesenta euros que le pagaron en negro por el encargo, presupuesto que, en su momento, le pareció una fortuna—. Tenía veintiún años.

—Es… la ilustración es tuya —murmura Diego encandilado—. Joder, lo siento. La mala costumbre de no leer la letra pequeña.

«No hay un autor que haya escrito sobre el amor con tanta lucidez como tú y en tan pocas páginas», se muerde la lengua Greta. No quiere transmitirle lo emocionante que le parece que esté en su casa. La primera vez que leyó el libro, se enamoró secretamente del autor. De Diego, el hombre que ahora tiene delante, que la mira y respira el mismo aire que ella. Son cosas que pasan pero que el tiempo disipa, como quien se enamora de un personaje de una película o de una serie, aun sabiendo que el actor no tiene nada que ver con la ficción que interpreta. Ahora que Greta ha releído *Una promesa en Aiguèze* y tiene la historia fresca en su memoria, entiende que la fascinación que sintió hacia el autor no solo se debía a su juventud o al hecho de que había formado parte de la publicación del libro con su ilustración en la cubierta. Hace escasas horas, su corazón ha vuelto a latir frenético en cada párrafo, en cada sentimiento y pensamiento plasmado por un joven que, sin buscar nada, encuentra todo lo importante en el lugar más insospechado.

—Es normal, nadie lee la letra pequeña —le resta importancia Greta—. ¿Te apetece tomar algo? ¿Vienes desde Madrid? Debes de estar molido del viaje.

—Sí, desde Madrid. No esperaba que fueras tan amable —se sincera Diego, devolviendo el libro a la mesa auxiliar, odiando a su hermano con todas sus fuerzas porque no puede ser tan déspota de registrar la casa de esta mujer en busca de una canción que puede que ni siquiera exista o ella no conozca.

—Perdona por haberte colgado. Lo que me sorprende es que estés aquí.

—Tenía que intentarlo —alega Diego, a quien ahora mismo no se le ocurriría mencionar a su hermano Amadeo y la presión a la que lo ha sometido para venir hasta Redes con la misión de conseguir la autorización para la biografía y la canción. La última canción de Leo, cuya huella Diego no halla por ningún lado. Ni una sola fotografía de la pareja, ni un solo disco de platino o de oro colgado en la pared, ningún premio o algo así. Nada que dé muestras de que esa casa era del fallecido. Aquí, al menos a simple vista, no hay nada de él—. Y siento haber llegado en mal momento, estabas con tu pareja y…

—Yago no es mi pareja —aclara Greta, que no piensa hacer más comentarios al respecto—. ¿Necesitas el dinero, Diego? —pregunta de sopetón.

—¿Cómo?

—¿Cuánto te pagarían de adelanto si acepto que seas tú quien escriba la biografía de Leo?

—Eh… no estoy seguro.

—¿Cuánto? —insiste Greta.

—Veinte mil.

—Pide más.

—No entiendo…

—¿Es el sello Viceversa? —tantea Greta, cruzándose de brazos. Diego asiente—. El año pasado me ofrecieron cien mil y un buen tanto por ciento por cada venta, un veinticinco en lugar de un diez como es habitual. Cien mil euros solo por dar mi consentimiento para que la vida de Leo vea la luz en forma de libro, Diego, sin tener que hacer nada más. Les dije que no. Bueno, les mandé a la mierda, literal, llegaron aquí con el ego por las nubes y han sido tiempos oscuros.

Greta se acerca a la mesa auxiliar, coge el libro de Diego, lo mira con cariño, acaricia la cubierta y, tras emitir un profundo suspiro, prosigue:

—Pero si escribes la biografía de Leo la mitad de bien que esta maravilla sobre Valerie, el trabajo es tuyo.

13

Diego, patidifuso, está que no se lo cree. Le complace la confianza ciega que Greta deposita en él, la simpatía con la que lo mira, la dulzura con la que lo ha tratado desde que ha llegado hace escasos minutos y su interés en releer la novela que unió a dos jóvenes en busca de una primera oportunidad laboral que ahora, nueve años más tarde, el azar une. Greta no ha debido de fijarse en el coche que lo ha traído hasta Redes, sopesa Diego, por su pregunta sobre si necesita el dinero. El Audi A7 de Amadeo cuesta más de sesenta mil euros, lo ha buscado en una de sus escasas paradas, junto a blogs de escritura con consejos para escribir biografías.

—Alguien por quien Frida se levanta del sofá debe de merecer mucho la pena —murmura pensativa mirando de reojo a la perra—. ¿Dónde hay que firmar?

—La verdad es que no he traído ningún documento ni nada.

—Creías que te diría que no.

—No pensaba que fuera tan fácil, la verdad.

—Te habrán dado una imagen equivocada de mí —da por hecho Greta sin perder la sonrisa—. Para escribir sobre Leo tendrás que conocer Redes. Hablar con gente que lo conoció desde pequeño. Te advierto que no será fácil. Tampoco agradable —señala, sin que Diego comprenda todavía el trasfondo de lo que eso significa—. Luego, cuando tengas clara esa parte de su historia, hablaremos tú y yo sobre él —decide, frenando en seco cuando la melodía del *Aserejé* empieza a sonar.

Diego resopla cogiendo el móvil del bolsillo trasero de los tejanos y Greta se ríe, se ríe de verdad, con todas sus ganas, como hacía tiempo que no lo hacía. Y qué agradable es una risa sin que haya que forzar nada. La risa de Greta, además, es contagiosa, retumba por toda la casa, y Diego, a pesar de ver que quien llama es Amadeo, no puede evitar imitarla.

—Disculpa un segundo —le pide entre risas.

—Claro.

Diego sale al porche, a su alrededor la negrura se lo traga. Respira el aire salado. Desaparece la risa, una risa que ha conseguido aligerar los nervios con los que ha llegado. Contesta entre dientes y sin ganas.

—¿Ya estás en Galicia?

—Sí.

—¿Y qué?

—Que sí.

—Coño, ¿sí qué? Sé más claro.

—Da su consentimiento.

—¡No me jodas, Dieguito! —exclama Amadeo—. Te las camelas que da gusto.

Diego no piensa decirle a su hermano que si Greta ha aceptado es por una bonita casualidad en la que todo el protagonismo recae en el primer libro que publicó, el mismo del que el propio Amadeo se rio, tachándolo de cursi y sensiblero.

—Me ha pedido un contrato. Algún documento para firmar.

—Llamo ahora mismo al editor, os pongo en contacto y te lo mandará mañana a primera hora por la cuenta que le trae. ¿Necesitas un portátil? Dame la dirección donde te hospedas y te mando un Mac viejo que no uso.

—No sé dónde me voy a alojar, Amadeo.

—¿La casa es grande?

—¿Cómo?

—Estás en la parra. ¿La casa de la viuda es grande?

«No la llames viuda», se muerde la lengua Diego, aspirando el olor a tierra mojada y a mar. Avanza por el jardín delantero, pasa junto al coche, se da la vuelta y levanta la cabeza para contemplar la gran casa de piedra que tiene enfrente, tan solo iluminada por las luces del porche y las de la planta baja.

—Sí, es grande. Demasiado para una sola persona —comenta, sintiendo pena por Greta, por la vida que seguramente imaginó cuando vino a vivir aquí con el cantante.

—Pregúntale si te puedes quedar.

—Mira, eso ya sí que no. No creo que sea buena idea. Sería raro.

—¿Raro por qué? ¿Es fea?

—¡Amadeo!

—Entonces sigue siendo un bombón.

—Es muy guapa, sí —reconoce Diego ruborizándose, dirigiendo la mirada a la ventana, desde donde ve a Greta moviéndose ágil por la cocina.

—Pues disfruta. Y, ya de paso, si…

—Amadeo, cállate un mes. No es necesario decir todo lo que se te pasa por la cabeza.

—¡Genio y figura, Dieguito! Te llamo mañana.

—No hace falta que me estés llamando cada día.

—Oye, ¿mi Audi bien?

—Sí —contesta Diego con unas ganas imperiosas de rayar la carrocería.

—Vale. Acuérdate de la canción. La…

—La última canción, sí. Adiós.

Diego cuelga a su hermano que, desde su chalecito de La Moraleja, no pierde el tiempo y marca el número del editor. Qué gran alegría se va a llevar. Si es que su Dieguito es un crack, cavila, no se había equivocado cuando les aseguró que podía conseguir lo que hasta hacía un año era una quimera.

Diego vuelve a levantar la cabeza, esta vez para admirar las estrellas. El cielo aquí parece más inmenso que en Madrid, más puro, tan vívido que parece adentrarte en un mundo de ensueño. Te hace sentir pequeño e insignificante, una partícula minúscula a la que han metido por compasión en un universo infinito. La brisa marina que llega hasta aquí acaricia su rostro, consigue destensarlo un poco. Solo un poco. Le gustaría sentir paz, el entorno es perfecto para olvidar ciertas inquietudes, pero sus ojos vuelven a clavarse en la ventana que da a la cocina donde está Greta y, si bien los nervios iniciales han desaparecido, siente culpa. Lo mejor que podría hacer es olvidarse del dinero, por mucho que lo necesite para subsistir, y regresar a Madrid. No quiere causarle dolor ni problemas a la mujer y sabe que Amadeo y su entorno son capaces de cualquier cosa solo por motivos económicos, lo que hace que se sienta mal, un monigote en manos de la peor calaña. Venir hasta aquí lo convierte en un ser despreciable como ellos. En un cómplice. Greta no se lo merece. Qué fácil habría sido si lo hubiera recibido de malas formas, si fuera hosca y un ser humano despreciable con el que no querrías cruzarte jamás. Pero ella no es así. Esa mujer es un ángel, se sorprende pensando Diego, aun sin conocerla, con la mirada fija en la ventana y con las ganas inconscientes de detener el tiempo y quedarse así, con la piel de los brazos erizada sintiendo un pellizco en el vientre, mirándola en secreto hasta que despunte el alba y huyan las sombras.

14

—¿Te gusta la tortilla de patatas, Diego?

—¿A quién no? Pero no quiero molestarte más, Greta —dice Diego, apurado, observando cómo Greta se mueve con soltura por la cocina, pequeña en comparación con el resto de las estancias. Ya ha batido los huevos, ha pelado y troceado las patatas, y, por lo que Diego ve, es de las que no pone cebolla a la tortilla, pero no va a ser él quien le diga que comer tortilla de patatas sin cebolla es como ir a Venecia y no subir en góndola.

—No me molestas. Al contrario, es un placer tenerte aquí, de verdad, y puedes quedarte el tiempo que necesites, aunque no sé si has venido con mucho equipaje. —Diego piensa en la ropa pija de Amadeo. Bueno, al menos el tiempo que se quede irá bien vestido, con un chaquetón negro elegante que Amadeo ha incluido en la maleta, prediciendo el frío del norte—. El invierno en Redes suele ser duro, espero que hayas traído ropa de abrigo. Ah, y, por supuesto, tienes que firmarme Valerie —añade enérgica.

—Valerie… Habría sido un buen título, ¿no? Simple, directo. Está muy de moda eso de poner nombres en los títulos.

—Es un nombre bonito —opina Greta, pendiente de que el aceite en la sartén esté en el punto justo para empezar a freír las patatas.

—¿Cómo te gustaría titular la biografía de Leo? —pregunta Diego, puesto no sabe de qué otra cosa puede hablar que no tenga que ver con la biografía, arrepintiéndose en el acto al intuir que los bonitos ojos verdes de Greta se humedecen.

—Leo Artes. El chico con alas.

—El chico con alas…

—Siempre hizo lo que le dio la gana. Con las consecuencias que la libertad conlleva. Sus padres murieron cuando tenía dieciocho años, un fatídico accidente de coche. Se quedó solo de la noche a la mañana, con poco dinero y esta casa en un estado deplorable. Data del siglo XVIII y estaba abandonada desde hacía muchos años. El padre la compró por cuatro duros y la fueron arreglando poco a poco para poder vivir con dignidad, pero no había dinero. Leo se tuvo que buscar la vida. Nadie le puso límites. Nunca.

—¿Cómo os conocisteis? —indaga Diego, curioso.

—Te lo contaré. Pero todo a su debido tiempo. Primero, ya sabes.

—La infancia.

—Mañana vendrá Elsa sobre las once a tomar café. Ha vivido desde siempre en Redes, conocía a Leo desde que no levantaban un palmo del suelo y fueron juntos al colegio. Ella podrá contarte retales de su infancia y de su juventud hasta que Leo decidió irse a Madrid.

—Gracias.

—No hay que darlas.

Diego no puede ver la expresión de Greta, está de espaldas a él, centrada en los fogones, en la elaboración de la tortilla de patatas sin cebolla. Apoyado en la isla de la cocina que separa el espacio del salón, ve cómo sus hombros se tensan, aunque con el jersey grueso que lleva es difícil saberlo. Diego se centra en sus suspiros, en su respiración.

—Son las nueve de la noche. ¿Tienes un lugar en el que quedarte?

—Por ahora no.

—Puedes quedarte aquí —le ofrece con amabilidad—. Hay tres habitaciones libres, sube y elige la que quieras salvo la de la segunda puerta. Es la mía.

—Es demasiado, Greta. Buscaré algún hostal, algo que…

—No puedes escribir la biografía de Leo sin conocer como la palma de tu mano el lugar en el que vivió. El lugar que amó sin medida. —Baja el fuego, se gira y sus ojos se clavan en los de Diego—. ¿Sabes cómo murió?

—Se… —duda Diego—. Se cayó por un acantilado.

—Aquí al lado —confirma Greta endureciendo el gesto—. En uno de sus paseos nocturnos. Leo era alcohólico, Diego, un alcohólico de manual. Conocía el terreno a la perfección, pero se asomó demasiado y… en fin, hay personas que, nada más verlas, intuyes que no llegarán a viejas. Y nadie puede salvarlas. El destino siempre se impone y no juega a favor de las personas que más les quieren.

—¿Y tú lo intuías?

—No. Con Leo, no. Me falló la intuición por las ganas que tenía de envejecer a su lado. Estaba ciega. No quise ver. En realidad, no quise ver muchas cosas… —añade con misterio—. Ocurre con las personas que más quieres y esa mala costumbre innata en el ser humano de creer que son inmortales, que nada malo les puede ocurrir. Hasta que ocurre. Dicen que todos nacemos con distintas cantidades de vida en nuestro interior y es fácil saber cuándo a alguien se le ha agotado la suya, pero mienten. No es nada fácil si tienes los sentidos obnubilados.

—Lo siento.

Greta se encoge de hombros sin dejar de mirar a Diego, a quien le gustaría meterse dentro de su cabeza para saber qué está pensando. Lo cierto es que Greta no piensa nada en concreto, más allá de la casualidad que ha unido su camino con un autor que, en su momento, provocó en ella una ternura inexplicable a través de una intimista y breve historia de amor plasmada en un libro especial pero con poca repercusión, como suele ocurrir con los tesoros, también los literarios, que pocos tienen la suerte de descubrirlos, tal vez por la mala costumbre de ir corriendo por la vida.

—¿Me disculpas un momento? —pregunta Greta sin esperar respuesta, abriendo uno de los armarios superiores, de donde coge tres latas de comida para gatos. Diego la observa mientras las abre, sale de casa y las deja en el porche—. Tengo tres gatos —le cuenta—. Bueno, no son míos, los gatos no son de nadie aunque hagan creer que sí. Son gatos callejeros que siempre merodean por aquí. Les dejo un poco de comida cada noche.

—Un gran gesto por tu parte.

—Oye, y volviendo a nuestras historias… tú… ¿Me contarás tu historia con Valerie? —propone Greta un tanto indecisa.

Diego le dedica una sonrisa traviesa, sacude la cabeza, piensa que esto es una locura. ¿Cómo es posible sentirse como si estuviera en casa, si apenas hace una hora que ha llegado a este lugar nuevo y desconocido donde el cielo estrellado parece un lienzo? Hasta le da por acordarse de sus vecinas octogenarias, que a lo mejor están preocupadas por su ausencia al no haberlo visto a través de las mirillas subir por el rellano en dirección a su minúsculo apartamento de Lavapiés. Y también se acuerda de Ingrid, de la decepción en su mirada cuando anoche le pidió un beso de despedida. Se pregunta si hoy también habrá bajado a su piso ligera de ropa, con la excusa tonta de que no tiene sal y con las ganas que siempre le demuestra de querer estar con él.

—Has leído el libro. Creo que conoces de sobra la historia, y, la verdad, es bastante plana.

—Seguro que hay detalles que omitiste.

—Es ficción. Exageras cosas, omites otras, las más íntimas… En realidad no fue para tanto.

—Una ficción real que viviste en primera persona —apunta Greta.

—Ya. Sabía que no tendría que haberlo puesto en la nota final.

—¿Qué omitiste? —incita Greta, imitando la sonrisa traviesa de Diego.

—Se te van a quemar las patatas —elude Diego para ganar tiempo, mirándola con los ojos entornados.

Greta vuelve a los fogones, suelta un «mierda» y se da prisa en meter las patatas en el cuenco con los huevos batidos. Un par de segundos le parecen suficientes para preparar la mezcla antes de devolverla a la sartén.

—Ya está. Va, dime qué omitiste.

—Lo más importante.

—Y lo más importante es…

—Que no cumplí mi promesa.

15

Aiguèze, Francia
Verano de 2008

Diego, a sus veintidós años, estudiante de Filología en la Universidad Complutense de Madrid, estaba harto de la sobreprotección de papá y mamá y de los aires de grandeza que ya por aquel entonces se gastaba su hermano Amadeo, a punto de publicar su primera novela superventas. Así que, ese verano, con ansias de aventura, Diego cogió el destartalado Golf Volkswagen de 1995 que había comprado con sus ahorros, y se largó de Madrid prácticamente con lo puesto y con el corazón roto. Se había enterado hacía poco de que Marta, su novia de toda la vida, le había sido infiel con un compañero de universidad que, a su parecer, era más feo que Picio. Y ni siquiera era buen tío.

Necesitaba soledad. Fue en busca de ella.

Condujo a lo loco, sin planear nada concreto, sin rumbo fijo ni GPS, sin un lugar señalado en el mapa. Después de seis horas casi del tirón, en Barcelona improvisó y decidió subir hacia Andorra. Cruzó la frontera, llegó a Francia, continuó el camino y pasó una noche en Montpellier sin que la ciudad le atrajera lo suficiente como para quedarse. Buscaba algo más tranquilo, más pequeño. Menos gente, cero ruido.

Al día siguiente, tiró hacia la montaña, que creyó que estaría menos concurrida que los pueblos costeros, y así fue cómo llegó a Aiguèze, donde se enamoró de una de sus plazas, la place du Jeu de Paume. Aún no tenía ni idea de que ese no sería el único flechazo que sentiría aquel verano en el que aprendería que toda decisión, por muy pequeña que sea, marca nuestro destino. Estuvo dos horas tomando un café con hielo bajo la sombra de unos frondosos plataneros, sin más entretenimiento que el de contemplar la vida cotidiana de ese pintoresco pueblo medieval colgado sobre una cresta rocosa. También vio pasar a turistas tan perdidos como él adentrándose en las callejuelas sinuosas.

«Este es mi sitio. Aquí es donde me voy a quedar», rumió Diego, entrando en el interior del café para pagar y preguntarle al camarero por un hostal barato en el pueblo. Chapurreaba un poco de francés, pero no perfecto; esperaba que los franceses no se lo tuvieran en cuenta. Lo que encontró tras la barra del bar fue una sonrisa amable y una buena disposición de ayudar al forastero aunque les destrozara el idioma. El camarero le recomendó quedarse en Les jardins du Barry, una preciosa casa de campo a muy pocos metros de distancia, en la rue Le Barry, una de las calles que desembocaban en la plaza donde se encontraban.

—Solo hay cuatro apartamentos, sé que esta mañana han dejado uno libre. Date prisa o volará —le recomendó el camarero, hablando lento en francés para que Diego lo entendiera.

—*Merci beaucoup.*

No tardó ni dos minutos en llegar. Nada más cruzar la verja que daba la bienvenida a Les Jardins du Barry, Diego pensó que si habían ocupado el apartamento buscaría otro pueblo. No quería quedarse en otro lugar que no fuera ahí, si finalmente se quedaba unos días en Aiguèze, aunque temió apuntar demasiado alto y que su VISA no tuviera suficiente liquidez para pasar, como mínimo, siete noches. Y antes muerto que pedir ayuda a sus padres.

Aparcó junto a un par de coches de alta gama.

Desde un primer momento, se quedó fascinado por la cuidada vegetación, ni una sola flor parecía estar ahí por casualidad. Se empapó del olor a jazmín. Admiró los tres sauces llorones que otorgaban una sombra necesaria para esos días calurosos de verano sobre el caminito de baldosas que conducían a recepción, según indicaba un cartel de madera. Diego se habría quedado ahí toda la vida. Aún no se planteaba seguir los pasos de su hermano y ser escritor, era algo que, sencillamente, no entraba dentro de sus planes por su carácter disperso, pero ese lugar, aunque Diego todavía no lo supiera, marcó un antes y un después. Fue su inspiración. Y la culpa la tuvo Valerie, la propietaria, que saludó a Diego tras el mostrador de la recepción del hotel como si lo conociera de toda la vida. Nada hacía prever que, meses más tarde, ese joven de ojos tristes escribiría una breve novela sobre ella, y una artista desconocida con apellido alemán esbozaría su rostro para la cubierta. Descubrir que tenía un nuevo huésped español fue como si a Valerie se le hubiera presentado la Virgen. Le encantó poner en práctica su español oxidado.

—¡Mi abuela era de Sevilla!

—Sevilla es una maravilla —rimó Diego, y, aunque nadie solía reírse de sus intentos por ser chistoso, a Valerie sí le hizo gracia. Y eso a Diego, que por aquel entonces tenía tendencia a ser bastante enamoradizo, algo que no ha cambiado mucho, la verdad, le gustó, casi tanto como la mirada de Valerie, sus largas y espesas pestañas y su melena negra rizada.

—Te voy a hacer un precio especial —decidió Valerie con una sonrisa de oreja a oreja, que mostró a Diego una dentadura perfecta, tan blanca que deslumbraba—. Setenta euros la noche en lugar de cien. Ha quedado libre el apartamento Le Laurier. Vamos, que te lo enseño.

Diego hizo números mentalmente. Le supo mal decirle a Valerie que setenta euros la noche suponía un terrible esfuerzo para él. Aunque se lo pudiera permitir, iba a hacer que las pasara canutas los siguientes meses. Pero se lo merecía. Claro que sí. Se merecía un capricho después de un año durísimo con la cabeza enterrada entre libros. Tener un apartamento para él solo con acceso directo al jardín, desde donde podía ir a darse un baño a la piscina siempre que se le antojara, le parecía un lujo.

—¿Cuánto tiempo piensas quedarte? —le preguntó Valerie, cuyos andares pausados y su cuerpo voluptuoso hechizaron a Diego, que tragó saliva de manera inconsciente.

—Siete días.

—Perfecto.

Valerie, siempre enfundada en caftanes de seda largos, coloridos y vaporosos que resaltaban su tez canela, abrió la puerta del apartamento haciendo tintinear las numerosas pulseras que envolvían su muñeca. Diego entró y, de inmediato, se sintió como en casa. El apartamento era pequeño, con encanto, luminoso y con todas las comodidades.

—Puedes pasar después por recepción, haré una fotocopia de tu documento de identidad. Ya sabes, papeleo formal —rio, y a Diego le pareció que se ponía nerviosa pese a ser una mujer madura de treinta y siete años. Quince años los separaban, pero, en ese momento, la edad no pareció importar lo más mínimo para que una fuerte atracción se apoderara de ambos dejándolos sin habla.

—Bueno, pues...

—Eh... sí, acomódate, por favor. Hasta luego —balbuceó Valerie bajando la mirada y dedicándole una tímida sonrisa.

Diego no se acomodó mucho. Solo pasó tres noches en el apartamento y sus visitas al pueblo fueron sustituidas por horas muertas en la piscina de Les Jardins du Barry ante la meticulosa observación de la propietaria. Valerie aprovechaba cualquier ocasión para acercarse a Diego, incluso de noche, cuando él se tumbaba en el mullido césped a contemplar el cielo estrellado que tendía un velo de plata sobre los árboles. Su inseguridad, tal vez procedente de su juventud, o más bien de los cuernos que le había puesto Marta, hizo que pensara que Valerie era así de amable con todos los huéspedes. Porque todos, sin excepción, estaban encantados. Nadie parecía querer irse de Aiguèze, el pueblo de cuento con la mejor anfitriona en ese trocito de mundo que parecía un paraíso terrenal. No obstante, la segunda noche ocurrió lo inimaginable. Valerie se tumbó al lado de Diego. Él la miró, en silencio, clavando intencionadamente los ojos en los labios de la francesa, y, sin apenas darse cuenta, se dejaron llevar por el impulso y a los pocos segundos se estaban devorando. Irracionales, hicieron el amor bajo las estrellas sin miedo a que algún otro huésped desvelado los descubriera. Durmieron desnudos y abrazados en la cama doble de Le Laurier como si sus cuerpos entrelazados hubieran venido al mundo para estar juntos.

Ay, si ese apartamento pudiera hablar…

Valerie le dijo que no le iba a cobrar la estancia y que podía mudarse con ella el tiempo que quisiera. Siete días se convirtieron en cuarenta en el apartamento de Valerie repleto de amuletos y libros de segunda mano. Y en esos cuarenta días, Diego apenas conoció los encantos del pueblo, pero sí memorizó cada lunar de Valerie que acariciaba y besaba por las noches con devoción.

Amó a esa mujer con toda su alma.

La amó tanto que dolía.

Cualquier relación anterior le pareció una ridiculez en comparación con lo que tenía con Valerie. Con ella lo aprendió todo, se convirtió en el amante que toda mujer desearía en su cama. A Diego le excitaba que Valerie fuera mayor que él y a ella le excitaba su juventud, saberse deseada, sus besos ávidos de pasión y ternura. Se volvieron adictos el uno al otro.

Pero el verano terminó.

Los amores de verano suelen ser como las estrellas fugaces que surcan el cielo. Llegan, deslumbran con su magia y se esfuman. La historia estaba condenada al olvido y, por eso, Diego tuvo la necesidad de plasmarla en papel, al principio sin ambición alguna, solo para él, sin sospechar que un editor confiaría en ella y en su talento para lanzarla al mundo, aunque el mundo resultó ser muy pequeño.

—Prométeme que volverás, Diego —le pidió Valerie con la voz entrecortada—. Que lo nuestro no ha terminado. Nunca terminará.

Diego, ingenuo, asintió, convencido de que cumpliría su promesa, de que volvería a los brazos de Valerie, de que ese verano no había sido más que el comienzo de algo eterno, inmortal, porque sentía un nudo en el pecho que le impedía respirar con normalidad al pensar en la distancia que estaba a punto de cernirse entre ellos. Los ojos le brillaban de emoción, su cuerpo se estremeció, su corazón, ese que creía roto, se desquebrajó del todo al tener que volver a su aburrida y rutinaria vida en Madrid. Condujo los primeros trescientos kilómetros en dirección a casa con los ojos anegados en lágrimas y con la seguridad ferviente de que no volvería a sentir algo tan puro por nadie más. Le había dado fuerte.

Nunca olvidaría a Valerie.

Nunca.

Por eso Diego volvería. Cumpliría su promesa.

Pero el tiempo pasa y los nudos se deshacen. Las promesas se rompen. Vuelves a respirar con normalidad. El recuerdo se disipa, la mirada que tanto te marcó deja de ser la última que ves antes de cerrar los ojos y dejarte vencer por el sueño. El «nunca» que tantas veces repetiste pierde su significado, se convierte en otra cosa, en una palabra que «nunca» se debería decir.

No es difícil que el tiempo y la distancia maten el amor.

16

Redes, A Coruña

—Nunca volví —revela Diego, saboreando la tortilla de patatas, aunque no tenga cebolla, y, en su opinión, haya quedado un poco sosa—. Llegué a Madrid, escribí nuestra historia, la del enamoramiento de un chaval joven por una mujer más mayor, pero supongo que la olvidé y no… no llegué a cumplir mi promesa.

—Pero al final el protagonista vuelve a Aiguèze con Valerie —replica Greta decepcionada—. En el libro sí cumple su promesa. Sí vuelve. Acaban juntos.

—Sí, en el libro, Greta. En la ficción —apunta Diego—. No en la vida real.

—Ya… La vida real es una experta en romper sueños.

—Han pasado diez años. Al principio nos llamamos, pero la ilusión de aquel verano dio paso a algo más decepcionante…

—A la realidad.

—Exacto. A la realidad. A la rutina, al día a día y a comprender que podía vivir sin ella —conviene Diego pensativo—. Me centré en mis estudios, conocí a otras mujeres y la vida pasó.

—¿La has buscado?

—¿A Valerie?

—No, a Juliète Binoche.

Diego esboza una risa breve y seca.

—No tiene redes sociales personales. Pero sí sé que sigue al mando de Les Jardins du Barry. Es una casa campestre que heredó de una tía, la reformó y la convirtió en hotel hace veinte años. Era un lugar mágico. Bueno, es, es. Lo sigue siendo.

—¿Y cómo sabes que Valerie sigue ahí?

—Porque llamé y me contestó ella.

—¿Cuánto hace de eso?

—Seis meses —confiesa Diego en un murmullo, esbozando una media sonrisa pícara.

—¡Entonces nunca la olvidaste! —ríe Greta, dándole un golpecito en el hombro y dirigiendo la mirada al libro, que sigue sobre la mesa auxiliar al lado del sofá.

Diego, en silencio, sigue comiendo sin perder la sonrisa. Sorbe de la copa y degusta el vino Albariño. Greta rompe el cómodo silencio:

—Es bonito.

—¿El qué?

—Los amores que no han podido ser y a los que es imposible olvidar —contesta Greta mirando fijamente a Diego.

Quién sabe, si con el tiempo se llevan bien, podría trazar un plan de reencuentro con Valerie, la real, no la que ella imaginó para dibujarla en base a la descripción que le dieron.

17

Para Greta.
Brindemos por
las casualidades,
las que hacen que nos encontremos
con personas especiales.
Gracias por la confianza.

Con cariño,
Diego Quirón.

A Diego le habría gustado escribir mucho más en la dedicatoria. Gracias por la confianza, sí, pero también gracias por la familiaridad, por hacerlo sentir como en casa, por ponerle las cosas tan fáciles y convertir una charla entre dos desconocidos en algo más.

«Gracias por la sensación mágica, casi irreal, que me provoca tu mirada, Greta, como si nos conociéramos desde siempre».

Igual sí. Igual Greta y Diego se conocen desde siempre. Igual hay algo que viene de muy atrás y estimula a que haya personas destinadas a entenderse desde el primer instante en el que se reconocen.

Greta lee la dedicatoria que Diego le ha escrito en su ejemplar de *Una promesa en Aiguèze* con una sonrisa. Le da las gracias, admite que no tiene ningún libro firmado por su correspondiente autor porque no tiene paciencia para esperar las largas colas que se forman en las ferias o en las presentaciones. Y eso, añade con dulzura, convierte este ejemplar en algo muy valioso para ella.

—Conmigo no tendrías problema. Vienen cuatro gatos a que les firme mis libros.

—Eso cambiará, Diego. Estoy segura de que cambiará, de que en unos meses habrá que esperar una cola de dos horas bajo un sol abrasador para tener tu firma —confía Greta, estrechando el libro contra su pecho, antes de subir las escaleras para acompañar a Diego hasta la que será su habitación durante los próximos días—. Te dejo la habitación por setenta euros la noche —bromea, haciendo reír a Diego—. Ah, el cuarto de baño está al final del pasillo, por si quieres darte una ducha. Hay toallas limpias en el armario. Yo tengo cuarto de baño en mi habitación, así que es todo tuyo.

—Vistas al mar —admira Diego, dejando la maleta de Amadeo sobre la cama. Se acerca a la ventana, retira la cortina y, dándole la espalda a Greta, contempla durante unos segundos la noche estrellada fundiéndose con el mar embravecido, que refulge plateado bajo la luna llena.

—Sí. Todas las habitaciones tienen vistas al mar. Los amaneceres desde aquí son preciosos, no hace falta ni que te levantes de la cama para contemplarlos. En esta habitación era donde se quedaba mi madre siempre que venía.

A Diego le es inevitable sentir curiosidad por Greta, por todo lo que concierne a su vida, pero preguntar por la madre de la que le ha hablado en pasado y por el padre al que ni siquiera ha mencionado, sería incómodo. Sin embargo, no puede permitirse distracciones, aunque Greta sea una tentación, algo de lo que se ha percatado desde que le ha dedicado la primera sonrisa. Diego debe centrarse en Leo, el cantante, para eso está aquí: para escribir la excepcional biografía que la mujer de delante espera, depositando toda su confianza en él por el pasado que los une en forma de libro. *Una promesa en Aiguèze*, más allá de la terapia que significó para Diego, le dio pocas alegrías. Ahora se da cuenta de que su primer título ha hecho que su vida dé un giro que no esperaba esta mañana cuando ha sonado el despertador. Esto es lo más emocionante que le ha ocurrido en años.

—Bueno… si necesitas cualquier cosa, estoy aquí al lado —se despide Greta, ya en el umbral de la puerta con la mano apoyada en el marco.

—Muchas gracias. Que descanses.

—Tú también.

Diego inspira hondo mirando a su alrededor, asumiendo lo que hasta hace unas pocas horas le habría parecido imposible. Está en casa de Leo Artes. En casa de un artista cuyas canciones son conocidas y alabadas en medio mundo. Y su mujer le ha propuesto instalarse en esta habitación con unas vistas inspiradoras. Cuando logra tranquilizarse, va al cuarto de baño a darse una ducha que le sienta fenomenal para desentumecer los músculos tensos del largo viaje en coche. Regresa al cabo de media hora a la habitación con el pelo mojado y una toalla anudada alrededor de la cintura. Es la una de la madrugada cuando decide escribirle un wasap a Ingrid contándole que está en un pueblo de A Coruña por trabajo. No da más detalles. No tiene por qué darle explicaciones, no tienen ningún compromiso serio, no es su novia. Lo suyo es esporádico, pero no quiere que su vecina se preocupe, y, últimamente, se preocupa en exceso por él. Espera durante minutos una respuesta que no llega. Debe de estar durmiendo, sopesa, sin dedicarle a Ingrid un segundo más de su pensamiento. También escribe a Amadeo para decirle que se queda en casa de Greta, cuya dirección ya tiene, y es ahí donde puede enviar el ordenador portátil. Mientras tanto, grabará con el móvil, tomará apuntes en una libreta, se empapará de la vida de Leo como si la hubiera vivido él mismo y leerá todo lo necesario para aprender a escribir una buena biografía. Finalmente, trata de poner la mente en blanco, necesita desconectar. Cierra los ojos y se queda dormido con el hipnótico rumor de las olas llegando a sus oídos.

Redes, A Coruña
Día 2

Diego no recuerda haber dormido tan bien en años, sin el bullicio característico de la gran ciudad, el camión de la basura a las dos de la madrugada y el pitido de los cláxones de los conductores impacientes de camino al trabajo. En Redes todo es paz. Un paraíso. En esta casa solitaria encaramada frente al mar, a Diego le da la sensación de que es el único ser vivo sobre la faz de la Tierra. Le recuerda a aquel verano en Aiguèze; es lo que tiene la memoria, que en cuanto la refrescas, no descansa. El canto de los pájaros por la mañana y el murmullo de las olas despiertan a Diego de buen humor. Se da cuenta de que es tarde, son las diez de la mañana.

¿Qué habrá pensado Greta?

—Escritor holgazán —murmura desperezándose y abriendo la maleta de Amadeo, que le ha contestado a su wasap con el mítico: «¡Eres un fiera, Dieguito! Sabía que te la camelarías. Hoy mismo te mando el portátil, te llegará mañana».

Se decanta por un jersey granate y unos pantalones beis de pinza que le van grandes, pero nada que el cinturón no pueda solucionar. Parece que vaya a ir a jugar al golf. Por suerte, las zapatillas Converse negras combinan, le ayudan a no desprenderse del todo de su verdadero yo. En cuanto abre la puerta, se encuentra con Frida en el pasillo, que lo recibe jadeante, con los ojitos brillantes, las orejas elevadas al cielo y la lengua fuera.

—¿Qué tal, Frida? ¿Dónde está Greta?

Diego, ¿desde cuándo le hablas a una perra como si te fuera a contestar?

Se asoma a la barandilla. Da un repaso rápido a la planta baja y, aunque huele a café recién hecho, no hay vida. Baja las escaleras seguido de Frida. Si Greta viera la escena alucinaría. Frida no sigue a nadie. Nunca. Diego encuentra una nota en la encimera de la isla; la letra de Greta es legible, elegante y alargada, bonita.

No he querido despertarte.
Llegaré sobre las once, he quedado con Elsa,
la amiga de Leo de la infancia,
con quien hablarás, aunque no le he dicho nada.
Te he dejado café hecho, está en el termo.
Coge todo lo que quieras de la bolsa
para reponer fuerzas.

G.

El contenido de la bolsa de papel en el que pone «Forno de Cotos», una panadería situada en Ares donde Greta, como de costumbre madrugadora, ha llegado a las siete y media de la mañana, es variado. Empanadas, bollos, cruasanes…

¿Acaso quiere engordarlo para comérselo como si fuera la bruja del cuento de *Hansel y Gretel*?

—¿Crees que es buena idea, Celso? —le pregunta Greta al librero, respecto a la publicación de una biografía de Leo, acariciando
con las yemas de los dedos los lomos de los libros que encuentra
a su paso. Para ella, lo que opine Celso siempre importa.

—¿Sientes que lo es, *pequeña*?

—Solo si la escribe Diego.

—Pues si lo sientes, sí es buena idea. Por cierto, ¿me pres-
tarás su libro?

—Mmm… no, que lo tengo dedicado y los libros son ren-
corosos. Si los prestas no regresan a ti —decide Greta riendo.

—¡Despedida del club de lectura! —se escandaliza Celso,
señalándola con el dedo en tono jocoso.

—Te lo dejaré. Pero tienes veinticuatro horas para leerlo.

—*Moi ben.*

—De hecho… te lo he traído.

Greta le tiende el fino libro por la necesidad que tiene de
que la historia que escribió Diego siendo muy joven se empape
de otras almas. Celso, como buen librero, contempla el ejemplar
con atención, le da la vuelta varias veces, lo huele, lo manosea y
asiente.

—La cubierta es preciosa. Hiciste un gran trabajo. Qué
cosas tiene la vida, ¿verdad? Qué cosas… —Celso sacude la ca-

beza observando más rato del necesario la fotografía en blanco y negro del autor que aparece en la contracubierta—. Tiene ojos de buen hombre. Mirada nostálgica, perdida, típico de la juventud que termina escurriéndose. Una sonrisa franca, si bien incómoda, da la sensación de que no le gusta ser el centro de atención. Y no entiendo de hombres, pero diría que es muy atractivo.

—No está mal —confirma Greta, poniéndose nerviosa como una quinceañera ante el análisis preciso de Celso.

—¿Y cuánto tiempo dices que se va a quedar en tu casa?

—Celso, sé por dónde vas y no, no va a pasar —replica Greta, recordando la conversación que tuvo anoche con Diego sobre Valerie. Cómo se le iluminó la mirada al hablar de ella, al reconocer que hacía seis meses había llamado al hotel para comprobar si seguía ahí. Se pregunta si sus ojos brillan del mismo modo cuando habla de Leo, algo que duda, pero de lo que no se ha dado cuenta, es de que ese brillo ha vuelto a aparecer desde que vio a Diego salir del coche y caminar indeciso hacia ella. En su cabeza, ese momento se ha ralentizado, como ocurre con los momentos que no quieres borrar.

Celso, alma vieja, baja la cabeza, mira a su amiga por encima de las gruesas gafas de pasta, y, dando por concluida la conversación, da en el clavo con la frase popular:

—Nunca digas nunca.

20

Elsa llega con diez minutos de antelación. Le extraña no ver la camioneta de Greta y sí un Audi que tiene pinta de no ser apto para todas las cuentas corrientes, pero aun así, tras asomarse por una de las ventanas, llama a la puerta. Frida ni se inmuta. ¿Levantarse ella del sofá? ¿Para qué? Diego le da un último sorbo al café y un mordisco a la empanada. Y esta vez sí, se promete masticando con rapidez, no va a caer en la tentación. Ni un bollo más. Al abrir, se encuentra con la mirada curiosa de una mujer bajita y atlética de melena cobriza y ojos pardos rasgados.

—¿Greta ha vendido la casa y yo no me he enterado? —pregunta, componiendo un mohín de extrañeza.

—Greta no está. Ah, supongo que eres Elsa, ¿no? —cae en la cuenta Diego. Elsa asiente—. Soy Diego.

—No me suenas de nada.

—Ya, claro. Llegué ayer. Voy a escribir la biografía de Leo —le cuenta. Sería más fácil si Greta estuviera en casa. ¿Dónde se ha metido?—. Greta me dijo que vendrías, que podría hablar contigo de la infancia de Leo para empezar a hacerme una idea de cómo fue su vida en Redes antes de irse a Madrid a probar suerte como músico. Serían los primeros capítulos de la biografía.

Elsa desconfía. Sabe que hace un año Greta no estaba conforme con una buena propuesta editorial que le hicieron para escribir sobre Leo. ¿Qué ha cambiado? ¿Quién es este hombre? ¿Qué tiene de especial para que haya convencido a Greta? ¿Qué le puede contar ella sobre Leo? Se pone nerviosa. Mira hacia atrás, por si, con un poco de suerte, ve a Greta regresando a casa, pero se encuentra con el vacío. Una fría brisa acaricia su rostro, provocándole un escalofrío que le recorre el cuerpo entero.

—¿Puedo? —pregunta, señalando el interior de la casa.

—Perdona. Claro.

Diego se aparta para dejarla entrar. Elsa, que conoce el interior de la casa a la perfección, va hasta la cocina y saca un par de fiambreras de la bolsa que trae consigo. Parecen croquetas, sopesa Diego, mirando a Elsa abrir la nevera con determinación.

—Bueno. Antes de hablar contigo tendré que asegurarme de que lo que me dices es verdad. Esperaré a que venga Greta.

—Por supuesto. Hay café. No sé a qué hora lo ha preparado Greta, pero lo ha dejado en un termo y se ha mantenido caliente.

—Con leche, por favor —le pide Elsa, en un tono un tanto despectivo. Ni siquiera le dedica una sonrisa a Diego cuando se lo sirve—. Entonces, ¿eres escritor? —Diego asiente sentándose frente a la recién llegada—. ¿Cuál es tu apellido?

—Quirón. Diego Quirón.

Elsa niega con la cabeza. No, no le suena. Lo normal.

—Quirón… tengo algún libro de un autor que se apellida Quirón, pero el nombre no es Diego. Es un nombre antiguo, como de…

—Amadeo Quirón.

—Ese.

—¿Y te gusta?

—Un poco petulante, la verdad.

Diego ríe. Petulante. Qué palabra tan acertada para la literatura de Amadeo y lo que no es literatura.

—Es mi hermano.

—Ah. Pues perdona.

Elsa se lleva una mano a la boca y abre en exceso los ojos, como si hubiera cometido un error imperdonable.

—No, no pasa nada. Yo también creo que es… petulante.

Diego y Elsa sonríen con complicidad. No hay nada que le guste más a Diego que critiquen a su hermano y que lo hagan en su presencia. La antipatía por una misma persona también crea lazos, uniones indestructibles. Aunque Elsa parece sentirse algo más cómoda que cuando ha llegado, transcurren cinco largos minutos hasta que Greta entra por la puerta disculpándose por la tardanza.

—Celso me ha liado.

—Y a ti que te encanta que Celso te líe.

«¿Se llamaba Celso el policía al que le jodí el polvo de anoche?», cavila Diego.

—Celso es el propietario de la librería del pueblo —le cuenta Greta a Diego, dejando tres ejemplares sobre la mesa auxiliar. Ha caído en la tentación y ha vuelto a comprar tres thrillers de autores nórdicos que prometen que no podrás despegarte de sus páginas hasta el final—. Voy casi cada día. Te lo presentaré mañana, te caerá genial y creo que el club de lectura de los jueves te encantará.

—El club de lectura octogenario —irrumpe Elsa esbozando una sonrisa maliciosa.

—Los octogenarios son mi especialidad —comenta Diego, no muy acertadamente, al darse cuenta de que Greta y Elsa cruzan una mirada de extrañeza.

—Elsa, siento no haberte dicho nada. Diego va a escribir la biografía de Leo. Ha sido todo muy precipitado, pero tengo mis motivos para pensar que no hay nadie mejor que él para escribir sobre Leo.

—El año pasado te negaste.

—La gente puede cambiar de opinión. ¿Podrías colaborar? Por favor.

Elsa sabe lo que Greta ve cada día frente a la tumba de

Leo. Fans que aún le lloran. Fans que se volverían locos de alegría si, tres años después de su muerte, un pedacito de Leo cobrara vida en forma de libro.

¿Qué podría salir mal, Elsa? ¿De qué tienes miedo?

—¿Y qué te puedo contar yo? —suspira Elsa mirando a Diego que, a su vez, echa un vistazo al correo electrónico que le acaba de llegar de parte de la editorial Viceversa.

El editor, un tal Paco Salas, lo felicita, asegurándole que, cuando tenga todo el papeleo firmado, cobrará el adelanto al completo, sin tan siquiera haber visto un primer borrador. Cuánta fe; es lo que tiene ser hermano del gran Amadeo Quirón, por mucho que Diego lo deteste. En unas cuantas líneas, Paco lo empodera. Le comenta que confía en que lo hará a la perfección, que cualquier cosa que necesite, se lo comente, y le manda un par de copias del contrato para devolvérselas firmadas por Greta y por él, solicitándole las fotocopias de sus respectivos documentos de identidad, la factura y su número de cuenta bancaria para proceder al ingreso. Obviamente, la confianza no es ciega del todo, por mucho que Amadeo actúe de intermediario. En el contrato hay una cláusula que indica que, si en tres meses desde la firma, no hay un primer borrador, se cancelará el acuerdo y el autor estará obligado a devolver los veinte mil euros del adelanto.

—Anécdotas —contesta al cabo de un rato Greta, mirando de reojo a Diego, que sigue centrado en la pantalla del móvil. Sigue sin creerse el peculiar giro de acontecimientos que ha sufrido su vida en menos de veinticuatro horas. Veinte mil euros por una biografía. Le ha tocado la lotería, y, aunque Greta le dijo anoche que podría pedir más dinero, no quiere arriesgarse ni abusar. Veinte mil está bien, piensa. Más que bien—. Momentos importantes de su infancia, los más tiernos, significativos... —añade Greta pensativa.

Elsa no está convencida. No quiere airear las intimidades de Leo. Su infancia tuvo de todo menos momentos tiernos y Greta lo sabe. ¿Por qué lo hace? ¿Por qué remueve el pasado?

¿Es necesario abrir viejas heridas? ¿Dar a conocer al mundo tanto dolor, tanta oscuridad? Se levanta y, con un gesto de cabeza, le indica a Greta la puerta para salir y poder hablar sin que Diego intervenga. Lo primero que Elsa le pregunta a Greta es:

—¿Se está quedando en tu casa?

—Sí.

—¿Qué pensará Yago? No le va a hacer ninguna gracia cuando se entere de que tienes a un desconocido viviendo contigo.

«No es un desconocido. No del todo», confía Greta en silencio. Pero sí, Greta, no te ilusiones por lo que os une. Sí es un desconocido y, aunque no lo parezca, sus intenciones no son nobles, al menos no lo eran cuando salió de Madrid. En la cabeza de Diego solo existían números. Hasta que te vio.

—Yago lo conoció ayer. Y no es nadie para decirme a quién puedo alojar en mi casa.

—Tú verás. Pero creo que no es buena idea. No está bien —trata de disuadirla Elsa poniendo todo su empeño, aun sabiendo que cuando Greta toma una decisión no hay vuelta atrás—. Leo era muy suyo, tú misma veías cómo trataba a los paparazzi y cómo se comportaba en las entrevistas. Detestaba salir en la prensa del corazón. No creo que le gustara la idea de que su vida se viera expuesta en un libro, de que se aireen cosas que... que es mejor que sigan sin saberse, Greta, tú lo sabes. No son agradables.

—Y por eso dije hace un año que no. Pero ahora es distinto... Diego es distinto y sabrá cómo plasmar cada suceso. Hasta los más terribles. Hay que contarle toda la verdad. Sin censuras —decide.

—De verdad que no lo entiendo. ¿Por qué él?

—Escribió un libro hace nueve años. *Una promesa en Aigüèze*. ¿Te suena?

—No.

—Es poco conocido. El caso es que la cubierta la dibujé

yo, una ilustración. Fue mi primer trabajo profesional.

—¿Y por una simple casualidad vas a permitir que ese hombre, que ni siquiera conoció a Leo, escriba sobre él? Deja de creer en las señales, no siempre nos llevan en buena dirección. Mira el Audi. Mira su ropa. A Leo no le habría gustado.

Greta repara con más atención en el coche que cuando ha salido de casa bajo las primeras luces del alba. Un Audi negro reluciente. No entiende de marcas y mucho menos de modelos, pero diría que cuesta un pastizal, así como la ropa que hoy lleva puesta Diego, muy distinta a los tejanos desgastados con los que se presentó anoche.

—Eso no lo sabes —replica Greta, negándose a juzgar a Diego antes de tiempo por algo tan banal como sus pertenencias materiales, aunque se siente idiota al haberle preguntado anoche si necesitaba dinero cuando, a la vista está, no lo parece.

—Pero tenéis algo…

—¡Lo acabo de conocer! —estalla Greta en actitud defensiva, harta de que Celso y ahora Elsa den por hecho que, por alojar a Diego en su casa, vaya a pasar algo entre ellos—. Mira, si quieres participar sería genial, si no, yo misma le contaré retales de la infancia de Leo por lo que él me contó a mí.

«Tú no sabes nada. A ti no te contaba una mierda», se muerde la lengua Elsa, tratando de disimular la rabia que siente ahora mismo.

—Vale. Joder, Greta, vale —desiste Elsa poniendo los ojos en blanco—. Hablaré con él. Pero la infancia de Leo es… fue muy turbia.

—Lo sé, pero yo no estuve con él. A fin de cuentas, solo estuvimos juntos cuatro años. —Greta suspira, piensa en el poema de Neruda: «Es tan corto el amor, y es tan largo el olvido»—. Y, por eso, nadie mejor que tú para hablar de esa época de su vida —añade con pesar—. No es necesario disfrazarla, Elsa. Quiero que la vida de Leo se vea reflejada tal y como fue. Es posible que ayude a muchas personas. Cuéntala como la recuerdas. Háblale de

Leo como sientas, sin mentiras. No considero que sea del todo malo desmitificar el personaje que creó para su público. Habla desde el corazón.

«Sería más agradable que me partiera un rayo», se calla Elsa, estremecida al tener que revivir ciertos momentos amargos del pasado, para terminar aceptando de mala gana la propuesta de su amiga.

Al regresar al interior de la casa, Diego parece no haberse movido del sitio, pero en algún momento ha debido de subir a la habitación a buscar una libreta y un bolígrafo. También tiene el móvil a punto para empezar la grabación. Elsa se sienta frente a él sosteniendo con fuerza la taza a medio beber de café, traga saliva y mira a Greta que, tensa como un arco, se ha quedado de pie con los brazos cruzados.

—Gracias por colaborar, Elsa. Estaré arriba, en la buhardilla —les dice, cogiendo sus nuevas adquisiciones de la librería de Celso—. Si me necesitáis, llamadme.

Greta acaricia el áspero pelaje de Frida, que se limita a hacer un breve movimiento de cola como respuesta, no vaya a ser que se hernie si se esfuerza mucho más, y sube despacio las escaleras en dirección a la buhardilla donde, nada más llegar, tiene que soportar que su fantasma le diga que para qué compra tres libros si aún tiene una buena pila de pendientes por leer.

—Y *El fantasma de la ópera*, no lo olvides. El fantasma de la ópera existió —empieza a recitar la voz imaginaria de Leo, porque si algo caracteriza a los fantasmas es la buena memoria que tienen. Memoria visual, de la que el paso del tiempo no traiciona, debido a la obsesión por el mundo que han dejado atrás—. Sí, existió en carne y hueso, aunque se diesen todas las apariencias de un verdadero fantasma, es decir, de una sombra.

Greta resopla, cansada de oír fragmentos de la novela de Leroux sin haberlos pedido, mientras en la planta de abajo Diego, que ya ha puesto la grabadora en marcha, mira hacia arriba pese a que la buhardilla no alcanza su campo visual, y pregunta:

—¿Greta habla sola?

Elsa se encoge de hombros. No le da importancia. Señala la grabadora.

—¿Empiezo? —duda Elsa.

—Cuando quieras.

21

Redes, A Coruña
Primera grabación: los primeros años de Leo Artes
1988

Leo Artes tenía solo seis meses cuando mató a Raimon, su hermano gemelo. Beatriz Álvarez, la madre, fue quien descubrió a Leo encima del cuerpecito enclenque de Raimon, que al nacer pesó un kilo menos que su gemelo. Leo se llevó toda la vigorosidad. Raimon, a sus seis meses, llevaba cierto retraso motriz, aún no era capaz de darse la vuelta o mantener la cabeza erguida durante mucho rato. No tuvo la suficiente fuerza para luchar por su vida cuando Leo se giró cayendo sobre él, con la fatal consecuencia de privarlo de oxígeno.

Beatriz nunca se perdonó no haber comprado dos cunas por falta de espacio y dinero y permitir, pese a lo mucho que empezaba a moverse el pequeño Leo, que los gemelos durmieran juntos. Raimon estaba azul y frío cuando Beatriz lo descubrió. Tarde, demasiado tarde. De nada sirvió llamar a una ambulancia; para cuando encontró su cuerpo a las cuatro de la tarde, tras dos horas de silenciosa siesta que ella aprovechó para hacer las tareas de la casa, llevaba cuarenta y cinco minutos muerto. Leo lo había aplastado. Los sanitarios no pudieron hacer más que certificar su defunción.

Los gritos desgarrados de Beatriz invadieron toda la calle alertando a los vecinos. Por aquel entonces, vivían de alquiler en una pequeña casa en la rúa Nova con vistas a la Praia Porto Radeiro. Los vecinos de las casas colindantes apiñadas a lo largo de la estrecha calle, tuvieron que sujetar a Beatriz para que no cayera desplomada al suelo cuando se llevaron el cuerpecito de su bebé sin vida. La escena era devastadora. Los minutos son capaces de estirarse hasta el infinito y dar la sensación de que son horas. Años. Tiempo congelado. Vidas enteras rotas.

Mientras tanto, Leo, a quien habían dejado solo y olvidado en la cuna, lloraba sin consuelo hasta que un joven Celso de treinta y tres años tomó la iniciativa de entrar en casa y lo cogió en brazos con la intención de calmarlo. Le dio un beso en la frente, lo acunó con cariño y Leo dejó de llorar. Cuando Celso salió a la calle con el bebé en brazos, Beatriz, a quien se le había desfigurado el rostro por el dolor inhumano y la rabia que sentía, señaló a su hijo y empezó a gritar fuera de sí:

—¡Asesino! ¡Eres un asesino, el hijo del Diablo! ¡Has matado a tu hermano, has matado a tu hermano!

Celso, con los ojos anegados en lágrimas, aferró a Leo contra su pecho y se apartó, como si temiera que la madre, enloquecida, fuera a arrebatárselo con la intención de hacerle daño. Fueron los minutos más tristes, tensos y extraños que se recuerdan en la rúa Nova. Aún hay quien, de vez en cuando, evoca el eco traumático que dejó lo ocurrido. A continuación, Beatriz, para conmoción de sus vecinos, no hizo nada. Se quedó sin voz, sin fuerzas, abatida, ida. Parecía que el alma la hubiera abandonado dejando un triste caparazón desamparado. Cayó de rodillas al suelo, se golpeó la frente y quedó inconsciente. Se comenta que Beatriz, la Beatriz que todos conocieron, nunca llegó a despertar.

Los primeros cuatro años de la vida de Leo fueron normales, como si la breve existencia de su gemelo se hubiera esfumado con la misma rapidez con la que sus pulmones dejaron de funcionar. Mario Artes, el padre, crio a Leo con ayuda de tres vecinas del pueblo: Candela, Fina y Margarita, a las que Leo consideraba sus tres madres, aunque podría decirse que fueron sus tres ángeles. Hadas madrinas que le colmaban de cariñosas regañinas, bonitas palabras, cuentos a media tarde, remiendos en los pantalones, bocadillos de Nocilla, chucherías secretas y fiambreras con los mejores guisos del mundo. Hacía un par de años que habían dejado la casa donde Raimon murió. Demasiados recuerdos de la vida que habría podido ser y no fue. Mario, con mucho esfuerzo, fue aumentando su ganado y compró una casa de piedra destartalada en mitad de la nada. Vivían frente a un acantilado donde, en verano, padre e hijo se tumbaban en la hierba a contemplar la luna y las estrellas con los grillos de fondo emitiendo su soniquete pulsátil. Algún día le compraría un telescopio. Algún día. Era el momento preferido del niño, que se pasaba el día cantando, corriendo, jugando, reviviendo a los extinguidos dinosaurios, inventando mundos de piratas saqueadores de tesoros, imitando el gorjeo de las gaviotas y ensuciándose. Le encantaba ensuciarse, jugar al escondite, volver loco a su padre, que tuvo que aprender a marchas forzadas a hacer el trabajo que por aquel entonces se consideraba exclusivo de las mujeres, tal y como lo habían criado a él. Hacer la comida, limpiar, lavar la ropa, tenderla, planchar... Sí. Mario fue un gran padre. El mejor. Lo fue hasta que Beatriz regresó del mundo de las sombras o, lo que es lo mismo, del centro psiquiátrico donde estuvo interna durante esos cuatro años, y desdobló la personalidad de Leo que, de la noche a la mañana, devolvió a los dinosaurios al pasado al que pertenecían, se olvidó de cantar, dejó de correr, de jugar, de imitar el gorjeo de las gaviotas, y de inventar mundos de piratas saqueadores de tesoros.

La risa de Leo y su espontaneidad desaparecieron como la bruma que engullía la casa por las noches. Mario tenía muchos planes para convertir la casa en un bonito hogar, pero los desvaríos de Beatriz también influyeron en él, convirtiéndolo en un hombre gris, triste, amargado, sin sueños, sin futuro.

Leo, a tan corta edad, asimiló que había otro ser en él llamado Raimon. Para implantar tal delirio, basta con insistirle a alguien que eso existe de verdad, hablar de ello como si fuera real una y otra vez, una y otra vez... En la cabeza moldeable de un niño, todo es posible. Raimon era todo lo contrario a Leo. Nunca se ensuciaba ni tenía rabietas ni elevaba la voz. Odiaba a los dinosaurios y temía a los piratas.

Raimon era un niño bueno.

Leo era un niño malo.

Aunque Leo intentó rebelarse al principio, ensuciándose más que nunca y cantando a grito pelado con la mala intención de perforar los tímpanos, las bofetadas que le prodigaba su madre chillándole que volviera Raimon, que ella solo quería a Raimon, a su niño bueno, provocaron que aceptara el doble papel que, a partir de entonces, interpretó.

Al principio era un juego. Solo eso. A los niños les hacía gracia que un día Leo llegara a la escuela y dijera:

—No, no soy Leo, hoy soy Raimon. Me llamo Raimon.

Raimon apenas hablaba ni se relacionaba con los otros niños. No interrumpía en clase. Era callado y serio, siempre tenía el ceño fruncido, los ojos tristes, serenos, indiferente a todo cuanto ocurría a su alrededor. Nadie vio nunca sonreír a Raimon. Seguramente, en su interior, Leo intentaba aflorar con angustia. Esa lucha diaria cuando Raimon cobraba vida debía de ser descorazonadora, demasiado esfuerzo para un niño de cuatro años. Al día siguiente, Leo, sonriente y dicharachero, olvidando todo cuanto ocurría cuando pedía que le llamaran Raimon, saludaba a sus compañeros y decía exultante:

—¡Leo ha vuelto!

Sus amigos se reían, contentos de que Leo estuviera con ellos, ya que Raimon no les caía bien. Raimon daba miedo, aunque fuera el niño bueno de mamá.

Pero los juegos se nos pueden ir de las manos y desatar un infierno. Terminan derivando en una enfermedad que necesita ser tratada para frenarla en seco o, en el mejor de los casos, para que no vaya a más. A los cuatro años, el cerebro de un niño es como plastilina. Beatriz se aprovechó de la fragilidad del pequeño con tal de revivir al bebé que había perdido, aunque fuera a costa de la salud mental del que, para ella, era un asesino.

El niño más malo del mundo.

Mario, incapaz de contradecir a su mujer, a la que trataba como si fuera una muñeca de porcelana que podía romperse con solo rozarla, miraba hacia otro lado.

—Le está haciendo daño al niño, Mario —le advertían en el pueblo, impotentes al no saber cómo ayudar.

Mario agachaba la cabeza, esbozaba una sonrisa triste, cansada, como restándole importancia, y se metía en el bar. Desde que Beatriz había vuelto a sus vidas, Mario había envejecido diez años de golpe. Lo que empezó siendo un botellín de cerveza de diez minutos al acabar la jornada, se convirtió en un vicio para evadirse de la realidad. Volvía a casa a medianoche tambaleante, con la mirada nublada, cuando Leo hacía horas que dormía. Apenas lo veía. Atisbar a Beatriz en el sofá balanceándose hacia delante y hacia atrás hablando sola con un cojín entre los brazos como si acunara a un bebé, le hacía pensar que, al día siguiente, tardaría más en llegar. Total, uno o dos botellines de cerveza extra no podrían hacerle daño. No concebía la posibilidad de escapar con su pequeño. De salvarlo. Le dolía en el alma la sensación de que lo había perdido, de que los años felices en los que habían estado los dos solos se había escurrido como arena entre los dedos.

El tiempo fue transcurriendo, porque el tiempo tiene la mala costumbre de volar, aunque a veces, y no es más que una mentira, parezca que se queda congelado y no avanza. Lo que a los cuatro años era un juego divertido, a los diez era raro. Los niños empezaban a saber qué era la malicia y eran crueles, se reían, se apartaban de Leo como si tuviera la peste. Los amigos imaginarios o la personalidad múltiple ya no son bienvenidos. Y a los catorce… bueno, a los catorce, en plena adolescencia, era algo retorcido. Retorcido y siniestro, convirtiendo a Leo en el loco del pueblo, el peor mote que existe en un lugar en el que todos se conocen.

22

Redes, A Coruña

—Ya es suficiente por hoy —zanja Elsa con voz queda, enjugándose las lágrimas que resbalan por sus mejillas.

Diego apaga la grabadora con el corazón en un puño. Cuando Elsa ha empezado a hablar, se le ha erizado el vello de la nuca y esa sensación no ha desaparecido, no del todo.

—¿Es digna de una historia de terror, eh? —comenta Elsa al palpar la confusión en el rostro de Diego, que esperaba algo más... más... ¿más normal?

—Pero... —balbucea Diego, estremecido, imaginándose el horror por el que tuvo que pasar Leo en su niñez. Ninguna infancia es perfecta, el cerebro deshecha lo malo, tendemos a idealizarla, a moldearla a nuestro antojo como Beatriz hizo con su hijo, pero lo que Leo vivió fue una pesadilla. Su propia madre le rompió por dentro—. ¿Greta está segura de querer que esto salga a la luz?

—Eso ha dicho, ¿no? Es lo que quiere, aunque yo no esté conforme, pero qué más dará lo que opine yo, así que ya está —rebate molesta—. Aun así, todavía queda lo peor. Leo no se deshizo de Raimon. Nunca —sentencia con firmeza—. A veces me da por pensar... —Elsa deja flotando las palabras en el aire mientras Diego, expectante, espera paciente a que continúe hablando—. Bah, da igual, es una tontería.

—No, dime.

Elsa emite un suspiro y mira hacia arriba. Ve a Greta salir de la buhardilla. A saber qué ha estado haciendo hasta ahora, quizá metiendo más obsequios robados de la tumba de Leo en el armario.

—Que Raimon fue quien empujó a Leo al vacío —confiesa en un murmullo, transformando la pena y el horror en una sonrisa tirante en cuanto Greta se planta frente a ellos.

—¿Qué tal? ¿Crees que tienes buen material, Diego? —quiere saber Greta, señalando la grabadora.

Diego asiente sin saber qué decir. Si le pincharan, ahora mismo no le saldría sangre de tan conmocionado como está. Elsa se levanta y mira a Greta compasiva.

—Falta la adolescencia. Hasta que los padres de Leo murieron y él se largó a Madrid. A partir de ahí, todo tuyo —decide Elsa.

—Elsa fue novia de Leo —le dice Greta a Diego con naturalidad, echando por tierra el mito de que las mujeres que han sido novias de un mismo hombre se llevan mal—. Le hizo la vida más feliz —añade, dándole un toque cariñoso en el hombro a su amiga que, como por inercia, se encoge de hombros. Y parece, solo se lo parece a Diego, la mirada de Elsa se ha vuelto nostálgica. Es como si hubiera dejado de estar en la cocina, como si ya no estuviera con ellos. Del todo ausente, Elsa está reviviendo fragmentos de sus años adolescentes con Leo, su primer amor, ese que dicen que nunca se olvida aunque le sigan mil amores más.

—Lo intenté —dice con un hilo de voz.

—¿Te quedas a comer con nosotros, Elsa?

—No, gracias. Te he dejado las croquetas en la nevera.

—Sus croquetas son las mejores —le asegura Greta a Diego relamiéndose los labios, gesto que a él le provoca una sacudida y, al mismo tiempo, piensa que es extraña la súbita alegría de su anfitriona. Cómo puede pensar en comida cuando a él se le ha quitado el hambre de golpe al recordar en bucle las palabras de Elsa: «Leo Artes tenía solo seis meses cuando mató a Raimon, su hermano gemelo».

23

—¡Coño, Dieguito! Pero esto es mejor de lo que yo pensaba. Joder, qué inicio. Ni en las mejores novelas de Stephen King.

—Amadeo, es…

—Calla, calla. Es perfecto. Personalidad múltiple. ¡Qué bueno! Hay que documentarse sobre el tema. Espera a que se lo cuente al editor, ¡va a alucinar! Qué bombazo, Dieguito, coño, qué bombazo. Eres un fiera, un fuera de…

Diego, indignado, cuelga la llamada, sin sospechar las consecuencias que acarreará haberle contado retales de la niñez de Leo a su hermano. Las palabras pueden salvarte, dicen, pero también tienen el implacable poder de destruirte.

¿Es que Amadeo no tiene humanidad? ¿Empatía? ¿Acaso es un psicópata enfundado en trajes caros que escribe sobre los hechos más tenebrosos de la Edad Media para resarcirse de sus pensamientos turbios? No le extrañaría nada. Tiene todos los síntomas de ser un psicópata enmascarado. Uno de esos síntomas, es que Amadeo apenas pestañea, lo cual, a veces, da bastante mal rollo.

A continuación, sentado en una silla de mimbre en el porche trasero con vistas al mar revuelto, Diego lee los wasaps que le ha mandado Ingrid, diciéndole cuánto lo echa de menos. «Espero que vuelvas a Madrid pronto, eres mi droga».

Diego no sabe qué contestar a eso ni cómo corresponder al emoticono del corazón con el que da por finalizada la breve conversación por wasap. No le quiere dar más falsas esperanzas, así que apaga el móvil. Ojalá fuera tan fácil con el ruido que hay en su cabeza. Que, con solo pulsar un botón, se pudiera vaciar la mente y olvidar las preocupaciones. Off. Vida en pausa.

—¿Tú no tienes preocupaciones, Frida? —le pregunta a la perra, que no se ha movido de debajo de sus pies, y un leve asentimiento de cabeza le da a entender que hasta Frida tiene preocupaciones.

Diego presiente que se va a arrepentir de haber firmado el contrato con la editorial. Siente un nudo en la garganta que así se lo dice, primer síntoma de ansiedad. Mira a su alrededor con hastío preguntándose qué hace aquí. Cómo ha acabado en un pueblo que hasta el día anterior no ubicaba en el mapa. Ya es tarde, el contrato está firmado y enviado con las correspondientes copias de los documentos de identidad de Greta y de él. Ella está conforme, participativa. Ya no hay marcha atrás. En cuarenta y ocho horas su cuenta corriente estará saneada con los veinte mil euros limpios del adelanto, sin tan siquiera haber presentado una parte de un primer borrador.

Cuando Elsa se ha ido cabizbaja por el tsunami que han supuesto los recuerdos que ha sacado a la luz, Greta ha calentado las croquetas y las han comido en un cómodo silencio. Pero Diego, agobiado, tiene mucho que preguntar, especialmente sobre la última canción que supuestamente Leo dejó grabada antes de morir, algo en lo que no deja de insistir Amadeo, que también tendrá su parte de beneficio si consiguen sacarla a la luz, ya sea de buenas maneras o de la peor: robándola y entregándola a la discográfica que, legalmente, podría publicarla, pues tenían contrato con el cantante hasta 2025.

—Mucho que asimilar, supongo. No esperabas algo así —le ha dicho Greta con calma, llevándose una croqueta de pollo a la boca.

111

—No, no esperaba algo así —ha confirmado Diego, aún afectado por lo que le ha narrado Elsa, sin atreverse a mirar durante mucho rato a esos ojos que tiene incrustados en el cerebro. Verdes tenían que ser. Verdes traicioneros, como las esmeraldas, como la hierba, como el sauce llorón que tiene delante y que le recuerda a su verano en Aiguèze. Sus ramas caen desfallecidas a través de la valla que limita el terreno, dando la sensación de que quieran abandonar la tierra que las arraiga y sumergirse en el mar.

Diego recuesta la cabeza y mira de reojo una caseta de madera con la puerta pintada de rojo. Está cerrada con candado y le asalta el presentimiento de que las llaves podrían estar debajo de la maceta de barro que hay al lado. Se levanta y mira a su alrededor. Levanta la cabeza en dirección a la ventana que da a la habitación de Greta. La cortina está corrida. Debe de estar durmiendo la siesta todavía, así que camina decidido en dirección a la maceta dispuesto a levantarla y comprobar si está en lo cierto o no.

—¿Qué haces? —La voz de Greta, grave y dura, suena a su espalda—. No puedes entrar ahí.

Los ojos de Greta están rojos e hinchados, somnolientos. ¿Ha estado llorando o, como le pasa a Diego, la siesta le sienta mal? Sostiene dos tazas de café, le tiende una a Diego y le invita a sentarse en la silla de mimbre de la que se había levantado con la intención de colarse en la caseta donde, ahora lo sabe, tiene prohibido el acceso. Greta hace lo mismo y se acomoda en la silla balancín. Le sonríe. Mira la caseta. Diego se ha quedado con la duda de si la llave del candado está debajo de la maceta o no.

—No sabía que no se podía entrar ahí, perdona.

—Tranquilo. ¿Tú tuviste una infancia feliz, Diego?

—Bastante normalilla.

—Qué suerte —ríe Greta—. Cuando yo tenía siete años, mi madre descubrió que mi padre llevaba una doble vida en Alemania. Que sus constantes viajes de Madrid a Berlín no eran solo por trabajo. Tenía otra mujer y dos hijos. Y años más tarde, esa mujer se enteró de que mi padre tenía otra mujer y otros tres hijos. O sea, que tengo cinco hermanos desperdigados por el mundo a los que no tengo el gusto de conocer.

—Tuvo que ser muy fuerte, ¿no?

—Yo me enteré a los diecisiete, cuando hacía diez años que no veía a mi padre.

—¿No tenéis contacto?

—Solo sé que está vivo, tiene una cuenta de Facebook que a veces espío. Puede que haya tenido más hijos secretos —suelta con humor—. Si te digo la verdad, ahora ya me da igual.

Diego oyó comentar a un psicólogo que, cuando un paciente usaba la expresión «si te digo la verdad», era indicio de que estaba mintiendo, lo cual le da que pensar.

—Sufrí por su abandono en su momento, no lo entendía, me parecía cruel y es algo que me volvió bastante insegura, aunque es algo que estoy superando —prosigue, tras una pausa en la que Diego ha pensado que no tenía nada más que decir—. Creía que había hecho algo mal, me culpaba a mí misma y lo que un día fue rabia, con el tiempo se convirtió en indiferencia. Con mi madre fui feliz. Era una gran mujer. Hay que tener suerte hasta para venir al mundo en la familia adecuada, ¿no crees?

—Eso parece —conviene Diego, pensando en Amadeo, su suplicio. Sus padres no están mal, son un poco pedantes, eso sí, pero nada que no se pueda solucionar ignorando las pullitas que le lanzan los domingos cuando va a comer a su piso recargado de figuritas de porcelana pasadas de moda ubicado en el barrio de Salamanca—. Hablas de tu madre en pasado.

—Sí. Murió. Me dejó sola de la noche a la mañana cuatro meses después de la muerte de Leo. A veces creo que la muerte de Leo eclipsó a la de mi madre, pobre, con lo buena que fue… en ocasiones, se necesita tiempo y distancia para llorar una pérdida, la vida es así de jodida, hoy estás y mañana… quién sabe. Un infarto fulminante mientras dormía. No sufrió. O eso quiero creer —le cuenta, distante, como si no lo hubiera asumido o, por el contrario, lo tuviera ya muy digerido—. Y ni siquiera estoy segura de que mi padre sepa que su primera mujer murió. Le debíamos importar tan poco… —se lamenta, emitiendo un chasquido—. ¿Tú tienes padres? —se interesa, dejando entrever una fortaleza que Diego admira. Quizá el hecho de haber estado tan en contacto con la muerte, esa que te arrebata a quienes más quieres, fortalece a las personas.

—Sí, ahí siguen.

—Entonces eres un tipo con suerte.

Ambos emiten un suspiro al mismo tiempo dejando que el silencio se prolongue hasta que Diego, indeciso, se arma de valor y lo rompe con una inesperada pregunta que pilla a Greta con la guardia baja:

—¿Leo dejó escrita una última canción, Greta? —se atreve a preguntar, cambiando drásticamente de tema.

Greta lo mira con los ojos entrecerrados durante unos inquietantes segundos en los que a Diego se le ha subido el corazón a la garganta. Seguidamente, vuelve a mirar hacia la caseta, donde Leo se pasaba horas y horas encerrado creando, componiendo, escribiendo, tocando… ahí estaba todo lo que Leo amaba. Su música, que estaba por encima de ella misma. Qué recuerdos. La de noches que se quedaba encerrado ahí, sin tan siquiera comer el triste sándwich que ella, devota, le servía en una bandeja junto a un vaso de leche como si fuera un niño. También lo hacía para asegurarse de que estaba ahí, de que no se había largado y de que estaba bien. Finalmente, con la tristeza marcada en el rostro, niega con la cabeza.

—No. Leo tenía un acuerdo con la discográfica, pero hacía tiempo que no componía, que las musas se habían tomado un descanso, como decía él.

Diego duda. Le da la sensación de que Greta miente. Pero, educado y prudente, acepta la respuesta a pesar de la hemorroide molesta en la que se va a convertir Amadeo cuando le diga que no hay ninguna última canción. A Diego no le da tiempo a insistir más porque los neumáticos de un coche derrapan sobre la gravilla de la explanada de la entrada.

—Parece que tenemos visita —dice Greta, intuyendo de quién se trata, y pensando seriamente en vallar la parte delantera de la casa para que nadie más entre sin permiso y sin avisar.

24

A Diego, los andares de Yago le recuerdan a los de un gorila.

¿Qué ve Greta, toda elegancia y delicadeza, en un hombre tosco como él?

¿Y qué haces tú, Diego, opinando sobre los gustos de una mujer a la que no hace ni veinticuatro horas que conoces?

Yago ha rodeado la casa después de inspeccionar a través de las ventanas y comprobar que no hay nadie en su interior. Greta y Diego lo esperan sentados en el porche de la parte trasera. Diego, expectante; Greta, dispuesta a contraatacar si es necesario. Porque sabe que Yago ha venido a controlar. Los rumores sobre Diego han corrido como la pólvora por el pueblo, especialmente por el hecho de alojarlo en casa. Al principio, a Greta le molestaba que los vecinos parecieran saber más de su vida que ella misma. En las grandes ciudades eso no suele ocurrir, nadie se mete en la vida de nadie, pero ahora ya se ha adaptado y no le parece del todo mal. Se siente protegida. Supone que la soledad en Madrid, ahora que ya no le queda nadie allí, sería más difícil de llevar.

—¿Qué tal, Yago?

Greta ni se levanta, gesto que enfurece al policía, pero lo disimula bien.

—Me han dicho que tienes a este viviendo contigo.

—Eh, sin ofender —se atreve a decir Diego, pero en un

116

tono de voz tan bajito que casi ni se le oye, no vaya a ser que cabree a la autoridad de Redes. Con un solo dedo, Yago lo tumbaría.

—Sí —contesta Greta como si lo estuviera retando—. Supongo que has hablado con Elsa.

—Está muy afectada, Greta. Hablar de la vida de Leo es una mala idea.

—Yago era uno de los críos que se metía con Leo —le aclara Greta a Diego con retintín, ignorando a Yago que, con los brazos en jarra, no esperaba un recibimiento tan distante, cuando hasta hace unas horas estaban bien—. Uno de los que le tiraba piedras y le gritaba que estaba loco.

—¿Qué? Se te ha ido la pinza, Greta. ¿Podemos hablar? Solos.

Greta inspira hondo. Cuando Diego, un mero espectador de la escena, cree que Greta va a despachar a Yago de malas formas, se siente decepcionado al ver que ella se rinde ante los entrenados bíceps de él y lo sigue hasta el otro lado de la casa, donde no alcanza a verlos ni a oírlos.

«¿A qué juegan?», se pregunta.

—Greta, éramos críos, no puedes tenerme en cuenta algo así, y ya sabes cómo era Leo. No sé cómo pudiste soportarlo.

—Eso es cosa mía, te lo he dicho siempre y no quiero que te metas. Por lo otro, perdona, igual me he pasado. No tendría que haber dicho nada. Es que a veces lo pienso cuando estoy contigo y…

—Por eso no hay que remover las historias del pasado, nena. Porque abren viejas heridas.

—Ya —acepta Greta, cruzándose de brazos y mirando hacia otro lado para evitar enfrentarse a la mirada inquisidora de Yago.

—Oye, vístete y salgamos. Vamos a Ares a cenar.

—Son las cinco y media de la tarde, Yago.

—Te paso a buscar a las ocho.

—No me apetece.

—¿Es por ese tío? ¿Tienes algo con él?

—Llegó ayer. No tengo nada con él.

—¿Y por qué lo tienes viviendo contigo?

—Porque va a escribir una biografía sobre Leo. Porque quiero que encuentre la inspiración aquí —contesta exasperada, preguntándose cuántas veces más tendrá que dar la misma respuesta.

Greta se cuestiona también si, en el caso de que Diego hubiera sido un hombre mayor o feo o antipático, lo hubiera alojado en casa. Puede que no. No, seguro que no. Puede que si Diego no fuera como es y, sobre todo, quién es, no le habría ofrecido quedarse en su casa y, mucho menos, escribir sobre Leo. Y Yago lo sabe. Ve en Diego a un serio competidor. Con planta y atractivo, como lo era Leo, encantador e irresistible para la mayoría de mujeres. Posiblemente, con más conversación que él. El policía respira fuerte tratando de comprender para gestionar la situación lo mejor posible, aunque no le haga ni pizca de gracia que el escritor guaperas se quede en casa de Greta. Su Greta. Yago levanta las manos y las coloca alrededor de sus hombros atrayéndola a él para abrazarla. Ella no se resiste. Se abandona a Yago. Como siempre. Yago es lo fácil, lo conocido. Y entonces, cuando Diego se ha levantado de la silla ignorando el espectáculo del atardecer, las bocas de Yago y Greta se funden en un beso apasionado. Diego, desde la distancia, emite un resoplido que los amantes ignoran y regresa a la silla de mimbre para luego aparentar que no los ha visto. Enciende el móvil, pasa por alto los wasaps de Amadeo e Ingrid y busca Leo Artes en Youtube. Como si los astros se hubieran alineado para joderle, la primera canción que le salta es: *De otro.*

Ella es de otro,
nunca fue mía,
no me mirará jamás
como lo mira a él,

como si fuera capaz
de bajarle las estrellas.

Diego cae en la cuenta de algo que pasa desapercibido si no conoces la historia de Leo, en el momento en que el color rosado del crepúsculo da paso al azul eléctrico fusionándose con el mar negro bajo sus pies. Todas las canciones de Leo que Diego ha escuchado tienen algo en común: la competición con otro hombre. Se pregunta quién compuso ese tema ahora que es consciente del trastorno que padecía el músico, si Leo o Raimon, si la lucha insana siempre iba de ellos, y si sus letras estaban dedicadas a Greta, a otra mujer o a ninguna en concreto.

25

Los tacones bajando las escaleras descentran a Diego que, sentado en el sofá con el morro de Frida encima de sus rodillas, no se decide por ninguna película o serie del amplio catálogo de Netflix. No es mucho de ver la televisión, en su piso casi siempre la tiene apagada, bien sea por la presencia de su vecina, con quien tiene cosas mejores que hacer, o porque prefiere escribir o leer. Sin embargo, necesita un rato de evasión. Tiene tan interiorizado a Leo y a las letras de sus canciones, que ahora le parecen siniestras en lugar de dramones románticos sobre amor y desamor, que ha pasado de ser un simple trabajo a una especie de obsesión enfermiza. Es insano. Ahora lo que quiere es sufrir por los personajes de una película de terror que tienen la mala costumbre de meterse donde no deben, o enternecerse con cualquier comedia romántica predecible y sin sobresaltos que no le haga pensar mucho. Sumergirse en la irrealidad y la fantasía de una ficción visual sin complicaciones.

Off.

Vida en pausa.

Pero los tacones, como si el descenso de Greta se hubiera ralentizado, siguen retumbando haciendo crujir la madera del suelo. Diego no puede evitar girar la cabeza y mirar hacia arriba. Por poco no se desnuca. Traga saliva con dificultad al ver que

Greta se ha puesto unos tejanos ajustados y un top de manga larga que le sienta de fábula. Parece cómoda subida encima de esos zapatos de vértigo y hasta se ha maquillado. No parece la misma Greta sin una sola gota de maquillaje que suele lucir el cabello corto revuelto y a su aire, con jerséis gruesos para combatir el frío de la costa gallega y zapatillas deportivas. Está preciosa. Y Diego vuelve a la realidad. Cae en la cuenta, aunque ya no se considera tan enamoradizo como antes, de que Greta no se ha puesto así por y para él, sino por y para Yago, y una punzada de celos repentina lo sobresalta.

—¿Vas a salir?

—Sí, no me esperes despierto —bromea Greta, rodeando el sofá y plantándose frente a él para agacharse a acariciar a Frida.

Diego quiere decirle que está preciosa. Que es preciosa. Su interior es un volcán en erupción al ver, sin querer, el escote pronunciado de Greta. Una de las debilidades de Diego son las clavículas. La tentación es poderosa, hipnótica e irresistible. Tiene que hacer un esfuerzo sobrehumano para no levantar la mano y llevarla hasta el escote de Greta con la tierna e inocente intención de recorrer su clavícula con la yema de los dedos.

¿Sería raro?

Sí, sería muy raro, Diego, olvídalo.

Tacto aterciopelado, piel blanquecina, delicada, le susurra la voz del fetichista de las clavículas al que debe silenciar. La piel de Greta presenta el leve resplandor de una perla de agua dulce. Diego tiene la impresión de que terminará cayendo dentro de sus penetrantes ojos verdes engalanados con eyeliner negro y rímel de pestañas. Lo que Greta provoca en él no son solo chispas, son los fuegos artificiales que llevaba esperando mucho tiempo.

—Han quedado croquetas de este mediodía, pero si quieres te preparo algo en un momentito —comenta Greta poniéndose en pie.

—No, no hace falta, gracias.

El pitido de un claxon les devuelve a la realidad, haciéndoles saber que Yago ya ha llegado, y con cinco minutos de antelación. Diego traga saliva, la mira con los ojos entornados y dibuja en su rostro una sonrisa forzada.

—Ya viene tu cita —le dice Diego, esperando que Greta no haya notado el retintín que ha empleado en su tono de voz. Por un momento, le parece entrever en su mirada que lo que le apetecería a ella es quedarse con él y que Frida, a modo de barrera, se acomode entre ellos para evitar cualquier roce «involuntario». Pero en ocasiones vemos lo que queremos ver, ¿no, Diego? A veces, se nos hacen extraños los lugares a los que estamos habituados, pero lo peculiar es que se te haga familiar un lugar que no has pisado nunca, como es el caso.

—Por si quieres salir, hay unas llaves de repuesto en la cajita que hay colgada en la entrada, detrás del perchero.

—Vale. Pásalo bien.

—Hasta mañana —se despide Greta, enérgica y pizpireta, pero no es más que fachada. Internamente, se siente cansada como una anciana con reuma.

Greta coge un chaquetón negro del perchero y, mientras se lo pone, le dedica una última mirada a Diego, que no ha podido apartar la mirada de ella. Sale a la fría noche, donde Yago la espera en el interior del coche con el motor en marcha. Su móvil vibra. Ha recibido un audio de Celso que no espera ni un segundo en abrir y escuchar, pese a la impaciencia de Yago al volante, con cara de pocos amigos al ver que Greta frena en seco en mitad del camino.

—He leído el libro de Diego Quirón en un suspiro. Ay, *pequena*, ahora lo entiendo todo. Este mozo es muy especial. *Moito*. Estoy deseando conocerlo, tráelo mañana al club de lectura. *Boas noites*.

Greta asiente. Está de acuerdo con Celso. Nada más ver a Diego, percibió, aun sin conocerlo en profundidad, que es especial. Tal vez un poco callado y reservado, a saber qué se le pasa por la cabeza, pero hace tiempo que nadie la mira como lo hace él, como si sin conocerla la conociera. O esa es su percepción. La magia. La conexión que existe con muy pocas personas, las elegidas para cada uno de nosotros. Le inspira ternura. Le parece un tipo sensible. A Greta le encantan sus hoyuelos y las arrugas que se le forman en las mejillas al sonreír. Y que respeta el silencio tanto como ella. Echa un vistazo al interior de la casa, donde ese hombre especial se ha adueñado de su sofá, de su tele y hasta de Frida, con lo difícil que es conquistarla, y, seguidamente, mira a Yago, que le hace un gesto nervioso para que entre en el coche. Greta detesta la impaciencia. Detestaría también que su rutina apacible se haya visto entorpecida por la presencia de un hombre que ha irrumpido como un tsunami, recordándole que así fue como llegó Leo, pero se trata de Diego, y no hay nada que pueda detestar de él. Absolutamente nada. Diego ha llegado a su vida discreto, inseguro, mirándola a los ojos como si pudiera entrar dentro de ella y descubrir sus secretos más profundos.

La memoria recuerda. La piel nunca olvida.

Lo que le apetecería a Greta es salir corriendo y que el viento guiase sus pasos hasta el acantilado donde Leo se mató hace tres años. Y revivir aquel momento por si así logra recordar algo de aquella noche. Pero se decanta por caminar despacio y sin ganas hacia el coche de Yago, ir a cenar y, si se presta, de copas a Ares. Aprovechar el momento, vivir el presente, lo único que importa, lo único que existe, porque el día 19 que está al caer, como cada día 19 de cada mes, Greta regresará al abismo, ese del que logró salir con más culpabilidad que satisfacción, para sobrellevar de la mejor manera el resto de los días. Y, como si tuviera la capacidad de verse desde fuera, no puede evitar sentir compasión por sí misma.

26

Si Diego llega a saber que salir a las once de la noche implica una férrea lucha contra el viento que lo azota sin piedad, se queda en el sofá viendo *Élite*. Que Diego no ve muy verosímil la adolescencia que refleja la recién estrenada serie y, a este paso, se van a graduar con más cadáveres en el expediente que Ted Bundy, pero oye, eso es lo de menos, porque lo ha dejado pegadito a la pantalla.

No hay nada romántico en pasar frío. Y encima empieza a llover y no, el escenario da más para una película de terror que para una escena apasionada al más puro estilo *El diario de Noah*. El cielo escupe una lluvia helada cuyas gotas se le clavan como agujas en la cara. Los nubarrones eclipsan la belleza de las estrellas, que hoy no iluminan ni se dejan ver. Todo a su alrededor es una cortina de agua que resta visibilidad al paraje ya de por sí oscuro. Ni la luna se intuye cuando Diego llega al acantilado con la respiración agitada, sin saber con exactitud si en ese punto fue desde donde Leo cayó. Diego tiene vértigo, por lo que se asoma lo justo para mirar hacia abajo. El tembleque que le entra en las piernas es una advertencia para que retroceda un par de pasos. Dos rocas puntiagudas y salvajes reciben con gusto las altas olas espumosas que al romper provocan un sonido similar al del rugido de un león. Diego no sabe que Leo estuvo encajonado ahí durante horas, su cuerpo retorcido como un títere, la sangre manando de su cabeza empapada. La estela que dejan los cadáveres es eterna y, quizá por eso, Diego percibe el peligro. Sabe que no es un buen lugar donde detenerse a las once de la noche, con el diluvio que está a punto de caer, por lo que da media vuelta dispuesto a regresar al calor de la casa. No obstante, frena en seco y maldice internamente no haber animado a Frida a salir con él para intimidar a quienquiera que sea la silueta acechante que alcanza a ver a unos metros de distancia.

—¿Hola?

Nadie contesta salvo el ulular de una lechuza a lo lejos. Los árboles que custodian el lugar ondean al unísono de la brisa nocturna, liberando en el aire un coro de susurros. Diego, con curiosidad, da un paso hacia delante, pese a conocer el dicho popular: la curiosidad mató al gato. Diego no quiere ser el gato. Sin embargo, a medida que avanza, se da cuenta de que la silueta que le ha parecido ver no existe. No está. Se ha desvanecido como se desvanecen las gotas de lluvia al caer. Confundido, con el olor a salitre impregnando sus fosas nasales, ríe por lo absurdo de la situación, aun cuando un escalofrío le recorre la nuca al estar convencido de que algo ha visto. *Algo*, no sabe el qué, pero *algo*, que en cuanto se ha visto expuesto, se ha dirigido como una bala hacia la espesura, donde las sombras lo han devorado de inmediato. No es que Diego crea en fantasmas, en almas atrapadas en el limbo a las que les divierte asustar a los vivos y cosas así. Él se considera un tipo racional y busca una explicación lógica a todo, pero no ha dejado de darle vueltas de regreso a casa por un sendero flanqueado por muros de piedra invadidos por moras y zarzas en verano. Está convencido de que ha oído a alguien —o algo— moverse entre la maleza, sumado al chasquido de las ramas rotas por el peso de unas botas. Luego el silencio. La paz predomina en este lugar, una especie de quietud absoluta que reina cuando no hay nadie en kilómetros a la redonda. La clase de quietud tan difícil de hallar en la ciudad.

Además, el paraje le recuerda a Irlanda, y ya sabemos lo que ocurre con los recuerdos, que se enlazan los unos con los otros hasta que la memoria se centra en uno. Cuando Diego era pequeño, viajó un verano con su familia a West Cork. Visitaron el deteriorado castillo de Dunlough, que se encuentra encima de los acantilados en el extremo norte de la Península de Mizen y mira al Océano Atlántico desde el extremo suroeste de Irlanda. Según los mitos populares, el castillo Dunlough está maldito. Lo está desde hace siglos, desde que la familia que lo habitó falleció en un suicidio en masa o un asesinato y es que, transcurrido el tiempo, las verdades toman bifurcaciones y los rumores dejan de ser fieles a los acontecimientos reales. Las historias locales de allí, que no son pocas, señalan que existe una mujer vestida de blanco que habita el lago que rodea el castillo y que verla predice que vas a morir en las próximas horas. Diego no ha visto a una Dama Blanca en el acantilado. Ha divisado una silueta. Negra. Y ha oído ruidos en el bosque. La noche salvaguarda la identidad de quienes acechan. Pero Diego, tenaz, sigue dándole vueltas a ese *algo* que ha visto o le ha parecido ver, cuando, sintiéndose a salvo, se acomoda en el sofá junto a Frida, que lo mira como diciéndole: «¿Para qué has salido, humano tonto?». Y el humano tonto vuelve a poner *Élite* por la escena en la que se había quedado antes de tener la mala idea de salir, centrándose en la trama y olvidando lo ocurrido.

Qué enganche más tonto, oye.

27

El alboroto que provoca Greta al llegar ebria a casa sobresalta a Diego, que se ha quedado como un tronco en el sofá a medio capítulo cuatro de la primera temporada de *Élite*. Desubicado, se despierta de sopetón, dando un respingo en el sofá ante la mirada divertida de Greta que ríe, ríe sin parar. No es la primera vez que llega achispada a casa, Frida parece saberlo bien y no le hace ni caso. Hasta da la sensación de que la perra mire a Diego como si fuera un suplicio vivir con ella: «Sácame de aquí, humano tonto», le suplican sus ojos oscuros. A Diego le impresiona ver que Greta apenas puede dar un paso sin tropezar con algo, aunque no haya nada que estorbe en su camino, pero si ya es difícil andar con dignidad subida a esos tacones, con alcohol en vena es una proeza. Ahora Diego sabe qué sentirá dentro de muchos, pero que muchos años, en el caso de que algún día siente cabeza y sea padre y le toque aguantar a un adolescente adicto al botellón.

Se levanta del sofá con la intención de ayudarla. Qué menos que acompañarla hasta la habitación, no vaya a ser que se rompa la crisma subiendo las escaleras, pero ella lo detiene levantando la mano. Y se vuelve a reír. ¿De qué se ríe? ¿Qué es lo que le hace tanta gracia? ¿Él también se ríe así cuando se pasa con el alcohol? Jura para sus adentros que no volverá a beber ni una sola cerveza.

Son las tres y media de la madrugada, pero a Diego le da la sensación de que lleva dormido diez minutos.

—Vamos, te subo a la cama.

—Ummm… ¿Directos a la cama sin una copita de por medio, Diego? —se insinúa Greta con tono meloso, apoyando la cabeza en su hombro.

—Creo que ya llevas demasiadas copas.

—No tantas —replica Greta, dejándose abrazar por Diego, que la agarra bien de la cintura y la ayuda a subir escalón a escalón a paso de caracol.

Ya en la habitación, Diego no sabe si lo adecuado es darle un empujoncito y que sea Greta quien por su propio pie se acueste, o ayudarla a quitarse los zapatos y arroparla para que no coja frío. Pero las tornas cambian y ahora es Greta quien guía sus pasos conduciéndolo hasta la cama, donde cae rendida sin que la risa afloje lo más mínimo. El colchón cede bajo su peso pluma y arrastra consigo a Diego, rígido para mantenerse a una distancia prudente.

—Qué mono eres —le dice Greta, levantando la mano para acariciar la mejilla rasposa de Diego, cuyo cuerpo reacciona a su antojo ante el íntimo contacto.

—¿Te lo has pasado bien? —pregunta él, recorriéndole la cara con la mirada, solo por ocupar con palabras este silencio. No espera que Greta, amodorrada, responda. Se levanta como un resorte sintiendo aún la descarga eléctrica que ha provocado la huella de su roce y se dirige a los pies de la cama para descalzarla. Greta se hace un ovillo. Diego la arropa con la manta y contempla con dulzura como, poco a poco, los ojos de Greta se cierran cayendo en un sueño profundo—. Bueno… descansa.

Diego apaga la luz sintiendo una oleada de afecto hacia Greta y una punzada en el estómago. No puede evitar sonreír. La conoce desde hace solo dos días y se siente como uno de esos concursantes a los que encierran en una casa durante meses y reaccionan por cualquier cosa con una intensidad abrumadora que quien no vive la experiencia es incapaz de comprender. Por primera vez, no quiere estrangular a Amadeo. No, porque Amadeo lo ha traído hasta aquí, tal vez no con las mejores intenciones, pero lo que importa es que ha unido su camino al de la mujer que duerme la mona en la habitación de al lado. Amadeo solo ha sido el instrumento, sopesa Diego con calma, de regreso a la habitación de invitados. El destino ya los había unido hace nueve años a través de *Una promesa en Aiguèze*. Si lo piensas bien, resulta fascinante que cada decisión, por muy pequeña que sea, termine conectándote con algunas personas. Al final, todo encaja. Viajar a un lugar concreto, enamorarse, dedicarse a escribir, a pintar, estar en el sitio indicado y en el momento adecuado, soñar despierto, contestar sí o no, elegir izquierda o derecha, A o B.

Diego se tumba en la cama. Le va a costar volver a pillar el sueño. Mira por la ventana. Rayos y truenos descargan su efímera luz violeta. La lluvia ahora cae con fuerza arañando la ventana y dibujando regueros que velan el manto gris que se ha desplomado sobre el pueblo. Diego piensa en Ingrid, en sus escarceos ocasionales que surgieron una noche en el rellano con naturalidad, en los meses que llevan acostándose sin que él se implique demasiado, en lo poco que le hace sentir. Y luego se acuerda de Valerie. De la calma y de la atracción instantánea, de sus besos deliciosos y ese acento francés dulce e irresistible, que le enseñó que la gran figura detrás del amor es la ausencia. Para Diego, cada relación ha supuesto una etapa en su vida. Cada una de las mujeres con las que se ha cruzado ha sido una pasión y un aprendizaje que, solo cuando ha llegado al final, se idealiza conservando en el recuerdo los buenos momentos. Y no es que piense que con Greta vaya a ocurrir algo, no, no es eso, pero en su fuero interno lo desea con todas sus fuerzas. Sabe que puede volverse loco por ella, lo suficientemente loco como para escribir un libro contando la historia que aún no han vivido. Hay decisiones que se toman antes de tomarlas, como algunos sentimientos, que se sienten incluso antes de sentirlos.

28

Redes, A Coruña
Día 3

Diego ha dormido entre poco y mal. Como si el que ingirió alcohol anoche hubiera sido él. Se levanta de la cama a las ocho de la mañana pensando que Greta todavía estará durmiendo, pero al encontrarse un termo hasta arriba de café, se da cuenta de que, un día más, se le ha adelantado.

—¿Greta? —la llama.

Greta no contesta. Está a siete kilómetros de distancia, sentada al estilo indio frente a la tumba de Leo. Lleva así veinte minutos de reloj, puesto que, si viniera como de costumbre a las diez, habría visitas y hoy no tiene ganas de ver a nadie, ni siquiera de lejos, ni acumular obsequios que se pudrirán en el armario de la buhardilla. Cuando el día 19 de cada mes se aproxima, Greta siente que las fuerzas le fallan, que no va a poder con tanto dolor, que la última visión que se llevó de Leo la va a perseguir de por vida. Y suspira. Suspira como si se le fuera a escapar el alma por la boca, por si así, convertida en una cáscara hueca, doliera menos. Y entonces piensa, piensa… piensa en esa última canción que debe evitar a toda costa que Diego descubra.

¿Por qué preguntó por ella? ¿Sabe más de lo que parece a

130

simple vista? ¿Debería preocuparse por haberle abierto las puertas de su casa?

«Tal vez Elsa tenga razón», sopesa Greta, acariciando el contorno de las letras doradas que conforman el nombre de Leo incrustadas en la lápida de granito blanco. A lo mejor lo que ella ha querido ver como una señal no siempre nos conduce a algo bueno, y haber aceptado la propuesta de Diego y alojarlo en casa se convierta en su peor error.

29

Greta regresa a casa a las nueve y media de la mañana. No puede evitar mostrarse distante con Diego, que le ofrece café como si ella fuera la invitada. Greta niega con la cabeza y, en silencio, empieza a prepararse un té. Es su ritual para despejar la niebla que le produjeron los cócteles de la noche anterior en un *pub* de Ares, con Yago sentado en el taburete de al lado metiéndole mano. Vacía el hervidor, lo llena de agua y lo pone en el fogón. Mientras se calienta, abre la tapa de una lata de Lapsang Souchong, un té negro originario de China que se utiliza más como condimento que como infusión. La cocina se llena de un particular aroma ahumado. Greta no levanta la mirada, sigue en silencio haciendo que Diego se sienta incómodo, mientras sorbe el tercer café de la mañana. Con el pulgar y el índice, Greta calcula la cantidad ideal de hojas secas y, pellizco a pellizco, las espolvorea en la tetera. El hervidor empieza a borbotear y a silbar ante la atenta mirada de Diego, que se ha quedado ensimismado con cada experto movimiento de Greta, como si fuera lo más emocionante que vaya a ver en todo el día. Ella, indiferente, vierte el agua caliente sobre las hojas y deja reposar la infusión.

—Es lo mejor contra la resaca. Mejor que el café —apunta seria, clavando la mirada en el suelo en lugar de a él.

—¿Te encuentras bien?

—Espero que ayer no dijera ninguna tontería.

¡Ah, así que es por eso! Le da vergüenza. Diego, aliviado, le dedica una de sus mejores sonrisas, y, aunque no es su intención, su semblante es de flirteo absoluto.

—Bueno… dijiste que era mono.

Greta arquea las cejas y susurra un:

—Vaya. Lo siento.

—No, no hay nada que sentir.

«Estoy acostumbrado», le ha faltado decir.

—Le he dado tu número de teléfono a Elsa, espero que no te importe —cambia de tema Greta, desconcertando a Diego, que empieza a entender que con ella no se puede dar nada por sentado, no sabes por dónde te va a salir. Eso le da un aire encantador, un poco infantil. A Diego le gusta su espontaneidad, da la sensación de que le importa poco lo que piensen de ella—. A lo mejor te llama mañana. Porque mañana… mañana yo no voy a estar, Diego.

—Vale.

—Estaré. Estaré en casa —intenta explicarse Greta, carente de la calma que la caracteriza—. Pero no… no estaré.

—De acuerdo.

Greta es ahora quien sonríe, agradeciendo que Diego no haga preguntas al respecto.

—¿Hay alguna leyenda local aquí, Greta?

Greta, sosteniendo la taza de té humeante, se sienta a la mesa de la cocina frente a Diego. Lo mira curiosa sin entender a qué se refiere.

—En Irlanda hay muchas historias locales. Un verano fui al castillo de Dunlough con mi familia, un lugar en ruinas que dicen que está maldito. Aseguran que hay una mujer vestida de blanco y que, si se te aparece, significa que morirás en las próximas horas.

—¿Y tú crees en esas cosas? —se interesa Greta.

—No sé, dicen que toda leyenda esconde algo de verdad.

El 23 de diciembre de 1996 asesinaron a una mujer francesa en West Cork. Sophie Toscan du Plantier. ¿Te suena? —Greta niega con la cabeza, le da un primer sorbo al té, se quema la punta de la lengua, curva los labios hacia abajo. No, no le suena—. El caso es que dicen que horas antes de que la asesinaran, Sophie vio a la Dama Blanca en el castillo. Luego fue a casa de una vecina que asegura que estaba muy nerviosa por el tema de la aparición. La vecina no era de Irlanda. Por desgracia, no conocía la leyenda de que si ves a la Dama Blanca significa que te quedan pocas horas de vida. Si no, aseguró la vecina, habría retenido a Sophie para evitar la tragedia.

—Esto no es Irlanda, Diego. Es Redes. Habrá meigas, como en toda Galicia, pero poco más.

A Greta no le apetece hablar ahora de las leyendas urbanas coruñesas que tanto apasionaban a Leo. Del ejército fantasma de Elviña, del chupacabras de Penamoa o su preferida, la del espíritu de Lady Hester Stanhope, una noble británica sobrina del estadista y primer ministro William Pitt, que visita la ciudad cada 16 de enero desde hace más de doscientos años, para acudir a una cita con el amor de su vida, el general británico Sir John Moore. Muchos aseguran haber visto la vaporosa silueta del fantasma de Lady Hester paseando lenta y misteriosa por el Jardín de San Carlos, donde se encuentra la tumba del general Moore, fallecido en A Coruña un 16 de enero de 1809 durante la batalla de Elviña en la que se enfrentaron dos grandes ejércitos en las aguas que bañan la capital gallega. Inglaterra contra Francia.

—Anoche fui a dar una vuelta. Mala idea. Hacía mucho viento y se puso a llover —le cuenta Diego, echando un vistazo al día radiante que hace hoy a través de la ventana que hay detrás de Greta. El tiempo en Galicia es impredecible, lo mismo brilla el sol como que cae un diluvio. Ahora luce un cielo azul sin una sola nube que lo enturbie, aunque el entorno evoca la tormenta de anoche a través de su olor a tierra mojada y removida—. Llegué hasta el acantilado.

—¿Estuviste en el acantilado? ¿Para qué?

—Curiosidad —contesta Diego con fingida inocencia. Greta tuerce el gesto, tensa la mandíbula y mira hacia un lado con desdén. A Diego no le hace falta preguntar nada para saber que, efectivamente, ese fue el punto desde donde Leo cayó. Anoche tomó el mismo camino que, según Greta, tomaba Leo para airearse, con el inconveniente de ir casi siempre borracho. No estaba seguro de que fuera en la misma dirección. Pero ahora sabe que sí, que ayer caminó por donde Leo pasó por última vez instantes antes de caer por el precipicio—. Al girarme, vi una figura. Estaba muy oscuro, ni siquiera sé lo que vi, solo me pareció ver a alguien.

«Alguien o *algo* que se esfumó a la velocidad de un parpadeo».

—Sería el tronco de un árbol —deduce Greta sin tomárselo en serio.

—Ya. Claro. Sí, sí, puede ser —se rinde Diego.

«Pero no era el tronco de un árbol. Ahí no había ningún árbol», se muerde la lengua para no sonar como un loco. No quiere darle esa impresión a Greta, no va a insistir más.

Por suerte, sus expresiones ausentes y el silencio que se ha instalado entre ellos cargando el aire de la cocina, aún ahumado por el té, no dura mucho. Alguien llama a la puerta. Greta se levanta y vuelve a los dos minutos con una caja de cartón que deja sobre la mesa de la cocina.

—Es para ti.

—El ordenador —predice Diego.

Abre la caja topándose con un ordenador portátil Mac-Book que, aun estando dentro de un maletín, está meticulosamente embalado con plástico de burbujas. Amadeo es un exagerado cuando se trata de proteger sus pertenencias. Le dijo que le enviaría un portátil viejo que apenas utilizaba y a Diego le parece nuevo. Los ricos pueden permitirse cambiar de móviles iPhone y ordenadores de última generación como quien se cambia de ropa interior cada mañana.

—¿Quién te lo manda? —se interesa Greta.

—Mi hermano.

—La noche que llegaste te pregunté si necesitabas dinero. No negociaste un mejor adelanto con la editorial, leí el contrato. Veinte mil como me dijiste. Pudiendo, no pediste más. Ahora, al ver este portátil, tu coche, la ropa… me siento un poco estúpida al haberte hecho esa pregunta. Está claro que no necesitas la pasta, que te va bien.

Diego se queda completamente en blanco. ¿Hasta qué punto lo tomaría en serio si le dijera que todo esto es cosa de Amadeo, que él ni siquiera recordaba a Leo Artes y su temprana muerte hasta que no se lo mencionó? No quería sacar a relucir el nombre de su hermano. La intención de Diego era que Greta pensara que él era la primera opción de la editorial, no el segundo plato y por influencia de su hermano, pero ahora no le queda más remedio que confesar:

—Es de mi hermano. El coche, la ropa, este portátil… Todo es de él.

—¿Tan mal de pasta vas? —se apiada Greta, entendiendo al fin el motivo por el que el estilo de Diego la noche en la que llegó dista mucho de cómo va vestido ahora, con jerséis de marca y pantalones de pinza con los que no parece sentirse cómodo. Ella opina que le quedaban mejor los tejanos raídos y la camisa de cuadros verdes con aspecto de haber vivido tiempos mejores. Le daba un aire más juvenil e informal, lo hacía ser más él.

—No, no es eso… bueno, sí, no voy muy boyante que digamos, la verdad, que llego a fin de mes a duras penas. Pero fue a él a quien le encargaron la biografía.

—¿A tu hermano le encargaron escribir sobre Leo?

—Sí, es Amadeo Quirón. Es muy famoso en el mundillo.

—Pues a mí no me suena.

«Victoria», parecen decir los ojos brillantes de Diego, convencido de que, si Amadeo se hubiera presentado en casa de Greta, le habría cerrado la puerta en las narices. Qué satisfacción le produce imaginar la escena.

—Él está muy ocupado y me preguntó si quería hacerlo yo. A los de la editorial les pareció bien, sienten una gran admiración por Amadeo y confían en él —resopla Diego—. Cuando te llamé estaba con mi hermano. Me colgaste y fue él quien insistió en que viniera hasta aquí, no me dio tiempo ni a pasar por casa a por mis cosas. Me ha dejado el coche, metió ropa en una maleta… en fin. Parecía tenerlo todo planeado.

—¿Y también fue él quien te habló de la supuesta última canción de Leo? —inquiere Greta con dureza. No lo puede evitar, el asunto la reconcome por dentro desde que Diego lo mentó ayer por la tarde en el porche. Ojalá no se lo hubiera preguntado nunca. Ojalá pudiera ver a Diego con la magia que le suscitó la noche en la que llegó—. ¿La discográfica también os ha ofrecido dinero por eso?

—No. No, eso… eso es cosa mía —miente Diego. Y no lo hace del todo mal. Resulta convincente, Greta se lo cree y él empieza a sentirse mal por mentirle, pero ahora no le queda otra que seguir haciéndolo—. Todo artista suele dejar una obra póstuma, ¿no? Por eso te lo pregunté.

Greta se encoge de hombros. Habrá de todo: artistas que se van sin dejar nada y otros con proyectos que adquirirán más valor si su creativo muere, opina internamente. Termina el té y se levanta, dejando la taza sin lavar en el fregadero. Se gira con las manos agarradas en la encimera con tanta fuerza, que los nudillos se le vuelven blancos e, impulsivamente, sin creer lo que está a punto de hacer, lo que no ha hecho con nadie desde que Leo murió, le dice a Diego:

—Ven conmigo. Quiero enseñarte algo.

30

El canto interior de victoria de Diego cuando Greta le ha dicho que no le suena de nada el nombre de su hermano, no se asemeja al subidón de adrenalina que siente ahora al seguir escaleras arriba a Greta, cuya mano izquierda acaricia la madera de la barandilla como si fuera un amante.

«Ven. Quiero enseñarte algo».

Ay, Diego, en qué cosas piensas. No sentía tanta curiosidad desde 2001, cuando, con quince años, perdió la virginidad con su vecina Virginia, dos años mayor que él y mucho más avispada, en la cama de los padres de ella. Una cama de agua incomodísima, capricho de la madre de Virginia, que se meneaba violentamente con el más leve movimiento. Esa mañana en la que los padres de la joven acudían a la misa de domingo en la Parroquia del Santísimo Cristo de la Salud, hubo muchos, pero que muchos vaivenes. Era la primera chica a la que Diego veía desnuda; las mujeres de las revistas que Amadeo guardaba debajo del colchón no eran lo mismo. La curiosidad por saber qué se sentía se impuso incluso antes de que Diego la embistiera con torpeza y con los nervios a flor de piel. El momento no es comparable; de hecho, no tiene nada que ver con lo que está a punto de ocurrir, pero Diego siente la misma culebrilla ansiosa en el estómago que aquel día en el que perdió la virginidad, fruto de las ansias que tiene por ver eso que Greta le quiere enseñar.

Greta, vacilante, se detiene frente al primer peldaño de las escaleras que Diego sabe que dan a la buhardilla que nadie ha pisado en años. Es el escondite de Greta. El único lugar de la casa por el que se mueve libre su fantasma, que esta mañana soleada de octubre enmudece al intuir unos pasos distintos acoplándose a los de Greta.

—¿Qué haces, Greta? ¡Este es nuestro escondite! ¡Nuestro, de nadie más! Aquí no puede entrar nadie. Solo tú y yo, ¿recuerdas? Solo tú y yo.

Su fantasma está furioso.

—Cállate.

—¿Qué? Yo no he dicho nada —replica Diego, confuso, contemplando anonadado a su alrededor, un espacio casi tan grande como toda la casa. Sin esperar respuesta, da la espalda a Greta y se acerca a la biblioteca más inmensa que jamás ha visto en una casa particular. Ni siquiera Amadeo tiene tantos libros. Se olvida de que Greta le ha mandado callar, aun cuando él no ha dicho nada, al ver una balda entera dedicada a distintos ejemplares de *El fantasma de la ópera*, una novela que en su momento le marcó—. ¿Es tu novela favorita?

—No. Era la de Leo —contesta Greta, tan seca y distante que a Diego no se le ocurriría coger ningún ejemplar para echarle un ojo, ni siquiera el que le tienta, uno que tiene pinta de ser una reliquia de coleccionista. ¿Una primera edición en castellano de 1910?

Diego evoca su época de ladrón de libros. Liesel Meminger, protagonista de la ficción de Markus Zusak *La ladrona de libros*, el único libro con el que Diego ha llorado las dos veces que lo ha leído, era una aficionada a su lado. Casa que visitaba, casa de la que salía con un libro robado. Diego sintió pena por cada uno de los ejemplares que sustrajo entre los diez y los catorce años, al darse cuenta de que sus propietarios no los echaron de menos o, al menos, nunca sospecharon de él, que tenía la réplica ensayada en caso de que le preguntaran al respecto.

Greta ignora las estanterías. Las tiene muy vistas, le agobia no haber leído ni el setenta por ciento de los ejemplares que acumula solo por mantener viva la librería de Celso, quien ya le dejó claro un día que no acepta la limosna de nadie cuando ella le ofreció ayuda económica un mes que a duras penas pudo pagar la factura de la luz. Por eso, nunca se va de su local sin adquirir dos libros como mínimo. Esta tarde a las siete debatirán sobre *Los puentes de Madison County* en el club de lectura. Celso le dijo que Diego viniera, que tiene ganas de conocerlo, especialmente desde que ha leído su primera novela.

—Los autores dicen que todo es ficción, pero es un engaño. En realidad, escriben sobre ellos. Una parte de sus almas queda impregnada en sus libros. Ellos cuentan la historia, los lectores le dan vida. Solo hay que saber ver para adivinar qué es lo que más les pertenece —asegura Celso, sin dar opción a que le lleven la contraria.

Greta tiene ganas de que se conozcan. De verlos juntos. De que se caigan bien y congenien. Quiere que Diego forme parte de su vida. A pesar de la pregunta sobre la última canción de Leo. Por eso, por lo bien que se siente cuando está a su lado, camina en dirección a lo que le queda de su obra oculta al mundo. Inspira hondo, se pone en cuclillas y desliza con lentitud las sábanas, arrinconándolas junto al escritorio ubicado frente a un ventanal con vistas al mar. Diego sigue los pasos de Greta. Cuando las sábanas caen al suelo, ve una explosión de color en cada cuadro excepto en uno, el que se lleva todo el protagonismo al ser el más grande y estar colocado en el centro. Greta escudriña la expresión de Diego y frena el impulso de volver a por las sábanas para cubrir sus creaciones. Aunque él creía que lo que Greta iba a enseñarle era esa última canción que Amadeo y la discográfica están seguros de que existe, lo que tiene delante lo deja boquiabierto.

—Es…

—Es Leo.

«Es un cadáver», enmudece Diego, acercándose a la imponente pintura en acrílico y óleo sobre lienzo, que consiste en la recreación de una escena nocturna, podría decirse que siniestra, con un cuerpo inerte encajonado entre dos rocas puntiagudas, las mismas que vio anoche al asomarse al precipicio del acantilado. De la cabeza mana sangre, una sangre diluida con trazo minucioso en las aguas. El cielo repleto de estrellas, el mar bravo rodeando el cadáver del que destaca una chupa de cuero negra. Es la recreación vista desde arriba del instante en que el cuerpo sin vida de Leo fue hallado. Es tan real, como si se tratara de una fotografía, que Diego siente un escalofrío, especialmente cuando se fija en los ojos, las ventanas del alma. Están abiertos. Un velo grisáceo cubre lo que sabe que en su día fueron unos ojos de color avellana, pero si te fijas bien en los detalles, se intuye un reflejo en las pupilas dilatadas. Muestran una silueta esbozada en tonos blanquecinos para que se distinga del negro de las pupilas. Una silueta como la que él juraría haber visto ayer por la noche.

¿Al ver que Leo no regresaba a casa, Greta salió a buscarlo y descubrió su cadáver? ¿Fue eso lo que ocurrió? ¿Es la propia Greta la silueta que reflejó en las pupilas de Leo o quizá es Raimon? Diego se estremece al volver a pensar en el hermano gemelo al que Leo mató siendo un bebé. En la doble personalidad que su madre, de manera enfermiza, provocó que adquiriera, privándole de una infancia feliz y normal. Tiene tantas ganas de seguir conociendo retales de la vida del cantante para poder escribir su biografía, como temor a que la cosa pudiera ir a peor. Porque fue a peor. Diego lo sabe, no es tan ingenuo, si bien tiene la descorazonadora sensación de que escuchar la vida del hombre a través de las voces de otros solo le va a permitir conocer la superficie, no la esencia. Las palabras de Elsa reverberan en su memoria provocándole una sacudida en el estómago: «A veces me da por pensar que Raimon fue quien empujó a Leo al vacío».

Greta, por su parte, querría contarle muchas cosas a Diego. Adelantarse al orden de la biografía y empezar por el final, relatarle qué ocurrió aquella noche, aun sabiendo que no saldría indemne. Pero las palabras, tan seductoras como temidas, se le atragantan y aflora la tristeza y el miedo en esa forma acuosa a la que llamamos lágrimas. Greta solloza débilmente, sin querer llamar la atención y mucho menos dar pena. Diego, que apenas se ha fijado en el resto de la obra, y debería hacerlo para entender qué pinta aquí, empatiza con su dolor, lo siente como propio. Se acerca a Greta despacio, como pidiéndole permiso, y le ofrece su pecho para que se desahogue cuanto necesite. Ella se abandona a sus brazos y él acaricia su espalda, con una intimidad insospechada para dos personas que se conocen desde hace tres días. Ningún abrazo a lo largo de este tiempo ha reconfortado tanto a Greta como este, pero no se lo dirá a Diego. Aún no. No quiere asustarlo. No quiere que piense que está loca, aunque en este instante esté viendo a su fantasma celoso acechando, recriminándole sin voz que ha mancillado su escondite, el escondite que hasta hoy solo les pertenecía a ellos.

31

—Fue lo último que pinté —le cuenta Greta con voz quebrada, enjugándose las lágrimas y separándose poco a poco de Diego. Se habría quedado a vivir para siempre en su pecho, en la serie de fenómenos inusuales que se activan en su cabeza y en su cuerpo al aspirar su olor—. Desde entonces, no he podido volver a trabajar en ningún cuadro más. Eso sí que es una maldición. ¿Ves la diferencia? Esa era yo.

Greta, con reparo por lo que para ella es obvio pero Diego ni se lo imagina, señala los cuadros felices repletos de luz, vida y color. Especialmente vida, están repletos de vida y movimiento y eso es lo que los diferencia del de Leo. Escenarios rurales, playas, veleros, cafeterías, calles desiertas, nocturnas y diurnas, neones que dan la impresión de que van a sobresalir del cuadro, y siempre un hombre pensativo, solo, perdido en su propio mundo.

«¿En qué estará pensando? —se pregunta Diego prestándoles atención—. ¿Por qué, pese a la aparente felicidad del instante, no sonríe?».

El peculiar y rebuscado juego entre las luces y las sombras de Greta, los interiores esbozados con todo tipo de detalles y el tema central de la soledad, recuerdan a los cuadros de Edward Hopper. Ningún cuadro es igual, lo que da a entender que a Greta le gustaba ser libre, divertirse y experimentar, y aun así, pese a las evidentes diferencias entre un cuadro y otro, es fascinante comprobar que en todos se reconoce su trazo minucioso y exigente.

—Y este cuadro… este único cuadro simboliza lo que tengo dentro. Batallo cada día para desprenderme de esa oscuridad —zanja, refiriéndose al cuadro que más ha impactado a Diego, el de Leo muerto, consciente de que es posible que Greta no se lo haya enseñado nunca a nadie salvo ahora a él.

—Yo no percibo esa oscuridad, Greta. Todo lo contrario —opina Diego, y sus palabras son sinceras. Para él, Greta tiene una sonrisa que la hace única y que es capaz de detener el tiempo. Su mirada transmite bondad y ternura y, cuando están juntos, puede percibir su luz como si todo su cuerpo la irradiara, olvidándose de que existe un mundo ahí fuera en el que ocurren cosas terribles a diario.

—Si te quedas el tiempo suficiente, la percibirás —rebate Greta tiñendo su gesto de amargura—. Quería enseñarte esto y… me gustaría que trabajaras aquí. Si te parece bien, te gusta y te inspira el espacio, claro.

Greta clava los ojos en su fantasma. Le dedica una mirada fría como un témpano de hielo. Lo reta. Sonríe triunfal. Su fantasma está enfadado, muy enfadado. Levanta una ceja, sacude la cabeza, se le inflan las aletas de una nariz que en realidad ya no existe. Es la mala costumbre que tienen los fantasmas de simular que siguen vivos. Es el fallo y la recurrente necesidad que tienen los vivos de devolverles a la vida por lo mucho que duelen las ausencias. Los muertos son como los recuerdos, no están en ningún lugar pero todo el mundo los necesita para vivir, para seguir hacia adelante.

—Es un lugar increíble —conviene Diego, entusiasmado, encantado de tener la oportunidad de trabajar en una amplia estancia como esta, desde donde el mar se ve aún más infinito que desde las habitaciones de la planta de abajo.

—Todo tuyo. Es muy luminoso, silencioso y tranquilo. Frida no suele subir, es demasiado vaga, así que no te molestará.

Ah, y puedes coger todos los libros que quieras, incluido el de la primera edición de *El fantasma de la ópera* de 1910 al que le has hecho ojitos. No te cortes —prosigue Greta, guiñándole un ojo con complicidad.

—¡Sabía que era una primera edición de 1910!

«Sería un milagro no enamorarme de esta mujer», piensa Diego, con el corazón latiéndole más rápido de lo normal, en el momento en que la dichosa melodía del *Aserejé* les interrumpe rompiendo el hechizo. En la pantalla aparece un nombre que Greta alcanza a ver. Ingrid y un corazoncito al lado; así fue como ella misma guardó su contacto en el móvil de Diego.

—Cógelo —murmura Greta ocultando su decepción. Por hacer algo, se pone a recoger la sábana para volver a ocultar su mundo particular en forma de lienzos.

Diego sale de la buhardilla y acepta la llamada.

—Ingrid, ¿cómo va?

—Estaba deseando oír tu voz... —saluda Ingrid con voz dulce—. Cuéntame qué haces por Galicia, de quién es la biografía, dónde estás alojado… y, sobre todo, cuándo vuelves. Tengo ganas de ti, como dice la canción —ríe Ingrid, pero Diego, mordiéndose el labio inferior, cierra los ojos y sacude la cabeza pensando que tiene que cortar con lo que sea que tengan antes de hacerle más daño. La risa de Ingrid se interrumpe ante el silencio al otro lado de la línea telefónica, que Diego rompe para contarle qué está haciendo en Redes.

Recorre el salón y sale al porche trasero, donde se acomoda en la silla de mimbre. La luz del sol le da de frente. Achina los ojos. Continúa hablando. Menciona a Leo Artes, el protagonista indiscutible de su viaje a Galicia, a Elsa, su amiga de la infancia y la primera grabación. «No era lo esperado, la verdad», se limita a decir. También menciona a Greta, pero de pasada, como si ser la mujer del cantante del que va a escribir la biografía no tuviera la más mínima relevancia.

—¿Y en qué hotel estás?

—Eh… —Diego traga saliva con fuerza—. No estoy en ningún hotel.

—Entonces… ¿dónde?

—En casa de Greta, la mujer del cantante.

—Ah.

Ingrid parece decepcionada. Lo está. Y preocupada, muy preocupada. Le gustaría preguntarle a Diego si Greta es guapa, amable, si le gusta, pero no lo ve conveniente. La haría parecer un amante celosa y despechada y no quiere que Diego se canse de ella. Así que memoriza su nombre. Greta Leister. Si es la mujer de Leo y era pintora, debe de salir en Google, sopesa. La buscará. Quiere saber cómo es la mujer que comparte casa con Diego.

—¿Y sabes cuándo volverás?

—En una semana, dos… —calcula Diego. No es algo que haya hablado con Greta—. Me gustaría empezar a escribir aquí, el entorno es fantástico —añade, mirando a su alrededor, centrándose en el mar brillante en el horizonte, como si miles de cristalitos nadaran en la superficie.

—Vale, pues… que te sea leve.

«Más leve imposible», sonríe Diego para sus adentros, ensimismado en la belleza salvaje que habita a su alrededor.

—Gracias. Nos vemos pronto.

—Sí. Sí, claro, aquí estaré. Vigilaré que no entren okupas a tu piso, que la cerradura de la puerta principal sigue estropeada.

—Vaya.

—Ya, un rollo… Bueno, no te enredo más.

—Que vaya bien, Ingrid.

—Igualmente… adiós, Diego.

Diego, reflexivo, se queda mirando la pantalla del móvil. Le sabe mal haber sonado tan frío, tan lejano, pero… Los años y las experiencias le han hecho entender que merece la pena esperar a que se dé esa fascinante sensación efervescente que nos provocan las personas que sí, las que estimulan a nuestro corazón, haciendo que bombee con tanta fuerza que parece que vaya a explotar como una supernova. No habrá más veces con Ingrid. Ahora lo sabe. Por ella, por él, porque no le despierta todo lo que Greta sí ha conseguido despertar en unos pocos días, si bien intenta no comerse la cabeza al respecto, ya que está aquí por trabajo. Y si quiere avanzar con la biografía, debería encender el portátil que le ha mandado Amadeo, escuchar con atención la primera grabación de Elsa y empezar a escribir. Sí. Puede hacerlo. Diego confía en que el inicio va a ser tan impactante que, cuando llegue a manos de los lectores, no podrán despegarse de las páginas donde la vida de Leo Artes se verá reflejada sin artificios, a pesar de su crudeza. Sin mentiras. Tal y como quiere Greta. ¿O no?

«Leo Artes tenía solo seis meses cuando mató a Raimon,
su hermano gemelo».

32

Diego solo ha apartado la vista de la pantalla del ordenador para contemplar cómo el sol se ponía en el horizonte iniciando su lento descenso hasta desaparecer tras el océano. Los atardeceres aquí son de otro mundo. Cuando el sol empieza a ponerse, el cielo azulado y anaranjado se vuelve ligeramente púrpura. Es magia. Las gaviotas graznan en la playa y, desde cualquier rincón de la casa, se oye el murmullo de las olas. Durante los días que a Diego le queden aquí, no quiere desperdiciar ni un solo atardecer. Piensa admirarlos todos para mantenerlos en su retina cuando regrese al agobio de Madrid.

Los primeros dos capítulos de la biografía de Leo vuelan a través de los dedos de Diego, construyendo frases sin aparente esfuerzo. Después del café revitalizante que se ha tomado con Greta tras una copiosa comida en la que han estado hablando de temas banales, ha estado aporreando el teclado como si una vocecilla le susurrara al oído lo que tiene que escribir. Hacía tiempo que no tenía esa sensación, la de la invasión de voces que no son la suya en la cabeza, algo que haría enloquecer a cualquiera hasta enviarlo directo a un psiquiátrico, pero no a un escritor, que sabe que así es cómo mejor brotan y fluyen las historias. De esas voces se alimentan. Sin ellas, están perdidos, sin salvavidas en mitad de un océano. Tiene el ejemplar de *El fantasma de la ópera* de 1910 sobre el escritorio, al lado del portátil, a modo de inspiración. Según Greta, era el libro preferido de Leo, así que, como si intuyera la huella del fantasma en la buhardilla, ha subrayado la siguiente frase:

«Estaba allí, como si fuera el más natural de los invitados,
salvo que no comía ni bebía».

Diego sabe que no era en la buhardilla donde Leo trabajaba, que lo hacía en la caseta que alcanza a ver desde la ventana, en el lado izquierdo del jardín trasero. Siente una curiosidad insana por entrar, por ver con sus propios ojos el templo del artista, de quien conoce un par de canciones más que ha escuchado mientras escribía, pero se niega a hacerlo sin permiso de Greta. Por cómo se puso al verlo frente a la puerta de la caseta, sabe que no es bienvenido en ese espacio. Y si ella dice que no hay última canción, pues tiene que creerla. Confiar. Aunque Amadeo insiste en que sí existe tal canción y que los de la discográfica se llevarán un disgusto si no la consigue. Ahí, el gran Amadeo metiendo presión, y sin estar, que tiene más mérito.

Son las seis de la tarde cuando Greta sube a la buhardilla sin que Diego se dé cuenta. No hay prisa, hay tiempo de sobra para llegar al club de lectura al que Diego ha aceptado ir gustosamente. Sin embargo, por lo absorto que parece estar, es probable que se le haya ido el santo al cielo y se le haya olvidado, piensa Greta, que lo mira con curiosidad, siendo consciente de que Diego cree que nadie lo ve. Así es como se conoce de verdad a las personas. Observándolas en el momento en que están enfrascadas en sus burbujas, con el convencimiento inconsciente de que nadie les presta atención. De esa forma, no hay barreras, no temen mostrarse tal y como son realmente. Greta se fija en la espalda de Diego. Ancha y firme, los omóplatos se mueven sutilmente mientras el sonido del teclado envuelve la buhardilla, que ha cobrado vida con su presencia. El fantasma ha desaparecido. Es la primera vez en tres años que Greta sube aquí y no lo ve, no lo siente. Transcurren tres minutos exactos hasta que Greta da un paso en falso haciendo crujir una tabla de madera del suelo. Diego se gira con la mirada un tanto desubicada; su mente aún vaga por una ficción muy vívida. Acaba de relatar el dolor y la locura de una madre al ir a despertar a sus bebés de la siesta y darse cuenta de que uno de ellos no respira. Diego para de escribir con el corazón en un puño, como si aún estuviera en la piel de esa madre que ha vuelto a cobrar vida a través de sus letras. Con los dedos suspendidos sobre el teclado, parece que no se ha movido de una habitación que ha tenido que inventarse para describirla. No recuerda haber escrito jamás una escena tan dura. Lo peor de todo es que ocurrió, que no forma parte de su imaginación, sino que una mujer tuvo que vivir algo tan terrorífico que la cordura la abandonó.

«¿Cómo se continúa viviendo después de algo así?», se pregunta. La respuesta llega a él, rápida como un ciclón: «No se puede. Uno tiene que seguir respirando, mientras lucha con la sensación de estar perdonándose la vida a diario».

—Perdona, no quería molestarte.

—¿Ya es la hora?

—Aún queda una hora, pero podríamos ir yendo y así te enseño la calle donde Leo nació. La librería de Celso está ahí mismo —propone Greta.

—Vale. Me iría genial para describirla con precisión.

Diego guarda las ocho páginas que ha conseguido escribir y apaga el ordenador. Coge el móvil, dispuesto a fotografiar hasta el más mínimo detalle de la calle, una libreta y un lápiz.

—Listo. Vamos.

La sonrisa de Diego desarma a Greta, cuyos pies, por un momento, parecen haberse arraigado al suelo sin la más mínima intención de moverse.

—Greta, ¿estás bien? —pregunta Diego con voz suave, extendiendo la mano y deslizándola por el brazo de Greta, que da un respingo.

—Sí. Sí, claro, estoy bien.

«No voy a volver a probar una sola gota de alcohol en mi vida. Hoy tengo las neuronas tontas», rumia Greta, sacudiendo la cabeza y bajando las escaleras en silencio con el libro de Robert James Waller bajo el brazo, para debatir sobre él en el club de lectura. Está deseando saber si a Margarita, que lloró hasta con *Una habitación propia*, de Virginia Woolf, la historia de Francesca Johnson y Robert Kincaid también la ha desarmado.

33

Greta aparca el coche en la praza do Pedregal, al lado de la Casa Do Concello pintada de azul que Diego admira para, al momento, desviar la mirada hacia el mar salpicado de veleros y barquitas de pescadores. Es de noche, pero las formas sinuosas de las montañas se intuyen bajo un cielo azul eléctrico, donde las estrellas empiezan a desfilar para su puesta en escena. Greta, seguida de Diego, se desvía por una de las callejuelas perpendiculares alumbradas por las farolas que cuelgan de las fachadas.

—Esta es la rúa Nova, la calle más bonita del pueblo —dice Greta, siguiendo hacia delante sin detenerse en la librería, donde ha visto a través de la cristalera a Celso con la cabeza enterrada en un libro—. Aún tenemos tiempo, queda media hora —añade, caminando por la estrecha calle ligeramente empinada y flanqueada por casas a ambos lados, cuyas ventanas refulgen a estas horas de la noche en la que medio pueblo se refugia del frío de la costa coruñesa.

Diego saca el móvil, activa el *flash* y fotografía hasta las baldosas grises por las que caminan. De vez en cuando, sin detenerse, levanta la cabeza para dirigir la mirada a las casas apiñadas. Aun siendo muy diferentes entre sí, combinan en una perfecta armonía. La arquitectura es de lo más variada. Algunas son blancas, sencillas, otras de piedra, las hay señoriales, como la colonial del número 2, y la mayoría combinan el blanco con el azul o el verde en el contorno de las puertas y ventanas siguiendo el estándar indiano. Luego están las ruinosas, de paredes grisáceas desconchadas con endebles barandillas de madera en sus balcones, corroídas por el paso del tiempo y el abandono. Y todas, a su manera, conservan su propia historia. Diego se empapa del olor a salitre entremezclado con la leña ardiendo en el aire y un ligero tufillo a sardinas que deben de estar cocinando en el interior de alguna casa.

—Por la zona hay muchas casas indianas, en esta calle y en la praza do Pedregal —empieza a contarle Greta—. También en otras localidades como en Ares o en A Guarda. Fueron construidas en la segunda mitad del siglo XIX y durante los primeros años del siglo XX por gente de la localidad que emigró de América. La mayoría, por las pocas oportunidades que había aquí, fueron a ganarse la vida a Puerto Rico, Brasil, Cuba, Santo Domingo… Al regresar a Redes con un buen colchón económico, invirtieron gran parte de sus ahorros en construir una buena casa siguiendo la estética de las construcciones coloniales que habían conocido allende los mares. De ahí los colores. Azules, amarillos, verdes, tonos teja… Así destacan visualmente los materiales con los que se construyeron, materiales nobles como piedra o madera. Ahora en otoño es un remanso de paz, apenas verás gente por la calle cuando descienden las temperaturas, pero en verano es un pueblo muy turístico.

Greta frena en seco frente al número 30 y su sonrisa amable de guía turística se esfuma. Diego contempla la casa deprimente y en ruinas por la que se accede a través de una puerta de caballeriza en un estado deplorable. No hay ninguna ventana abajo, solo un balcón largo y estrecho en la planta superior apuntalado con piedras deterioradas, que da la sensación de que pueda venirse abajo. A pesar de mostrar las huellas del paso del tiempo, la casa permanece en pie, desafiante y altiva.

—Aquí fue donde Leo y Raimon nacieron. Donde murió

el hermano de Leo. Aquí, en este punto, su madre enloqueció —apunta Greta estremecida.

Diego no dice nada. Se limita a hacer fotos a la desolación que transmite la fachada de lo que una vez, hace muchos años, fue un hogar, imagina que feliz antes de caer en desgracia. Le da la sensación de que puede oír los gritos de la mujer y también al bebé desamparado llorando en la cuna donde privó a su hermano de oxígeno hace treinta años. Parece que el tiempo se congela en según qué lugares. La muerte de Raimon fue la ficha de dominó que hizo caer todas las demás.

—Basta un segundo, solo un segundo, para que una vida se rompa para siempre —murmura Greta, evitando mirar la casa que tanto odiaba Leo. Decía que estaba maldita, que cada vez que pasaba por ahí era como si algo lo atrajera para que regresara. Algo muy malo, aseguraba con énfasis, añadiendo con reparo que oía llantos. Llantos de bebés. Y llantos desgarradores de adultos. Se estremece con solo recordar la locura que transmitían los ojos de Leo cuando se lo contaba. Le brillaban con una intensidad renovada y febril.

Siguen caminando hacia delante donde la calle se empina un poco más hasta llegar a un tranquilo mirador protegido por una barandilla de madera. Diego fotografía el espectacular paisaje. Mar, montaña, cielo estrellado. Y lo más bonito del lugar, piensa la parte ñoña que hay en él, es cuando mira a su lado y ve a Greta enfrascada en sus propios pensamientos con la suave brisa acariciando su rostro y revolviéndole el cabello. El misterio que la envuelve, sumado a la serenidad que transmite, lo atrae sin que pueda hacer nada por evitarlo. Ya no hay remedio a esto que empieza a sentir cuando Greta está cerca.

—Por las callejuelas perpendiculares a esta calle están las casas marineras a pie de mar. Merece la pena ir, pero de día. De hecho, el nombre del pueblo viene por las redes que usaban los marineros en sus salidas a la mar. Redes se llama así por la cantidad de redes que aparecían colgadas secándose al sol después de una jornada de pesca. Las colocaban en unas estructuras de madera que aún quedan en algunas playas —relata Greta, más animada que cuando se han parado frente a la casa donde nació Leo, saludando con un gesto de cabeza a un anciano enjuto de cejas muy pobladas que, ayudado por un bastón, pasa por su lado escudriñando al forastero con curiosidad—. La calle es larga, alcanza un caminito de tierra y luego todo es campo. Llega hasta Punta do Castelo, desde donde hay unas vistas espectaculares al puerto. Antiguamente ahí estaba la batería militar, que defendía la costa de la comarca. Es bonito.

—Muy bonito —confirma Diego, recorriendo el rostro de Greta con la mirada.

Un cómodo silencio se instala entre la pareja. Greta piensa en la lectura que debatirán ahora. Bastaron cuatro días para que Francesca y Robert se amaran hasta la muerte. Cuatro días. A veces son más que suficientes. No solo ocurre en la ficción, la vida real puede ser igual de imprevisible que un sentimiento que creías muerto, propagándose como un incendio por todo tu ser. Coqueta, Greta se retira un mechón de pelo corto de la frente, sonríe complacida por cómo Diego la mira, e indica el camino para volver a bajar y no llegar tarde a la librería.

—¿Qué libro habéis leído? —se interesa Diego.

—*Los puentes de Madison County*.

—Fueron apenas cuatro días, pero ellos se amaron hasta la muerte —cita Diego, con tanta timidez que su mirada se clava en sus sombras muy juntas, rozándose como no se atreven a rozarse ellos, reflejadas en la calle empedrada que pisan.

34

Cuando Greta y Diego entran en la librería de Celso, el club de lectura al completo está sentado alrededor de una mesita con una bandeja en la que hay pastas de canela y té verde. Celso, Candela, Fina, Lucio y Margarita levantan las miradas al unísono haciendo caso omiso a Greta, para inspeccionar con rigurosa meticulosidad al nuevo. Margarita es la primera en abrir la boca:

—¡Pero qué mozo más guapo!

Greta ríe, les da dos besos a todos dando muestras del cariño que les tiene, y se sienta en una silla libre, entre Lucio y Fina, observando con atención a Diego.

—Buenas tardes, soy Diego —dice educadamente, y, por cómo se incorpora un poco hacia delante, parece que les vaya a hacer una reverencia.

El club al completo se presenta con una sonrisa, contentos de la nueva incorporación de la que, previamente, Celso les ha hablado, advirtiéndoles de que no mencionen a Leo aunque la presencia de Diego implique que su memoria esté más viva que nunca. Diego reconoce al instante los nombres de Candela, Fina y Margarita. Los tres ángeles de la infancia de Leo, según le contó Elsa. Se pregunta si es buena idea hablar con ellas sobre el cantante para recabar más información, pero le extraña que Greta no se lo haya propuesto, por lo que decide ser prudente al respecto. Son mujeres mayores a las que cualquier mal recuerdo podría alterar, razona internamente. Celso, magnánimo, se levanta y le estrecha la mano.

—Es un gran placer tenerte en mi librería, Diego. Greta me prestó tu primer libro. Es muy especial. Un lenguaje intimista y delicioso que te envuelve. El personaje de Valerie está muy bien perfilado, dan ganas de conocerla.

—Me alegra que piense eso.

—Por favor, tutéame. Tutéanos a todos, estamos en familia. Es una lástima que *Una promesa en Aiguèze* esté descatalogado. Lo habría puesto en el aparador y en la sección especial de libros recomendados por el librero.

—Nada dura para siempre —se lamenta Diego, echando un vistazo a su alrededor y entendiendo por qué a Greta le gusta tanto esta librería. Si hubiera una igual en Madrid no saldría de ella en todo el día.

—Efectivamente —le da la razón Celso, mirando de reojo a Greta con una chispa en los ojos que le quieren decir: «No lo dejes escapar. No permitas que se vaya. Te va a hacer bien»—. ¿Has leído *Los puentes de Madison County*, Diego?

—Hace años.

—Una de las mejores adaptaciones cinematográficas de todos los tiempos, ¿no te parece? —Diego compone un gesto de afirmación con la cabeza—. Pero el libro también es una maravilla. ¿Estás de acuerdo?

—En un universo de ambigüedades, esta certeza llega una sola vez, y nunca más, no importa cuántas vidas le toque a uno vivir —recita Diego de memoria, sin poder evitar mirar a Greta mientras habla con voz profunda, y ella se asombra de su capacidad para memorizar y recordar parajes de libros que es posible que haya leído hace años.

Como ocurre en la ficción, tras su confesión encubierta por una frase literaria se instala el silencio. Es Margarita quien lo rompe llevándose todo el protagonismo al echarse a llorar con la mano en el pecho. Greta la mira divertida con una pizca de malicia. Los pucheros infantiles que la anciana compone cuando se emociona le parecen encantadores a la par que cómicos. Sí, tal y como esperaba, la historia de Francesca y el fotógrafo ha desarmado a Margarita, pero lo que a Greta la ha desarmado en este instante, ha sido la mirada de Diego mientras ha citado la mítica frase de Robert Kincaid.

—Sí. Está llena de frases memorables. Como tu novela —acierta a decir Celso, animándolo a sentarse en el sillón orejero que ha dejado libre en su honor, para empezar a debatir sobre una historia que ha entusiasmado a todos.

—Especialmente el final —comenta Fina—. Ese final no sale en la película y es digno de mención.

—Muy emotivo —asiente Lucio.

—Yo me he pasado la mayor parte de la novela llorando —suspira Margarita, mujer de campo, que aprendió a leer a los cincuenta y, desde entonces, no hay quien la pare.

—Porque sabías lo que iba a pasar, Margarita, viste la película antes —dice Greta, a quien de vez en cuando le gusta chincharla—. Todos sabíamos que la relación estaba destinada a durar solo cuatro días.

—Antes hay que leer el libro. Siempre —opina Diego—. Aunque la adaptación es muy fiel a la novela e incluso supera las expectativas en algunas escenas, como cuando Francesca, al lado de su marido, se aferra a la manilla de la puerta del coche con el deseo de irse con Robert.

—Esa escena es preciosa. Preciosa y muy triste. Con esa lluvia torrencial que empapa al *Crin Isgu* y la expresión de su cara… Madre mía. Preciosa, preciosa —recalca Margarita dejando ir un suspiro teatral.

Greta se lleva la mano a la boca y ahoga una risa ante la pronunciación de la anciana al decir el nombre del actor Clint Eastwood que encarnó a Robert Kincaid en la película. Diego la mira socarrón con la cabeza ladeada como si quisiera decirle: «No seas mala».

—En la última parte de la novela, la entrevista final al músico de *jazz* Nighthawk Cummings es esencial para conocer mejor los últimos años de vida de Robert Kincaid. El sacrificio que hizo para no alterar la rutina de Francesca ni complicarle la existencia, una rutina en la que su familia fue lo más importante. Nunca dejó de amarla y, aun así, la dejó escapar en un acto de generosidad —reflexiona Celso.

—¿Son suficientes cuatro días para enamorarte o es una exageración, algo irreal? —pregunta Greta, más para sí misma que para el grupo, evitando de manera inconsciente la mirada de Diego.

—A veces, basta con un segundo, *pequeña* —contesta Celso con dulzura, mirando a Diego y a Greta intencionadamente.

Y es entonces cuando Celso cuenta para el recién llegado, ya que el resto conocen la historia, cómo conoció a Lucía, su primer, único y gran amor, en la primera edición celebrada en 1978 del Festival Internacional del Mundo Celta de Ortigueira, dedicado a la música folk de los países celtas.

—Una mirada fue suficiente para saber que queríamos pasar el resto de nuestras vidas juntos. Treinta y cuatro años, Diego. Parecen muchos años y lo son, sí, pero cuando uno está enamorado de verdad, treinta y cuatro años no son suficientes. Pasan en un suspiro, créeme —finaliza emocionado, dejando entrever el nudo que se le ha formado en la garganta.

—Se necesita un minuto para notar a una persona especial, una hora para apreciarla, un día para amarla, una palabra para herirla, pero luego toda una vida para olvidarla. ¿De quién es esta frase, que ahora no caigo? —pregunta Margarita, cuya lucidez para recordar frases que ha leído por ahí es magistral, pero no su memoria para los nombres.

—Charles Chaplin —resuelve Diego, dedicándole a la anciana una media sonrisa en la que Greta se pierde como si fuera lo único importante. Le está gustando mucho su rápida integración en el grupo y cómo interactúa con sus amigos, con cariño y respeto, como si los conociera desde siempre.

—¡Ese, ese! —ríe Margarita—. *Chels Cheplin.*

El resto se anima y empieza a contar cómo se enamoraron de sus parejas. Quedan con vida el marido de Fina y la mujer de Lucio, los demás son viudos. A Diego la historia que más le conmueve es la de Margarita, que vivió su gran historia de amor con un joven que falleció a los dieciocho años al caer de un caballo, y al final se casó con otro hombre más por obligación que por verdadero amor.

—Cosas que pasan. Al menos moriré sabiendo lo que es amar de verdad —zanja Margarita con los ojitos vidriosos.

—¿Y tú, Diego? ¿Estás enamorado? —inquiere curiosa Candela.

Diego, presionado al sentir todas las miradas sobre él, incluida la de Greta, se encoge de hombros.

—No estoy seguro, Candela —contesta, sin saber muy bien por qué no se ha limitado a decir «sí» o «no». Hasta hace unos pocos días, no sentía nada especial por ninguna mujer, aun cuando se empeñaba en sentir algo por Ingrid, como si el corazón fuera un subordinado al que se le pudiera mandar. Pero tampoco puede dejar entrever que esa inseguridad se debe a Greta, que provoca en él unas sacudidas inusuales con solo una mirada. Y eso ocurre o no, desde el minuto uno y sin tener que forzar nada.

—¿Pero tienes pareja? —insiste Lucio, con la curiosidad despierta.

—Eh… —Piensa en Ingrid. ¿Por qué piensa en Ingrid, si para él no es más que una amiga?—. No. No exactamente.

«No exactamente» no es la respuesta que esperaban. Los integrantes del club de lectura no entienden ese «exactamente» cargado de misterio. La palabra sobra. La decepción es palpable, especialmente en Margarita, cuyo rostro se deforma al fruncir los labios. Diego casi puede advertir los abucheos que se están formando en las cabezas de las personas que lo rodean.

—¿Pero ese «exactamente» qué quiere decir, niño? —vuelve a la carga Candela, ladeando la cabeza y componiendo un mohín de extrañeza.

—Pues…

—No es de buena educación hacer tantas preguntas —interviene Celso, sonriendo con familiaridad a Diego.

Si algo le han enseñado los años al librero, es a saber cuándo un hombre está enamorado. Un hombre como Diego habrá tenido muchas aventuras, deduce, mujeres que lo adoran y lo adulan, hasta puede que haya alguien en Madrid esperándolo, pero no le cabe la menor duda de que las intensas miradas que le dedica a Greta significan mucho más que eso. Lo emocionante es que todo está aún por descubrir. Lo apasionante de la vida es lo que aún está por vivir. Greta es, para Diego, el lugar al que está intentando volver, como lo fue Francesca para Robert en la novela *Los puentes de Madison County* que han debatido con entrega esta tarde.

35

Diego aún le está dando vueltas a lo que Celso le ha dicho antes de despedirse, cuando Greta y él entran en el mítico bar A pousada do mariñeiro, en pleno corazón de la praza do Pedregal y pegado al muelle, por lo que el olor a salitre llega a todos los rincones del local. El librero ha aprovechado el momento en que Greta se ha ausentado para ir al cuarto de baño y Candela, Fina, Lucio y Margarita se despedían en la calle tras elegir la próxima lectura, *La campana de cristal*, de Sylvia Plath.

—Mañana es día 19. Un día oscuro, Diego. Ten paciencia con Greta. Si quieres, puedes venir a la librería un rato. Podemos hablar de Leo. Para la biografía.

—Sí, algo me ha dicho. Que mañana estará pero no estará. No la he entendido muy bien, pero tampoco he querido preguntar.

—Lo que es raro es que te haya advertido. Ella no es muy consciente de lo que le pasa cada día 19 de cada mes.

—Que es el día en el que Leo falleció. 19 de noviembre de 2015.

—Sí, *fillo*, sí.

A Diego le ha dado la impresión de que Celso quería seguir hablando, pero no ha dado tiempo para más. Greta ha hecho acto de presencia, Celso le ha rogado silencio con una mirada severa por encima de las gafas, y la conversación se ha quedado incompleta.

—¿Qué te estaba diciendo Celso? —le pregunta Greta, ya en el bar, eligiendo una de las mesas que hay junto a la ventana.

—Nada importante.

—Te estaba advirtiendo sobre mí, ¿a que sí? A él le choca que cada día 19... en fin, es que no lo puedo evitar. Es difícil de explicar, tendría sentido si fuera en el aniversario, pero supongo que, cuando a alguien le pasa lo que me pasó a mí, necesita aislarse. Y yo solo lo hago un día al mes. Ese día. El 19.

—Es comprensible, no tienes que darme explicaciones.

«¿Aún le quieres? ¿Sigues queriendo a Leo como si siguiera vivo?», querría preguntarle Diego, pero llega el camarero y Greta pide un par de cervezas Estrella Galicia y un poco de todo para picar. Pulpo a feira, lacón con grelos, empanada gallega y pimientos de padrón.

—Cena típica gallega —sonríe Greta, mirando la hora en el móvil. Las nueve y cuarto de la noche. Tres horas para vivir el peor día del mes—. Lo que sí te pediré, es que mañana no subas a la buhardilla.

—Vale.

—¿No me vas a preguntar por qué? —se extraña Greta, poco acostumbrada a la gente que no pregunta ni se mete en asuntos que no le conciernen, algo a lo que tuvo que acostumbrarse cuando abandonó Madrid por amor y se instaló en Redes.

—Es tu casa, tu espacio, tus normas. Si me dices que no suba a la buhardilla, no subiré.

—Gracias. Por ser así, Diego, de verdad. Me gusta... —Greta se detiene. Duda. Traga saliva y fuerza una sonrisa—. Me gusta tenerte en casa.

Que es lo mismo que decirle: «Me gustas tú». Pero Diego no lo pilla, se lo toma como un cumplido y deduce que a Greta le gusta tenerlo en casa como le gusta tener a Frida.

Qué equivocado estás, Diego, humano tonto. ¿Acaso crees

163

que mira así a Yago? Yago mataría para que Greta lo mirara como te mira a ti.

—A mí también me gusta estar en tu casa —reacciona Diego, embelesado con el paisaje nocturno que contempla a través de la ventana, para que los ojos verdes de Greta no le taladren hasta el punto de presentarse en sueños como si de una obsesión se tratara. El paseo de hoy y el rato en el club de lectura los ha unido más que dos noches durmiendo bajo el mismo techo, aunque aún no son del todo conscientes.

—¿Quién es Ingrid? —pregunta Greta, pillando por sorpresa a Diego—. Ingrid, ¿no? He visto su nombre esta mañana, en la pantalla de tu móvil, cuando te ha llamado.

—Ah. Sí. Ingrid. Es mi vecina.

—Yo no guardo a mis contactos en el móvil con un corazón —sonríe Greta.

—Lo guardó así ella —se excusa Diego, encogiéndose de hombros.

—Entonces estáis…

—No. Hemos tenido algo, sí, pero… pero ya no.

Greta decide no indagar más, en el momento en que el camarero les sirve las cervezas y les dice que los platos no tardarán en llegar.

Greta y Diego, para ocupar el silencio, dan un trago a sus respectivos botellines de cerveza tan sincronizados, que los dejan encima de la mesa al mismo tiempo. Se miran. Se sonríen. Con qué poquito las respiraciones pueden agitarse y el deseo viene a visitarte en forma de hormigueo por todo el cuerpo. Es Greta quien, muerta de curiosidad por saber más de Diego, vuelve a hablar:

—Bueno… has dicho que no estás seguro de estar enamorado, pero, como dice Celso, a veces, basta con un segundo. Tendría que ser así siempre, ¿no crees? En todas las relaciones. Deberíamos estar seguros desde el momento en que conocemos a alguien y no tener que llevar un mes, dos o siete, sin saber si lo que sentimos es de verdad, de corazón. Eso lo sientes o no lo sientes y va más allá de la atracción física —opina sin tapujos—. Enamorarse no es una cuestión de tiempo, salvo si lo miras desde la perspectiva de que las agujas del reloj aceleran cuando estás con la persona que quieres.

—No todos podemos ser Francesca y Robert.

Greta lo mira sin entender.

—*Los puentes de Madison County*.

—Ah… ya —sisea Greta, decepcionada por la alegación impersonal de Diego.

—Lo tuyo con Leo… —Diego titubea. Se muerde el labio inferior, inseguro, se frota la mandíbula, no muy convencido de querer saber la respuesta, sin sospechar que esos dos gestos tan naturales en él han revolucionado las hormonas de Greta—. ¿Fue cuestión de un segundo?

Greta, invadida por los recuerdos, sonríe misteriosa. Greta y Leo son la prueba de que el amor se puede descarriar. La comida llega. Estira la respuesta un par de minutos, suficientes para que le dé tiempo a probar el pulpo a feira con el toque perfecto de pimentón.

—Más bien de dos segundos. Celso es un exagerado —bromea Greta—. Leo vino a una de mis primeras exposiciones en Madrid. Bueno, en realidad vino al final, cuando la gente ya se había marchado y estábamos a punto de cerrar. Al verlo entrar por la puerta con su característica chupa de cuero negra y su aparente indiferencia, me quedé muda. Tenía una presencia magnética que no pasaba desapercibida. Era imposible verlo y no mirarlo. Lo reconocí al instante; por aquel entonces, él ya despuntaba en varios garitos de la ciudad y estaba a punto de grabar su segundo disco. No me podía creer que estuviera en mi exposición. Lo que no esperaba era que se acercara a saludarme y que supiera mi nombre. Aluciné. Me propuso ir a tomar algo y pasamos toda la noche juntos. Así fue cómo empezó todo.

—Y, desde ese día, ¿cuánto tardasteis en consolidar la relación?

—Cuatro días. Solo cuatro días —contesta Greta pensativa, asintiendo lentamente con la cabeza y esbozando una media sonrisa que no es del todo plena, al verse desbordada por todo lo malo que vino después.

Diego coge un trozo de empanada gallega. La saborea en silencio, con la mirada perdida en la ventana. Cualquiera diría que está despechado, que siente celos por un muerto. Porque faltan escasas horas para que se cumplan cuatro días desde su llegada a Redes. Se niega a compararse con Leo, cuyo *sex appeal* procedía en gran parte de su fama, si bien no puede evitarlo ahora que sabe que a él le bastaron solo cuatro días para conquistar el corazón de Greta. La atracción entre ambos es evidente, incluso pensaría que correspondida, pero ni Greta ni él han dado paso a algo más que a una relación profesional. Por el bien de una biografía aún por escribir. Por el bien de una última canción que solo uno de ellos tiene la seguridad de que existe, aunque la pintora provoque fuegos artificiales en el escritor difíciles de ignorar.

36

Son las diez y media cuando Greta y Diego salen del bar y caminan despacio en dirección al coche, con el deseo de alargar esta noche fría y estrellada. Greta murmura algo, un improperio, le parece oír a Diego, cuando distingue un coche de la Policía Local al lado del suyo. Yago, vestido de uniforme, sale del asiento conductor interponiéndose en su camino.

—Si fuera verano, te habría puesto una multa por aparcar aquí, Greta —saluda Yago, mirando despectivamente a Diego.

—¿Turno de noche?

—Ya ves. Me dijiste que me llamarías.

—He estado ocupada —replica Greta, cruzándose de brazos, aun sabiendo que es lo peor que podría decirle a Yago estando al lado de Diego, que contempla la escena como un mero espectador sin voz ni voto.

—¿Ocupada con este? ¿Ya te lo estás follando? ¿Tan facilona eres, Greta?

Diego estalla. Va hacer algo, lo que sea, abalanzarse contra el policía, defender a Greta, que no merece que este capullo le hable de ese modo y en ese tono de superioridad. ¿A cuento de qué? Sí, en la imaginación de Diego, él queda como un héroe y Yago machacado en plena plaza con la nariz borboteando sangre, aunque después de ver sus bíceps la noche en la que llegó, no lo tiene tan claro. Probablemente, él saldría peor parado. La realidad sería muy distinta a la escena que se está formando en su cabeza.

—Repítelo —lo reta Greta, silenciando los violentos pensamientos de Diego y acercándose a Yago, que retrocede un par de pasos como el cobarde que es—. Repite lo que has dicho, Yago.

—Greta, no sé lo que digo —intenta desdecirse Yago, pasándose la mano por la frente—. Solo sé que has metido a este tío en tu casa y en tu vida, que ni siquiera lo conoces y tú… joder, Greta, tú eres…

El puño de Greta impacta contra la nariz de Yago. Nadie se esperaba que ocurriera algo así. Pese a su corpulencia, Yago cae aturdido al suelo llevándose la mano a la nariz, que empieza a manar un poco de sangre. Greta no es una mujer que necesite a ningún hombre para que salga en su defensa, sabe cuidar bien de sí misma.

—¿Soy qué? ¿Fácil? ¿Soy fácil, Yago? Vete a la mierda —espeta entre dientes.

—*Cago en Deus!* ¡Estás loca, joder! ¡Loca como Leo! —grita Yago, enfurecido, haciendo un intento por incorporarse. El golpe lo ha dejado mareado.

Greta lo ignora, pese a la herida que le provocan las blasfemias por despecho que ha escupido Yago desde el suelo. Seguidamente, mira a Diego avergonzada, pero él se siente orgulloso de la temeridad que acaba de cometer sin pensar en las consecuencias. Hay poca gente en la plaza, apenas quedan unos pocos clientes rezagados en las terrazas de los bares que, tras ver lo que ha ocurrido, empiezan a cuchichear entre ellos.

«Genial, voy a volver a ser la comidilla del pueblo», se lamenta Greta internamente, arrancando el motor en cuanto Diego se acomoda en el asiento del copiloto y cierra la puerta.

—Lo siento —se disculpa, dando marcha atrás y saliendo a toda velocidad del centro del pueblo—. No debería haberlo hecho. Supongo que no le gustó que me pasara la noche de ayer

hablando de ti y, de algún modo, ha querido hacerme daño, aver-
gonzarme y que tú estuvieras presente. Yago es un imbécil.

—¿De mí? —se extraña Diego, que no ha escuchado lo
que ha venido después del «hablando de ti», tratando de descifrar
la expresión de Greta, velada en la oscuridad del coche cuando
se adentran en los caminos estrechos de tierra sin una sola farola
que los alumbre.

—Olvídalo. Ayer bebí de más y, cuando bebo, me des-
controlo un poco y no sé lo que digo —se excusa Greta, con las
manos apretando fuerte el volante.

Ni siquiera recuerda con exactitud lo que le dijo a Yago en
el *pub* de Ares en el que terminaron. ¿Quizá que lo suyo no iba
a ninguna parte? ¿Que se había cansado de él, que quería probar
otros labios, que Diego la atraía sin remedio, que tenerlo en casa
era una tentación irresistible? Puede ser. O no. Tal vez la confesión solo exista en su cabeza y, por mucho alcohol que ingiriera,
se contuviera y no usara a Yago como el psicólogo que nunca
sería capaz de ser. Lo que sí recuerda vagamente es que no hubo
despedida. Yago, molesto por no recibir de Greta lo que más
quería, la propuesta de pasar la noche con ella, condujo a más
velocidad de la permitida hasta encerrarse en casa y pagar su frustración con el primer jarrón de cristal que encontró a mano.

—¿Dónde has aprendido a golpear así? —ríe Diego, con
la intención de destensar el ambiente.

Greta se encoge de hombros.

Es la primera vez en su vida que ha pegado a alguien y
pensarlo la hace reír, especialmente porque ha sido a Yago, a su
amante, al hombre que hasta esta noche siempre había sido
encantador con ella, y, sobre todo, porque es policía. Uno muy
respetado en Redes a quien todo el mundo conoce y que podría
haberla detenido por un delito de atentado a la autoridad.

—Aún no quiero volver a casa, Diego —decide Greta,
aparcando cerca del acantilado donde Leo encontró la muerte,
cuando el reloj está a punto de marcar las once de la noche. Falta

una hora para tu intento de desaparecer del mundo, Greta, no lo estropees.

—Quieres… ¿quieres pasear por aquí? —se teme Diego, mirando con recelo a su alrededor, recordando la silueta sin lógica ni explicación que vio.

—Sí —contesta Greta saliendo del coche. Diego la sigue, no tarda en alcanzarla y caminar a su lado—. El último paseo de Leo Artes. También podría ser un buen título —deja caer, mirando al frente a medida que se acercan a la zona peligrosa.

—El chico con alas me gusta más.

—¿Y para qué le sirvieron las alas si cuando las necesitó le fallaron? ¿Para qué sirven las alas, Diego? —reflexiona Greta, sentándose sobre el césped húmedo e instando a que Diego haga lo mismo con un gesto. Diego se sienta a su lado, el roce de sus rodillas les provoca a ambos un cosquilleo placentero que asciende desde los dedos de los pies hasta el vientre.

—No lo sé. No sé para qué sirven las alas —contesta Diego tragando saliva, callándose el hecho de que está muerto de frío y de miedo, no solo por la oscuridad que engulle el terreno traicionero, sino también por estar tan pegado a Greta, que lo mira fijamente como si quisiera atravesarle el pensamiento.

—Tendría que haberle dejado hace mucho tiempo, ¿sabes? Desde el día en que conocí a Raimon.

—¿Cuándo fue eso? —se interesa Diego, formulando la pregunta con naturalidad, aunque hablar del terrible tema de la personalidad múltiple en un paraje tan de película de terror es lo que menos le apetece ahora.

—A los seis meses de salir, cuando ya vivíamos juntos. Me trasladé a su piso, uno muy pequeño en Chamberí, y el que yo tenía alquilado en Malasaña lo conservé como estudio. Queríamos algo nuestro, una mascota, pero siempre estábamos fuera de casa, así que un perro o un gato no era una opción viable con el poco tiempo libre que teníamos. Al final compramos peces. Peces preciosos de distintas formas y colores y una pecera enorme a la que no le faltaba detalle. Una noche, al llegar a casa, vi a Leo sentado frente a la pecera. Todos los peces flotaban boca arriba y el agua se había vuelto verde y viscosa, con espuma en la superficie. Los había matado. Vació una botella de Fairy sobre los pobres peces —recuerda Greta con los ojos vidriosos—. Le pregunté que qué había hecho, por qué los había envenenado, y se puso a llorar. Dijo que no había sido él, que no recordaba haber hecho nada. Que tenía a alguien malo en su interior, un monstruo que se llamaba Raimon, que era el gemelo al que mató y, a veces, se apoderaba de él para hacer cosas horribles. Hay monstruos de todas las formas y tamaños, y los más peligrosos son esos de los que nunca sospechas, esos de los que crees que te puedes fiar.

Greta se lleva las manos a la cara, sacude la cabeza y empieza a llorar, mostrando la parte débil que hay en ella sin tanto pudor como esta mañana en la buhardilla delante de sus cuadros. Diego, que no es inmune ante el dolor, mucho menos ante el dolor de Greta, a quien siente que quiere proteger y cuidar, pasa el brazo por encima de su espalda y la cobija en su pecho por segunda vez en menos de veinticuatro horas. El cabello corto, sedoso y siempre revuelto de Greta, aún conserva el olor del champú afrutado de la ducha que se ha dado a primera hora de la mañana. Diego trata de centrarse en la incomparable sensación de su cercanía y en su olor, en que nunca ha tenido a nadie entre sus brazos con quien encaje tan bien. No obstante, las reflexiones van por libre y detesta estar pensando en si la intimidad que Greta acaba de contarle podría incluirla en la biografía o es más conveniente dejarla pasar.

37

Redes, A Coruña
Día 4

Diego se despierta a las ocho de la mañana de un sobresalto y empapado en sudor. Odia los despertares después de lograr escapar de una pesadilla. ¿Y quién no? En su mundo onírico, el acantilado ha estado muy presente. Y Greta lanzándose al vacío en bucle sin que él pudiera impedirlo. Sus pies eran raíces arraigadas a la tierra. No se podía mover, correr hacia Greta, detenerla. Era incapaz de salvarla. Él se había convertido en la silueta negra que vio aquella noche en la que el viento había adquirido la capacidad de silbar con tanta fuerza que parecía que iba a reventarte los tímpanos.

Hoy es día 19. El día en el que no puede subir a la buhardilla ni molestar a Greta.

—Mañana no me busques, por favor —le rogó Greta anoche, mirándolo con los ojos entornados.

La huella de las lágrimas que había dejado aflorar minutos antes en el acantilado entre los brazos de Diego, no se había borrado del todo. Estaba preciosa; las pecas resaltaban en el puente de su nariz respingona dulcificando sus rasgos. Greta, apoyada en el quicio de la puerta, parecía no querer irse a su habitación. Pero su intención tampoco era entrar en la que ocupa Diego, cuando lo cierto es que a él le habría encantado que invadiera su espacio sin pedir permiso.

—Nos vemos el sábado, pasado mañana —dijo Greta al cabo de un rato—. Te compensaré con el mejor café del mundo, ¿vale?

—Vale. Qué descanses.

—Y tú.

Diego tuvo la tentación de salir al pasillo y llamar a su puerta. En su cabeza se formó una escena digna de la mejor película romántica, de esas que Ingrid le obligaba a mirar con un bol grande de palomitas que luego le quitaban las ganas de cenar. Resignado, fue al cuarto de baño y, silenciando a su corazón, con esa mala costumbre que tiene de llevarle la contraria a la razón, regresó a la habitación sin intentar nada. Cogió el móvil que había silenciado para el club de lectura. Estaba sin batería. Lo puso a cargar y, al encenderlo, empezaron a saltar todas las alertas. Ingrid lo había llamado ocho veces. Al final, se decantó por un wasap edulcorado con corazones: «Te echo de menos. Ven ya». Amadeo desistió a la tercera llamada, él no es de escribir wasaps. Diego volvió a apagar el móvil. Le costó un rato conciliar el sueño por culpa de la mujer que dormía en la habitación de al lado.

—Sí, Celso, a veces, basta con un segundo… —confirmó para sí mismo antes de cerrar los ojos.

Hoy la casa está sumida en un silencio sepulcral. Tras una ducha de cinco minutos y el correspondiente aseado matutino, Diego baja las escaleras lentamente y en silencio con todo lo necesario para salir, llaves del coche incluidas. Hoy no hay termo de café preparado ni nota sobre la mesa ni bollos con los que pecar. Greta está en casa y no ha salido, Diego lo sabe nada más echar un vistazo al exterior a través de la ventana de la cocina. Su camioneta está aparcada tal y como la dejó anoche, al lado del Audi de Amadeo.

Después de cinco minutos, Diego logra entender el funcionamiento de la antigua cafetera. Vierte un poco de café en el termo que suele usar Greta, por si baja necesitada de cafeína, y se bebe el suyo de un trago en una taza de Xacobeo. Frida observa sus movimientos desde el sofá, pero no se ha acercado a olisquearlo. Ya se ha acostumbrado a él, no es la novedad, el humano tonto no necesita tantas atenciones. Diego la acaricia, le dice que se porte bien, coge la copia de las llaves de casa que Greta le dijo que podía usar, y sale, llenándose los pulmones del aire salado que llega desde la playa. Como Diego no tiene el sentido de la orientación muy bien desarrollado, suele perderse hasta en su barrio, pone en marcha el navegador del móvil para llegar al centro del pueblo. Dejó sin contestar el wasap de Ingrid y ahora, al verlo, no puede evitar sentir una punzada de culpabilidad por lo triste que debe de sentirse. La mentira es el germen de cualquier relación, incluso de las que se quedan estancadas sin posibilidad de avanzar.

38

A Diego se le hace raro adentrarse en la praza do Pedregal sin Greta a su lado. Siente como si le faltara un brazo. Recorre el mismo camino que el día anterior. Gira a la izquierda en dirección a la rúa Nova, donde está la librería de Celso, y abre la puerta acristalada. La campanita de la entrada, una reliquia del siglo XIX, tintinea a su llegada. El librero, entretenido desempaquetando cajas a rebosar de libros, levanta la mirada y, al ver que quien entra es Diego, le dedica una amplia sonrisa.

—*Bos días*, Diego.

—Buenos días, Celso.

—¿Quieres café? Aún no he tomado el mío y no concibo una buena conversación sin café de por medio.

—Igual te pillo ocupado —dice Diego, respetuoso, señalando las cajas.

—Apenas entra gente. Este negocio está destinado a la quiebra, amigo. La única clienta fiel que viene a verme hoy no va a venir, así que… —Celso emite un chasquido, le da la espalda al recién llegado, enciende la cafetera y se centra en preparar dos cafés bien cargados—. ¿La has visto?

—No.

—¿Sabes lo que es el biocentrismo, Diego? —pregunta, al tiempo que el café empieza a salir a borbotones del surtidor de la máquina, inundando la librería de su particular aroma.

—No tengo ni idea.

Celso se toma su tiempo, tanto en la elaboración del café como en satisfacer la curiosidad que ha despertado en Diego con su pregunta.

—¿Leche?

—No, café solo está bien. Con dos de azúcar, por favor.

Celso le sirve el café e invita a Diego a que se acomode en el sillón orejero donde ayer por la tarde se reunió el club de lectura para debatir sobre la precipitada historia de amor de Francesca y Robert. Con gesto fatigado, el librero se sienta frente a él, le da un sorbo al café humeante y compone un gesto de satisfacción.

—El biocentrismo es la teoría que afirma que la muerte no existe —retoma Celso—. La mente crea el universo, no al revés, así que, según esta teoría, al perder nuestro cuerpo físico seguiríamos existiendo. Se basa en que nunca, a pesar de la desaparición de este caparazón con el que venimos al mundo, deja de haber vida, y que la muerte no es un evento terminal, sino que se trata de un simple producto de nuestra conciencia porque nos asociamos con nuestro cuerpo que sí tiene fecha de caducidad. En resumen: la conciencia nunca muere. Porque la muerte no tiene cabida en un mundo sin espacio ni tiempo.

Diego enarca las cejas. Prueba el café. A pesar de abrasarle la lengua, le sabe delicioso.

—No te entiendo.

—Para Greta, Leo no está muerto —sentencia Celso, dejando a Diego noqueado, sin saber qué decir—. Su conciencia sigue viva y no se ha movido de lugar. Sigue a su lado. Le otorga la misma forma física que cuando vivía. De tanto inventarlo, ella es capaz de verlo. Aunque me temo que no es algo que le vaya bien —añade con gesto sombrío.

Diego se estremece. Piensa en la buhardilla. En su atmósfera, en por qué Greta lo animó para que trabajara en la biografía ahí, en ese espacio tan personal, donde se supone que ahora debe creer que se encuentra la conciencia de Leo, su fantasma, o a saber. Y en por qué le pidió que hoy, día 19, a un mes de que se cumplan tres años de la muerte de Leo, no subiera.

—¿Para ella Leo sigue en casa? ¿En la buhardilla?

—Exacto. Y hoy nuestra estimada Greta se pasará el día encerrada en la buhardilla sin comer ni beber, hablando con él. Tratando de entender, de encontrar respuestas para cerrar uno de los capítulos más dolorosos de su vida. O, simplemente, limitándose a existir junto a lo que cree que sigue siendo Leo. Luego, a las siete de la tarde, hará lo que hace cada día 19 de cada mes, que es coger la tabla de surf que perteneció a Leo, ponerse el traje de neopreno, bajar a la playa e intentar durante una hora que las olas la engullan mar adentro. Pero la mar, caprichosa por naturaleza, nunca se la lleva. Porque aún no ha llegado su hora. Greta aún tiene mucho que vivir y no aquí, no en Redes, donde está en punto muerto, del todo estancada sin posibilidad de seguir hacia delante.

—¿Me estás diciendo que cada día 19 de cada mes Greta intenta suicidarse? —pregunta Diego con urgencia, sin poder controlar el temblor de su voz.

—El monstruo se apodera de ella, pero Greta es invencible. Más fuerte de lo que ella misma cree. Yo no lo llamaría intento de suicidio, sino una mera tentación que, lejos de frustrarla, la ayuda a continuar el resto de los días valorando lo que tiene. La vida es frágil y ella valora seguir viva, superar el reto, pese a ser consciente de lo peligroso que es.

—Cuando dices monstruo, ¿te refieres a Raimon?

—Veo que conoces el tema del trastorno de personalidad múltiple de Leo —comenta Celso, sobrecogido por el recuerdo de aquella tarde en la que protegió a Leo de la locura de su madre, horas después de que terminara inconscientemente con la vida del pequeño Raimon durante algo tan inofensivo como una siesta—. Sí —confirma—. Cuando hablamos del monstruo me refiero a Raimon. Raimon forma parte de la conciencia de Leo, un juego macabro que le inculcó Beatriz, su madre, y que ni la muerte ha logrado liberar.

Diego no sabe qué creer. La teoría del biocentrismo, pese a haber científicos que la respaldan, no acaba de convencerlo. Es algo del todo nuevo para él. Le parece un alivio para quienes han perdido a un ser querido, una excusa para, en cierto modo, seguir en contacto, que no desaparezcan del todo. Algo por lo que la gente tema menos a la muerte, a lo desconocido. Y no es nadie para juzgar. Cada quien lleva el duelo como puede, y que Greta necesite este día para hablar con Leo o con lo que quede de él en este mundo, es tan respetable como la enfermedad mental que padeció cuando vivía.

—Tengo por costumbre ir a praia Coído a vigilar a Greta. No se puede dejar todo en manos del destino. Pero mi vista está cada vez peor y a las siete ya es de noche. Es la cala que hay debajo de su casa, la que se ve desde lo alto del acantilado. Cuidado con el camino, que es empinado y traicionero. ¿Hoy me harías el favor de ir tú en mi lugar?

—Sí. Sí, claro, a las siete estaré ahí.

—Bien. Gracias. No interfieras. No te preocupes si la pierdes de vista un par de minutos. Greta estará bien.

Diego traga saliva, termina el café.

—Me alegro de que estés en casa de Greta. En realidad, me tranquiliza que tenga tu compañía. ¿Hasta cuándo te quedarás?

—No lo sé. Todavía me queda bastante información que recabar sobre Leo.

—Un personaje curioso. ¿Has escuchado sus canciones?

—Sí, la mayoría.

—¿Y no las diferencias?

—¿Cómo?

—Son pequeños matices, detalles casi imperceptibles, hay quien diría que insignificantes, los que hacen que te des cuenta de que unas letras las escribió Leo y otras Raimon. Las de Raimon son más pesimistas. No hay final feliz. Al principio, la música era lo único que evadía a Leo de Raimon. Los distanciaba. Leo conseguía mantenerlo al margen, que no emergiera haciéndole perder el control y la conciencia. Pero, finalmente, el monstruo también se apoderó de lo único que hacía que Leo deseara vivir.

—¿Conocías mucho a Leo? —se interesa Diego.

—No. Yo no era lo suficientemente especial para él —sonríe Celso con nostalgia—. Leo era quien elegía a las personas, no las personas a él, y eso, a su vez, hacía que las personas elegidas se sintieran especiales, tocadas por una varita mágica, aunque no siempre las tratara lo bien que merecían. Era un tipo difícil. Hay quien diría que Leo era un sociópata, aunque yo opino que tuvo mala suerte. Y no era así porque se le hubiera subido la fama a la cabeza ni nada por el estilo, al contrario. La fama fue su otro monstruo, lo que terminó de desquiciarlo. Cuando haces un pacto con el demonio, pagas con tu propia alma.

—Por eso regresó —deduce Diego.

—Y es contradictorio, Diego. Porque las personas volvemos a los lugares donde fuimos felices y amamos la vida, pero Leo nunca fue feliz aquí salvo los cuatro primeros años que dudo que retuviera en su memoria. Sin embargo, sí, regresó. Dejó atrás el ajetreo de Madrid, empezó a seleccionar mucho los conciertos y tenía la intención de grabar discos con menor asiduidad. No creo que los de la discográfica estuvieran contentos con su decisión de aislarse en Redes, casarse y reformar la casa —opina, mirando al techo, recordando—. Tenía tanta prisa por formar un hogar, que contrató a un montón de gente para terminar cuanto antes la reforma. En dos meses la casa parecía otra, todo lujo, no le faltó detalle. La mejor casa del pueblo, lo que también despertó muchas envidias y habladurías. Mientras Leo se ofuscaba en que todo saliera como él tenía planeado, Greta pasaba las horas aquí. Al principio se mostraba reservada, tímida, esquiva. Hasta que decidí que, además de libros, también serviría café. Fue por ella. Así fue cómo empezamos a charlar y a hacernos amigos, con una buena taza de café.

—Se nota que a Greta le encanta estar aquí.

—Y a mí me encanta que le encante. Es una chica muy especial. Y no porque Leo la eligiera.

—Lo sé.

—Tú también lo ves, ¿verdad? Cuando me habló de ti se le iluminó la cara. Hacía tiempo que no la veía tan emocionada como ahora, teniendo en casa a un escritor del que se enamoró platónicamente hace muchos años.

«¿He oído bien?», piensa Diego, paralizado, con los ojos muy abiertos mirando fijamente al librero, que dibuja en su arrugado rostro una media sonrisa traviesa.

—¿Qué? ¿Yo soy el escritor del que se enamoró platónicamente?

A Diego se le seca la boca, maldice haber terminado el café. Se ha puesto nerviosito perdido. Él se considera un tipo tan normal y corriente, que le asombra ser o haber sido el amor platónico de alguien y que ese alguien sea, nada más y nada menos, que Greta. Que eso le ocurriera a Leo es comprensible, ¿pero a él? En serio. ¿Él?

—Qué despistado, igual estoy hablando de más —ríe Celso, barriendo el aire con la mano.

Celso ni se considera despistado ni ha hablado de más. Al contrario. Sabe muy bien lo que ha dicho, pero, por fidelidad a su amiga, decide no explayarse más. Hay secretos que es mejor no revelar para no abrumar a quien los recibe. Lo mejor es siempre reservar una dosis de misterio para que el interés crezca; es algo que le han enseñado los numerosos libros que ha leído a lo largo de su vida. De momento, es conveniente dosificar la información.

—Lo que pasó ayer por la noche con Yago ha corrido como la pólvora por el pueblo —cambia de tema Celso. No es más que una estrategia para dirigir la conversación hacia donde él quiere—. Greta tiene un carácter fuerte. Por lo visto le dio bien, ¿no?

—Yago fue un capullo.

—Es. Es un capullo —lo corrige el librero—. Para Greta, por muy duro que suene esto, Yago ha sido un entretenimiento, nada más. No es importante para ella, así que no se lo tengas en cuenta.

—No, si yo no soy nadie para opinar sobre…

—Sí lo eres, Diego —interrumpe Celso—. Para Greta eres mucho más de lo que crees. Pero tendrás que esperar a que se abra a ti y te cuente su historia. ¿Esperarás?

Diego vuelve a tragar saliva, esta vez con dificultad.

—Lo que haga falta —contesta al cabo de un rato con voz susurrante.

—Bien. Es todo cuanto quería oír —zanja Celso, guiñándole un ojo y poniéndose en pie. Recoge las dos tazas de café y regresa tras el mostrador ante la atenta mirada de Diego que, al reaccionar, también se levanta.

En silencio, Diego recorre las estanterías durante veinte minutos. Entra una clienta de mediana edad que se dirige directamente al librero y pregunta por la novela *El laberinto de los espíritus*, la última y apasionante entrega de la saga de *El Cementerio de los Libros Olvidados*, de Carlos Ruiz Zafón.

—Estupenda elección —oye que le dice Celso a la mujer.

Diego selecciona cuatro títulos que deja sobre el mostrador a la espera de que Celso le cobre.

—Estupenda selección —dice Celso, pasando por caja los libros elegidos por Diego: *El cuento número trece*, *La insoportable levedad del ser*, *El ruiseñor* y una edición en bolsillo de *París era una fiesta*. Greta compra todos los ejemplares diferentes que encuentra de *El fantasma de la ópera* a modo de colección u ofrenda a la memoria de Leo. Diego, por su parte, compra todas las ediciones de la novela póstuma de Hemingway. Tiene unas cuantas, en tapa blanda, en tapa dura, en edición bolsillo y hasta en inglés. Todos tenemos nuestros caprichos y obsesiones.

—¿Eso se lo dices a todos? —sonríe Diego con picardía.

—Sí, claro que sí. Tenéis buen gusto, pero los lectores

deben salir de esta humilde librería de pueblo con la sensación de que se llevan a casa un gran tesoro.

39

Diego abre el maletero del coche para meter todos los libros que ha comprado en la librería de Celso, incluido el ejemplar dedicado de Greta de *Una promesa en Aiguèze*. El librero lo ha vuelto a halagar, diciéndole que se siente muy afortunado al haber tenido la oportunidad de leerlo, que es de esos libros breves, pero intensos, que dejan huella. Una joya literaria enterrada y olvidada por las numerosas novedades que copan cada día los escaparates de las librerías. Una lástima que la fecha de caducidad de las cosas sea cada vez más breve en estos tiempos en los que vamos demasiado rápido hacia ninguna parte.

—Qué pena que no lo descubrieran más lectores —ha añadido Celso.

Ahora Diego sostiene el ejemplar y lo mira como si fuera un extraño. Titubea pensando en si sería buena idea añadir algo a la dedicatoria que le escribió a Greta la primera noche que llegó. Solo han pasado cuatro días, pero ¡qué cuatro días! Algo ha cambiado en él. Se siente un hombre distinto, renovado, algo que le recuerda a su verano en Aiguèze, hace tantos años, que le parece que ocurrió en otra vida, aunque lo tenga presente, como todas las cosas buenas que le ocurren a uno. Apenas piensa en Ingrid, en Madrid o en su vida, como si la hubiera dejado en punto muerto o estuviera decidido a dejarla atrás y a empezar de cero. Los vacíos no se llenan. Se tienen que vivir. Un nuevo comienzo sin temer al futuro ni a lo desconocido es lo que más le apetece. Tampoco dejaría tanto atrás… solo una vida que empezaba a creer que estaba viviendo a medias. Greta ha removido su interior; con ella, pese a que Diego aún no lo sabe, podría ocurrir cualquier cosa. Pero todavía es pronto, piensa, así que decide no añadir nada más a la dedicatoria y deja su libro junto al resto en el interior del maletero. Quién sabe si algún día podrá escribir algo más íntimo y personal.

Hace un día radiante en Redes, ideal para sentarse a una de las mesas de la terraza del bar donde anoche Diego estuvo cenando con Greta. La brisa marina le relaja. Da un trago breve a la cerveza sin alcohol que el camarero le acaba de servir.

Amadeo devuelve a la realidad a Diego, que elige no contestar a su llamada. Es una mañana demasiado agradable como para ponerse a hablar con él. Seguro que, como de costumbre, le sacaría de sus casillas. Silencia el móvil, que por culpa de la maldita melodía del *Aserejé* algunos clientes se han girado para mirarlo y se han reído de él. No piensa que, a lo mejor, lo reconocen como el acompañante de la popular Greta que anoche le dio su merecido a Yago. Tampoco piensa que en los pueblos todo se sabe, que a estas alturas Diego es más conocido en Redes que en su propia casa, ni que el motivo de la llamada de Amadeo era para preguntarle si se ha enterado de que media España sabe quién es. Hoy Diego aparece en los periódicos digitales más importantes del país. Anuncian que va a ser el autor de la esperada y prometedora biografía de Leo Artes, con titulares tan morbosos y desafortunados como el de:

La vida secreta de Leo Artes.
Con seis meses, mató a su hermano gemelo.

40

Diego, ajeno por poco rato al revuelo de la noticia con una de sus mejores fotografías dando la vuelta al mundo, saca su libreta y un bolígrafo. Se pone a buscar información sobre el trastorno de la personalidad múltiple, enfermedad con la que batalló Leo durante toda su vida. Copia literalmente la primera definición que salta en el buscador: trastorno de la conciencia de la unidad del yo en el que se experimentan simultáneamente dos personalidades, una la propia y otra la extraña, cada una con una historia, una actuación y un mundo que incluso puede desconocer la otra.

—Cada una con una historia… —murmura pensativo, preguntándose cómo continuó la historia de Raimon, que debió de iniciarse cuando Leo tenía cuatro años, en el momento en que su madre reapareció en su vida tras salir del centro psiquiátrico.

Es espeluznante, medita Diego, respecto al trastorno de la personalidad múltiple, también conocido como trastorno de identidad disociativo, que es caracterizado por alternar distintas identidades. Quien padece esta rara enfermedad, siente la presencia de dos o más personas que hablan o habitan en su cabeza, y el sentimiento es que estas identidades lo poseen y no suelen recordar qué han dicho o qué han estado haciendo. Todo encaja cuando Diego lee que la causa principal de un trastorno disociativo puede ser la reacción a un trauma. En la mayoría de los casos, suele darse en niños que han sido sometidos a maltrato físico y/o emocional y a abusos sexuales durante un largo periodo de tiempo, expuestos en un entorno doméstico aterrador. Diego tacha «abusos sexuales» de la lista de las causas que provocaron el infierno por el que pasó Leo y marca en un círculo «entorno doméstico aterrador» pensando en Beatriz, la madre, pero no descarta nada. Todavía no. Sin embargo, el hecho de que Leo conviviera internamente con su hermano gemelo fallecido, no es nada comparable con los casos que Diego descubre en internet. De media, quienes padecen trastorno de identidad disociativo suelen tener diez identidades diferentes viviendo en su interior. La personalidad se fragmenta formando varias identidades con su propio nombre, apariencia, género, caligrafía, edad, manera de hablar... Estas personalidades alternativas son una especie de mecanismo de defensa y tienen varios propósitos, el principal es el de proteger al huésped. Defenderse o dar una opinión en lugar de él o conservar recuerdos dolorosos. Es una manera de desconectar de una experiencia traumática y existen varias, las principales son las identidades protectoras y las acosadoras. Kim Noble, nacida en Inglaterra en los años 60 en una familia infeliz de obreros, tenía un total de cien personalidades, llegando a ser dominada por cuatro o cinco al día. Los abusos físicos a los que había sido sometida de pequeña contribuyeron a los problemas mentales que empezaron a darse en la adolescencia, hasta ser diagnosticada en 1995. El tratamiento ayudó a que solo se quedara una personalidad como la dominante y las otras se apaciguaran. Atrás no se quedaba Truddi Chase, fallecida en 2010. A lo largo de sus setenta y cinco años de vida y a causa de los abusos físicos, sexuales y emocionales que padeció desde niña por parte de su padrastro y de su madre, convivió con noventa y dos personalidades. La más joven de cinco años y hasta con nombre propio, Lamb Chop, y el más mayor, un filósofo y poeta irlandés de mil años, llamado Ean. Junto a su psiquiatra, escribió un libro que Diego anota en su libreta para buscarlo: *When Rabbit Howls*. Deduce que no está traducido al español, pero, por lo visto, sí está adaptado a una miniserie y a una película titulada *Voice Within The Lives of Truddi Chase*. A ver si la encuentra. Un estremecimiento le recorre la espina dorsal al seguir leyendo otros casos, a cuál más perturbador.

¿Cómo se vive sin ser capaz de controlar a ese otro ser que vive en ti? ¿Quién dominaba a quién, Leo a Raimon o Raimon a Leo?

«Según el día», llega a la conclusión Diego, recordando que un día Leo, con la inocencia de la niñez, llegaba al colegio diciendo que era Raimon, y al siguiente aclaraba que volvía a ser él, el Leo de siempre, el que gustaba a todo el mundo.

Tiene que reescribir esa parte.

¿Y qué se siente?

—Angustia —se responde a sí mismo en un bisbiseo, en el momento en que, al introducir en el buscador «famosos con personalidad múltiple», le salta la noticia de Leo Artes—. Pero qué cojones es esta mierda —farfulla entre dientes.

El artículo, uno de los muchos que se han publicado hoy, habla del trastorno de personalidad múltiple que el popular cantante padeció y ocultó en vida. Se desconocen las causas y si estuvo en tratamiento, algo que se desvelará en la biografía que el sello Viceversa publicará en los próximos meses y en la que ya está trabajando el autor Diego Quirón, hermano menor del prestigioso autor Amadeo Quirón —cómo no—, que se ha instalado en la casa del propio Artes en Redes, A Coruña, en la que aún vive su mujer, la pintora Greta Leister, para empezar a escribir rodeado de todo cuanto el cantante amaba.

—La madre que los parió...

Reprime el impulso de lanzar el móvil al mar, convencido de que nada de lo que hay escrito en los periódicos digitales gustará a Greta, que es quien ahora le preocupa más. Quiere protegerla. Pero ¿con quién lo pagará? Pues con él, claro, por irse de la lengua y contarle a su puñetero hermano la información que hasta el momento había recabado sobre la vida de Leo.

«¡Un bombazo!», le había dicho el muy cabrón.

No debió de tardar ni un minuto en llamar al editor y este, a su vez, al departamento de comunicación de la editorial para iniciar una estrategia de marketing antes siquiera de tener el libro terminado. Una cosa es la biografía «sin artificios» que Greta desea, con la sensibilidad que cree que él posee, y otra muy distinta es que usen la tragedia de una persona fallecida, por muy famosa que esta fuera, para recibir visitas en sus portales de internet y vender periódicos.

Vender, vender, vender… los intereses económicos mueven el mundo y destrozan a las personas.

A Diego se le revuelve el estómago; la cerveza sin alcohol le está sentando como un tiro. No es del tipo de personas que suelen enfadarse con frecuencia ni con facilidad; a estas alturas, te habrás dado cuenta de que Diego es un hombre bastante tranquilo y pacífico, también un poco ingenuo, para qué negarlo, pero ahora mismo, si tuviera delante a Amadeo y a su cara petulante, lo estrangularía con sus propias manos. Nunca tendría que haber aceptado escribir la biografía de Leo. Nunca debería haber antepuesto el dinero a los principios. Nunca debería haberse dejado conquistar por Greta, la mujer que hoy se ha encerrado en la buhardilla a hablar con su fantasma para preguntarle, una y otra vez, qué es lo que pasó aquella noche de noviembre de hace tres años en la que solo existe niebla en su cabeza que hace que se tema lo peor. Lo peor que podría hacer cualquier persona, teniendo que vivir con la culpabilidad de por vida. Sin embargo, los fantasmas tienen mala memoria, como si alguien les hubiera golpeado la cabeza con un objeto contundente y, al despertar, los recuerdos se hubieran desvanecido como sus propios cuerpos…

Diego coge tan fuerte el móvil que parece que lo vaya a hacer trizas. Marca el número de Amadeo. Contesta al tercer tono:

—¡Dieguito! ¿Has visto qué foto tan maja he elegido? Ni Leo Artes te hace justicia, hostia, qué guapo sales. A punto estuve

188

de enviarles una en la que pareces bizco, pero ya ves, al final me he portado, que un autor guaperas siempre vende más.

—¿Qué has hecho, Amadeo?

—Eh, eh, eh… ese tonito.

—Ni ese tonito ni leches, joder. La has cagado. En cuanto Greta lea estos artículos va a renunciar al contrato. ¿No lo ves? Son de mal gusto. Buscan el morbo, el titular más mezquino y sensacionalista para atraer visitas.

«Leo Artes tenía solo seis meses cuando mató a Raimon, su hermano gemelo».

—¿Pero alma de cántaro, tú has leído bien las cláusulas? Ella no puede cancelar el contrato. Y, si tú no entregas las biografía en el tiempo estipulado, estás obligado a devolver los veinte mil euros de adelanto, con lo que estarías en la ruina. Después del favor que te he hecho sirviéndote en bandeja este bombón de trabajo, no pienso prestarte ni un duro. Que yo lo he hecho todo por ti, Diego, no me seas facineroso.

Diego se queda callado, sintiéndose entre la espada y la pared. Un nudo de ansiedad duro como una piedra se instala en su pecho, provocando que su respiración se vuelva irregular.

—Es que la biografía del cantante se las trae, ¿o no? —prosigue Amadeo en tono jocoso—. Lo que han escrito los periódicos no es morbo, es la realidad que trató de ocultar Leo Artes. Su mentira. El muy moñas engañó a todo el mundo con sus sensiblerías y ahora se va a saber la verdad. Coño, Diego, si se va a publicar la biografía, si la viuda ha dado vía libre para que se cuenten las monstruosidades que hizo ese tío, ¿qué más dará que también salga en los periódicos? Saldrá de todos modos en cuanto se publique la biografía. Y a ver qué más te cuentan por ahí, porque estoy deseando que se cargara a alguien para que las ventas se cuadripliquen.

A Amadeo no le falta razón. Lo que sí le falta es corazón.

—Era un hombre enfermo, traumatizado por un pasado que su madre se encargó de recordarle a diario. Y no te lo conté para que se publicara a los dos días en todos los periódicos. Así no —replica Diego. Su voz suena derrotada y triste—. Ni siquiera está escrita.

—Pero la editorial necesitaba algo que vendiera como lo de la personalidad múltiple para dar el bombazo de que va a salir una biografía autorizada, ¡autorizada!, sobre Leo Artes, y que ellos tienen la exclusiva —intenta hacerle comprender Amadeo—. El negocio es así, joder, no te tomes las cosas tan a pecho, deshumanízalo, que eres tú el que sale ganando. Ya tienes la fama que querías. Después de esto, te van a llover las ofertas editoriales. Oye, venden una casa en la calle de atrás de la mía que…

—Que no le va a gustar, Amadeo —le corta Diego para que su hermano deje de desvariar—. Que a Greta no le va a gustar.

—¿Hay lío o no hay lío? ¿Ya te la has tirado? ¿Qué son esas confianzas? ¿Cómo sabes que no le va a gustar? ¿Tan bien la conoces ya?

Amadeo saca lo peor de Diego. En realidad, Amadeo es de las personas que sacarían lo peor de cualquiera. Lo odia. Diego odia a su hermano con todas sus fuerzas y tú también. Un poquito, ¿a que sí? Uno de los dos es adoptado; si no, es que no se comprende cómo dos seres tan distintos pueden compartir la misma genética.

—No voy a volver a contarte nada de lo que pase en Redes. Ni de Leo ni de Greta —sentencia Diego con firmeza—. A partir de ahora, toda la información que recabe para la biografía va a ser confidencial. Así que no vamos a volver a hablar más mientras yo siga aquí.

—Eso es que sí. Te la has tirado. Oye, pues sácale la última canción, que haberla, *hayla*, como las meigas. Y es más importante de lo que crees.

—Vete a la mierda.

Diego cuelga sin poder ver cómo Amadeo pone los ojos en blanco y suelta una carcajada que nada tiene que envidiar a la del Emperador Palpatine de *Star Wars*.

41

La rabia todavía le arde por dentro. Diego sigue enfadadísimo con Amadeo, con la editorial, con los periódicos y hasta con los inventores de internet. Para él, internet es el diablo y el causante de todos los males del mundo moderno. Está a un paso de eliminar sus perfiles en Twitter, Facebook e Instagram, donde ha comprobado con estupor que sus seguidores han pasado de trescientos veinticinco a poco más de cinco mil.

Por otro lado, su editora lo ha llamado felicitándole por la gran oportunidad que, gracias a su hermano, se le ha presentado.

«Gracias a su hermano».

A Diego le ha hervido la sangre. Sus formas no han sido las mejores al contestar:

—¿Qué pasa? ¿Que todo gira en torno a Amadeo? ¿Que yo no puedo conseguir nada por méritos propios?

El silencio al otro lado de la línea le ha hecho comprender que no, que si no fuera hermano de quien es, no habría conseguido ser el autor de una biografía aún por escribir pero con el éxito garantizado, cuando lo que nadie sabe es que Greta solo ha accedido por tratarse de él.

Después de comer en A pousada do mariñeiro, aunque lo más acertado sería decir: después de hincharse a pulpo a feira como si no hubiera un mañana, Diego, que no sabe qué hacer hasta las siete, hora en la que, tal y como le ha prometido a Celso, bajará hasta la playa donde Greta intentará que se la traguen las olas, vuelve a pasear por la rúa Nova para sacar fotos a la luz del día de la casa donde Leo nació y vivió el momento que marcaría el resto de su vida. Un asesinato, tal y como lo venden los periódicos, como si un bebé de seis meses fuera consciente de sus actos. El mundo se ha vuelto loco.

«Greta me va a matar».

Hoy, la puerta de caballeriza de la casa en ruinas le parece aún más siniestra, cuando tendría que ser al contrario al haberla visitado de noche. Tal vez el hecho de tener a Greta a su lado mitigó su fealdad. La noche hace que todo adquiera un aspecto más lúgubre; sin embargo, de día se aprecia más el deterioro, el abandono que ha sumido a la propiedad en las tinieblas sin necesidad de un cielo negro sobre su tejado a punto de derrumbarse. Al levantar la cabeza en dirección a la puerta acristalada que da acceso al deteriorado balcón, sucia como si le hubieran pasado un trapo lleno de barro por encima, a Diego le parece que sus ojos le engañan al vislumbrar una sombra cruzando a toda velocidad.

—Joder —se angustia—. Al final voy a llamar al programa *Otra dimensión*.

¿Quizá han ocupado la casa?

Recuerda que hay que buscarle una lógica racional a todo.

Diego encuentra la valentía que no halló cuando vio la silueta, o *algo*, en el acantilado, y, echando un vistazo a su alrededor, empuja la puerta, que se abre sin impedimentos, como si la casa estuviera esperando su visita. Se le ponen los pelos como escarpias nada más cruzar el umbral y pisar el suelo de cemento. De la claridad del día, Diego se ve sumido a la más absoluta oscuridad. Además, hace aún más frío dentro de la casa que en la calle, como si el aire gélido se hubiera quedado atrapado permanentemente entra esas paredes. Activa la linterna del móvil e inspecciona la estancia inhóspita que lo rodea. No hay más que paja revuelta echada a un lado y una horquilla de hierro antigua que bien podría lucir en un museo. Enfrente, a un lado de la pared principal, tan desconchada que se cae a pedazos, hay otra estancia separada por un arco y conduce a una especie de cueva que en otros tiempos albergó animales. Pegada a la pared, se erige una escalera estrecha y empinada de madera cuya barandilla en precario equilibrio parece que vaya a desplomarse con solo tocarla. Con mucho cuidado, peldaño a peldaño y a paso de tortuga, Diego sube las escaleras topándose con otro espacio diáfano con tres puertas cerradas. Todo está lleno de polvo y huele mal, a cosas podridas y muertas. La pintura de las paredes pende en jirones como piel de serpiente. Un frío antinatural le cala hasta los huesos, la sensación de que el aire se expande a su alrededor. Aquí, salvo cucarachas y ratas, no hay nada. Nadie. Es improbable que haya visto a alguien a través del cristal, desde donde ahora Diego mira en dirección a la calle, sin sospechar que la vecina de la casa de enfrente casi sufre un paro cardiaco al verlo y pensar que se trata de una aparición fantasmal.

Sigue caminando por la estancia, preguntándose si las manchas que distingue en el suelo son sangre reseca. Trata de apartar ese pensamiento de su cabeza y se atreve a abrir una puerta, donde comprueba sin mucho interés que hay un diminuto cuarto de baño desvencijado, cuyos azulejos tienen tantas capas de polvo que es difícil averiguar de qué color son. La segunda puerta que Diego abre, tras inspirar hondo después de haber retenido la respiración durante unos segundos para que el mal olor no inunde sus fosas nasales, debió de ser la habitación de matrimonio. En ella solamente hay un colchón carcomido con heces de ratas. Cierto temblor se apodera de su mano cuando la coloca alrededor del pomo de la puerta número tres. Lo que cree que es sangre reseca impregnada en el suelo, de un color marrón debido al tiempo que tiene desde que se derramó, conduce a esa habitación. La muerte tiene su propio hedor: la sangre, el miedo y la agresividad dejan sus residuos químicos en el aire, y Diego los huele. Flotan emociones extrañas en la casa. El temblor invade ahora todo su cuerpo en el momento en que, al alumbrar con la linterna, distingue una cuna en mitad de un montón de chatarra: botellas de vidrio de vino y de cerveza hechas añicos, jeringuillas, cartones, y una escalera plegable apoyada contra la pared que parece estar fuera de lugar. La cuna que Diego mira absorto es donde Leo, de tan solo seis meses, mató a Raimon, su hermano gemelo. Ahora solo faltaría que empezara a balancearse sola para que el escritor eche a correr. Nada de eso sucede, solo la melodía del *Aserejé* corrompiendo este silencio denso y rompiendo la magia de la película de terror que Diego cree estar protagonizando.

—Jo-der —se le escapa, cuando su mano parece haberse convertido en gelatina y deja caer el móvil que, con su ya conocida inmortalidad, sigue sonando a todo trapo desde el suelo. Cae con la pantalla bocabajo, milagrosamente sin lamentar daños, por lo que la linterna alumbra el techo que Diego mira de forma instintiva. La mandíbula se le desencaja al atisbar una estrella de cinco puntas que parece haberse dibujado hace años en una especie de ritual con sangre. Diego siente que el vello de los brazos se le eriza y un soplo de aire helado le recorre las entrañas—. Pero qué…

El *Aserejé* hace rato que ha dejado de sonar. El Diego de la canción se ha quedado sin rumba. La llamada no contestada procedía de un número desconocido que Diego no tiene guardado en la agenda. Inmediatamente, sin mucha fe en que internet vaya rápido aquí, busca en Google el significado de una estrella de cinco puntas, también conocida como pentagrama, estrella pentagonal o pentáculo, en la que la punta representa la cabeza y las cuatro restantes los elementos de la naturaleza: agua, aire, tierra y fuego. La página tarda un poco en cargar, pero, cuando lo hace, Diego lee con incredulidad que se trata de un símbolo estrechamente relacionado con la magia negra o la brujería, y que su significado está vinculado con energías oscuras; sin embargo, para otros, es un mecanismo de protección. A Diego le parece que el pentagrama tiene la forma invertida, por lo que, según el paganismo, atrae a la oscuridad, pero como no está seguro y no todo lo que aparece en internet es cierto, saca fotos con la intención de enviárselas a un colega escritor que entiende de estos temas.

Sale del cuarto cerrando la puerta tras él, con una sacudida en el estómago como cuando te saltas un escalón. Ya en el exterior, con la frente perlada en sudor, se queda al pie de la casa escrutando las ventanas. No se da cuenta de la presencia del mismo anciano que camina con ayuda de un bastón al que Greta saludó ayer por la tarde en el mirador. Viste los mismos pantalones marrones de lino y un jersey verde oscuro con aspecto de provocar urticaria. Hoy, además, lleva una boina a cuadros que oculta sus cejas densamente pobladas.

—Aquí no se puede entrar —le increpa el anciano muy serio, sin que Diego sepa qué decir—. En esta casa pasan cosas malas, mozo, yo lo sé bien —zanja, sacudiendo la cabeza y señalando la casa con la empuñadura del bastón.

El hombre se aleja de él con la misma parsimonia con la que le ha hablado. El móvil de Diego vuelve a sonar; aún tiene activada la linterna, que apaga antes de contestar la llamada:

—¿Sí?

—Hola, Diego. Soy Elsa. Greta me dio tu número.

—Sí, me lo dijo. Qué… ¿Qué tal? —balbucea Diego, todavía consternado por lo que ha visto en *la casa de los horrores*.

—Sé que es muy precipitado, pero ¿estás libre ahora? Tengo un ratito, por si quieres continuar hablando de Leo. Te invito a café —le ofrece amigable, adivinando que Diego no está en casa. Hoy es el día especial de Greta. Si es que a lo que vive cada día 19 de cada mes se le puede llamar especial. En realidad debe de ser algo parecido a vivir en una cárcel.

—Estoy libre, así que me va bien.

—Pues te mando la ubicación. Hasta ahora —se despide Elsa con tono cantarín.

—Gracias. Hasta ahora.

42

Diego, guiado por el GPS, llega sin contratiempos al número 12 de la avenida Gaspar Rodríguez, a pocos minutos del centro. Con mucho cuidado de no rascar el lateral del Audi de Amadeo contra la pared, sube a la acera y aparca. Un incordio para los que transitan a pie. No obstante, Diego no ve a nadie. Redes, a veces y en según qué zonas, puede parecer un pueblo fantasma cuando la época estival llega a su fin.

Antes de cruzar la verja y tocar la aldaba dorada, Diego observa la casa. Parece más pequeña de lo que realmente es. Es bonita, acogedora, y los rosales del jardín delantero que sobresalen de las rejas de la verja están cuidados con esmero. Parece sacada de un cuento infantil con la fachada de color crema y la puerta y las dos ventanas de madera pintadas de rojo. Aunque al verla de frente parece cobijar una sola planta, en realidad tiene tres, un sótano y una buhardilla que se intuye por el ventanal que sobresale del lateral izquierdo y una pequeña claraboya en el tejado inclinado de tejas naranjas.

Elsa, al verlo llegar desde la ventana de la cocina, sale de casa sin que Diego tenga la necesidad de llamar.

—Es que mi madre duerme —se excusa a modo de saludo, en un tono de voz tan bajito que Diego ha tenido que aguzar el oído—. Pasa, pasa. No hagas ruido —le pide.

Nada más entrar, Diego se encuentra de frente con una mujer de cabello cano sentada en un sillón orejero anticuado. La decoración es muy recargada, con mobiliario desfasado de los años 70 e infinidad de fotografías enmarcadas que muestran fechas señaladas como bodas, comuniones, bautizos y hasta entierros, con gente vestida de negro posando en mitad de un campo. Una manta gruesa cubre a la mujer hasta la cintura y, pese a que en el interior de la casa la temperatura es elevada, va ataviada con una bufanda. Tiene los ojos muy abiertos fijos en el televisor apagado. Diego diría que dormida no está, pero sí parece hallarse en un estado catatónico que le impacta.

—¿Tu madre se encuentra bien, Elsa? —pregunta Diego inquieto y con muestras de preocupación, sin que Elsa le permita estar mucho rato parado, pues enseguida lo dirige a la cocina, situada a la derecha cruzando un arco revestido de madera.

—Hoy está siendo un día horrible. Alzhéimer —contesta con gravedad, mientras Diego se desprende del chaquetón y lo deja sobre una silla. Elsa introduce un par de cucharadas generosas de café molido en la cafetera, la llena con agua de una jarra y la pone al fuego—. Tiene alzhéimer precoz —repite, dulcificando el gesto, algo que conmueve a Diego por lo dura que sabe que es la enfermedad—. Se lo detectaron hace dos años, poco antes de cumplir los cincuenta y tres. Demasiado joven para olvidar toda una vida. La memoria se le fue deteriorando meses antes. Ambas nos negábamos a reconocer las evidencias, hasta que un día se perdió a solo dos manzanas de aquí y no supo responder ni a su nombre. Hay día en los que podemos salir a pasear, pero últimamente está más nerviosa de lo habitual. Ha empeorado mucho y muy rápido. Viene una chica a ayudarnos, pero yo dejé mi trabajo como profesora y cuido de ella prácticamente las veinticuatro horas.

—Es admirable —opina Diego, mirando a la mujer, anciana antes de tiempo, desde los pocos metros que los separan. Aunque sabe que solo tiene cincuenta y cinco, en apariencia parece mucho más mayor, como si le hubieran caído veinte años encima.

—Es mi deber —replica Elsa dedicándole una sonrisa negra y amarga como el café que empieza a brotar.

Diego observa a Elsa. Si bien parece tranquila, tiene los hombros agarrotados en perpetua tensión. Se nota en su gesto tirante cuando le sirve la taza de café y le pregunta si quiere leche, por lo que Diego sopesa que, tal vez, se ha visto obligada a llamarlo para continuar explicándole retales de la adolescencia de Leo en Redes. No lo hace por gusto, sino porque seguramente Greta, al darle su número, se lo pidió, pero no será él quien saque a relucir el tema.

—Café solo está bien, gracias —contesta Diego, sumergiendo un par de terrones de azúcar en el café humeante.

—A Greta no le va a gustar nada lo que dice la prensa. ¿Cómo es posible que ya lo sepan si aún no has escrito nada? —suelta Elsa, aturdiendo a Diego por el inesperado comentario, al tiempo que se sienta frente a él de brazos cruzados.

Con la clara intención de alargar la respuesta, Diego prueba el café. Le sabe a rayos, amargo, fuerte, y, además, está ardiendo. No tienes espera, Diego, te has chamuscado la lengua. Maldice no haberlo pedido con leche; si lo pide ahora, quedará fatal, ¿no? Las croquetas de Elsa están riquísimas, son gloria bendita, pero el café no es su especialidad, o a lo mejor es que Diego está acostumbrado a las Nespresso y al café flojito, aguachirri, como diría su padre, del que no vale nada.

—Te entiendo. Y entendería que Greta se enfadase —dice Diego, al fin, con un desagradable sabor agrio en el paladar—. Pero no ha sido cosa mía y, créeme, ahora mismo no hay nadie más cabreado que yo con este asunto. Le conté lo de Raimon a quien no debí y el tema de la personalidad múltiple. Han usado eso para anunciar que, próximamente, saldrá la biografía de Leo. Marketing puro y duro. Con la cantidad de visitas y expectación que hay, les ha salido bien la jugada —se lamenta.

Brevemente, Diego le cuenta a Elsa lo mismo que le contó

a Greta. Que si está en Redes es porque su hermano lo convenció, que el coche y hasta la ropa es suya, que no le dio tiempo ni a pasar por su casa, sumado al tema de que rechazaron su último manuscrito y necesita pasta. Su sinceridad convence a Elsa. Su mirada se ablanda y su sonrisa ahora no parece impostada.

—Hay que ganarse el pan, eso está claro —comprende Elsa—. Igual, con un poco de suerte, Greta no se entera. Apenas mira el móvil ni la televisión, no está muy al día, a no ser que alguien le cuente algo. Te prometo que no seré yo, por muy amiga suya que sea, la que le vaya con el cuento. Haré como si no supiera nada —decide—. En eso también consiste la amistad, en no echar más leña al fuego y callarse según qué cosas para no causar más dolor del que ya hay —zanja, creando una cremallera invisible con el dedo índice y pulgar, que cruza por sus labios durante una milésima de segundo.

«Eso sería omitir información. Y no quiero ocultarle nada a Greta», se calla Diego, que aun así no tiene ni idea de cómo abordar la situación, cambiando radicalmente de tema:

—He ido a dar una vuelta por la rúa Nova. Ayer fui con Greta antes de ir al club de lectura que, por cierto, son geniales, y me enseñó la casa donde Leo nació. —Elsa asiente con interés—. Hoy he entrado. De hecho, vengo de ahí.

—¿Como que has entrado? ¿Por qué has hecho eso?

Diego recuerda al anciano que, bastón en mano, le ha dicho que en esa casa pasan cosas malas, que él lo sabe bien. «¿Por qué lo sabe bien?», cae en la cuenta, ahora que ya es tarde para preguntar.

—Curiosidad —admite Diego, encogiéndose de hombros y pensando que, tal vez, no ha sido buena idea contárselo.

—Vale. ¿Y qué has visto?

—Una casa en ruinas y… —Diego saca su móvil inmortal del bolsillo de los incómodos pantalones de pinza de Amadeo, busca las fotos que ha hecho y se las muestra—. ¿Sabes qué significa?

—Magia negra. —Elsa achina los ojos y, seguidamente, aparta la mirada del móvil llevándose la mano a la boca y componiendo una mueca de asco—. Eso es un símbolo de magia negra. ¿Dónde estaba?

—En el techo de una habitación donde había una cuna.

—La cuna…

—Sí, eso he pensado.

—En la casa han entrado drogadictos, borrachos, vagabundos… los vecinos dan aviso a la policía en cuanto ven algo raro, pero esto… esto es demasiado. ¿Es sangre? —pregunta con un hilo de voz. Hay una pizca de morbo en su mirada esquiva.

—No lo quiero ni imaginar.

Antes de que se le olvide, Diego aprovecha el momento de confusión de Elsa para enviar las fotos a su colega seguido de un: «¿Puedes ayudarme con esto? ¿Qué puede significar? Está pintada en el techo de una habitación de una casa abandonada y en ruinas donde hace treinta años falleció un bebé». Un escalofrío le recorre la espalda al escribir el mensaje. Es la primera vez que se pregunta si los periodistas que han escrito el artículo más visitado del día en internet, no sintieron nada al exponerlo.

—No vuelvas a entrar ahí, Diego.

—No. No creo que vuelva.

—¿Empezamos? Quiero terminar con esto antes de que mi madre se despierte —advierte Elsa, mirando por encima del hombro de Diego en dirección al salón donde reposa su madre de espaldas a ellos.

—Claro, cuando quieras.

Diego, distraído, pone en marcha la grabadora del móvil sin quitarse de la cabeza la imagen de la estrella de cinco puntas.

43

Redes, A Coruña
Segunda grabación: Leo Artes, 14 años
7 de junio de 2002

El día en que Leo Artes cumplió catorce años, su madre intentó quitarse la vida. No era nada nuevo, pero fue el día que más cerca estuvo de lograr su propósito. A lo largo de los diez años que llevaba viviendo con Leo y su marido, había tentado a la muerte hasta en quince ocasiones. Todas sin éxito, como si la Parca la repudiara tanto como lo hacía el pueblo. La loca, la llamaban, mote que, con más discreción, también utilizaban con Leo, especialmente cuando decía que no lo llamaran Leo, que él se llamaba Raimon. Ya no hacía gracia. Ya no era un niño de pelo revuelto rubio como el trigo. Sus ojos grandes de forma almendrada ya no brillaban, ahora eran opacos, malignos, opinaban algunos. Y las mejillas sonrosadas a menudo sucias, habían perdido el encanto de la infancia, de la inocencia más pura. Leo era un adolescente desgarbado con un mundo interior que nadie comprendía, ni siquiera él, cuando le abría las puertas al niño bueno que no lo era en realidad. Raimon aparecía en los días malos como aquel, en el que la sangre brotó sin control de los cortes profundos que Beatriz se había infligido en las muñecas. Salió del cuarto de baño pálida como la nieve, con la boca entreabierta y los ojos clavados en su hijo, a quien el pánico le tensó el semblante.

—Raimon. Raimon, ven conmigo. Vamos a un sitio mejor, esto es un infierno —le susurró con voz de ultratumba, levantando el cuchillo que a duras penas podía sostener.

Antes de que Raimon, cada vez más poderoso, poseyera la conciencia de Leo sumiéndolo en las tinieblas y empujándolo al abismo dentro de su propio cuerpo, este se fue de casa y corrió como alma que lleva el diablo en dirección al pueblo. Raimon habría dejado morir a su madre. Y habría dejado que su madre se lo llevara con él. Pero Leo, pese a todo, no estaba dispuesto a que eso sucediera.

No vio a ningún policía en la plaza y ni siquiera se fijó en cómo lo miraban los parroquianos desde el bar, como si fuera un loco recién fugado del psiquiátrico. Nadie le ofreció ayuda; Leo, para ellos, era alguien a quien se debía temer. Cuanto más lejos se mantuvieran de él, mejor. Casi sin aliento, enfiló la rúa Nova y entró en la librería. Celso, detrás del mostrador, levantó la vista del libro que estaba leyendo. Antes de preguntar nada, su memoria viajó al pasado, a la casa vieja en la que entró con impaciencia, a las escaleras que ascendió apresuradamente y a la habitación desde donde sonaban los berridos de un bebé desamparado que, durante unos minutos, cuidó y protegió como si fuera el hijo que jamás pudo tener.

—Leo. Leo, ¿qué pasa?

—Mi… mi madre —contestó, preso del llanto que le quebraba la voz—. Se ha cortado las venas. Mi madre…

Leo, abatido, cayó de rodillas al suelo cubriéndose la cara con las manos. La angustia le recorrió la espina dorsal, aquel pánico paralizante que tanto conocía y que le dejaba sin habla. Celso no tardó ni un segundo en levantar el auricular para llamar a emergencias. Tardaron veinte minutos en llegar a la casa donde Beatriz yacía inconsciente y desangrada en el suelo de la cocina. Comentan que, sobre la encimera, vieron un pastel de chocolate con catorce velas clavadas en la superficie. Estaba hecho sin mucha destreza pero con mimo. Terminó en el cubo de la basura. Su preparación llena de ilusión esperando algo que nunca iba a llegar, fue, seguramente, el mejor momento del día de Leo.

Agosto, 2002

Beatriz se salvó por los pelos. El intento de suicidio en ese caso fue tan escandaloso, que la ingresaron en el centro psiquiátrico del que había logrado salir diez años atrás, engañando a todos con una falsa apariencia de normalidad, que lo único que hizo fue destrozar la vida, hasta su llegada apacible y normal, de su hijo. Durante los meses que estuvo encerrada, el día a día fue recuperando un poco de color. Mario Artes dejó los bares. Llevaba dos meses centrado en su hijo, al que se empeñó en volver a conocer a pesar de los desaires propios de la adolescencia. Lo animó a encontrar su pasión y, sabiendo lo mucho que le gustaba cantar y escribir sus propias canciones, le compró una guitarra en compensación por el telescopio que no llegó a traerle nunca cuando era un niño. Leo fue autodidacta. Nunca estudió música, no le hizo falta. Lo que él llevaba dentro era un don. Afloraban de sus letras sus sentimientos, lo que llevaba dentro, la necesidad de desprenderse de tanto dolor, acompañado de una voz un poco ronca, pero melodiosa, que hipnotizaba. La primera canción que escribió se titulaba: Sal de mí. Nadie la escuchó jamás salvo su padre y de hurtadillas. Ojalá nunca hubiera estado ahí, pensó tiempo más tarde, porque el estribillo le hizo comprender que había fallado como padre. Ese pensamiento no abandonó a Mario nunca, ni siquiera cuando exhaló su último aliento cuatro años más tarde, aplastado por la carrocería del coche del que, dicen, perdió el control.

Apuñalas mi corazón.

Sal de mí. Sal de mí.
Te adueñas de mi cuerpo,
corres por mi sangre,
controlas mis manos,
maltratas mi cabeza,
ruido, ruido, ruido,
eres tú el perverso,
no soy yo el chico malo.
Sal de mí. Sal de mí.
O tendré que salir yo.
Y entonces…
entonces moriremos los dos.

Leo enseguida se dio cuenta de que, gracias a la música, ahuyentaba a Raimon. Porque la música es vida, alegría, color, si bien en las primeras composiciones secretas de Leo había un poco de la muerte, destrucción y oscuridad que destilaba Raimon, como si jamás se ausentara del todo. Leo descubrió que en su música el mundo que había creado Raimon no tenía cabida. La ausencia de la madre también ayudó. Así, Leo disfrutaba de su soledad, de sentirse él mismo, sin ruido en la cabeza ni otra voz que dirigiera sus pasos, y, lo más temible, sus actos.

Pero en la vida de Leo nada bueno duraba demasiado. Parecía que la mala suerte había fijado su ojo revoltoso en él, empeñado en arrastrarlo al abismo sin rastro de compasión. Yago, el que un día fue su mejor amigo, confidente y compañero de trastadas, perdió una mañana a su perro, un pastor alemán al que había llamado Husky, ya que lo que él quería era un husky siberiano. Al final, le había cogido cariño al pastor alemán; desde que había llegado a casa hacía seis años, eran inseparables. Yago se culpaba a sí mismo por haber soltado la correa mientras daban un paseo, confiando en que el perro no se alejaría de él. Pero se alejó. Y corrió campo a través, abrazando la libertad de creerse sin dueño. Durante cuatro días, Yago, con la ayuda de sus amigos, colgó carteles por todo el pueblo con una fotografía en blanco y negro del perro. No quedaba ni una sola farola por empapelar. La fe de que Husky regresara por su propio pie a casa, se iba disipando con la misma rapidez con la que el atardecer daba paso a la noche durante la época estival en la que los días se estiraban como gomas de mascar. Fue un verano terriblemente caluroso, pero a Yago no le importaba salir a cualquier hora, incluso al mediodía, cuando el sol pegaba más fuerte, para buscar a Husky por los campos que rodeaban Redes.

El día que Yago encontró a Husky, pasó por delante de la casa de Leo. Un esperpento de piedra con fisuras, las ventanas rotas y agujeros en el tejado. Vio a Leo sentado en un banco de madera en el porche delantero con la guitarra. Se saludaron con un gesto de cabeza como dos desconocidos. Habían sido amigos. Los mejores. Ahora aquella época lejana era solo un vago recuerdo. Los amigos de Yago, que también fueron los de la infancia de Leo, se metían con él por ser diferente, por sacar a la luz a un chico que no era él y al que consideraban perverso y malvado. En el fondo, le tenían miedo. Meterse con él era una especie de armadura para superar el miedo que Leo les provocaba con una enfermedad como la de la personalidad múltiple aún no detectada e incomprendida. Qué fácil era llamarlo loco. Reírse de él. Considerarlo inferior. Pero Yago no. Nunca lo insultó. Jamás le dio un empujón como hacían sus amigos por los pasillos del instituto, ni le lanzaba bolas de papel para acertar de pleno en la coronilla o en la nuca, ni le dejaba pintadas crueles en el espejo del cuarto de baño cuando sabían que Leo estaba dentro de uno de los retretes. Sin embargo, esa tarde, Yago se detuvo a pocos metros de la casa con un mal presentimiento, mientras seguía oyendo los acordes imprecisos que emergían de la guitarra de Leo. En el pueblo, se comentaba que Leo torturaba animales, pajarillos, gatos callejeros, cualquier especie indefensa que encontrara. Primer indicio de que algo en el coco no va bien, de que en el futuro, el que consideró su mejor amigo podría convertirse en un asesino despiadado. Yago, preso del pánico, sacudió la cabeza tratando de apartar los malos pensamientos que se habían aferrado a él, como si de verdad hubieran ocurrido.

¿Y si Leo le había hecho algo a Husky?

¿Y si lo había enterrado en el jardín?

La última vez que Yago fue a jugar a casa de Leo, tenía seis años. Beatriz, crispada, salió de la casa descalza, vestida en camisón, con su melena larga sucia y revuelta, y les empezó a chillar con la excusa de que hacían mucho ruido y la molestaban, cuando lo cierto era que hablaban en susurros. Leo, que ese día le dijo a Yago que había conseguido echar a Raimon de su cabeza, le advirtió que no podían armar escándalo.

—¡Fuera de aquí! ¿Y Raimon? ¿Dónde está mi niño bueno? ¡¿Dónde está?! —le preguntó la madre a Leo, y Yago observó con estupor cómo el endeble cuerpo de su amigo tembló igual que una hoja arrastrada por el viento.

—No está —contestó Leo gimoteando, con la mirada vidriosa clavada en el suelo—. Raimon se ha ido de mi cabeza, mamá.

La madre, roja de ira, clavó los dedos en los hombros de Leo como si fueran púas, y lo sacudió durante una eternidad. Yago quiso defenderlo, pero la madre estaba fuera de sí, parecía que en cualquier momento pudiera mostrar su auténtica cara de bruja malvada. Como le ocurriría a cualquier niño de seis años, Yago tuvo miedo. En ese momento, quiso hacerse invisible. A Leo también le habría encantado adquirir el poder de la invisibilidad para que su madre no lo volviera a encontrar.

—¡Dile que vuelva! ¡Quiero a mi niño bueno! ¡Quiero a mi niño bueno! ¡Dile que vuelva! —empezó a gritar Beatriz, con la locura reflejada en sus ojos, aunque más que gritos parecían aullidos, sacudiendo con más violencia a su hijo hasta levantar la mano y estamparla contra su mejilla, con tanta fuerza que lo lanzó al suelo.

Cuando Yago llegó a casa, le dijo a su madre que no quería

volver a jugar con Leo.

—¿Por qué, cariño?

—Porque ya no es Leo. Ahora se llama Raimon. Y es un niño malo. Muy malo.

Yago despertó de sus recuerdos. Se dio la vuelta y volvió a caminar en dirección a la casa de Leo. Al llegar, frenó en seco sin poner un pie en el terreno privado, donde Leo, absorto, seguía tocando la guitarra. Se miraron desde la distancia, casi como si se estuvieran retando, y, entonces, Yago le preguntó a gritos:

—¡Eh, tú! ¿Has visto a mi perro?

Leo compuso un gesto negativo con la cabeza. Indiferente, volvió a lo suyo al tiempo que Yago decidió cambiar de ruta e ir hasta el único lugar en Redes en el que no había probado suerte para encontrar a Husky. Rodeó la casa con la mirada fija en la única ventana que se veía tras los matorrales secos. Yago se percató de la presencia de la sombra que quedaba de Mario Artes, mirándolo con curiosidad a través del cristal sucio. El hombre estaba tan demacrado que parecía una aparición fantasmal. Yago siguió hacia delante haciendo caso omiso a la mirada vacía y ojerosa del padre de Leo, y bajó el peñón que conducía a praia Coído con la agilidad que regala la juventud. Al saltar la última roca y poner un pie en la arena compacta, Yago dio un respingo al reconocer a Husky tumbado bocarriba como quien toma el sol en una pose relajada. Desde la distancia podía parecer un simple bulto. Corrió hacia él con la desesperación marcada en el rostro de quien sabe lo que se va a encontrar. Gritó al ver a su amigo con las tripas abiertas con un enjambre de moscas y otros bichos revoloteando a su alrededor. Sus ojos, esos ojos siempre bondadosos y amables, estaban abiertos. Yago vio en ellos el horror y el sufrimiento que el animal padeció. Era improbable que algo así lo hubiera hecho un humano. Tenía toda la pinta de que Husky había tenido la mala suerte de toparse con un lobo o con un jabalí, que ganó la batalla destripándolo sin clemencia. Sin embargo, los pensamientos son rápidos como flechas y, cuando se te clava una, es muy difícil arrancarla sin consecuencias.

Yago se permitió llorar.

Cuando creyó que ya no le quedaban más lágrimas que derramar, su férreo sentido de la justicia lo empujó a recorrer los pocos metros que lo separaban de la casa de Leo con tanta rapidez, que no fueron pocas las caídas que sufrió contra las piedras que entorpecían el camino empinado. En ellas se dejó la piel de las rodillas, del todo raspadas, ensangrentadas cuando llegó a la cima. No sintió ningún dolor físico. Su dolor provenía del alma, y ese dolor no hay alcohol que lo desinfecte ni tirita que lo cure.

Yago encontró a Leo igual que minutos antes, tranquilo, sumergido en su propio mundo tocando la guitarra y susurrando palabras ininteligibles. Así era como él componía las canciones, a base de susurros, como si temiera que, al levantar la voz, las palabras pudieran desvanecerse. Yago prometió hacía ocho años no volver a esa casa, pero sus pies cruzaron a grandes zancadas el umbral que separaba el terreno de la carretera de tierra y, cuando se plantó frente a Leo, ya era demasiado tarde para este. Yago, encolerizado, le arrancó la guitarra de las manos, elevó la pierna y la partió en dos con la rodilla. La lanzó al suelo ante la mirada desconcertada de Leo que, sin ser capaz de reaccionar, recibió el primer golpe en la nariz. Su cabeza rebotó contra la piedra de la casa y su cuerpo cayó de lado. Yago lo agarró del pescuezo, lo miró a los ojos, y, entre dientes, espetó con una frialdad más propia en un adulto que en un chico de catorce años:

—Asesino. Has matado a mi perro. Lo has matado y lo has dejado en la playa pudriéndose como si no fuera nada.

—¿Qué? No… yo no… yo no he hecho nada de eso —titubeó Leo, sin ver venir el gancho de izquierda aterrizando con violencia contra su mejilla.

—Puto psicópata. ¡Loco! ¡Estás loco! —vociferó Yago.

Leo cayó al suelo. En posición fetal, levantó los brazos para protegerse de los golpes que Yago, fuera de sí, siguió propinándole con una violencia desmedida. Un pensamiento fugaz hizo que Leo se temiera que, en ese momento, Raimon hiciera su aparición estelar. A pesar del dolor intenso que sentía, como si tuviera algún hueso roto, sabía que Raimon era capaz de hacer cualquier cosa. Defenderse, atacar a Yago y salir ganando con la fiereza y la maldad que lo caracterizaba. Pero Raimon no apareció. Leo no se defendió. A la cuarta patada en los riñones, Mario apareció apartando con torpeza al asaltante de su hijo y deteniendo toda la violencia que, en menos de cinco minutos, se había desatado.

—¿Qué haces, Yago? ¿Por qué haces esto?

La voz de Mario se quebró al tratar de entender algo que para él no tenía ningún sentido. Yago apretó los dientes con tanta fuerza que crujieron. Quiso llorar de rabia e impotencia, pero no iba a darles el gusto.

—Ha matado a mi perro —contestó, señalando a Leo, con una aparente tranquilidad que contrastaba con lo que en realidad sentía: una bola de fuego ardiéndole por dentro.

—No puede ser, Yago. Leo no ha salido de casa desde hace días y es incapaz de matar a una mosca —intentó tranquilizarlo Mario, agachándose junto a su hijo, que yacía en el suelo con la espalda arqueada y los ojos cerrados emitiendo leves gemidos de dolor.

Yago, paralizado como una estatua, pensó que a lo mejor se había precipitado, pero no se arrepintió de lo que había hecho.

«Verás cuando le cuente a la pandilla que le he dado una paliza al loco del pueblo», le dijo con orgullo la parte maliciosa que había en él, esa parte con ansias de popularidad, dejando atrás, momentáneamente, el dolor por la muerte de su perro, que sería algo que le marcaría de forma profunda.

Leo, por su parte, pensó que, quizá, Raimon se había apoderado de su conciencia y de su cuerpo y había matado a un perro inocente. El perro de Yago. Solo porque un día, sin darle explicaciones, Yago dejó de jugar con él y lo apartó de su vida como si fuera un bicho molesto en la suela del zapato. No había manera de saberlo. Porque cuando Leo se perdía y Raimon emergía, era imposible recordar qué era lo que había hecho al tomar el control total de su cuerpo y de su mente. Raimon lo arrastraba al precipicio con él aprovechando su ausencia de la realidad.

Yago se largó, no sin antes declararle la guerra a Leo aprovechando la ausencia de Mario, que se perdió en el interior de la casa en busca de gasas y agua oxigenada para desinfectar las heridas.

—Desearás que no termine nunca el verano, Leo. Ve pensando en cambiar de instituto porque te vamos a hacer la vida imposible.

44

Elsa interrumpe el relato cuando oye el sonido de la llave introduciéndose y dando dos vueltas en el cerrojo de la puerta de entrada. Unos pasos retumban en el salón donde duerme la madre con los ojos abiertos. Diego estaba tan inmerso en las palabras de Elsa, en su voz pausada relatando unos hechos impactantes que lo han sobrecogido por completo, que se le olvida pulsar el botón rojo para detener la grabadora del móvil. Cuando al fin lo hace, sus ojos se encuentran con los de una visita del todo inesperada. Yago se agacha para darle un beso a la anciana.

—Hola, *nai*.

Le habla flojito y con delicadeza. Si todo el amor del mundo pudiera condensarse en una mirada, esa sería la que Yago le dedica a su madre.

—La vas a despertar, Yago —se queja Elsa.

—*Pero se os ollos están abertos* —rebate Yago, incorporándose y apretando contra la palma de su mano las llaves del coche oficial de la policía con el que ha venido, al percatarse de la presencia de Diego, quien contempla, en silencio y con deleite, la nariz un poco inflamada con los bordes amoratados por el puñetazo que Greta le propinó anoche.

—¿Qué te ha pasado en la cara?

Elsa debe de ser la única persona en Redes que no se ha

212

enterado de que Greta pegó a su amante en la concurrida praza do Pedregal.

—¿Qué hace este aquí? —interroga con desprecio sin responder a la pregunta.

Yago camina hacia ellos con su chulería habitual. No le sorprende la presencia del escritor porque ya ha visto el Audi mal aparcado y le ha dado su merecido, pero quiere averiguar qué hace en casa de su madre. Por qué está sentado frente a Elsa tomando café como si fueran amigos.

—¿Quieres café?

—No, que te sale de pena —niega Yago, comportándose como el idiota que es.

«Mira, en algo estamos de acuerdo», se calla Diego, que no ha vuelto a dar un sorbo al café que Elsa le ha servido. Mira a Yago y a Elsa con reserva y pregunta:

—¿Sois hermanos?

—Sí. Y mellizos, para más inri, aunque nos parezcamos como un huevo a una castaña. Por aquí hay muchos embarazos múltiples. Pero Yago parece adoptado. No se entiende de dónde ha sacado esa mala leche —contesta Elsa, inspirando hondo y poniendo los ojos en blanco—. Como ya debes de saber, Diego es el encargado de escribir la biografía de Leo —añade, dirigiéndose a Yago—. Le estoy contando cosas de sus primeros años de vida en Redes. Me lo pidió Greta.

—Ya. —Yago, con el cuerpo pegado a la encimera, sujeta los bordes con tanta fuerza que los nudillos se le vuelven blancos—. Pues yo te lo resumo para que no des más la brasa y te vuelvas a la capital. Era un loco. Eso era Leo. Un puto loco asesino de animales a quien le dimos más de un escarmiento merecido. Nunca debió volver —opina—. Nunca debió volver a Redes restregándonos lo bueno que era —añade, con un odio visceral que provoca que Elsa baje la mirada y sacuda la cabeza avergonzada por el comportamiento errático de su hermano, a quien percibe un poco ebrio, aunque sea un experto en disimular que ha bebido. Es una irresponsabilidad por su parte al ponerse delante del volante en esas condiciones. La ley es la ley para todos, ¿no? Hay que dar ejemplo. El problema es que en Redes la ley es Yago y uno de sus rasgos es la insensatez—. No se merecía la mujer que tenía. No se merecía ser admirado por nadie. Era un farsante. Una mala persona —zanja.

—Yago, por favor...

—*Estou mentindo, Elsa? Non! Todo o que digo é certo. Leo estaba tolo, carallo!* No entiendo cómo pudiste...

Yago lanza un puñetazo al aire cargado de frustración. Diego no puede evitar sentir cierta aversión hacia el policía por cómo trató ayer a Greta y por cómo se comportó en el pasado con Leo, ahora que conoce una parte de los hechos. Pero si algo tiene claro, es que tiene que limitarse a escribir la biografía sin juzgar a nadie y, lo más difícil, sin involucrarse demasiado para no enloquecer con la historia de un hombre que, ni de lejos, pensaba que fuera tan truculenta.

Yago se larga. Tiene el ánimo por los suelos desde su encontronazo con Greta y lo acompaña el sentimiento funesto de que la ha perdido para siempre por culpa del escritor sentado a la mesa de la cocina de la casa de su madre.

¿Qué le ve?

¿Por qué fue tan amable con él cuando Greta suele ser arisca con los desconocidos?

¿Qué es lo que no sabe?

No lo entiende. Por más que le haya dado mil vueltas, no sabe por qué Greta parece sentir tanta predilección por Diego. Es un desconocido. Ese tipo altivo vestido con ropa pija que conduce un coche que él no podría permitirse ni en diez vidas, le ha destrozado en cuatro días lo que tanto le ha costado conseguir. Pero Diego no es el único culpable, Yago lo sabe, aunque el orgullo lo ofusque y le cueste reconocerlo. Greta no es suya. Nadie es de nadie. La culpa también la tiene él, por no saber controlar sus celos, la personalidad macarra que lo posee, como si, en el fondo, todos fuéramos un poco como Leo, y sacáramos a esa persona dañina y malvada que llevamos en nuestro interior. Todos, en mayor o menor medida, tenemos voces en nuestra cabeza. Lo que nos distingue de la enfermedad es que somos capaces de silenciarlas.

Diego y Elsa no tardan ni un minuto en oír el portazo que da Yago al salir y el rugido del motor del coche arrancar y alejarse calle arriba.

—Perdona, Diego. Yago no suele ser así, en el fondo es buen tío, solo que… creo que te tiene unos celos que no puede con ellos. Por Greta. Porque estás en su casa y dice que te mira como si fueras un milagro. Verás, yo pensaba que a mi hermano le gustaban los hombres. O que era asexual. Nunca se le vio con ninguna mujer ni parecía estar interesado en nadie, y eso que siempre ha tenido bastante éxito. Oportunidades no le faltaban. Hasta que Greta llegó al pueblo y se enamoró perdidamente de ella aun estando con Leo. Cuando Leo murió, no tardó ni un día en ofrecerle un hombro sobre el que llorar. Ya se sabe, el roce hace el cariño, y, al final, ella cayó en sus brazos. Pero los dos sabemos que Greta nunca podría enamorarse de alguien como Yago, no se lo toma en serio y tampoco se perdona estar con él por lo mal que se lo hizo pasar a Leo. El pasado pesa, siempre pesa… Y es contradictorio, pero ¿qué sabré yo de cómo siente cada uno? ¿Quiénes somos para juzgar, no? Sin contradicciones y defectos, no seríamos humanos.

Diego, comprensivo, asiente mirando la hora en el móvil. Hace rato que ya es noche cerrada, son las seis y media de la tarde. Debería irse si quiere estar a las siete en la playa para vigilar a Greta. Espera no perderse, que el GPS no haga tonterías como mandarlo a alguna calle sin salida o decirle que gire a la izquierda cuando no hay izquierda posible. No obstante, una pregunta le ronda y no va a irse hasta formularla:

—¿Fue Greta quien encontró el cadáver de Leo?

—Sí —confirma Elsa compungida. A Diego se le presenta como una ráfaga la pintura de Greta, la silueta dibujada en las pupilas muertas del cadáver de Leo apresado entre las rocas—. Debió de ser terrible… terrible. Llamó a Yago, no por ser Yago, ya que apenas tenían relación por aquel entonces, sino por ser policía. Greta siempre dice que le estará eternamente agradecida. Mi hermano no tardó ni cinco minutos en llegar al acantilado, el lugar del accidente, como ya sabrás.

—¿Cinco minutos? ¿Tan poco? —se extraña Diego.

«Tal vez estuviera de servicio y lo pillara cerca del acantilado», sopesa Diego con benevolencia, otorgándole a Yago el beneficio de la duda. No quiere desconfiar de lo que fuera que ocurriera la noche en la que Leo cayó al vacío. Él no es policía ni detective. No está aquí para investigar una muerte, sino para conocer una vida, eso lo tiene claro. Pero la inquietud ensombrece su rostro al plantearse, por primera vez, que quizá no fuera un accidente. Ni tampoco un suicidio. El silencio de Elsa le hace desconfiar. ¿Cuántos crímenes pasionales se cometen al año? No hay dedos suficientes en el mundo para contarlos. Ese y los intereses económicos, son el móvil más recurrente, el cliché más manido. Si Yago estaba tan enamorado de Greta como Elsa le ha dicho, es plausible sospechar que eliminara al único obstáculo que se cernía entre ellos: Leo, a quien, a la vista está, Yago detestaba. Desde el salón se oye un gruñido. Los pensamientos de Diego se detienen. Nota cierto alivio en el gesto de Elsa al poder dar por zanjada la conversación.

—Mi madre. Ya se ha despertado.

Nerviosa, Elsa se levanta y camina apurada en dirección al salón. Coge un vaso de agua con una caña de color verde fosforito que hay en el centro de la mesa, y ayuda a su madre a beber.

—Bebe un poco de agüita, *nai* —le pide, con tanta dulzura que Diego no puede hacer otra cosa que admirarla más que cuando ha llegado y le ha contado que lo dejó todo para dedicarse por completo a su madre enferma.

El día que Diego conoció a Elsa en casa de Greta, le pareció una mujer seca y recelosa. No puede decirse que le cayera

216

bien. Elsa tampoco es una persona con don de gentes que atraiga desde el minuto uno, tal y como sí consigue Greta con su sonrisa y su mirada magnética hasta sin pretenderlo. No podemos dejarnos llevar por una primera impresión. Ahora, viendo cómo cuida de su madre con devoción y profiriéndole tanto cariño, a Diego le da la impresión de que Elsa es dulce y muy buena persona, que la fachada con la que se presentó el día que la conoció no era más que un escudo de protección. Elsa es todo lo contrario a las sensaciones negativas que le transmite Yago, un tipo posesivo y obsesivo de manual, capaz de cualquier cosa por conseguir su propósito.

Diego se pone el chaquetón, guarda el móvil en el bolsillo con la segunda grabación sobre Leo a buen recaudo, y, situándose frente a las dos mujeres, se despide:

—Muchas gracias, Elsa.

—A ti. Hablamos otro día. Yo te llamo.

—Vale.

—*Quen carallo es ti?* —pregunta la madre con voz gangosa y de malas formas, apartando el vaso de agua con tanta brusquedad que, si Elsa no lo hubiera tenido bien cogido, habría terminado en el suelo hecho añicos.

—Soy Diego, señora.

—No, Diego, no te lo pregunta a ti —interviene Elsa en un murmullo triste. Y, con la mirada fija en su madre, como si quisiera meterse dentro de su cabeza desorientada, añade—: Me lo pregunta a mí.

Diego sale al exterior frío e inhóspito con la impresión de que ha vivido varias vidas en la cocina de la casa de Elsa.

La tormentosa vida de Leo, al menos la parte que conoce antes de que se largara a Madrid, que empieza a hacer suya aunque no quiera. Vuelve a pensar seriamente en la posibilidad de que su muerte no fuera un accidente por culpa de sus excesos con el alcohol, como piensa Greta.

La otra vida que se lleva a cuestas y que queda oprimida tras la puerta roja de la casa que deja atrás, es la de una mujer joven dedicada por completo a una madre sin recuerdos, sin la capacidad siquiera de reconocer a su propia hija.

La tercera vida es la de un policía y la rabia e impotencia que siente por culpa de un escritor aparecido de la nada, consciente de que va a perder a la única mujer de la que se ha enamorado en sus treinta años de existencia, aun cuando no se puede perder lo que nunca se ha tenido. Ese mismo policía del que Diego desconfía, le ha rayado con alevosía el lateral del Audi de Amadeo. El trazo de la rayada, profunda e incapaz de disimularse con nada, va desde la puerta del conductor hasta el borde del maletero. Diego, acertadamente, deduce sin necesidad de aparatos punteros al más puro estilo CSI, que el arma de la gamberrada ha sido la llave del coche policial que Yago llevaba en la mano.

—Joder. Amadeo me mata.

Qué día tan intensito, Diego.

En lugar de enfadarse y empezar a maldecir a diestro y siniestro como haría cualquiera, o preocuparse por la bronca que predice que le caerá por parte de su hermano, Diego esboza una sonrisa que rezuma calma por los cuatro costados, y sube al coche con decisión. Si él hubiera tenido valor, también habría rayado la carrocería del Audi al leer la noticia en la que, muy a su pesar, comparte protagonismo con una parte de la vida del hombre del que tiene que escribir. Diego, revolviéndose en el asiento al tiempo que mete primera y pisa el acelerador, se pregunta si Leo estaría conforme con la peligrosa decisión que ha tomado Greta de dar a conocer una vida que no fue lo idílica que el músico intentó vender. Seguro que Greta se arrepiente al leer los titulares, los malditos y morbosos titulares. Por mucho interés que susciten, a los muertos hay que dejarlos tranquilos; a nadie le conviene que despierten.

46

El aire es frío y el viento sopla en dirección a la costa. Las olas se acercan a la orilla veloces y heladas, la espuma reclama cada vez más terreno a la arena seca, e impactan rabiosas contra las rocas que recogieron a Leo al caer. Diego inspira hondo y el aire salado penetra en sus pulmones. Llega con quince minutos de retraso a la playa donde Greta tienta a la suerte. Ha ido con tanto cuidado, mirando con suma atención el terreno empinado y peliagudo repleto de trampas en forma de piedras y raíces sobresalientes, que no ha lamentado ni un solo rasguño. Sabe que aquí, en este mismo punto, un joven Yago descubrió el cadáver desmenuzado de su perro hace dieciséis años. También es consciente de que arriba se encuentra el acantilado, por lo que el cuerpo de Leo cayó a solo unos metros de distancia de donde él se encuentra ahora. El eco de otros tiempos impregna cada lugar. Si esta playa tuviera la capacidad de hablar, serían pocos los que se atreverían a escuchar sus historias.

Diego alumbra a su alrededor con la linterna del móvil; no quiere ver fantasmas. Quien dice fantasmas dice estrellas de cinco puntas dibujadas con sangre o siluetas en la noche que puede que no fueran nada, que no estuvieran ahí. No tarda en ver a Greta cuando enfoca en dirección al mar bravo. Lleva un traje de neopreno y tiene el pelo alborotado por la brisa. Parece ausente, con la mirada dirigida a ninguna parte, sentada encima de una tabla de surf con la espalda tiesa como una vela, sin hacer otra cosa que dejarse arrastrar por las olas. Celso le ha pedido que no intervenga, así que Diego se sienta sobre la arena con las piernas cruzadas, y se limita a esperar. Deja activada la linterna del móvil enfocando en dirección a Greta para no perderla de vista ni un segundo. Internamente, espera que no tarde mucho rato. Se está muriendo de frío; a qué cabeza medianamente cuerda se le ocurre meterse en esas aguas, de noche y en pleno mes de octubre.

El móvil vibra en la mano de Diego. Le da la vuelta temiendo que sea otro wasap de Ingrid después de haber dejado el último sin contestar. Respira aliviado al ver que es de su colega, contestándole a la pregunta sobre la foto que le ha hecho este mediodía a la estrella de cinco puntas del techo de la casa donde vivió Leo, no sin antes reprocharle que solo le escribe por interés, que a ver cuándo quedan para ir a tomar unas birras, que hace tiempo que no se ven. En resumidas cuentas, la respuesta lo deja patidifuso al confirmar que el pentagrama tiene forma invertida y, por lo tanto, la intención de quien iniciara el ritual era atraer a la oscuridad, con uno de los símbolos más arraigados de los adoradores de Satanás para practicar las artes oscuras, brujería y magia negra. Para ello, se debió de sacrificar a algún animal para hacer una especie de ofrenda o intercambio. Por su aspecto, diría que la pintura, indudablemente hecha con sangre, tiene una antigüedad de diez años o incluso más. Por otro lado, que la estrella de cinco puntas estuviera pintada en el techo, simbolizaría la creencia de que la naturaleza es superior al hombre, algo que también concuerda al estar invertida, formando en el centro la figura de la cabeza de una cabra, que representa al dios mítico Pan, perteneciente a la mitología griega, deidad de los deseos carnales y la promiscuidad. En la Edad Media, Pan era considerado un demonio para los cristianos.

—Joder —balbucea Diego, dándole las gracias a su amigo, con la promesa de invitarlo a una birra cuando regrese a Madrid.

Al volver a encender la linterna y enfocar en dirección al mar, Greta ha desaparecido. La angustia se apodera de Diego, que se levanta como un resorte enfocando en todas direcciones, cuando divisa la tabla de surf moviéndose al ritmo del frenético vaivén del mar donde, hasta hace escasos minutos, Greta estaba subida. Pero ahora Greta no está. La tabla está, pero Greta no.

—¡Joder, que se me ha ahogado! —le grita a la nada, obteniendo como respuesta el eco de su propia voz.

Diego no piensa en lo helada que estará el agua. Solo piensa en Greta, anticipándose a lo peor que podría ocurrir. Su cuerpo inerte, hinchado e irreconocible, arrastrado por el mar hasta ser hallado por un barco de salvamento al cabo de unos días. Aún está a tiempo de evitarlo. Se quita las zapatillas, se desprende del chaquetón lanzándolo a la arena, y se adentra en las frías aguas pese a ser una temeridad que podría salirle muy cara. Podría morir de hipotermia. No es una muerte agradable. Pero las voces de Celso y Elsa se entremezclan en su cabeza repitiendo lo que horas antes le han confesado, empujando a Diego a no querer perder a Greta, aunque ponga en riesgo su integridad física:

«Cuando me habló de ti se le iluminó la cara».

«Dice que te mira como si fueras un milagro».

Ocho minutos más tarde en las frías aguas del Océano Atlántico…

Diego está tiritando. Los latidos de su corazón son débiles y hay partes de su cuerpo que siente entumecidas. Se siente desorientado, agotado, al límite de sus fuerzas. La ansiedad instalada en el pecho crece a medida que transcurren los minutos en medio de la oscuridad de un mar tan solo iluminado por la luna llena y las estrellas que titilan alrededor de su órbita. Pero el escaso brillo lunar no es suficiente para ver más allá, donde el cielo negro se confunde con la inmensidad del océano. Greta podría estar en cualquier parte. En las profundidades, arrastrada hacia un lugar donde a Diego le sería imposible llegar. Nada dando grandes brazadas hasta la extenuación, bucea a pesar de la imposibilidad de ver nada, abre las palmas de las manos ateridas de frío por si, en una de sus desesperadas inmersiones, roza a Greta. Y en una de esas zambullidas en las que le da la impresión de que los pulmones le van a estallar, una mano inesperada se entrelaza con la de Diego, empujándolo de vuelta a la superficie. De la tabla ni rastro. Pero Greta está aquí, con él, a escasos centímetros de su cara con los brazos rodeando su cuello y ahora mismo es lo único que importa. Podría morir de hipotermia, le daría igual, porque Greta está a salvo, mucho más entera que él, como si su cuerpo, al que se aferra estrechándola por la cintura, estuviera tan adaptado al frío que ya ni lo nota ni lo padece.

—Estoy aquí —le susurra en una exhalación, llevando la mano a la mejilla de Diego, que trata de concentrarse en su respiración, cada vez más pausada—. No me perdonaría nunca que murieras por mí —añade, mirando la boca de Diego, que ha adquirido un preocupante tono morado.

Greta lo observa indecisa, mientras por sus ojos pasa todo un caleidoscopio de emociones encontradas. Diego puede ver sus dudas. Y sus ganas. Lo que no ve venir son los labios de Greta fundiéndose en los suyos, transmitiéndole el calor necesario para que recupere su tono rosado y saludable. Le gustaría estar más despierto, más vital, aun sabiendo que este es uno de esos instantes que se recuerdan en el lecho de muerte con una sonrisa. Diego corresponde al beso de Greta como si le fuera la vida en ello, descendiendo la mano por su espalda hasta detenerla en su nuca para aferrarla más a él. Por un momento, el frío le parece solo un estado mental. No existe. No está ahí. El fuego interior que ha impulsado Greta besándolo, se ha propagado por todo su cuerpo y le ha devuelto el vigor necesario para sobrevivir. Se fusionan en un solo ser que provoca en ambos un gemido ahogado silenciado por el rumor de unas olas cada vez más rabiosas impactando contra las rocas. Es Greta quien, poco a poco, toma conciencia de la situación y se distancia, relamiéndose los labios ligeramente hinchados en un gesto que a Diego le parece de lo más excitante.

—Hay que salir de aquí —sisea Greta con urgencia, mirando a su alrededor. Compone un mohín de preocupación por cómo la mar se está rebelando, mostrándose brava y enfurecida. Parece que los dioses no están de acuerdo con lo que acaba de ocurrir.

Diego la sigue hasta la orilla y es ahí cuando, agotado, da permiso a su cuerpo para que caiga sobre la arena con la respiración agitada y el corazón latiéndole a mil.

47

La pasión de instantes antes ha dado paso a la timidez más encantadora. Míralos. Pero si casi no pueden mirarse a la cara.

Después del fatigoso recorrido hasta llegar a casa, Diego se ha encerrado en el cuarto de baño de arriba a darse una ducha. El agua caliente cayendo a chorros sobre su cuerpo ha conseguido revitalizarlo y destensar los músculos contraídos, olvidando el mal rato en la playa. Greta ha elegido el cuarto de baño de la planta baja para entrar en calor. Se ha desprendido del traje de neopreno que sigue ahí, tirado de cualquier manera empapando las baldosas del suelo, y ha llorado durante más de quince minutos con el dedo índice acariciando sus labios, todavía salados, en los que ha podido notar el rastro suave y pasional que Diego ha dejado en ellos.

Greta asciende las escaleras enfundada en un albornoz blanco, al tiempo que Diego sale del cuarto de baño con la toalla anudada alrededor de la cintura, como si se hubieran sincronizado para encontrarse. Sus miradas se entrelazan con deseo y, durante unos segundos, ninguno de los dos sabe muy bien cómo actuar ni qué decir.

—Me visto y preparo chocolate a la taza. ¿Te apetece?
—Sí. Mucho.

Greta es la primera en apartar la mirada y en entrar en

su habitación, con la respiración tan acelerada que cree que va a desfallecer de un momento a otro.

Cuando Diego llega a la cocina, Greta está calentando la leche en un cazo. Son las ocho y media de la tarde, sigue siendo día 19, por lo que Diego no tiene ni idea de si puede dirigirle la palabra o es más conveniente mantener las distancias y callar. Le tranquiliza la presencia de Frida, que no se mueve de su lado, y el humano tonto la acaricia para hacerle saber que le agradece que le haga compañía en este instante un tanto incómodo. Hay varios frentes abiertos, mucho de lo que hablar. Desde la teoría del biocentrismo que le ha dado a conocer Celso y por la que Diego mira a su alrededor un tanto obsesionado por si la conciencia de Leo o su fantasma o cómo demonios lo llamen está ahí con ellos, hasta la estrella invertida de cinco puntas trazada con sangre y su sospecha respecto a que la muerte de Leo no fue un accidente por culpa de la embriaguez. Pero no todo va a ser tan macabro. Un poquito de luz se abre paso al revivir lo ocurrido en la playa. Como si ahora, transcurrido el tiempo suficiente, fuera capaz de verlo desde fuera, el beso con Greta centellea insistente sin poder quitárselo de la cabeza. Inconscientemente, deja ir un suspiro. Greta lo mira y sonríe. Ella también piensa en ese beso que le habría gustado eternizar, mientras trocea una tableta de chocolate y la introduce en el cazo con la leche ya caliente, removiéndolo enérgicamente con un cucharón de madera para integrarla bien. La leche no tarda en fusionarse con el chocolate; retira el cazo del fuego hasta que deja de burbujear. Como quiere que tenga más consistencia, vuelve a poner el cazo en el fuego hasta que hierve de nuevo, lo retira, y, ahora sí, lo sirve con cuidado en dos tazones. En uno pone Leo y en el otro Greta. Greta se queda con el tazón de Leo y le sirve a Diego el de ella. Mientras lo deja enfriar, el ritual de cada noche: Greta abre el armario, saca tres latas de comida para gatos, sale al exterior y las deja abiertas para que los gatos callejeros que deambulan por los alrededores de su casa no pasen hambre. Cuando vuelve a entrar, la estampa le parece preciosa, por lo que se queda quieta en el vano de la puerta más rato del que debería. Diego sentado en el sofá con la taza de chocolate humeante muy cerca de sus labios, Frida a su lado, con el hocico apoyado en su pierna, y él acariciándola entre las orejas, donde más le gusta, aunque es improbable que la conozca tan bien como para saberlo.

—Le encantas —dice Greta, cerrando la puerta para que no entre el frío del exterior.

«¿Solo a ella?», se pregunta Diego, sin quitar ojo de la trayectoria de Greta, que va hasta la cocina, coge su taza de chocolate y se sienta en el sofá, al otro lado de Frida, que la mira de reojo emitiendo un bufido como diciéndole: «No me quites a mi humano tonto».

—Ha sido un día 19 diferente —llena el silencio Greta—. Hoy me he despedido de Leo. Para siempre. Se acabó. No voy a desperdiciar mi vida ni un solo día más.

—¿Y Leo qué ha dicho?

Greta lo mira confusa. ¿A qué viene esa pregunta?

—Celso me ha hablado de la teoría del biocentrismo —trata de explicarse Diego—. La teoría que afirma que…

—Sé lo que es —interrumpe Greta, comprimiendo los labios, inspirando hondo—. Él fue quien me animó a que eligiera un lugar especial de la casa y hablara con Leo tras su muerte. Elegí la buhardilla. Celso decía que me iría bien, pero a mí me parecía algo raro y macabro, así que busqué información y di con la teoría del biocentrismo. Se la conté yo. Cuando alguien muere, no se va. Se queda en el lugar donde lo lloran y lo recuerdan, con la falsa creencia de que lo necesitan para seguir respirando con normalidad. Se amontonan tantos momentos de golpe, que te da la sensación de que el alma solo late en los rincones que simbolizaron momentos importantes. Estamos hechos de momentos, no te quepa duda. Y de las decisiones que nos han conducido a cada uno de esos momentos trascendentales. No obstante, en ambos mundos nos equivocamos. Porque, cuando alguien muere, hay que dejarlo ir. Es doloroso, pero es lo más sano. Si lo retienes, el dolor que queda entre el vivo y el muerto se funde como el chocolate en la leche caliente y es imposible volver atrás y reparar la mezcla —explica, levantando la taza de chocolate. Benditas metáforas—. Ese dolor se convierte en un quiste que va aumentando de tamaño conforme pasa el tiempo hasta devorarte por dentro. Tres años reteniendo a Leo aquí, conmigo, han sido suficientes, Diego. Este lugar ya no le pertenece —añade con calma—. Y puede que tampoco me pertenezca a mí.

—¿Y qué ha cambiado para que hoy hayas tomado la decisión de decirle adiós?

—Tú —contesta Greta sinceramente, dibujando una bonita sonrisa en su rostro.

—Greta… —Lo último que desea Diego es echar por tierra la magia que cree que se está fraguando entre ellos, pero siente que va a reventar si no le formula la pregunta que le ronda desde su encuentro con Yago—: ¿Estás segura de que la muerte de Leo fue un accidente?

Bien, Diego, bien. Has abierto la caja de Pandora. ¿Y ahora qué? ¿Se puede viajar tres minutos atrás en el tiempo, solo tres minutos, para deshacer unas palabras incómodas para tu interlocutor? ¿Qué hubiera ocurrido esta noche de no haber hecho esa desafortunada pregunta? ¿Qué te has perdido? ¿Por qué la curiosidad siempre termina imponiéndose a la razón? Habría sido mejor reventar que quitarte la espinita con esa dichosa pregunta.

Greta, visiblemente incómoda, se revuelve en el sofá hasta que ve que no puede alargar más este silencio tenso como la cuerda de un chelo, y, seca y firme, sentencia:

—Lo que pasó aquella noche no es de tu incumbencia. Estás aquí para escribir sobre la vida de Leo, por muy desastrosa que fuera, no para averiguar qué ocurrió la noche en la que murió. Escarbar sobre su pasado no implica que escarbes sobre su muerte. A nadie le interesa eso. Y ahora... —Greta apura la taza de chocolate, le da un toquecito en la cabeza a Frida y se levanta, haciendo que Diego se sienta terriblemente mal, un mero intermediario de un contrato profesional y no algo más como le ha hecho pensar hasta hace un momento, confundiéndolo por completo—. Me voy a la cama. Si quieres cenar algo, aún quedan croquetas; Elsa trajo un montón. Buenas noches.

Sí, Diego, sí... podría haber sido una noche especial. Una de esas noches que no se olvidan ni en mil vidas, si le hubieras seguido la corriente y, cuando te ha dicho que lo que ha cambiado has sido tú para poner fin a sus delirantes conversaciones con su fantasma en la buhardilla, te hubieras acercado a ella con la intención de robarle un beso en los labios. El segundo beso. Y luego otro y otro y otro, y así hasta perder la cuenta y la cordura. Ahora vas a tener que quedarte con las ganas y conformarte con la ficción. Pon Netflix, vuelve a la serie *Élite*. Va, Diego, si lo estás deseando. Miras la tele como Leo miraba las botellas de *Jack Daniel's* cuando estaba vivo. Es lo que tiene el sexo frustrado, que desvela muchísimo.

48

Son las tres y media de la madrugada. La casa está a oscuras. En el exterior, un gato negro salta por el tejado, se le oye maullar. Las respiraciones de Diego y Frida se acompasan al mismo ritmo pausado de quien está teniendo un buen sueño, uno en el que no hay imprevistos ni accidentes, ni provoca que te levantes dando un respingo con el corazón golpeando frenético en el pecho. Greta baja las escaleras. Está completamente desnuda. Rodea el sofá y se pone en cuclillas frente a Diego. Lo observa mientras duerme. Su paz le transmite calma, confianza. Se muere de ganas de volver a besarlo, no hay tiempo que perder; la vida es un pestañeo, cada instante existe para que lo exprimamos al máximo. Aproxima la cara a la de Diego y presiona sus labios contra los suyos, que despiertan con avidez, correspondiendo a un beso que se esfuma en el mismo momento en que abre los ojos. Diego, confuso, enfoca la mirada en el televisor. El último capítulo de la primera temporada de *Élite* ya hace rato que ha terminado y se lo ha perdido. Ahora ve pasar las imágenes del infinito catálogo de la plataforma a modo de recomendaciones. Mira a Frida, dormida a su lado. Con cuidado, como si la perra fuera una amante a la que no quiere despertar, se la quita de encima y se levanta tambaleante mirando a su alrededor. Frida emite un gruñido. Se vuelve a dormir.

¿Ha sido un sueño? ¿Estamos de broma?

Ha sido tan real que hasta se ha empalmado. Sacude la cabeza, se revuelve el pelo y apaga el televisor con el mando a distancia. Sube las escaleras despacio, sin apenas hacer ruido. Se detiene frente a la puerta de Greta, por cuya ranura se intuye una luz débil procedente de la lámpara de la mesita de noche. Tan cerca, a solo unos metros, y aun así, tan lejos. Un día más, Diego se queda con las ganas. Entra en la habitación de invitados, donde se tumba en la cama sin tan siquiera quitarse las zapatillas. El sueño se impone, no tarda en volver a quedarse dormido a pesar de la multitud de pensamientos que le rondan en la cabeza, con el sabor de Greta en los labios como si de verdad lo hubiera besado. Como si su presencia no hubiera formado parte de algo tan irreal y al mismo tiempo tan significativo, como lo es un sueño.

49

Redes, A Coruña
Día 5

Reina el silencio en este frío día otoñal de sábado, cuando Diego baja las escaleras y ve a Greta de espaldas en la cocina. Una mañana más, el olor a café recién hecho flota en toda la casa de espacios abiertos. Frida lo espera a los pies de la escalera moviendo el rabo enérgicamente. Diego la acaricia. Ojalá Greta sintiera la misma alegría al verlo que la perra, puesto que, por cómo se gira cuando nota su presencia, con el desprecio refulgiendo en sus pupilas, parece que quiera estrangularlo.

—Buenos días, Greta —saluda Diego con las manos hundidas en los bolsillos de los tejanos raídos, los mismos que llevaba cuando llegó. Quizá es un presagio de lo que está a punto de suceder.

Diego cree ver una sombra en la mirada de Greta consumiéndola por dentro; su aspecto es de quien no ha pegado ojo en toda la noche. ¿Y qué hace la gente del siglo XXI cuando padece de insomnio? Mirar el móvil. Una página salta a la otra, esta conduce a la noticia del día, y ahí estaban, los titulares sobre Leo Artes, el asesino de Raimon, su hermano gemelo, que mantuvo en secreto la rara enfermedad de la personalidad múltiple desatada a causa de una infancia traumática y una madre tirana, que arrastró hasta el día de su muerte a la temprana edad de veintisiete años.

—Sé que no puedo romper nuestro acuerdo, me metería en un lío de pleitos y no es lo que busco ahora mismo —empieza a decir Greta con una calma fingida—. Sé que tienes que escribir la biografía de Leo sí o sí. Pero me has fallado, Diego. Me has fallado y quiero que te vayas de mi casa ahora mismo.

—Greta...

Greta no está dispuesta a dejarle hablar. Niega con la cabeza, da un golpe sobre la encimera y estalla:

—¡Que quisiera que la biografía reflejara la verdad, no quería decir que Leo fuera carne de cañón para la prensa antes de que se supiera todo por lo que tuvo que pasar! Mi intención era ayudar a la gente con su biografía, ¿entiendes? Ayudar a dar a conocer la maldita enfermedad con la que batalló toda su vida, con la que batallé yo también durante los años que estuvimos juntos. Dar a entender que ninguna vida es lo idílica que nos quieren vender las redes sociales o la prensa, la prensa que ahora lo ha estropeado todo. Que hasta las personas exitosas como Leo también sufren. Sienten y sufren como todos y padecen enfermedades raras, en su caso por culpa de una infancia de mierda. Confié en ti con los ojos cerrados. Incluso te motivé a que pidieras más dinero por el adelanto del libro, pero así no. ¿Cuánto dinero extra te han pagado por hablar con los medios? ¡¿Cuánto?!

—Nada, joder. Te juro que no me han pagado nada ni he hablado con ningún medio. Déjame explicártelo, por favor, ha sido un malentendido. Cometí el error de contarle lo que tenía hasta el momento a mi hermano y...

—¡Que quiero que te vayas! —sigue gritando Greta, con una crueldad inusual en ella, sintiendo por Diego ese lánguido desprecio que despiertan las cosas que más deseamos sin saberlo—. ¿Qué parte no has entendido, Diego? ¡Vete! No hay vuelta atrás. Aprovecha el día para hablar con Celso, con Elsa... quédate en un hostal... Me da igual que sigas en Redes, pero sal de aquí.

Ahora mismo no puedo ni mirarte a la cara.

Frida, a los pies de Diego, como si se hubiera posicionado a su favor, deja de mover la cola notando la tensión en el ambiente, y se retira al sofá. Greta le da la espalda a Diego, así que ninguno de los dos puede mirarse a los ojos, pero yo te diré cómo los tienen: rojos. Los tienen rojos y brillantes, a punto de reventar por las lágrimas que tratan con todas sus fuerzas de reprimir. Hasta el nudo en la garganta les duele y la barbilla les ha empezado a temblar. No hay duda alguna de que están conectados, de que lo han estado desde siempre, de que les duele horrores tener que separarse aunque solo se conozcan de hace cinco días, y de que hay personas que nacen destinadas a encontrarse, pero no todas las historias son felices y así era como tenía que terminar antes siquiera de haber empezado. La historia de Francesca y Robert en *Los puentes de Madison County* duró cuatro días y se quisieron durante toda la vida. Pero ni Greta es Francesca ni Diego es Robert ni estos son los puentes de Madison y en la ficción de Robert James Waller no existió la sombra de un fantasma empeñado en distanciarlos.

50

La sombra del fantasma rondando silencioso y observando cómo la vida sigue su curso sin él, parece empeñado en que Greta siga siendo una solitaria infeliz. Y, a pesar de tener el don del desdoblamiento y la capacidad de estar en todas partes como si se creyera Dios, no puede seguir en la cocina viéndola llorar cuando Diego, con la maleta hecha, baja las escaleras, le dedica una mirada de soslayo, y cierra la puerta tras él, después de prodigarle una última caricia a Frida, que la recibe inquieta al tener la seguridad de que su humano tonto se va. Esa perra odia a todo el mundo, también odiaba al fantasma cuando vivía. El fantasma, que siendo quien es debería saberlo todo, desconoce el motivo. En realidad, desconoce muchas cosas todavía. Nadie puede adelantarse al futuro, ni siquiera los fantasmas, esos egoístas que se aferran al mundo que habitaron y que todo lo ven y todo lo sienten. Sin embargo, a la vista está que Frida adora tanto a Diego como a Greta. Y eso tendría que simplificarlo todo. Tendría que ser una señal para que Greta, arrepentida, saliera de casa y, antes de que Diego arranque el motor y se aleje de ella, le pidiera perdón por su arrebato, le besara y le suplicara que se quedara, que nada de lo que leyó anoche le importa lo suficiente como para alejarlo de su vida. Sí, sería una escena realmente bonita y conmovedora hasta para el fantasma. Pero no va a ocurrir.

Diego sube al coche olvidándose hasta del lateral que le rayó Yago ayer pese a destacar más si cabe a la luz del día, y desaparece de la casa donde de veras se vio viviendo siempre. Bueno, decir siempre es una exageración, pero sí durante una buena temporada. Al menos más de cinco días.

Greta se queda en casa con su dolor. No ha llorado tanto desde el día en que enterró a Leo. Y luego a su madre. Las desgracias nunca vienen solas.

Diego siente un súbito frío que lo sacude con un temblor al arrancar el coche. Se dirige al único lugar del pueblo donde se siente como en casa: a la librería de Celso, que lo recibe tras el mostrador y, nada más verle la cara, adivina que algo no va bien.

—¿Café? —propone.

Diego, azorado, asiente. Celso, observándolo con cautela, sirve el café humeante en dos tazas y le invita con un gesto a que se acomode en el sillón orejero rojo. Le pide con resignación, intuyendo que algo ha ocurrido entre Greta y él, que desembuche. Y así es como el escritor le cuenta el revuelo con la prensa, lo mal que se lo ha tomado Greta, que lo acaba de echar, y que, tras su encuentro con Yago en casa de su madre, empieza a creer que la muerte de Leo no fue accidental.

Media hora más tarde, Diego ha terminado de hablar. Se ha quedado sin palabras al tiempo que las tazas se han quedado sin una sola gota de café. Celso, que lo ha escuchado en silencio y con suma atención, inspira hondo y dice:

—Yago es un ser despreciable, pero de ahí a que empujara a Leo por el acantilado... —Celso chasquea la lengua contra el paladar y, con el ceño fruncido, niega con la cabeza—. Greta es muy reservada con ese tema, Diego, con lo que ocurrió aquella noche. Todavía no está preparada para hablar pese al tiempo transcurrido. Puede que nunca lo esté. Que lo sacaras a relucir fue una cagada, hablando mal y en plata.

—¿Y ahora qué hago?

—Nada. No puedes hacer nada. Lo hecho, hecho está. Pero te prometo que, cuando Greta venga, hablaré con ella. Quédate unos días más, por si cambia de opinión y entra en razón. Aunque, conociéndola como creo que la conozco, va a tener la espinita clavada unos cuantos días más.

—Ahora llamaré a Elsa, por si puede quedar para contarme algo más sobre Leo, los años previos a probar suerte en la capital, y luego me largaré. Ya está decidido. Me empapé de entrevistas, de sus canciones… intentaré encontrar a algún amigo suyo en Madrid, iré a los garitos donde empezó, hablaré con la discográfica y ya me las apañaré.

—El testimonio de Greta es el más importante —opina Celso, reacio a que Diego tire la toalla tan pronto. Este hombre vio cómo Diego y Greta se miraban y se niega a que ahora él desaparezca de su vida con la misma rapidez con la que llegó—. Solo estuvieron juntos cuatro años, pero marcan un antes y un después en la biografía de Leo, y, para escribirla con veracidad, debes conocerlos.

—¿Dónde se casaron?

—En la playa.

—La misma…

—Sí, la misma donde estuviste ayer vigilando a Greta —se anticipa Celso—. Un 19 de enero. Ese día no solo habla de muerte, también de esperanza. De vida e ilusión. De todo un futuro por delante que se vio truncado. Fue una ceremonia civil sin invitados, solo dos testigos, Elsa y la madre de Greta, pobre mujer, qué palo tan duro que muriera tan repentinamente. Era encantadora.

—¿Elsa? —se sorprende Diego.

—Ajá. A lo mejor ella puede hablarte de ese día. Yo no soy el más indicado, no estuve allí.

—Elsa y Leo fueron novios, ¿verdad?

—Sí, eran un par de mocosos jugando al amor —ríe Celso

con nostalgia—. El estante de allí, ese que ves al fondo, era uno de sus escondites favoritos para desatar la pasión. Es el estante de los autores rusos como Tolstói, Biely, Dostoievski, Gorki o Chéjov, que tan pocos adeptos tienen por aquí y que llevan acumulando polvo en la librería desde que la abrí en el 83. Hasta que un día Lucía, mi mujer, pillo a Elsa y a Leo en pleno manoseo y desde entonces vinieron con menos frecuencia. Antes de entrar, se aseguraban de que ella no estuviera en la librería. Yo cargaba con las broncas, claro. Lucía me decía que por qué permitía que se besuquearan en la librería y ¿sabes qué le respondí? —El librero emite un suspiro, dirige la mirada al techo y sacude la cabeza antes de proseguir—: Que los lugares también necesitan cobijar sus propias historias porque así es como obtienen alma. Ahora, siempre que miro hacia ese rincón, es como si estuviera viendo a Leo y a Elsa besarse. Ellos dejaron su huella ahí. Literal. Mira, ven, que te lo enseñaré.

Celso se levanta y Diego, movido por la curiosidad, va tras él. Se detienen frente a la estantería repleta de ediciones viejas de los autores rusos ignorados. A Diego el impulso le puede y le es inevitable coger un ejemplar descatalogado de 1988 de una de sus novelas preferidas, *Crimen y castigo*, de Dostoievski. Orgulloso por el hallazgo, se lleva el libro al pecho con la intención de comprarlo. El librero sonríe mirando a Diego de reojo. Qué bien le cae este hombre. Se agacha con pesadez y señala la balda de abajo en la que Diego lee:

E + L
SIEMPRE

—Elsa y Leo. Siempre
—Ya lo ves, chico. No solo las cortezas de los árboles sirven para rememorar que, una vez, dos iniciales sintieron tanto la una por la otra como para quedar marcadas de por vida. Porque esto no hay quien lo quite.

—Al hablar con Elsa tampoco me dio la sensación de que lo suyo con Leo hubiera sido tan fuerte. Un amor adolescente, de los que con el paso de los años ves como una niñería.

—Bueno, supongo que el tiempo es un buen aliado para extinguir el fuego, pero lo que tuvieron fue puro. Pocas relaciones he visto tan de verdad como la que tuvieron ellos.

—¿Sabe Greta que esto existe? —pregunta Diego, señalando el borde de la balda.

—No. Por suerte, Greta no lee literatura rusa —ríe el librero—. Sus gustos son más comerciales, aunque, si mal no recuerdo, hace unos meses leyó *Lolita*, de Nabokov. Y hará cosa de un año, porque me puse pesadísimo para que lo leyera, se sumergió en uno de los adulterios más célebres de la literatura, *Anna Karénina*, de Tolstói, y le fascinó —cae en la cuenta, apreciando el buen gusto de Greta por los clásicos que elige de vez en cuando.

—¿Y Yago cómo se lo tomó?

—¿A ti qué te parece? Le enfureció que su hermana saliera con el loco del pueblo. Se decía que, más de una vez, cuando Yago sabía que Elsa había quedado con Leo, la encerraba en el sótano. Pobre Leo. De no ser por Elsa, no sé qué habría ocurrido con él. Pero luego sus padres murieron. Leo se fue a Madrid con mil sueños y la promesa de que algún día volvería a por Elsa y vivirían la vida que merecían. De película. Al final sí volvió, pero con otra mujer.

—A Elsa no debió de gustarle.

—Ummm... sé lo que estás pensando. ¿Ahora descartas a Yago y crees que Elsa, despechada, empujó a Leo por el acantilado? Muy Sherlock Holmes te veo yo a ti. El mayor enemigo de Leo era él mismo, Diego, no lo olvides. Elsa rehízo su vida, nunca le guardó rencor y de veras se alegraba de su éxito, de verlo triunfar en aquello que a Leo le hacía feliz, que era la música. De hecho, Elsa ayudó a Greta a integrarse en el pueblo. Cuando Greta venció su timidez, que lo suyo le costó, se hicieron amigas enseguida; uña y carne. Mientras Leo se buscaba la vida en Ma-

drid, Elsa estudió en A Coruña, consiguió plaza en un colegio de
Ares y salió durante años con un buen tipo. Una vida de lo más
normal. Tenía planes de casarse, pero lo dejó todo para cuidar de
su madre hará cosa de dos años cuando le detectaron el alzhéimer
precoz. Es una joya de rapaza. Sacrificarse así por la madre, poner
en suspenso su vida y dejar al novio que, visto lo visto, no debía
de quererla tanto, no lo hace cualquiera, solo las personas con un
gran corazón. Diego, ¿conoces la ley de la navaja de Ockham?

Celso, ¿por qué no le cuentas la verdad? ¿O es que tal vez
estás empezando a creer tus propias mentiras?

—La solución más sencilla suele ser la más factible. Si hay
un misterio, no lo compliques más que la suma de sus partes.

—Efectivamente. Leo cayó. No hay más misterio. Una
muerte estúpida como tantas otras. Leo bebía, llevaba una mala
vida… No me preguntes cómo, pero hay gente que, con solo mirarla a los ojos, ya sabes que no llegarán a viejos.

—Greta dijo exactamente lo mismo —delibera Diego—.
Pero también dijo que ella no lo supo ver en Leo.

—No lo quería ver.

—Eso. No lo quiso ver.

—Dale tiempo al tiempo, Diego, es nuestro mayor enemigo, pero, a veces, se convierte en un buen aliado. Piensa que
han pasado demasiadas cosas en apenas unos días como para asi-
milarlas y gestionarlas con tranquilidad. Greta reflexionará y se
las apañará para volver a ti de la manera más original y cuando
menos te lo esperes.

—No lo tengo tan claro.

—Confía, amigo, confía. Que sabe más el diablo por viejo
que por diablo. Estoy seguro de que volveremos a vernos antes
de lo que imaginas —vaticina. Celso es de los que, ingenuamente,
piensan que al final todo va a acabar bien y, si no acaba bien, es
que todavía no es el final.

La mención al diablo le hace recordar a Diego la estrella
de cinco puntas que ha conservado en la galería de imágenes del

móvil. Lo saca del bolsillo del chaquetón, busca una de las fotografías y se la muestra al librero, que acerca la cara a la pantalla para verla mejor.

—Virgen del Rosario. —Celso, angustiado, se lleva la mano a la frente tras invocar a la patrona de A Coruña, y, seguidamente, se persigna con suma rapidez—. ¿Has entrado en la casa? ¿Pero por qué has entrado en esa casa, *neno*? —intenta comprender.

—¿Sabes quién lo hizo?

Vamos, Diego, la respuesta la has tenido delante de ti todo este tiempo.

—Leo —contesta el librero en una exhalación—. Eso lo hizo Leo hace muchos años, tantos, que me sorprende que aún se vea esa estrella de Lucifer como si la hubiera pintarrajeado ayer.

51

Redes, A Coruña
Abril, 2007

Lo que Celso desconoce, es que la magia negra no era cosa de Leo, sino de Raimon, una personalidad que, desde que enterró a sus padres hacía un mes, había cobrado más fuerza hasta extremos preocupantes. Atrapó a un gato callejero, lo metió en un saco y lo arrastró hasta la casa que, aseguraban, estaba maldita. La casa donde él nació y Raimon encontró la muerte mientras dormía. La misma casa de la que su padre lo alejó para no invocar a los muertos.

A Leo le faltaban dos meses para cumplir los diecinueve años, cuando un guardia civil se personó en casa y le dio la noticia del fatídico accidente de coche que habían sufrido sus padres, muertos en el acto. El equipo de sanitarios no pudo hacer más que certificar la defunción del matrimonio al llegar al lugar del accidente. Leo se vio solo y desamparado de la noche a la mañana. Porque su padre prefirió sacrificar su vida y la de su mujer para que esta no pudiera hacerle más daño a su hijo, a quien sentía que no había protegido lo suficiente. La culpa es un cáncer que te mata lentamente. Mario Artes, por amor, prefirió acabar con todo antes de que todo acabara con Leo. Bastó un volantazo deliberado para que el coche se saliera de la carretera que tan bien conocía y perdiera el control. Antes de exhalar su último aliento, Mario agonizó durante unos pocos minutos con la cabeza ladeada y la mirada fija en el cadáver irreconocible de su mujer, cuyo rostro había sido atravesado por el tronco de un árbol que había reventado el parabrisas.

Una de las muchas noches en las que Leo no podía conciliar el sueño y combatía el insomnio tocando la guitarra e inventando canciones, se le ocurrió la idea de largarse a Madrid en busca de las oportunidades que no había en el pueblo, a pesar de lo que eso implicaría: separarse de Elsa, que había empezado a estudiar Magisterio en A Coruña. La capital lo tentaba porque allí pasaría desapercibido. Sería un desconocido más al que no repudiarían, al menos de buenas a primeras, siempre y cuando lograse ser discreto y contener a Raimon. Ahora que sus padres no estaban, un cambio de aires le iría bien. Además, si algún día pudiera llegar a permitírselo, acudiría a un buen psicólogo que le recetara pastillas para conseguir el equilibrio deseado con el que, pensaba, se convertiría en una persona normal. Lo especial está sobrevalorado, la gente no lo entiende, está mal visto. No hay medicamentos que traten esta enfermedad, pero Leo siempre pensó que, en algún lugar, debían de existir unas pastillas mágicas para que Raimon desapareciera. El alcohol al que se había aficionado hacía un año no funcionaba, al contrario. Iba a peor. En Redes se sentía asfixiado, era el loco, el incomprendido, el que tenía la mala fama de ir matando animales, aun cuando él no recordaba haber hecho nada de eso. La idea le aterraba. Tampoco se metía con nadie como aseguraban que hacía; sin embargo, el espejo no engaña y, cuando se levantaba por las mañanas, su reflejo le mostraba otra realidad: un ojo hinchado un día, los nudillos ensangrentados, irritados o raspados, un moretón en la mejilla que tardaba una semana en desaparecer, a veces manaba sangre de la nariz o le dolían las costillas, como si lo hubieran apaleado… Raimon siempre andaba metido en líos. A Leo no le quedó más remedio que aprender a vivir con las lagunas mentales que tanto lo inquietaban, puesto que no era él quien actuaba así, sino Raimon, el niño bueno de mamá, furioso por la pérdida, enloquecido por una vida llena de desgracias. La oscuridad de Raimon no tenía límites, pero en algo estaba de acuerdo con Leo: tenían que largarse de Redes. Las cosas tenían que ir bien y, para que así fuera, había que cerrar viejas heridas yendo al lugar donde empezó todo. Así que no podemos decir que fue Leo quien lo hizo. Fue, en todo momento, Raimon, con su imponente presencia y esa mirada glacial que tenía la capacidad de penetrar en el alma y corromperla.

Eran las nueve de la noche, hacía rato que el cielo era negro como una mancha de petróleo. Apenas se atisbaban unas pocas estrellas bailando alrededor de una luna llena grande y brillante. Raimon, con una vieja escalera plegable a los hombros, no se sabe con qué intención, se detuvo frente a la fachada ruinosa donde habitó durante sus primeros meses de vida, y miró a ambos lados de la calle. No había nadie. Alzó la cabeza y tuvo la seguridad de ver a alguien tras el cristal mugriento, pero ¿quién iba a haber allí? El gato se revolvía en el saco, maullaba colérico tratando de escapar. Raimon aferró con fuerza el asa y le dio una patada tan fuerte a la puerta de caballeriza, que se abrió de sopetón emitiendo un golpe seco contra la pared desconchada. Atento a todo cuanto había a su alrededor, escuchó pasos en la planta de arriba. A Leo nunca se le hubiera ocurrido entrar ahí, pero, de haber entrado, habría salido escopeteado al primer sonido extraño.

Subió las escaleras con lentitud. Los pasos que había percibido desde abajo se detuvieron al tiempo que Raimon llegó al último peldaño, desafiando al drogadicto escuálido como una calavera que lo había mirado desde el cristal de la puerta que daba acceso al balcón. La luz macilenta de las farolas de la calle alumbraban esa estancia que años atrás albergó un salón austero que Raimon no recordaba.

—Esta casa ya está pillada, *carallo*, vete a otra parte —le advirtió el drogadicto, áspero en un intento por sonar amenazador pero sin fuerza en la voz, mirando a Raimon desde sus cuencas oscuras muertas en vida.

Raimon dejó la escalera a un lado. Miró al drogadicto con la misma superioridad con la que se mira a un insecto al que podrías aplastar sin despeinarte. Su aspecto era frágil, su piel tan pálida que se le transparentaban las venas. Raimon soltó el saco. El gato se revolvió y escapó veloz escaleras abajo.

—No era esto lo que estaba previsto, pero, así, el intercambio tendrá más valor que con un simple gato.

Quien cree en la magia está destinado a encontrarla. Pero cuidado. No todas las magias conducen a la luz. Hay magias negras y perversas, tantas como corazones rotos existen en el mundo, que deberías evitar. Desde el siglo V, corren leyendas, viejos encantamientos que hablan de que, cuando un hombre pierde su rumbo en la vida y siente que la muerte está acechando y ha puesto precio a su alma, la única solución es hallar otra alma que se sacrifique por él. Un sacrificio de sangre. Una alma a cambio de otra. Muerte a cambio de vida, éxito y fortuna. Justo lo que Raimon, la antítesis de un Leo oculto en las sombras de su propia alma, buscaba esa noche.

Raimon se relamió los labios. Seguidamente, con calma, sacó de la cinturilla del pantalón la navaja con la que pensaba sacar hasta la última gota de sangre del gato, y se acercó al drogadicto, que apenas tuvo tiempo de reaccionar cuando la hoja afilada penetró en su vientre, la piel tan flácida y adherida a los huesos, que al loco del pueblo no le costó esfuerzo abrirlo en canal.

Apenas fueron diez segundos de agonía que Raimon contempló con satisfacción. Había algo hipnótico en ver cómo la vida abandonaba a un ser humano. Luego arrastró el peso pluma del cadáver hasta la habitación donde había una cuna que nadie se había atrevido a tocar en dieciocho años. La retiró con suavidad, dejó el cadáver en el centro y fue a buscar la escalera. La desplegó.

Cogió una linterna y la dejó en el suelo, de manera que enfocara hacia el techo. Durante media hora, se dedicó a pintar una estrella de cinco puntas con la sangre del drogadicto untada en el dedo índice. Raimon sabía que, para atraer a las fuerzas del mal, debía estar invertida y tener la forma en el centro de una cabra en honor al dios Pan, el dios demonizado más libertino de todos los dioses, el más lascivo y transgresor del orden social. Una vez finalizada su obra maestra, se sentó al estilo indio bajo la estrella de cinco puntas perfectamente perfilada en el techo. Cerró los ojos y, en trance, llamó al dios Pan y a la oscuridad, para intercambiar el alma del drogadicto con la buena fortuna que esperaba encontrar en Madrid, donde tenía previsto marcharse al día siguiente.

Su alma por mi fortuna.
Su alma por mi éxito.
Su alma por mi fama.
Su alma por mi eternidad.

Repitió las frases en un murmullo lento y delirante hasta desfallecer, empujado por una corriente que visualizó negra en su cabeza y que no parecía pertenecer a este mundo. Raimon abandonó a Leo a su suerte, como de costumbre, dejándolo inconsciente junto al cadáver destripado.

Al despertar, no recordaría nada de lo ocurrido.

A las once y media de la noche, Celso pasó por la rúa Nova en dirección a su casa. Se había quedado hasta tarde en la librería catalogando los nuevos envíos con motivo del día del libro que estaba al caer. Al ver la puerta de caballeriza de la casa abandonada abierta, se extrañó. Lo más peligroso que esperaba encontrar era a algún borracho, un vagabundo o un drogadicto, así que cogió su móvil Nokia para tenerlo a punto por si tenía que llamar a la policía, y, envalentonado, entró. Ascendió las escaleras.

246

Nada bueno le esperaba ahí, lo supo en cuanto vio la sangre derramada en el suelo. Tras la puerta entreabierta donde recordaba como si hubiera ocurrido ayer que hacía dieciocho años rescató a un bebé del llanto y el abandono, vio dos cuerpos inertes. Uno era Leo con el rostro perlado en sudor. Lo primero que hizo fue tomarle el pulso, aliviado al comprobar que estaba vivo. Pero el otro estaba muerto, era evidente. Lo habían abierto en canal. Celso salió de la habitación. Apoyado contra el marco de la puerta, contuvo una arcada. Cuando creyó sentirse preparado para afrontar lo ocurrido, regresó al interior de la estancia. Se arrodilló junto a Leo, le dio un par de palmadas en la cara y este, como si hubiera resucitado de entre los muertos, dio una gran bocanada de aire y se incorporó de sopetón con los ojos muy abiertos.

—Leo, por Dios, ¿qué ha pasado aquí? ¿Qué ha pasado? —preguntó el librero alarmado.

Celso vio el miedo dibujándose en el rostro de Leo. La respuesta nunca llegó a sus labios. Leo no la sabía. Lo miraba sin pestañear, ausente, como se mira a un extraño. No había nada detrás de esa mirada. Abrazó a Celso con desesperación, se aferró a él como si fuera su salvavidas en mitad del océano. Leo tenía sangre en las manos y en la cara. Por la violencia desmedida contra el hombre y la macabra pintada en el techo que, evidentemente, Leo había esbozado con la sangre, no podía decirse que lo había matado en defensa propia. Al hombre lo habían asesinado con saña de una forma sanguinaria y cruel. Ahí había ocurrido algo feo, muy feo, se dijo Celso horrorizado, pero, al contrario que muchos habitantes del pueblo, él conocía la enfermedad de Leo. Había leído sobre ella, por si podía servirle de ayuda, aun cuando el joven siempre lo ignorara. Personalidad múltiple. Que Leo no recordara lo que había ocurrido era lo más normal, pues sus actos habían sido perpetuados por una personalidad dominante, algo parecido a cuando el diablo se adueña de tu cuerpo para arrastrarte a la perdición. El infierno está lleno de almas que una vez fueron puras. Hay enfermedades que desatan demonios desbocados.

247

En cuanto alguien te hace parecer culpable, todo el mundo da por hecho que lo eres. Después de todo lo vivido y el fallecimiento reciente de sus padres, el pobre chico no merecía pasar el resto de su vida en la cárcel por un crimen que, si bien había perpetrado, no recordaría jamás.

Celso, contradiciendo a la razón y dejándose guiar por el corazón, estaba empecinado en salvarlo. Por segunda vez. Porque Leo, el Leo que él conocía, no había sido el causante de esa masacre y solo Celso lo comprendía, aunque a duras penas. Así que, con decisión, demostrando una frialdad que no sabe de dónde sacó, se deshizo del abrazo. Esquivó el cadáver al que trató de no mirar para que no se quedara grabado en su retina, algo inevitable, el paso del tiempo se encargó de confirmarlo. Celso agarró la escalera plegable ante la mirada perdida de Leo, y la arrimó contra la pared. Guardó la linterna y la navaja que vio en el suelo, el arma del crimen, supo al ver la hoja afilada teñida de rojo, y le dijo a Leo que tenían que salir de ahí. Con un poco de suerte, nadie los habría visto. La señora que vivía en la casa de enfrente se había ido a pasar unos días a Vigo con su hija.

Leo era un monigote a merced del librero. Salieron de la casa y fue ahí, en mitad de la calle, cuando la realidad golpeó a Celso con dureza. Las huellas de Leo estaban por todas partes, especialmente en la pintada del techo, pintarrajeada con la sangre del drogadicto. Desconocía si Leo estaba fichado por la policía; de ser así, al analizar las huellas verían las coincidencias. Apartó ese pensamiento y continuó con su plan improvisado. Bajaron hasta la playa, donde se limpiaron la sangre a conciencia, Celso restregando el agua salada sobre la piel de Leo, que se dejó hacer como si fuera un niño desvalido. La navaja y la linterna terminaron en las profundidades del mar, uniéndose a miles de objetos que ocultan historias pasadas jamás reveladas. Fue Celso quien lanzó los objetos que podrían incriminar al joven después de dejarlo en su casa. Le dio una palmada en el hombro y le advirtió:

—Vete del pueblo.

Leo le hizo caso y se marchó al despuntar el alba. Llegó a Madrid dos días más tarde después de hacer autostop, pasar hambre, dormir en la calle y subirse a un par de autocares. El miedo lo perseguiría de por vida acrecentando sus vicios. Miedo a ser descubierto. Miedo a que las lagunas mentales recurrentes que padecía dieran paso a algo más temible: al recuerdo. Nunca supo qué ocurrió en aquella casa, nunca lo recordó, pero sí tuvo la seguridad de que Raimon había poseído su cuerpo para matar a un hombre y eso, a ojos de cualquiera, lo tacharía a él mismo de asesino. Porque fue su mano quien empuñó la navaja. Fue su mano la que, con una violencia desmedida, abrió en canal a aquel hombre cuyo rostro no era más que una sombra en su memoria. Tardó siete años en regresar a Redes convertido en el gran hombre que todos recordarían. Nunca se sabrá si la fortuna, la fama y la eternidad que Leo consiguió en la capital era algo que ya estaba escrito en las estrellas antes siquiera de emprender la aventura, o si fue por el intercambio que realizó Raimon con el dios demonizado Pan, a quien vendió el alma de aquel pobre hombre cuyo mayor error fue estar en el lugar equivocado en el momento equivocado.

52

Redes, A Coruña

—Por eso te dije que cuando pactas con el demonio, pagas con tu propia alma. Eso fue lo que pasó. Leo al final lo pagó. Nunca había hablado de lo ocurrido en aquella casa hasta hoy. Siento que me he quitado un gran peso de encima —sonríe Celso con tristeza. Es la viva imagen de un hombre derrotado por el recuerdo de una noche que jamás debió existir. Aunque no fuese el responsable directo de la muerte de aquel hombre, le pesa como si hubiera sido él quien le clavó la hoja afilada de la navaja—. Nunca se lo llegué a contar a mi mujer, en paz descanse. Greta tampoco tiene ni idea de este episodio a no ser que Leo se lo contara y yo no lo sepa. Como buen hombre cristiano, cargo con la culpa a diario, Diego. Y la culpa pesa toneladas.

»A la mañana siguiente, llamé a la policía informándoles de que había descubierto un cadáver en la casa, a la que entré porque me extrañó ver la puerta abierta. Esa fue mi excusa, no distaba mucho de la realidad. No pude pegar ojo en toda la noche, imagínate. No me hicieron muchas preguntas, a pesar de haber tenido tiempo suficiente para preparar las respuestas a conciencia. Nunca llegaron a tomar huellas. Clausuraron la casa, retiraron el cadáver, y dieron por hecho que lo acontecido fue obra de la locura del propio drogadicto, que terminó en una fosa común porque no dieron con su identidad. Menuda panda de vagos inútiles.

—Solo quisiste ayudarlo —comprende Diego, asimilando un episodio de la vida de Leo que habría preferido no conocer. No puede evitar recapitular un día atrás en el tiempo y escuchar la voz de su hermano diciéndole entre risas: «Y a ver qué más te cuentan por ahí, porque estoy deseando que se cargara a alguien para que las ventas se cuadripliquen».

«Pues no ibas tan desencaminado, Amadeo», se lamenta Diego internamente, estremecido por el horror del relato del librero, tan detallado que es como si lo hubiera presenciado.

—Esto... ¿esto saldrá en la biografía? —teme de repente Celso, recapacitando y pensando que el arrebato que ha tenido al contarle el origen de la estrella de cinco puntas ha sido un error que puede costarle la mismísima cárcel por encubrimiento, si bien en más de una ocasión a lo largo de estos doce años ha creído merecer el castigo que por ley le correspondería.

—No —decide, aunque no hay ninguna decisión que tomar. En cuanto Celso le ha abierto su corazón, Diego ha sido consciente de que nada de lo que le dijera saldría de aquí—. No soy periodista, soy escritor. Esto se quedará entre Leo, tú y yo.

—Gracias —dice Celso, sintiéndose de repente agotado, incapaz de revelar más verdades que podrían ponerlo todo patas arriba—. Hay cosas que en el pasado están mejor, ¿no crees? —añade, sin que Diego perciba que lo dice más para sí mismo, para redimirse de la culpa, que para su interlocutor—. Aunque cargue en tu conciencia hasta el día de tu muerte. Lo único que necesitaba Leo era una mano amiga y yo se la tendí. Es difícil de entender, puesto que fue su mano la que mató a aquel pobre hombre, soy consciente de eso, pero él no estaba en sus cabales. Dudo que recordara alguna vez lo que ocurrió. Lo vi en su mirada. Estaba ido, perdido en un lugar inalcanzable. ¿Eso convirtió a Leo en un asesino? —pregunta en un siseo—. No lo sé. La enfermedad que padeció es muy jodida, Dios nos libre de una crueldad semejante. Y yo quise a ese muchacho como a un hijo aunque no fuera tocado por la varita mágica de las personas especiales que él eligió —se atormenta, encogiéndose de hombros—. Te regalo *Crimen y castigo*: «Lánzate de cabeza a la vida, sin pensarlo. No tengas miedo, la marea te devolverá a la orilla y volverás a estar a salvo». —Es la cita favorita de *Crimen y castigo* de Celso. También la de Diego, que asiente agradecido y conmocionado—. Llévatelo. Eres un gran hombre. Ve con cuidado con el coche y que tengas buen viaje. Te veo pronto, amigo. Confío en que así será.

Se despiden con un abrazo y una palmada cariñosa en la espalda. ¿Cómo es posible encariñarse tanto y en tan poco tiempo con según qué personas?

53

Diego aún tiene el vello de los brazos erizados por lo que el librero le acaba de contar, cuando sale a la calle y marca el número de teléfono de Elsa de camino al coche. Se siente terriblemente cansado, las pocas horas que lleva despierto le han parecido años.

—¿Diego?

—Hola, Elsa, ¿qué tal? —Ninguna respuesta al otro lado de la línea, solo la respiración agitada de la mujer, pero Diego opta por continuar con su discurso—: Ha surgido un imprevisto y tengo que volver a Madrid, pero me preguntaba si podrías quedar un rato para continuar hablando de Leo.

«Aunque espero que tengas que contarme algo más amable que lo que acabo de conocer», se estremece, olvidando el relato de Celso para evocar imágenes menos tremebundas como la de Leo y Elsa besándose en el rincón olvidado de los autores rusos.

—No… no puedo, tengo a mi madre ingresada en A Coruña por una pulmonía —contesta sollozando.

—¿Puedo hacer algo por ti?

—No, no puedes hacer nada. Buen viaje, Diego.

A Diego le sabe mal no poder despedirse de Elsa en persona, pero más mal le sabe suponer que la mujer a la que vio ayer durmiendo con los ojos abiertos esté en el hospital. Asumiendo las seis horas de viaje que le quedan hasta Madrid, sube al coche, aparcado frente a la fachada azul de la Casa Do Concello. Sin importarle estar expuesto ante la abundante vida que hoy cobija la plaza, hunde la frente en el volante. Los minutos transcurren pesados, como si cargara sobre su espalda la pesada losa del pasado de la que se ha desprendido Celso, hasta que una mano golpea el cristal de la ventanilla devolviéndolo a la realidad.

—Perdona, ¿podrías sacar el coche de aquí? Vamos a empezar a grabar —le pide un hombre enjuto con pinganillo.

Diego, aturdido, mira a su alrededor. ¿En qué momento se ha desplegado todo un equipo con cámaras de grabación? Un hombre y una mujer vestidos de época, deduce que los actores, están situados frente a él. Apoyados en la barandilla del mirador, se lo quedan mirando como lo que es, un estorbo. Se disculpa levantando la mano y arranca el motor. Da marcha atrás, gira el volante al máximo dirigiéndose hacia la salida, y dos hombres levantan un cordón para que pueda salir de la plaza. Diego esquiva a los curiosos, parados en la calle observando el rodaje como el gran acontecimiento del día en el pueblo, y se detiene unos pocos metros más arriba para buscar en Google dónde está el cementerio. El buscador le proporciona, no solo la dirección, información, y unas cuantas imágenes del exterior, sino también la fotografía de la tumba de Leo Artes, su personaje célebre que, aseguran, recibe cientos de visitas al mes. Pulsa el botón «cómo llegar» siguiendo por la avenida Gaspar Rodríguez hasta desviarse por la estrecha carretera Aldea Redes. Sabe que está cerca en cuanto deja de ver casas a ambos lados de la carretera y todo cuanto le rodea es naturaleza, el verde vivo de los campos, que se extienden majestuosos por la colina con vistas al mar. Nadie quiere vivir al lado de un cementerio. Nadie puede soportar tanto silencio.

Aparca el coche frente a la cancela entreabierta. Diego no es religioso, pero su madre lo acostumbró desde niño a que siempre hay que persignarse cuando entras en una iglesia o en un camposanto, terreno sagrado. Así que agacha la cabeza y se persigna para mostrar su respeto a los muertos, preguntándose si será fácil dar con la tumba de Leo. Camina como alma en pena por los pasadizos repletos de lápidas. Se detiene en algunas, la curiosidad innata por las más añejas, esas con fotografías en blanco y negro dentro de marcos ovalados, que muestran sonrisas discretas y miradas perdidas de seres ya inexistentes. Hay algo mágico en los cementerios de los pueblos. Da la sensación de que todos los ausentes se conocen, creando una agradable intimidad que no se percibe en los cementerios de las grandes ciudades, con tantas lápidas apiñadas y pasadizos laberínticos.

En el momento en que Diego cree que ya no hay más camino que recorrer dadas las reducidas dimensiones del camposanto, gira a la izquierda topándose con un imponente sauce llorón, cuyas ramas bailando al son del viento con la distinción de una bailarina de ballet, parecen señalarle un panteón aislado al resto. Está a rebosar de flores, botellas de whisky y utensilios varios, desde pulseras de cuero hasta vasitos de chupito. Diego se pone en cuclillas apartando algunos de esos obsequios para descubrir que ahí yace la tumba de Leo Artes.

LEO ARTES ÁLVAREZ
7-06-1988 – 19-11-2015
Existimos mientras alguien nos recuerda

—Te encontré —dice, con una sonrisa franca como si saludara a un viejo amigo, al tiempo que mira a su alrededor en busca de las tumbas de sus padres y la de Raimon Artes, algo que le provoca cierta inquietud. No las encuentra. Diego no tiene ni idea de que las ha pasado de largo nada más cruzar la verja del cementerio, que yacen olvidadas en una misma hilera y que Leo descansa eternamente lejos de su familia, distante de ellos tal y como vivieron, como si fueran desconocidos con la mala costumbre de herirse—. Aunque siento decirte que esta visita es de despedida, Leo —prosigue apenado—. Las personas se definen por su manera de quedarse, pero sobre todo por su forma de irse. ¿Qué te voy a contar que no sepas? Debo reconocer que nunca me interesé por tu música ni por tu figura, por lo que puede que sea el menos indicado para escribir tu biografía, pero, a medida que más sé sobre ti, más extraño me resultas y mi interés crece. Ocurre con lo que no entendemos. Queremos desentrañar el misterio cueste lo que cueste. Y yo aún no te entiendo, Leo.

»Mi error ha sido interesarme más por lo que pasó la noche en que moriste que por tu vida. Tenían razón cuando decían que Greta es dura, pero sus razones tendrá, ¿no? Supongo que me he tomado demasiadas confianzas, que cinco días no pueden sustituir cuatro años o toda una vida, según se mire. No sé qué esperaba, la verdad. Porque aún le duele tu ausencia, aunque intentara engañarme ayer diciéndome que este lugar ya no os pertenece y que se había despedido de ti. Que te había dejado ir. Mentira —dice, visualizando el beso que Greta le dio en la playa, mientras acaricia ensimismado el mármol de la tumba. Realmente te ha dejado hecho polvo, Diego—. Es mentira —repite en un murmullo—. Nunca te olvidará. Ya sé que, con su memoria o sin ella, eres eterno, o eso parece ahora, ya veremos dentro de cien años. Pero da igual, porque su recuerdo es el único que te importa, ¿a que sí? Ella es todo cuanto importa, sí.

Lo que queda del fantasma de Leo, deja de escuchar el discurso de Diego, envalentonado por lo fácil que es sincerarse con una tumba como nunca podrías hacerlo con alguien de carne y hueso. Los muertos no juzgan. Se limitan a observar y a escuchar. Hay que decir lo que se siente cuando aún se está a tiempo, cuando las almas forman parte del mismo plano terrenal, pero no sería difícil demostrar que los muertos reciben más adulaciones y más «Te quiero» que los vivos. Porque es más fácil así.

Cuando nos desprendemos de nuestro cuerpo se agudiza el alma que, en cierto modo, está medio dormida cuando vivimos. Por eso el fantasma sabe que Diego no está solo en el cementerio.

Como diría Frida si pudiera hablar, es un humano tonto, así que no se percata de que unos ojos vidriosos lo observan desde detrás del sauce llorón. Es una mirada consumida por la pena. En cuanto el fantasma se acerca, ella se estremece, inspira una bocanada de aire y le sale vaho por la boca, esa boca que tantas veces Leo besó y deseó. No alcanza a escuchar lo que dice Diego, pero no hace falta estar muerto para sentir todo el dolor que brota de su alma.

¿Por qué Elsa ha mentido a Diego?

¿Por qué le ha dicho que está en el hospital con su madre si está aquí, en el cementerio, esperando a que el escritor se vaya para ocupar su lugar, para hablarle a una tumba donde reposa un cuerpo consumido pero no su alma, para decirle ahora todo lo que quedó pendiente en vida?

Ya lo escribió Susanna Tamaro en *Donde el corazón te lleve*, una de las novelas preferidas de Greta: los muertos pesan, no tanto por la ausencia, como por todo aquello que entre ellos y nosotros no ha sido dicho.

SEGUNDA PARTE

54

Madrid

Solo ha estado fuera de Madrid cinco días, pero cuando Diego se ve envuelto en el bullicio de las calles de la gran ciudad, se siente un extraño, como si una parte de él se hubiera quedado en Redes, en su día a día ralentizado y en sus atardeceres de ensueño. Todavía no ha pisado el asfalto, que ya está echando de menos la calma del pueblo costero y la posibilidad de ver a Greta en cualquier momento. Y de dormir al otro lado de la pared. Cerca, muy cerca de ella y, al mismo tiempo, muy lejos. No hay vuelta atrás en según qué hechizos. Es incapaz de arrancarse de la cabeza el beso que se dieron.

Contagiado por las prisas y el estrés del resto de conductores que no escatiman en pitidos, conduce en dirección al centro. Mientras espera parado en un semáforo haciendo tamborilear los dedos sobre el volante, Diego decide que, aunque le salga por un ojo de la cara, dejará el coche de Amadeo en un parking hasta que se vea con fuerzas para llevarlo de vuelta a La Moraleja. Se armará de valor para decirle que Greta lo ha echado de casa y que él, orgulloso, ha tomado la decisión de irse de Redes y alejarse del entorno de Leo, tan necesario como el aire para escribir su historia. Ensaya la réplica: tendrá que buscar información sobre Leo en otra parte, en los garitos de Madrid donde empezó su carrera, en la discográfica, charlando con algún amigo, si es que lo tenía... Casi puede ver el gesto asqueado que le prodigará su hermano, pero la culpa ha sido suya y de la editorial, por dar datos morbosos a la prensa, cómplice de un plan de marketing premeditado en cuanto les soltó la primera bomba. La rascada en el lateral provocada por Yago es lo que menos le preocupa ahora. Y la soberbia de Amadeo también se la trae al pairo.

Estaciona el coche en un aparcamiento 24 horas cercano a su piso. Al ver los precios en el cartel casi le da un síncope. Si no quiere que el dinero del adelanto se esfume tan rápido como ha llegado, más le vale que la valentía lo alcance pronto para presentarse en el chalet de Amadeo. Lo único que Diego coge del coche es el maletín con el ordenador portátil. Ligero de equipaje, entra en el portal y le ocurre lo mismo que cuando Madrid le ha dado la bienvenida. Parece que han pasado años y no solo cinco días. Todavía no han arreglado la puerta, qué fastidio. Sube las escaleras con pesadez y abre la puerta de su piso, no sin antes mirar hacia arriba por el hueco de las escaleras, como si Ingrid fuera a aparecer de un momento a otro.

Redes, A Coruña

No hay nada que asuste más que lo que uno ya sabe.

Greta ha perdido la noción del tiempo desde que Diego se ha marchado de casa. En el momento en que la puerta se ha cerrado, ha ido hasta ella y ha arrastrado la espalda por la madera, cayendo en el suelo con las rodillas pegadas al cuerpo. Cuando Frida, media hora más tarde, ha posado el hocico entre sus piernas, Greta ha vuelto a la cruda realidad. El eco que ha dejado Diego se ha transformado en un vacío insufrible cargado de recuerdos en cada rincón. En el sofá, en la cocina, en el pasillo de la segunda planta y hasta en el vano de la puerta de la habitación de invitados, donde Greta ha subido a media mañana. Se ha sentado en el borde de la cama y se ha llevado la almohada a la cara para aspirar su olor, lo poquito que quedaba de él, con la tierna intención de sentir que no se ha ido. Hay presencias que se hacen imprescindibles en un segundo, en medio minuto, en dos horas, en cinco días. Solo cinco días, ha repetido para sus adentros, con el corazón encogido, llevando el dedo índice a su boca, como si tal gesto pudiera invocar los labios de Diego perdiéndose en los suyos a un ritmo endiabladamente adictivo.

Seguidamente, Greta ha subido a la buhardilla y de ahí no

se ha movido.

—Hay pérdidas irreparables, Greta, pero esta no lo es. Depende de ti —le ha dicho la voz imaginaria de su fantasma, al que echó sin miramientos de su vida y para siempre ayer, día 19, día maldito, nada más poner un pie en la buhardilla, esa burbuja de otro mundo sin tiempo que la atrapa y la engulle y provoca que vea cosas que no existen, como por ejemplo a Diego de espaldas sentado frente al escritorio, dando vida a una historia que nunca debería haber permitido que se revelara.

No ha habido vuelta atrás en el momento en que Greta ha levantado la sábana que oculta su otra vida, su mundo interior, sus obras de arte tantas veces expuestas en galerías y protagonizadas por la figura de un Diego solitario y pensativo tan distinto al real, que ni siquiera el susodicho supo reconocerse en cada escenario inventado por y para él. En esa otra vida también se incluye su obra más lúgubre, la del cadáver de Leo con su propia silueta esbozada en las pupilas muertas. Seguidamente, con la intención de desprenderse de todo el dolor que la corroe por dentro, ha cogido un lienzo en blanco. Lo ha colocado sobre el caballete tratando de apartar de sus pensamientos que Diego ha sido el único que ha visto ese cuadro que ahora parece retarla para recordarle la noche que nunca debió existir y es neblina en su mente. Tendría que echarlo al fuego. Que las llamas devoren el cuadro hasta hacerlo desaparecer. Tal vez lo haga. Que el espíritu atrapado de Leo arda resultaría purificador para ambos, para deshacer los lazos que, a pesar de todo, los siguen uniendo.

Greta ha estado cuarenta minutos decidiendo qué paleta de colores utilizar en su nueva obra. Tras respirar profundo, permite que su mano, al principio temblorosa por los nervios y la falta de práctica, trace la escena que su corazón ha mantenido intacta nueve años.

Madrid
19 de junio de 2009

El atardecer había tendido un manto de nubes rojizas sobre Madrid. El ocaso perfilaba las siluetas de los transeúntes que caminaban por las aceras de la calle de la Princesa y hacía que los coches brillaran como lágrimas de metal candente.

Una joven Greta Leister, de veintiún años, con la melena rubia lacia y tan larga como sus sueños, salió a toda prisa del McDonald's donde trabajaba media jornada por un mísero sueldo con el que veía muy lejano el día en el que poder volar libre del piso de su madre situado en el barrio de Vicálvaro. Independizarse a su edad le parecía tan improbable como llegar a exponer en el Louvre. Esa tarde, Luis, el encargado del establecimiento, le suplicó quedarse media hora más. Había faena atrasada en la cocina. Esos treinta minutos en los que Greta estuvo limpiando las freidoras grasientas, fueron los que la alejaron de uno de sus sueños más recientes: conocer en persona al escritor Diego Quirón. Greta, ávida lectora desde que tenía uso de razón, se había adentrado con pasión en el universo particular del debutante novelista a través de una trama íntima que no solo atrapaba, sino que también conseguía arañarte el alma en cada párrafo, hasta un final que te dejaba con una sonrisa boba en los labios. Hacía una semana que *Una promesa en Aigueze* había salido a la venta sin demasiada expectación. Es posible que Greta fuera la primera persona en comprar un ejemplar, reservándolo con antelación en una librería cercana a su casa. A la librera, sobrepasada por las múltiples novedades editoriales que llegaban cada semana, no le sonaba de nada ni el título ni el autor.

—Ah, claro. Es que es su primera novela —se excusó ante Greta.

La editorial Ariadna era pequeña, independiente y de poco alcance, por lo que la publicación apenas había tenido repercusión y la primera tirada nacional no llegaba a los mil ejemplares. La única esperanza para que funcionara, era que corriese gracias al boca a boca para así reimprimir más. Greta la había leído cuatro veces y, en cada una de ellas, había contemplado la cubierta sin creerse aún que la mujer de la ilustración fuera su creación. Si no le hubieran encargado el trabajo, es probable que Greta hubiese sido una de las miles de personas que se quedaron sin conocer la primera novela de Diego. Todo ocurre por alguna razón. De alguna manera, aunque la historia contada no evocara en Greta recuerdos de ningún tipo, pues se consideraba demasiado joven para haber vivido un gran amor, se sentía conectada con el autor, especialmente desde que descubrió cómo era físicamente a través de la fotografía en blanco y negro de la contracubierta. Puede parecer un tanto superficial, y, de hecho, lo es, pero, para Greta, Diego no solo era un joven atractivo. Había algo en él, en su mirada y en su tímida sonrisa, que tenía a Greta fascinada. Como si fuera una admiradora obsesiva, podía pasarse horas mirando su fotografía sin cansarse. La oportunidad de ilustrar la cubierta de la novela, aunque para ello Greta tuviera que cambiar su estilo, le devolvió la ilusión perdida de dedicarse a su pasión. De cobrar por su trabajo. Ocurrió gracias a Maite, una amiga de su madre y prima del propietario de la editorial. El mundo, cuando se lo propone, es un pañuelo que conecta a las personas con hilos invisibles. Pero esa tarde el destino parecía ir en su contra. El metro sufrió un retraso de veinte minutos. Cuando Greta salió de la boca del metro de la estación de Moncloa, corrió por la calle de la Princesa como si se le fuera la vida en ello. Tomó el desvío por la calle de Benito Gutiérrez, que pareció eternizarse como si se hubiera sumergido en una pesadilla, hasta que llegó a las puertas de una de las librerías legendarias del Madrid de la Transición, la librería Rafael Alberti, donde la editorial había anunciado la presentación de *Una promesa en Aiguèze*.

Al entrar, la desolación fue palpable en el rostro de Greta pese a verse rodeada de una de las cosas que más le gustaban en la vida: los libros. Era la primera vez que se sintió infeliz estando en una librería. Miró la hora en el reloj apretando el libro de Diego contra su pecho. Hacía diez minutos que la presentación había terminado. Una mujer recogía las sillas plegables que se habían dispuesto frente a una mesa sobre la cual había una pila de ocho ejemplares de *Una promesa en Aiguèze*. Greta dedujo que el autor había estado hablando y firmando en el mismo punto donde ahora ella se encontraba. Se quedó mirando el cartel con dos fotografías, la de la cubierta con su ilustración y la del autor. Tan ensimismada estaba, que no se dio cuenta de que la librera la estaba mirando.

—Qué pena que hayas llegado tarde. Han venido solo cuatro personas —se lamentó—. Y uno era el editor, así que no cuenta.

Greta suspiró. Le dio las gracias y salió a la calle reprimiendo las lágrimas.

—Qué boba eres, qué exagerada —se recriminó a sí misma, mirando a un lado y al otro de la calle donde, a unos metros de distancia, atisbó a un chico joven que atendía con la cabeza gacha, como si estuviera recibiendo una reprimenda, a su interlocutor, un hombre barbudo con gafas de pasta. Era el editor y propietario de la editorial, destinada a quebrar en menos de dos años.

Y el chico joven que se llevó todo el protagonismo era Diego. Lo reconoció por su pelo castaño y alborotado. Por su mirada distraída, como si una parte de él no viviera en el aquí ni en el ahora y tampoco importara. Vestía informal. Llevaba unos tejanos desgastados, una camiseta de algodón de manga corta negra que estilizaba su espalda ancha, y unas zapatillas Converse. Greta, no sabía a cuento de qué, se lo había imaginado distinto. Quizá más elegante, con pantalones de pinza, camisas o polos Lacoste. No sonreía. No en ese instante. Se le veía infeliz, nada que ver con lo que su imaginación había fabricado.

A Greta se le aceleró el corazón. Dio un par de pasos en su dirección con la clara intención de abordarlo en plena calle, pedirle que le firmara su ejemplar y, quién sabe, después de decirle que ella era la ilustradora de la cubierta de su recién estrenado libro, proponerle un café, charlar hasta las tantas, terminar la cita con un beso en el portal… Su imaginación se desbordó en cuestión de segundos, pero, al tercer paso, el miedo, la inseguridad y la timidez, los tres grandes enemigos que siempre nos dejan con las ganas, se impusieron y decidieron por ella. Por mucho que deseara hablar con él, conocerlo y tener el libro firmado, lo mejor era irse a su casa antes que hacer el ridículo y parecer poco profesional. Entonces, Diego la miró, aunque quién sabe si la vio. Se la quedó mirando fijamente y sin pestañear como cuando ves algo que te hechiza, durante un par de segundos en los que Greta sintió un vuelco en el estómago. La magia se rompió cuando el editor volvió a llamar la atención de Diego, dándole una palmada en el hombro. Los dos le dieron la espalda a Greta y se alejaron a paso lento. Ella, con las mejillas encendidas y un nudo en la garganta, se fue en la dirección contraria de regreso al metro. No miró atrás. Diego sí. Pero ella nunca lo supo.

57

Madrid

A Diego le despierta el sol acerado de otoño que despunta entre los tejados. Tarda un poco en ubicarse. Durante una fracción de segundo, de tan adormilado como está, le da la sensación de que aún está en Redes y que el rumor de las olas llegarán a sus oídos de un momento a otro. Anoche llamó a Greta tres veces. No contestó.

Hoy es domingo, por lo que apenas hay tráfico y el canto del canario enjaulado de la vecina no cesa en su empeño de que toda la calle lo oiga. Diego se incorpora con un dolor palpitante en la sien y dirige la mirada al ordenador portátil de Amadeo, que descansa sobre la repisa interior de la ventana flanqueado por una pila de libros en precario equilibrio. Pulsa la tecla INTRO y la pantalla cobra vida. Diego se topa con la expresión congelada del rostro inexpresivo de Leo en la que fue su última entrevista cinco meses antes de morir, con millones de reproducciones en Youtube y otros tantos comentarios, la mayoría con emoticones de corazones rotos. La charla de Leo con un presentador trajeado que recuerda a Jimmy Fallon en un plató con butacas de piel y exceso de neón azul, dura quince minutos. Diego la vio tres veces seguidas antes de caer rendido en los brazos de Morfeo.

No percibió nada extraño en el cantante que diera pie a pensar que padecía ninguna enfermedad, más allá de su impertinente desgana y su extrema seriedad. En lo que dura la entrevista, Leo no sonrió ni una sola vez, y la última mirada a cámara es severa, tiene un toque de agresividad que a Diego le impactó. Leo era un hombre extraño y parco de palabras. En las diversas entrevistas que ha visto, ha notado la incomodidad de cada entrevistador, que tenía que sacarse preguntas de la manga, algunas manidas, para no quedarse sin conversación. Entiende que Leo no despertaba simpatías entre los medios de comunicación y que lo que han escrito recientemente sobre su futura biografía ha sido un caramelito servido en bandeja que ha satisfecho a los que aseguraban que, tarde o temprano, su lado oscuro, lejos de las sensiblerías que componía para un público entregado, saldría a la luz. Por otro lado, a Diego no le ha pasado inadvertida la energía tan difícil de ignorar que desprendía Leo, entendiendo por qué tenía tantos seguidores alrededor del mundo. Y por qué Greta se enamoró de él. Ahora que sabe que Leo asesinó a un hombre, aunque fuera bajo el dominio de la enfermedad que arrastró en la sombra, a Diego le aterra abrir el documento Word donde tiene unas pocas páginas escritas para continuar escribiendo sobre su vida. No va a sacar a relucir el asesinato que cometió y que no es capaz de quitarse de la cabeza. Celso ha confiado en él y no piensa fallarle. No es necesario que se dé a conocer toda la verdad a pesar de lo que Greta dijera: una biografía sincera, verídica al cien por cien. No, no es necesario. Diego empieza a entender que hay verdades que es mejor que permanezcan enterradas.

La última entrevista de Leo Artes
5 de junio de 2015

«—¡Leo Artes! ¡Qué honor tenerte con nosotros! Gracias por hacernos un hueco en tu apretada agenda.

«—...

«—*Volver al hogar* es el título de tu último disco, porque has vuelto a Redes, el pueblo coruñés que te vio nacer y crecer, hace cinco meses que te has casado y has reformado la casa de tu infancia.

»—El hogar está dentro de uno.

«—Cuánta razón, Leo, cuánta razón... Precisamente, *El hogar está dentro de uno* es el título de tu single, con un millón de reproducciones en tan solo veinticuatro horas. ¿Cómo se vive el éxito desde dentro?

»—¿Desde dentro? El éxito no se vive, ni desde dentro ni desde fuera. El éxito no es más que un espejismo. Es humo, tío. No existe.

«—Doy por sentado que vas a dejarnos unas cuantas perlas, Leo.

»—...

«—En un pueblo marinero como Redes, la inspiración debe de volar libre. Desde la discográfica, nos han dicho que te has ido de Madrid con la intención de que aislado en plena naturaleza y frente al mar puedas deleitarnos en el futuro con lo mejor de ti.

»—¿No crees que ya he dado lo mejor de mí durante estos últimos años?

«—Sí, pero todo artista madura, Leo. Lo que has hecho hasta ahora ha sido fabuloso, pero lo que nos espera en el futuro será... brutal.

»—Brutal. Ja. Ja. Ja.

«—¿Cómo te ves dentro de diez años?

»—Esa es una pregunta estúpida. No me veo de ninguna forma, vivo el día a día, el presente. No me como el tarro pensando en lo que vendrá.

«—En este disco, uno de los más personales de tu carrera, dejas entrever un miedo con el que todo el mundo se siente identificado. Tratas el tema de la muerte.

»—Todos estamos sentenciados. Todos, sin excepción. La muerte, que para algunos es la salvación, es lo único seguro de la vida».

Diego detiene el vídeo. Se revuelve el pelo e inspira hondo al tiempo que se enfrenta a la mirada de un fantasma que, en vida, no tuvo reparos en crearse un personaje impertinente y cruel. Porque si de verdad Leo era así, no comprende cómo Greta podía aguantarlo. A simple vista cae mal, cae tan mal, que a Diego le da rabia seguir mirando fijamente su cara como si él también hubiera caído en su hechizo. No creía en pactos con el Diablo hasta hoy.

Busca la reproducción de su último disco *Volver al hogar*, lo que le hace pensar en la última canción que Greta le aseguró que no existía. Mientras suenan los primeros acordes de la canción *El hogar está dentro de uno*, Diego entra en el cuarto de baño para darse una ducha caliente. Nada más abrir el grifo, frena en seco al creer dar con una especie de clave en el estribillo:

> No me di cuenta de que tú eras mi hogar
> hasta que regresé al punto de partida
> y volví a verte.

—No me di cuenta de que tú eras mi hogar hasta que regresé al punto de partida y volví a verte —repite Diego en un murmullo, rebobinando la canción y volviendo a escuchar unas palabras que, está convencido, no iban dirigidas a Greta, sino a Elsa. Elsa era su hogar, su regreso al punto de partida. Diego, confuso, visualiza la balda de la librería de Celso como si la estuviera viendo a través de la letra de esa canción:

E + L
SIEMPRE

Nuestras iniciales marcadas siempre,

para siempre nos recordarán que,

pase lo que pase, nada ni nadie,

ni siquiera la muerte,

la doncella temida,

nos podrá separar.

—La muerte… la doncella temida —musita Diego, con la seguridad de que esa «doncella temida» puede que no simbolice la muerte. Puede que sea una persona. ¿Pero quién? ¿Greta?—. Pase lo que pase, nada ni nadie… Nadie… —sigue devaneando, estrujándose los sesos, convencido de que solo Elsa tiene las respuestas. Ella conoce el sentido de la letra de esa canción y, posiblemente, del resto de canciones del último álbum que Leo compuso en tiempo récord en Redes, como si regresar al *hogar* le hubiera devuelto la inspiración.

Mira la hora en el móvil. Las diez y media de la mañana. No lo piensa, actúa, porque, si se detiene un segundo más a pensarlo, no se decidiría a buscar en su agenda el contacto de Elsa y pulsar el botón de llamada.

—Diego, ¿qué tal? ¿Ya estás en Madrid? —contesta Elsa, enérgica y con simpatía, como si de veras se alegrara de tener noticias del escritor.

—Sí, llegué ayer. ¿Cómo está tu madre?

—Bien, fuera de peligro. Pero parece que nos haya mirado un tuerto… una desgracia tras otra.

—¿Por qué no me dijiste la verdad, Elsa?

—No… no sé a qué te refieres —titubea Elsa.

—Cuando Leo volvió a vivir en Redes con Greta, retomasteis lo vuestro —sentencia Diego con firmeza—. Vuestra relación nunca terminó, ¿verdad?

Redes, A Coruña

—Vuestra relación nunca terminó, ¿verdad?

Las pulsaciones de Elsa se disparan, siente cómo la sangre le asciende hasta la cabeza. Incluso su madre lo percibe y se revuelve en el sillón. A Elsa, las palabras se le quedan atascadas en la garganta, donde se le produce un nudo imposible de deshacer. Cuelga la llamada, dejando a Diego más confuso si cabe al otro lado de la línea, y, con los ojos vidriosos, mira a su madre perdida en un limbo en el que los recuerdos y las personas se entremezclan y se desvanecen, llevándola a una confusión que hace que su día a día y el de su hija sea insoportable. La atmósfera se vuelve densa. Un nubarrón en el cielo inunda el salón de sombras. La mujer, anciana antes de tiempo a causa de la enfermedad del olvido, levanta el dedo índice y señala a Elsa componiendo un gesto de desaprobación. Tras unos segundos que a Elsa se le hacen eternos, su madre le dice con un hilo de voz:

—Llevas el mal en la sangre. Tú también eres mala.

Redes, A Coruña
2006

Elsa y Leo
Siempre

«Siempre» es una palabra temida. Nada es seguro. Nada dura siempre, lo bueno es que hasta los momentos malos tienen su final. A veces las promesas se rompen. La vida sigue un curso distinto al deseado. El tiempo transcurre, las personas cambian, se decepcionan, se hieren, se separan; el amor enseña su otra cara y da muestras de su debilidad, desvaneciéndose como la bruma.

No todos los amores tienen su final feliz.

Elsa y Leo se enamoraron a los dieciséis años. La inocencia y la felicidad de cada instante los cegaba hasta el punto de creer que lo suyo era indestructible. El hecho de que medio pueblo, especialmente Yago, cuyo carácter violento se había desatado con el paso de los años, no estuvieran de acuerdo con su relación, provocaba el efecto contrario. En lugar de enfrentarlos o distanciarlos, Elsa y Leo, cual Romeo y Julieta, estaban cada vez más unidos. Muchas tardes, después de clase, entraban en la librería del bueno de Celso, que los miraba desde detrás del mostrador como se miran las estrellas fugaces, con ese punto de fascinación y melancolía por su efímero paso por el cielo. Ahí se perdían el uno en el otro en el rincón olvidado de los autores rusos que nadie visitaba salvo ellos dos. Esa tarde de finales de mayo de 2006, eternizaron su amor con la punta afilada de una navaja que Leo le había robado a su padre. Tras minutos de arrumacos y besos con la buena fortuna de que ese día Lucía, la mujer del librero, había viajado a A Coruña para una visita médica rutinaria y no estaría ahí para increparlos y echarlos de malas maneras como de costumbre, se demoraron más de la cuenta eligiendo la balda en la que sellarían su «siempre» para siempre. Nabokov, Tolstói y Dostoievski fueron testigos de la concentración que Leo empleó para trazar sus iniciales y la palabra que definía su relación con Elsa, tan dulce y tan bonita que, después de todo y de ser quién era, no creía la suerte que tenía de que quisiera estar con alguien como él.

—Siempre —leyó Elsa, asintiendo a modo de confirmación con una sonrisa en la cara.

—Te quiero siempre y para siempre —declaró Leo, guardando la navaja en el bolsillo trasero de los tejanos.

Salieron de la librería abrazados sin tan siquiera despedirse de Celso.

Al día siguiente, mientras limpiaba las estanterías, Lucía puso el grito en el cielo al descubrir que habían mancillado la balda. De no ser por ella, puede que Celso ni se hubiera fijado. El librero rio para sus adentros y, tratando de tranquilizar a su mujer, le dijo:

—*Veña, muller*, es una declaración de amor. Tendrías que estar orgullosa. Ahora, esta balda, como cientos de cortezas en los árboles del bosque, también tiene su historia.

—Historias, historias… Tú y tus historias —rebatió Lucía, que apenas había dormido al no saber cómo decirle a Celso que le habían detectado un bulto en el pecho y que se avecinaban tiempos difíciles.

Historias de amor que empiezan.

Historias de amor destinadas a un final indeseado.

Historias de amor que se quedan por el camino y que nadie se esfuerza en retroceder para recuperarlas.

Historias, historias... las almas que habitan el mundo están hechas de historias, si bien algunos retales se quedan anclados en un rincón olvidado que a nadie le interesa rescatar.

A la tarde siguiente, Leo y Elsa vieron a través del cristal de la librería a la mujer del librero con cara de pocos amigos. Decidieron no entrar. Seguro que ya habían descubierto sus iniciales en la balda de la estantería y les esperaría una buena reprimenda si cruzaban el umbral de la puerta. Avanzaron por la rúa Nova hasta llegar al mirador y, desde ahí, descendieron las escaleras que conducían a la solitaria playa flanqueada por las casas de los pescadores, algunas de ellas deshabitadas. Leo y Elsa se quedaron sentados en brazos de una placentera quietud, catalogando reflejos sobre el agua. Al rato, el alba esparció de ámbar el cielo y el pueblo se encendió de luz. Leo empezó a sentirse raro. Raimon no solía emerger cuando estaba en compañía de Elsa, solo ella y la música conseguían aplacarlo, pero un dolor punzante se apoderó de su cabeza ensordeciéndolo y limitando todos sus sentidos. Raimon estaba cerca, muy cerca, a punto de salir a la superficie. A Leo se le nubló la vista, su rostro palideció tanto en cuestión de segundos, que empezó a parecerse a un muñeco de cera con una capa de sudor inundando su frente y la respiración se le agitó sin previo aviso provocándole unos temblores incontrolables.

—Raimon viene. Vete, Elsa —le advirtió con voz queda, notando que le subía la tensión y empezaba a dolerle la cabeza, un dolor que siempre se iniciaba en la nuca y se le clavaba en el entrecejo y en las sienes.

—No. Me quedo contigo —decidió Elsa, mirándolo con una mezcla de determinación y compasión.

Elsa pasó un brazo por su espalda y lo arrimó a ella para no dejarlo marchar. Le apoyó la cabeza en su pecho y pasó los dedos por su pelo lacio una y otra vez, una y otra vez, acariciándolo como si Leo fuera lo más preciado.

—Por favor, vete —repitió Leo suplicante. La voz de Elsa empezaba a llegarle amortiguada, como si él se estuviera alejando, ahogándose en el agua, sabiendo que lo siguiente que vendría sería la nada. Todo a su alrededor desaparecería; Raimon ocuparía su lugar y él no recordaría nada. Hizo un esfuerzo sobrehumano y continuó hablando—: No me gusta en lo que me convierte, no recuerdo lo que hago cuando soy él y me es imposible detenerlo. No quiero hacerte daño.

—Vale. Vamos a hacer una cosa —rebatió Elsa con calma, hablándole a Leo como si fuera un niño pequeño. Enmarcó su rostro con las dos manos y lo obligó a mirarla fijamente a los ojos, pero la vergüenza o la pena provocaba que Leo desviara la mirada a un punto indeterminado entre el cielo y el mar, donde las gaviotas los sobrevolaban en busca de restos de peces abandonados en las dársenas por los barcos de pesca—. Cuando venga Raimon, yo también me convertiré en otra persona.

—No sabes lo que dices. No juegues con eso. No…

—Ya tengo el nombre pensado —insistió Elsa sintiendo el escozor de las lágrimas. Él también lloraba. Si Leo sufría, ella sufría. Si Leo era infeliz, ella lo era el doble.

—Elsa, que no…

—Me llamaré… Greta —decidió—. Cuando tú seas Raimon, yo dejaré de ser Elsa y seré Greta.

Elsa no tenía ni idea de lo caro que les iba a salir el juego que ella misma inició por intentar salvar a Leo de sí mismo.

60

Redes, A Coruña

Han pasado tres días desde que Diego se marchó. Parece que ahora el tiempo transcurra bajo los términos: antes de Diego y después de Diego. Durante estas últimas setenta y dos horas eternas, Greta ha estado tan absorta en su nuevo cuadro que apenas ha comido ni ha dormido y mucho menos ha mirado el móvil, olvidado en algún rincón de la planta de abajo con notificaciones de llamadas y wasaps sin atender, donde destaca el nombre de Diego. Pero eso Greta no lo sabe aún. Solo Frida la ha sacado de su burbuja las veces que ha llamado su atención para que le diera de comer. Subir las escaleras hasta la buhardilla ha parecido ser un suplicio para la perra que, con mirada acusadora, se ha sentado frente a Greta para hacerle entender que hay un mundo ahí fuera y un ser vivo dependiente de ella con la necesidad de llenar el buche y no morirse de sed.

Greta traza la pincelada final con una sonrisa y los ojos anegados en lágrimas. Pintando aprendió a mirar y llegó a comprender que la realidad es mucho más compleja de lo que parece a simple vista. Desde que era una niña con un padre ausente, la pintura la ayudó a resolver lo que no se puede expresar con palabras. Cada escenario que crea sobre el lienzo en blanco es su manera de entender el mundo, tanto el que la rodea como el que le es ajeno. Greta no juzga. La chica rubia que ha pintado de espaldas ya no es ella, es una interpretación de lo que fue. Pero la recuerda y la ayuda a evocar ese instante como si hubiera sucedido ayer. El chico, el mismo que siempre aparece en sus cuadros, el que no se supo reconocer a sí mismo cuando los vio, aparece de perfil sin percatarse de la presencia de la chica.

—¿Quién es ese tío? —le preguntó Leo una vez, carente de sensibilidad—. Siempre es el mismo tío en todos los cuadros —añadió. Parecía celoso, pero no le daba la importancia que para Greta sí tenía, puesto que siempre creyó que era el padre que la abandonó siendo una niña. Que apareciera en cada cuadro era una manera de superar el trauma del abandono.

—No es nadie —mintió Greta evitando su mirada.

Es la primera vez que Diego no está solo en la recreación de sus cuadros, pero como si lo estuviera. Greta nunca había pintado un escenario tan real para él. Ocurrió. Ocurrió de verdad, puede que Diego no lo recuerde y eso lo hace aún más especial. El chico le da la espalda al escaparate de una librería con la fachada inundada de pequeñas baldosas blancas y azules con las iniciales R y A de Rafael Alberti y otras filigranas que Greta ha detallado con minuciosidad. Tras el cristal del aparador, hay un montón de ejemplares bien organizados con una misma ilustración, la de una mujer de Aiguèze que tuvo la gran suerte de enamorar al chico hoy convertido en hombre que, a pesar de todo, Greta sigue adorando secretamente y con añoranza, como se adora a los amores más tristes.

El sonido del timbre la saca de su ensoñación. Greta detesta que la interrumpan, y más en un momento como este, en el que se resiste a abandonar el cuadro en la buhardilla. Es una manera de volver a alejar a Diego de su vida, pero quienquiera que esté esperando al otro lado de la puerta requiere su atención, porque insiste e insiste como si el dedo se le hubiera quedado pegado al botón del timbre. Greta, un tanto desubicada, baja las escaleras. Al abrir la puerta, se encuentra con la cara poco amigable de Yago.

—¡Hombre, pero si estás viva! —exclama irónico, entrando en el interior de la casa sin pedir permiso—. Todos están preocupados por ti, empezando por Celso. Te ha estado llamando. Y yo también. ¿Dónde tienes el móvil?

Greta se encoge de hombros a modo de respuesta. Yago mira a su alrededor, se planta frente al sofá y, al alargar el brazo, coge el móvil sin apenas batería escondido detrás de un cojín. Se lo tiende a Greta, que lo mira como si fuera un objeto extraterrestre.

—Oye, ¿estás bien? ¿Va todo bien?

Yago se acerca a Greta, cuyo aspecto derrotado dista mucho de que las cosas le vayan bien. Ella, por inercia, da un paso atrás. Frida aparece de la nada y se coloca a su lado mirando de manera intimidatoria al policía.

—Vamos, nena…, sé que el escritor ha vuelto a Madrid. Que te la ha jugado hablando con la prensa y sacando antes de tiempo cosas que yo, desde el principio, sabía que era mejor no remover. Te lo advertí.

—Porque te dejan como el malo de la película, ¿verdad? Tienes miedo de que se sepa la verdad, Yago.

—¿La verdad? ¿Qué verdad, Greta? ¿Quieres que hablemos de verdades? ¿De la escena con la que me encontré cuando me llamaste, teniendo que mentir a mis superiores para protegerte? ¿De tu amnesia? ¿De que no recordaras nada de lo que había ocurrido, del supuesto golpe en la cabeza? —Greta, sumisa, niega conteniendo las lágrimas, consciente de que tiene todas las de perder—. Bien. No volvamos a eso. Recuerda que yo siempre confié en ti. Siempre te protegí aun poniendo en riesgo mi profesionalidad. Corramos un tupido velo y empecemos de cero. ¿Quién estuvo a tu lado cuando más lo necesitabas, Greta? Dime, ¿quién? ¿Quién te creyó a pesar de todo? ¿Ese escritor o yo? Joder, yo no puedo vivir sin ti. Sin lo que teníamos hasta hace solo unos días. ¿Qué ha cambiado en tan poco tiempo? Vino ese tío y lo jodió todo, te cambió a ti, te separó de mí. ¿Qué tiene él que no tenga yo? ¿Quién es ese tío para que me dejes en la estacada? Porque doy por sentado que os habéis liado, ¿no?

Greta vuelve a negar con la cabeza, aunque no como respuesta. Es la pena que le causa la situación, que Diego no esté en casa a modo de escudo o no se asome desde la habitación de invitados para ver qué pasa ahí abajo, por qué Yago levanta la voz.

—Sabías que tarde o temprano pasaría. No estamos hechos el uno para el otro, lo nuestro fue desde el principio algo físico, nada más —trata de hacerle entender Greta—. Creía que lo tenías claro y no quiero que pierdas más el tiempo conmigo.

—¿Perder el tiempo? Estar contigo no es perder el tiempo. Yo te quiero. Te quiero desde el primer momento en que te vi y haría lo que fuera por ti. Lo que fuera. No puedes dejarme así, sin más —insiste Yago, sincerándose como no lo había hecho hasta ahora en un último intento por recuperarla, dejando a Greta atónita.

Desde que iniciaron la aventura, Yago nunca le había abierto su corazón. Greta pensaba erróneamente que la atracción surgió después de la muerte de Leo, aunque, por lo visto, para Yago ella ha significado mucho más. En ningún momento pensó que, cuando pusieran punto y final, él se sentiría tan dolido, tan perdido. Su intención nunca fue hacerle daño, aun sabiendo que, inevitablemente, una de las partes siempre termina herida. Entiende por qué se puso tan agresivo cuando llegó Diego. Vio peligrar lo que tenían, lo que ya no tiene sentido, y, quizá, nunca lo tuviera. Ahora que Yago la está mirando con ojos de cordero degollado, Greta no sabe qué hacer, qué decir. Yago no le da miedo, nunca le haría daño, pero lo conoce y sabe que no va a darse por vencido. Y, lo peor, estuvo con él pese a saber que Leo sufrió lo indecible por su culpa y es algo que nunca ha dejado de reconcomerla por dentro.

—Sí puedo, Yago —dice Greta, al fin, sin que le tiemble

un ápice la voz—. Claro que puedo. Y, aunque hay otros motivos por los que he tomado la decisión de no seguir con lo nuestro, lo que me dijiste el otro día es imperdonable —le recuerda con tacto para no exaltarlo.

—Lo sé, teníamos esta conversación pendiente —asume Yago, inspirando hondo y señalando el cardenal de la cara que, con los días, ha adquirido un tono amarillento que da signos de que está a punto de desaparecer. Greta no se siente orgullosa de lo que hizo, del impulso que no pudo frenar al verse humillada, sobre todo porque ocurrió delante de Diego—. No te sientas culpable, me lo tenía merecido —añade, como si hubiera leído el arrepentimiento en la mirada esquiva de Greta—. Y me avergüenza lo que te dije. Los celos me estaban consumiendo, sentía que te estaba perdiendo por culpa de ese...

—No culpes a Diego de que lo nuestro esté acabado —espeta Greta, seca y cortante—. Podemos continuar siendo amigos. Te quiero en mi vida, de verdad, pero no así. No va a volver a pasar nada entre tú y yo. Se terminó.

Se terminó desde la noche en la que Diego puso un pie en esta casa removiendo sentimientos en Greta que creía perdidos, retenidos en la chica de veintiún años que fue. Yago, que se siente como si le hubieran clavado un puñal en el corazón, inspira con tanta fuerza que se le inflan las aletas de la nariz. En cuanto Frida, en alerta, se percata de que cierra los puños de pura impotencia, da un paso al frente en dirección al policía y hace lo que Greta nunca la ha visto hacer: saca los dientes y gruñe feroz. Los perros perciben el peligro. Un movimiento brusco por parte de Yago, y Frida se le abalanzaría para protegerla, inconsciente de los problemas que podría acarrearle si le hiciera daño.

—Será mejor que te vayas —zanja Greta.

—Sí, será lo mejor —asiente Yago con amargura.

—Ah, por cierto, Yago —salta Greta, cuando Yago ya tiene un pie puesto en el exterior—. Nunca me gustó que me llamaras *nena*.

61

Madrid

Diego, febril, aporrea el teclado del ordenador portátil de Amadeo del que se ha adueñado, tratando de describir lo más verídicamente posible la paliza que Yago le propinó a Leo al creer que había sido el responsable de la muerte de Husky, su perro, al que llevaba días buscando. El desenlace fue fatal, siniestro, tanto que a Diego se le revuelven las tripas con solo imaginarlo. Yago queda como el malo de la película y Leo como un pobre chico indefenso con una enfermedad que ni siquiera él entiende. Después de eso, se desatan ante Diego cientos de dudas e interrogantes que Amadeo, con su habitual confianza en sí mismo, ha aplacado horas antes cuando Diego se ha visto con el valor suficiente para presentarse en La Moraleja con el Audi rayado.

—La maleta con tu ropa está en el asiento de atrás. El portátil me lo he quedado, funciona mejor que el mío.

—¿Qué cojones le ha pasado a mi coche? —ha preguntado Amadeo llevándose las manos a la cabeza.

—Te lo ha rayado Yago Blanco, policía local en Redes, amante de Greta Leister y eterno enemigo de Leo Artes —ha contestado Diego con calma, sabiendo que esa respuesta, cien veces ensayada de camino a la urbanización pija, apaciguaría a su hermano.

—Umm… Ahí veo yo la historia de un trío.

—Algo así.

—Venga, vale, te perdono. Pasa y cuéntame.

Diego se ha sentado en el sillón frente al sofá en el que se ha acomodado Amadeo. Sus posiciones han sido exactamente idénticas a cómo todo se forjó días atrás, con Amadeo proponiéndole escribir la biografía de Leo Artes garantizándole que iba a ganar mucha pasta, especialmente si conseguía la última canción. Aunque tuviera que robarla. Lo importante era obtener esa canción póstuma a toda costa. Si Diego pudiera volver atrás en el tiempo, ahora que conoce a Greta, no habría dudado ni un solo segundo en aceptar la propuesta, pero con condiciones. Lo habría hecho de otra forma para seguir en Redes con ella. Para, en ese preciso instante, en lugar de estar viendo la cara petulante de su hermano, poder respirar los silencios de Greta y perderse en su mirada.

—No hay última canción —ha asegurado Diego, sereno, dándole un sorbo al mejor whisky del mueble bar que le ha ofrecido su hermano.

Al mirar hacia la lámina enmarcada del autorretrato de Van Gogh de debajo del mueble bar, Diego, irremediablemente, ha pensado en Greta y en el último cuadro que pintó: el cadáver de Leo atrapado en las rocas y acunado por la mar, con un efecto tan realista que más que una pintura parecía una fotografía.

—Oye, ¿no te habrás enamorado de la viuda? Te noto distinto, parece que en lugar de una semana hayan pasado años desde la última vez que te vi —comenta Amadeo, que, milagrosamente, no ha insistido con el tema de la última canción. De momento. No cantemos victoria, Diego.

—Ya ves. Yo también tengo la sensación de que he estado fuera de Madrid más tiempo…

«Toda una vida».

—Pero bueno, no lo entiendo. Ella sabía las consecuencias que iba a tener que se escribiera la biografía. Es normal que salga en la prensa, algo que te ha hecho un favor a ti porque te han salido un montón de seguidores en Instagram, que yo lo he visto. Casi me alcanzas.

—Mira si me da igual que ni lo he mirado.

—Coño, Dieguito, parece que te dé todo igual. Qué apático te me has vuelto.

—No sé cómo continuar la biografía —reconoce cabizbajo.

—Cuéntame qué más has descubierto de la juventud de Leo en Redes.

—Ni de coña —ha saltado Diego—. Ya te dije por teléfono que no voy a volver a revelarte nada de lo que Leo vivió en Redes, que tendrás que esperar a que tenga el libro escrito. No quiero que vuelva a ser carne de cañón ni que salga ningún artículo más poniéndolo a parir.

—Saldrá de todas formas, que vives en la parra, cojones. ¿Y el trío? El policía y toda la pesca. Porque vas a escribirlo todo, hasta los detalles más escabrosos —ha señalado Amadeo de modo amenazante, agobiando a Diego al que, de repente, le ha faltado el aire al recordar la confidencia del librero.

—Consígueme a la persona de la discográfica o de la agencia que mejor conocía a Leo. Con la que trabajaba codo con codo. Su mánager. La lista de garitos donde empezó a tocar. Y pregunta si tenía amigos en la capital, alguien de confianza. Mientras tanto, seguiré escribiendo los primeros capítulos, lo que sé sobre su infancia en Redes y algo de su adolescencia —ha propuesto Diego, anticipándose a los acontecimientos y dándole vueltas al capítulo en el que Leo decide mudarse a Madrid, sin revelar el pacto con el diablo, el asesinato en la casa abandonada donde nació, y su relación con Elsa, mucho más pasional y profunda de lo que pensó al principio. Ahí es nada. Lo último que desea es que la biografía sea una herida insoportable para Greta, aun siendo consciente de que, si inventa según qué sucesos, no se tratará de una biografía, sino de una ficción, un engaño para sus fans más acérrimos.

—¿Greta no te ha contado nada? —sospecha Amadeo, cuya extrañeza se refleja en los surcos de su frente.

—Decía que su historia con Leo iba a dejarla para el final. He hablado con Elsa, una amiga de la infancia de Leo, y con Celso, el librero. Pero ni idea de cómo le fueron las cosas cuando llegó a Madrid y de su relación con Greta —resuelve, encogiéndose de hombros.

—La amiga de la infancia, el librero… coño, has estado en una peli de la Coixet. Pero la viuda está obligada a contarte su historia, lo pone en el contrato. No puede desvincularse así, no…

—¿Me vas a ayudar o no? —interrumpe Diego mirándolo con severidad.

—Claro que sí, hermano, eso está hecho. En unos días te paso los contactos —ha accedido Amadeo, sospechosamente amable.

—Bien. Me faltan datos, volver a hablar con…

Diego ha frenado en seco, ha chasqueado la lengua contra el paladar y ha compuesto un mohín de disgusto. No quiere volver a mencionar a Elsa. No quiere que su hermano sospeche lo importante que Elsa fue en la vida del cantante, tanto, que puede que ni siquiera Greta lo supiera. Tras colgarle el teléfono, Elsa no ha vuelto a contestar a sus llamadas ni a sus mensajes, lo que le hace sospechar que estaba en lo cierto con respecto a la infidelidad de Leo. Lo suyo con Elsa nunca terminó. Greta lo dejó todo por amor, se trasladó a Redes, y, durante el último año de la vida de Leo, vivió en una mentira.

—¿Con quién te falta hablar? —lo anima a seguir Amadeo.

—No, nada.

—Vale. Así que no hay última canción…

—Que no vuelvas a eso, Amadeo, joder.

—No te has esforzado lo suficiente.

—Ya. Lo que tú digas —ha murmurado Diego, levantándose y marcando el número de teléfono de la compañía de taxis.

El cielo se apagaba sobre Madrid con nubes en tránsito cuando Diego ha cogido un taxi dejando atrás las ostentaciones de La Moraleja, de regreso a su humilde pisito de soltero de Lavapiés, cuyo timbre suena ahora estridente sacándolo de la escena en la que Leo, tendido en el suelo, es incapaz de detener los golpes que le propina Yago tras descubrir a su perro muerto en la playa.

—Joder —masculla Diego, guardando las veinticinco páginas que tiene escritas, y teniendo que apartar objetos de su camino nada más levantarse, incluida la bicicleta apoyada en la pared del recibidor, para poder abrir la puerta—. Ingrid.

—Hola.

—Hola.

—¿Cuándo volviste? ¿Por qué no me has dicho nada?

—Lo siento, he estado muy liado —se excusa Diego, visiblemente incómodo.

Diego, apoyado en el marco de la puerta, le cierra el paso de manera inconsciente, sin percibir las ganas que tiene Ingrid de echarse a llorar. Lo que quiere es que suba a su piso y así poder continuar escribiendo sobre Leo como si se hubiera convertido en una obsesión, en uno de esos personajes que, como fantasmas, te susurran cosas al oído con la intención de que cuentes su historia para no caer en el olvido.

—¿Puedo pasar? ¿Es mucha molestia pedirte que me prepares un té? —pregunta Ingrid insegura, señalando el interior del piso.

—No, claro. Perdona, pasa.

Diego va hasta la cocina y, con una mueca triste, abre la tapa de una lata de Lapsang Souchong que compró ayer en la herboristería para recordar a Greta. No le gusta su sabor, demasiado fuerte para su gusto, pero sí el aroma ahumado que flota por todo el piso las tres veces que lo ha preparado para sentirse cerca de ella. Ingrid tuerce el gesto al olerlo, algo que la distrae de mirar el caos que hay en el piso. En silencio, retira un par de libros del sofá y se acomoda a la espera de que Diego le sirva la taza de té.

—Es un té negro originario de China —le dice Diego, tendiéndole una taza caliente del susodicho té—. A ver si te gusta —añade, de pie, cruzándose de brazos.

—Huele un poco raro.

—Te acostumbras.

—Diego… Siéntate conmigo, anda.

Diego se sienta en el sofá manteniendo las distancias.

—No muerdo.

—Ya.

—¿Qué tal ha ido por Redes?

—Bien. Mucho trabajo y mucho que… procesar —vacila Diego, sin intención de explayarse.

—Busqué a Greta. Greta Leister.

—Ah. ¿Para qué?

—Para ver si me había salido una seria competidora.

—Ingrid, no…

—No me quieres, ¿verdad? Nunca me has querido. Yo empezaba a sentir cosas y… y a medida que yo me he ido acercando a ti, tú te has alejado. No es la primera vez que me pasa, pero esta… —titubea, se aclara la garganta y su mirada llorosa se entrelaza con la de Diego—. Esta es la que más me duele, la verdad.

—Lo siento, Ingrid. De verdad que me gustaría que las cosas fueran más fáciles, pero yo no…

—Es por Greta, ¿verdad? ¿Ha pasado algo entre ella y tú? —Diego baja la mirada y niega con la cabeza—. Igual no merezco ninguna explicación porque lo que tenemos no es nada serio, ¿no?

—Lo que hemos tenido ha estado bien. Muy bien. Pero…

—Pero no soy lo suficientemente especial para ti para que vaya a más —asume Ingrid torciendo el gesto.

Diego asiente. Estalla.

289

—No me la puedo sacar de la cabeza —reconoce meditabundo. Es la primera vez que lo reconoce en voz alta y delante de alguien. Le sabe mal que ese alguien sea Ingrid, a quien sabe que está hiriendo, pero por fin está siendo sincero con ella y eso ayudará a que se olvide de él—. Nunca he creído en el amor a primera vista. Nunca. Porque no es real, el amor no estalla de la nada como una supernova. Es una idealización que confundimos con otra reacción química igual de implacable como lo es la atracción. Pero el cuerpo no sabe fingir. Refleja lo que anhelas, se estremece con los impulsos y tiembla con las sensaciones que te provoca la persona que tienes delante. Eso es todo lo que Greta ha provocado en mí y es algo que hacía mucho tiempo que no sentía.

—Entiendo. Tanteamos el terreno hasta que nos damos cuenta de que estamos destinados a ciertos lugares y a una sola persona.

Ingrid, sin haber probado el té que deja sobre la mesa de centro, se levanta con una media sonrisa que condensa toda la tristeza del mundo. Diego se incorpora al mismo tiempo, observando cada uno de sus movimientos, mientras ella echa un último vistazo a su alrededor, como si también se estuviera despidiendo del piso en el que ha vivido tan buenos ratos. Se retira el flequillo de la cara con manos temblorosas y, pese a estar llorando, fuerza una sonrisa.

—No la dejes escapar —le dice con la voz quebrada, seguida por Diego de camino a la salida—. No sé qué ha cambiado en ti, pero te percibo distinto y diría que es algo bueno. Algo que te conviene y te mereces. Te hará feliz.

—Ingrid… —murmura Diego, abriéndole la puerta sin saber muy bien qué decirle, cómo consolarla. Ella sale al rellano secándose las lágrimas. Él no quiere hacerle daño.

—No pasa nada. Mi abuela siempre decía que lo mejor que te puede pasar es que alguien que no te quiere te deje. —Ingrid, vacilante, emite un suspiro cargado de frustración y de cosas que no quiere que se queden en el tintero, como si no fuera a te-

290

ner otra ocasión para soltar lastre—. Tengo que preguntarte algo, si no reviento.

—Vale.

—Si no hubieras conocido a Greta, ¿tú y yo habríamos seguido acostándonos? ¿Habríamos llegado a algo más... más serio?

—No lo sé —miente. Porque sabe que no. Que Ingrid y él no habrían llegado a nada. Pero para qué hurgar en la herida en un momento tan delicado como este—. Ni siquiera sé si ella siente lo mismo. Además, es muy precipitado y es... Greta es un poco peculiar, lo ha pasado mal y le cuesta abrirse.

—Bueno, mira los protagonistas de *Los puentes de Madison* —compara Ingrid, y ese ejemplo con tanto significado, afloja en Diego una sonrisa y una mirada cargada de añoranza, al recordar la tarde con el club de lectura octogenario de Redes, debatiendo sobre la novela y el amor—. Les bastaron cuatro días para enamorarse de por vida. El amor a primera vista sí existe; ocurre cada día en todo el mundo porque el amor no entiende de tiempo. No es solo atracción, aunque podemos confundirnos, es magia. No solo ocurre en la ficción, la ficción es un reflejo de la vida, de los sentimientos más fuertes y reales que surgen de la nada en el momento menos esperado. Sientes que la conoces desde siempre. Es pensar que si la pierdes te falta el aire y todo a tu alrededor se convierte en una escala de grises. El día a día deja de tener sentido. Ensayas conversaciones ficticias frente al espejo que a lo mejor nunca se darán. Abrazas la almohada imaginando que es su cuerpo, compras un té que detestas solo porque su olor evoca su recuerdo y eliges un momento íntimo entre ambos y lo visualizas en bucle antes de irte a dormir con la ingenua intención de revivirlo en sueños. Hasta los japoneses tienen una expresión para designar la sensación de que, al conocer a una persona, te enamorarás irremediablemente de ella: *Koi no yokan*.

Diego, paralizado, contiene el aliento. Se ha quedado sin palabras. Los ojos de Ingrid, cubiertos por un velo brillante, vagan por su cara, como si necesitase memorizar cada detalle de su monólogo de despedida.

—¿Aún sigues sin creer en el amor a primera vista, Diego?

62

Redes, A Coruña

Greta lleva días sin visitar la tumba de Leo sin remordimientos de conciencia. No hay nadie que recoja los obsequios de sus fans, amontonados sobre la lápida hasta el punto de cubrir la inscripción en letras doradas que los tres años transcurridos no han deslucido. Sin embargo, el club de lectura es sagrado, no faltaría ni aunque cayera la gran nevada del siglo. Hoy toca debatir sobre la novela *La campana de cristal*, de Sylvia Plath, publicada en 1963, un mes antes de que la autora se suicidara metiendo la cabeza en el horno. Greta lo leyó hace años, tenía pensado releerlo para tenerlo fresco, pero durante estos días no ha hecho más que regocijarse en el vacío que le ha dejado la ausencia de Diego. Vence la pereza y sale de la casa donde ha estado confinada desde que Diego se marchó, se sube a la vieja camioneta necesitada de un buen lavado tanto por dentro como por fuera, y conduce en dirección al pueblo. Aparca como siempre en la praza do Pedregal a pesar de lo que le dijo Yago la semana pasada y de la multa que se juega por dejar la camioneta ahí. Ninguna relación acaba bien. Inevitablemente, una de las dos partes termina herida y sabe lo rencoroso que es Yago. Es consciente de que está jugando con fuego, aunque una multa es lo que menos le preocupa ahora.

Camina sin prisas en dirección a la rúa Nova. Llega con una hora de antelación a propósito, para poder tener a Celso solo para ella durante un ratito, con la necesidad de hablar de Diego, de saber si, antes de regresar a Madrid, vino a verle para despedirse. A lo mejor tendría que haber contestado a sus llamadas. Siempre está a tiempo de responder a sus wasaps. Su enfado fue exagerado, es algo de lo que uno se da cuenta con el paso de los días y la calma que estos conceden. Pero cada vez que mira el último cuadro que pintó, deja el móvil a un lado para evitar tentaciones y reflexiona. Hay algo en ella que le impide dar el paso. Algo oscuro y malo que la hace enloquecer y que tiene mucho que ver con su fantasma, como si este, pese a llevar días en silencio, siguiera atormentándola, susurrándole al oído que la culpa fue suya, que ella lo mató. No es más que su propia voz reflejando la culpa. La mirada de desconfianza de Yago tratando de confundirla y culparla por la necesidad de hacerle daño al verse abandonado, se entremezcla con la tarde en la que Diego le preguntó sobre la última canción.

«Voy a dejarla», murmura para sus adentros.

Apaga el motor y se coloca la bufanda alrededor del cuello mirándose en el espejo del retrovisor. Apenas reconoce la mirada que le devuelve su reflejo.

Tiene claro que, si hay reconciliación posible con Diego, no será por teléfono. Le toca dar rienda suelta a su creatividad.

Antes de adentrarse en uno de sus mundos preferidos, el de la librería, Greta tiene por costumbre detenerse un par de minutos frente a la puerta acristalada y observar a Celso. Con un poco de suerte, él tarda en notar su presencia al otro lado del cristal. Los movimientos del librero son cada vez más lentos, se lamenta Greta internamente. Le preocupa la necesidad que tiene de acercarse a las etiquetas de las cajas para leer su contenido, los dolores de espalda que muestra con una mueca de fastidio, o lo mucho que le cuesta levantarse después de estar un rato sentado. Celso nunca se queja. Dice con humor que la edad pasa factura y que el cuerpo se resiente después de mil batallas. No es tan mayor, pero tiene muy presente la muerte y no la teme. A veces, le gustaría que el tiempo pasara veloz para volver a reunirse con Lucía en esa otra dimensión desconocida en la que cree fervientemente, porque, si no, ¿qué sentido tiene esta vida perra?, suele decir.

La campana de la entrada emite su efímero soniquete cuando Greta abre la puerta. El hilo musical de la librería está en un tono bajito, la voz de Jeanette y su *Frente a frente* apenas se oye con claridad.

—¡Buenas tardes, querida! —saluda Celso, efusivo, extendiendo los brazos, sabedor de que Greta necesita una buena dosis de alegría—. ¿Has leído *La campana de cristal*?

—No he tenido tiempo, lo siento. Lo leí hace años en inglés. *The Bell Jar*.

—Hay lecturas que se quedan en uno. Seguro que no la has olvidado.

Celso. Tan bueno. Tan sabio. Mira la hora en el reloj de pared, son las seis de la tarde. Una buena hora para tomar café. Los problemas, con café, son menos problemas. Greta le dedica una sonrisa triste y se apoya en el mostrador a la espera de que el librero termine de preparar los dos cafés. Con un gesto de cabeza, señala los sillones alrededor de los cuales ya hay dispuestas las sillas plegables para el club de lectura.

—Sí, estuvo aquí. Y, sí, tendrías que haber dejado que se explicara, *pequena*.

—Me ofusqué. No es lo mismo conocer la vida de Leo, la real, no la que se inventó para el público, a través de una biografía autorizada, que de la prensa con titulares morbosos para recibir más visitas en sus portales. La noticia estaba por todas partes —solloza Greta.

—Lo entiendo. Diego no tuvo la culpa. No cobró nada por eso, solo cometió el error de contarle a su hermano, que tiene un contacto más estrecho con la editorial, todo lo que había recabado sobre Leo para la biografía. Si lo hubieras visto… estaba triste, decepcionado consigo mismo. Como tú.

—¿Aún hablas con Lucía? —cambia de tema Greta.

—Un ratito antes de irme a dormir. Le cuento cómo me ha ido el día.

—¿Y no te hace daño, Celso?

Celso sacude la cabeza mientras su pecho se expande con una suave inspiración.

—Entre Lucía y yo no quedaron asuntos pendientes. No nos hicimos tanto daño como…

—Como Leo y yo —termina Greta por él, asintiendo con aire ausente y asumiendo su significado. Hay puertas que deben dejarse bien cerradas o que no deberían haberse abierto nunca, pero para cuando quieres recapitular, ya es tarde.

—¿Te despediste bien?

—Me despedí. Desde entonces, no lo he vuelto a oír y yo tampoco he dado pie a que eso ocurra.

Durante unos pocos minutos, Celso permanece en silencio y se limita a mirar a Greta intentando desentrañarla. Cualquiera pensaría que está loca, que se le ha ido la cabeza. Él no. Él la entiende, ya que fue quien cometió el error de incitarla a que hablara con Leo con la intención de sanarla y recomponer los pedazos rotos, de cerrar el pasado para cicatrizar las heridas y dar la bienvenida a lo nuevo. En ningún momento, el librero se planteó la probabilidad de que Greta se enganchara a un juego que, lejos de ser liberador y reconfortante, terminó convirtiéndose en algo tan macabro como lo fue la propia vida de Leo Artes. Aún vive traumatizada por aquella noche que nunca debió ocurrir. También debido a las lagunas mentales al despertarse en mitad de la noche, con sangre en la cabeza en el paraje sombrío del acantilado, sin recordar qué había ocurrido, por qué Leo no estaba con ella. Por qué se levantó cuando el mareo se disipó, avanzó a tientas en la oscuridad, y, al mirar hacia abajo, se topó con el peor de los desenlaces.

—Mejor, *pequena*, mejor. Leo te hizo mucho daño cuando vivía, no puedes permitir que siga hiriéndote desde el otro lado.

—Crees que yo lo…

—No. Ni por un segundo vuelvas a pensarlo —niega Celso, tajante, al tiempo que Greta rememora lo que Yago le dijo ayer, la desconfianza y la malicia en su mirada, la verdad que cree que le ocultó cuando lo llamó pidiéndole ayuda e informándole de lo sucedido.

—¿Y qué hago? —pregunta Greta, notando el escozor de las lágrimas tras los párpados, como si el librero tuviera todas las respuestas del universo. Y, sí, la respuesta más importante podría brotar de sus labios, pero no está seguro de que Greta pudiera soportarla.

—Esa no es la pregunta correcta.

—¿Y cuál es?

—¿Qué sientes? Por Diego. ¿Qué sientes?

—Que me falta el aire cada vez que pienso en él, cada vez que pienso que se ha ido y que a lo mejor no lo vuelvo a ver.

—Le contaste que…

—¡No! No, no. Él no sabe nada.

—Igual yo me fui un *pouquiño* de la lengua… —murmura Celso divertido, destensando el ambiente y desviando la mirada hacia el techo.

—¿Cómo?

—Que, a lo mejor, Diego sabe que fue tu amor platónico de juventud.

—¿Qué le dijiste?

—Eso mismo. Que fue tu amor platónico de juventud. El mozo estaba que no se lo creía. Y, tal y como esperaba, me dejó claro que es del todo correspondido, así que por eso no tengas dudas. Os gustáis. Os atraéis. Es un primer gran paso para que el amor, igual que una flor, germine y prospere.

—Me muero.

El librero se echa a reír al ver un incendio propagándose

sin control por las mejillas de Greta. Nunca la había visto tan nerviosa ni tan ilusionada. Ella suele contener sus emociones y mostrarse seria, serena, tímida casi siempre, hermética y desconfiada ante los intrusos y los desconocidos. La muerte de Leo le dejó una herida que, hasta hace una semana, parecía incurable. La vida con él fue de todo menos feliz y apacible. Hay heridas que parece que no sanarán nunca, que moldean tu carácter hasta convertirte en un ser triste que pasa por la vida sin esperar mucho de ella. Pero a Celso no lo engaña. En el fondo, Greta es como todos, no es una roca insensible e imposible de traspasar. La presencia de Diego en Redes le ha devuelto la seguridad en sí misma. La fortaleza. Las ganas de vivir. Celso percibe en ella la esencia que jamás debió perder en forma de un brillo especial en la mirada, y ahora parece una chiquilla adolescente enamorada.

—¿Pero cómo fuiste capaz?

—Si sientes que te falta el aire al pensar que has perdido una oportunidad bonita, ahí tienes la respuesta que buscas. Tú misma te la has respondido, pero, a veces, necesitamos que alguien nos dé el empujón para dar el paso.

A Greta la atraviesa un escalofrío y una sensación de vértigo se instala en su tripa.

—Siempre podemos preguntarle a la buena de Margarita qué haría ella si estuviera en tu lugar —propone Celso, aflojando la risa contagiosa de Greta que, aún con las mejillas sonrojadas, mira a su alrededor emitiendo un suspiro.

—Echaré de menos esto.

—Entonces, ¿te vas?

Tres años anclada a un lugar es mucho tiempo. Greta necesita recuperar las alas que Leo cortó.

—Te prometo que volveré.

—Parece el último diálogo de *Una promesa en Aigüèze*.

—Una promesa en Redes no suena tan exótico, pero…

—… sigue siendo una promesa.

63

Madrid

Diego anda tan liado en la capital, bicicleta arriba, bicicleta abajo, que apenas ha tenido tiempo de lamentar que Greta no se digne a contestar sus llamadas de días atrás. Pero no ha dejado de pensar ni un solo minuto en ella. Es algo lógico teniendo en cuenta que el entorno de Leo Artes se está apoderando de su vida. Amadeo ha cumplido con su palabra. Dos días después de su visita a La Moraleja, le pasó números de teléfono y nombres. Nada más recibir el correo electrónico, Diego, que llevaba escritas cuarenta páginas, hizo una lista, realizó unas cuantas llamadas, y, a las pocas horas, ya estaba visitando algunos de los garitos donde Leo empezó a darse a conocer. No eran pocos. Diego lo admiró por ello, puesto que debió de patearse Madrid y echar muchas horas para llegar donde llegó. Leo tuvo suerte, sí, no todos los artistas pueden presumir de que sus tumbas reciban visitas y obsequios a diario, pero no le regalaron nada. No tuvo enchufes de ningún tipo, su apellido no procedía de un linaje de artistas, no era «hijo de…». Leo escaló la cima por su talento y su trabajo. No tuvo que ser fácil. Diego tiene anotados en una libreta algunos de los locales: El Café Berlín, Hangar 48, Búho Real, El Sótano, Intruso Bar, Pop'n Roll, Cien por Cien Madrid, El Penta, Siroco y el mítico local Sala El Sol, situado en el número 3 de la calle de los Jardines, donde Diego se presentó a las nueve de la noche, una hora antes de la apertura. Le esperaba una noche larga. El siguiente en la lista era El Penta, donde esperó que lo recibieran tan bien como Daniel, el encargado de la Sala El Sol.

—Muchas gracias por recibirme.

—Nada, tú dispara mientras yo voy preparando la barra.

—Este fue uno de los primeros locales donde Leo Artes comenzó.

—Ajá.

—¿Qué me puedes contar sobre él?

—No me gusta hablar mal de los muertos, pero era un tío bastante borde y raro. Muy bueno en lo suyo, eso sí, por eso le dejaba tocar, aunque las condiciones en las que venía no eran..., bueno, el tío no estaba muy lúcido.

—¿Drogas? ¿Alcohol? —tanteó Diego con la grabadora del móvil en marcha.

—Un poco de todo. Al principio no. Llegó muy humilde y tímido pidiendo una oportunidad. Le costaba mirar a la gente a los ojos, algo que pensé que era cosa de la edad. Me dijo que vivía en la calle, que no tenía un puto duro y tenía pinta, sí, siempre iba sucio y, durante semanas, tocó con la misma ropa. Apestaba. Pero era magnético. A la gente la volvía loca. Tenía algo..., no sé, tío, tenía ángel, lo vi desde que se subió a ese escenario con su guitarra a hacer la prueba. Gustaba, aunque su mirada podía cambiar en cuestión de un segundo: de ser un tipo con el que piensas que podrías llevarte de puta madre, a creer que, si te acercabas, podía meterte en problemas. A las tías se les caía la baba con él, era un imán. Como me iba bien para el negocio, lo ayudé a salir de la calle. Mi hermana tiene una pensión a dos calles de aquí y allí se quedó el primer año, hasta que la discográfica se fijó en él y lo fichó. Tuvo suerte. Entonces era imposible contratarlo, pedían una fortuna por una actuación. Él se olvidó de la gente que lo apoyó desde el principio, es bastante típico, así que nunca se lo tuve en cuenta.

—¿Cuándo fue la última vez que lo viste?

—Puf… Soy malo con las fechas. Finales de 2008, principios de 2009… por ahí.

—Me has dicho que le costaba mirar a los ojos, que pensabas que era cosa de la edad. Pensabas —recalcó Diego con el ceño fruncido—. ¿Luego no?

—No. Enseguida me di cuenta de que no era la juventud la que lo cohibía, era la vida, su pasado… de donde fuera que viniera. Tenía acento gallego, sabía que era de un pueblo de A Coruña, él mismo me lo dijo. Nada más. No hizo amigos. Era muy reservado. Venía, tocaba, cobraba el bolo y se marchaba. Sin más. Yo de ti no perdería el tiempo yendo a todos los garitos donde tocó. Mucho curro y te contarán lo mismo que yo. Leo dejó huella, pero no de la buena.

—Vaya. Gracias, Daniel.

—Nada, tío, suerte con la biografía.

Daniel no andaba desencaminado. En El Penta, el bar de la chica de ayer y de la movida madrileña, el encargado le dijo prácticamente lo mismo:

—Al principio me dio pena. El chaval vino desesperado pidiendo una oportunidad. Le hice una prueba. Tocaba de puta madre, componía sus propias canciones y era original, diferente al resto, así que lo acepté. Aquí duró cuatro meses. A la gente le gustaba, muchos venían solo si tocaba él, porque tenía algo que enganchaba como la puta droga, ¿sabes? Pero hacía cosas raras que no me gustaban ni un pelo. Me daba mal rollo. Me transmitía mala energía, mala vibra…, no sé cómo explicarlo. Creo que se drogaba para aguantar despierto y tocar en dos o tres garitos en una sola noche. Una locura. He visto artistas mucho mejores que él y, sobre todo, con más don de gentes, más amables y con menos vicios que no han tenido tanta suerte. Aunque Leo se lo curró, no supo valorar todo lo bueno que vino después. Parecía arrastrar cosas chungas. Nunca crucé más de dos frases seguidas con él, era muy suyo.

«Ni te imaginas la de *cosas chungas* que arrastraba», pensó Diego, apagando la grabadora del móvil y tachando de la lista el resto de locales. Se quedó un rato en El Penta a tomar una copa y a disfrutar del espectáculo de un dúo musical que, desde el primer tema, le gustó. Ligó con una *groupie* muy guapa de veinticuatro años que le tiró la caña desde el otro extremo de la barra. Charlaron durante una hora y, cuando ella le propuso acabar la noche en su piso, Diego le dijo que no. Fue tal la indignación de la chica, que derramó medio cubata en la camisa de Diego, quien no pudo hacer otra cosa que echarse a reír. El Diego de hace un mes habría terminado en la cama con esa desconocida. El Diego de ahora, no quiere besar otros labios que no sean los de Greta.

El siguiente paso que dio Diego, ocurrió ayer, lunes, a la luz del día en la que, supuestamente, podemos sentirnos más seguros y protegidos. Diego pedaleó hasta la Gran Vía. Se detuvo en el número donde se encuentran las instalaciones centrales de la discográfica Las Musas, y entró con la bicicleta a cuestas atravesando el enorme vestíbulo de principios del siglo XX. Subió las escaleras y llamó al timbre. Lo que hay detrás de la puerta de la discográfica, todo luz, color, trofeos deslumbrantes, neón, ordenadores de última generación, mesas de metacrilato y puertas correderas de cristal que dan acceso a los despachos de los mandamás, es muy distinto al aspecto lúgubre que reina en la portería. Una recepcionista con el pelo teñido de rosa y aros en las orejas le dijo a Diego que esperara, que Ernesto, el que fue mánager de Leo, el mismo tipo que lo descubrió, se encontraba reunido y saldría en cinco minutos. Los cinco minutos se convirtieron en veinte en los que Diego, sentado en la sala de espera, aprovechó para colocarse los auriculares y volver a la voz susurrante de Elsa, a la cocina, al café agrio y malo y a la madre que dormía con los ojos abiertos, minutos antes de enterarse de que era la hermana melliza de Yago.

—¿Diego Quirón?

Ernesto Plazas lo sacó de su ensimismamiento, recibiéndolo con un apretón de manos y una sonrisa artificial. Ernesto tenía unos andares distinguidos, parecía que levitara de lo erguido que iba, enfundado en un traje que debía de costar un riñón. Su mirada le recordó a la de Amadeo; sin embargo, su hermano parecía un cordero indefenso en comparación con ese tipo que, a pesar de haber dejado atrás los cincuenta, parecía haber hecho un pacto con el Diablo o con el cirujano plástico.

Pasaron a su despacho, cuyas paredes estaban inundadas de discos de oro y de platino, de fotografías con los mejores músicos del momento y hasta de Ernesto posando sonriente con la banda al completo de *The Rolling Stones*.

—Carlota, sírvenos un par de copas de whisky. Del bueno. Gracias —le pidió a la secretaria.

—¿Whisky a las once de la mañana?

—Una copa de whisky es buena a cualquier hora, Diego —alegó Ernesto, sentándose en su trono e instando con un gesto a que el escritor tomara asiento frente a él—. No enciendas la grabadora. Retén en el coco lo que te voy a decir —añadió con aire chulesco, señalándose la sien—. No quiero que escribas ninguna biografía sobre Leo.

Vaya, eso era nuevo.

Nadie le había dicho hasta ese momento que la discográfica discrepaba. Diego, en *shock*, sonrió a la secretaria cuando les trajo las dos copas de whisky y le devolvió una mirada confusa a Ernesto.

—¿Que Leo mató a su hermano gemelo cuando tenía seis meses? ¿Qué falacia es esa? —inquirió, furioso, dando un golpe sobre la mesa y relamiéndose los labios tras darle un trago a su copa.

—Con todos mis respetos, es la verdad. Su mujer, Greta Leister, dio consentimiento para que se revelara la vida de Leo sin más mentiras. No sé si sabes que…

—Personalidad múltiple —lo interrumpió Ernesto barriendo el aire con la mano—. Sí, ya, tuve que hacer frente a las locuras de Leo, a que una vez casi me matara entre bastidores antes de empezar un concierto, a que me dejara la cabeza como un bombo por sus manías persecutorias con el rollo de que tenía a alguien dentro de su cabeza que lo quería matar. No era más que una invención para llamar la atención. Todo lo que te han contado sobre él es mentira, olvídalo. Leo Artes era drogadicto. Alcohólico. Y un narcisista de manual. Punto. Y eso tampoco puede salir en la biografía. Céntrate en sus canciones, en las giras, en la pasta gansa que ganó gracias a nosotros, en todo lo bueno que consiguió, y, lo demás, secreto de sumario.

—Hay un contrato firmado, Ernesto —trató de hacerle entender—. Muy a mi pesar, todavía se habla del titular que dio a conocer la prensa hace un par de semanas hablando de ese suceso. Ya no hay vuelta atrás.

—Tendrás problemas, Diego. Yo seré tu problema, y, créeme, por las malas soy muy malo. La editorial ya está advertida, pero ellos prefieren publicar la biografía porque van a sacar más pasta que con la multa que les voy a empapelar por daños y prejuicios. Eres un cabeza de turco. ¿Por qué crees que tu hermano rechazó la oferta? Porque quieren a un pringado como tú que, como escriba todas esas sandeces, no va a poder publicar en su puta vida —lo amenazó, y lo hizo con una calma que helaba la sangre. Diego tragó saliva con fuerza y se revolvió en el asiento, conteniendo las ganas de salir corriendo de ese espacio viciado—. Tengo a los mejores abogados de España trabajando en el caso, dado que todo lo malo que se diga de Leo, y hay mucho, soy consciente de ello, perjudicará a la discográfica. Y eso no lo voy a consentir. A no ser que…

Ernesto dejó las palabras flotando en el aire y a Diego con la tensión por las nubes. El mánager curvó los labios hacia arriba mostrando una hilera de dientes enfundados en carillas de porcelana rectísimas y blanquísimas, en un gesto que a Diego le pareció siniestro.

—… que me traigas su última canción.

«Y dale», se calló Diego, resoplando y mirando hacia otro lado.

—No hay última canción.

—La hay —confirmó Ernesto, con los ojos extremadamente abiertos y las pupilas dilatadas—. Tráemela y no tendrás problemas. Me da igual cómo la consigas. Solo así podrás escribir la biografía sin censuras, por mí como si dices que Leo era un asesino en serie, que no me extrañaría nada, y, además, te llevarás una suculenta suma de dinero de la que me consta que Amadeo te habló.

—¿Cómo estás tan seguro de que hay una última canción?

—*Voy a dejarla.*

—¿Qué?

—*Voy a dejarla* —repitió—. Así es como se titula la última canción que compuso Leo. ¿La viuda no te ha dicho nada?

—Greta asegura que no hay última canción.

—Claro, ya lo veía venir. Porque a Greta no le interesa que salga a la luz. Piensa, escritor, ¿a quién iba a dejar Leo? —inquirió despectivo—. Leo siempre escribía para alguien. Esa canción iba dirigida a su mujer. Iba a dejarla. ¿Qué habría sido de la vida de la pintora que lo dejó todo por él, viviendo de puta madre a su costa, si la hubiera dejado?

—¿Qué estás tratando de insinuar? —se le encaró Diego.

—Que el dinero todo lo puede. Todo. Pero también saca a relucir nuestros peores instintos. Mejor viuda y rica, que separada, humillada y en la ruina. ¿O no?

Diego se largó enfurecido con el corazón palpitándole en las sienes. Por si la tensa conversación acontecida en la discográfica no hubiera sido suficiente para considerarse un día para olvidar, un coche estuvo a punto de llevárselo por delante cuando estaba a una manzana de llegar a casa. La violencia con la que pasó por su lado y que se diera a la fuga, sumado a que era un coche negro de alta gama, y todos los coches de los matones son negros y de alta gama, le hizo pensar que el casi atropello había sido cosa del cabrón de Ernesto Plazas para darle un susto. Diego se adentró en el portal cojeando, con los pantalones rasgados, la mejilla izquierda magullada, la rodilla sangrando, la bici abollada y los ánimos por los suelos. Vamos, lo que comúnmente se dice: hecho un trapo. Cuando lo vieron las vecinas del segundo, que estaban cuchicheando como de costumbre en el rellano, se llevaron las manos a la cabeza y le preguntaron que qué había ocurrido, que debería ir al hospital, que, ojo, los golpes son muy malos e igual tenía una lesión cerebral.

«No tengo cinco años, joder», se mordió la lengua Diego, que estaba de un humor de perros y habría pagado su frustración contra cualquiera, pero no quiso ser mal educado.

—Me he caído con la bici. Nada grave, tranquilas.

Las vecinas se quedaron compungidas observando cómo Diego subía el último tramo de las escaleras, sacando fuerzas de donde no las tenía. Luego, la rabia lo impulsó a que, nada más entrar en su piso, lanzara la bicicleta al suelo y llamara a Amadeo.

—Eres un cabronazo.

—Eh, eh, eh. ¿Qué ha pasado ahora?

—Ernesto Plazas —mencionó Diego con voz trémula.

Le contó toda la conversación, de principio a fin. La reacción de Amadeo, que lo había escuchado con atención y sin interrumpir por primera vez en su vida, fue suspirar y quitarle hierro al asunto.

—La editorial está al tanto de las amenazas de ese facineroso. Tú tranquilo, escribe lo que te salga de los cojones. Te protegerán, también tienen buenos abogados.

—Y una mierda. Sabes tan bien como yo que no van a protegerme de nada. Cada parte mira por sus intereses y yo solo soy un pelele que no sabe dónde se ha metido. Que soy tu hermano, Amadeo, joder. Soy tu hermano y tú me has metido en esta mierda por la pasta, para llevarte tu tanto por ciento sin mover un puto dedo. ¿Qué es lo que quieren? ¿Que me saque de la manga la canción?

—Si Ernesto te ha dado hasta el título, es que sí existe, deja de decir que no para proteger a la viuda. Cien mil, Dieguito. Cien mil. Cincuenta para mí y cincuenta para…

—¡Cállate! —le gritó Diego, exasperado, apretando tanto el móvil contra su oreja que, una vez más, parecía que iba a hacerlo trizas.

—Pues vuelve a Redes cagando leches, suplícale perdón, arrodíllate si hace falta, pídele matrimonio, lo que sea… y roba la última canción. No puede ser tan difícil, ¿no?

—No tenéis escrúpulos —escupió Diego entre dientes—. ¿Y qué si existe? Si Greta no la quiere sacar a la luz, está en todo su derecho.

—A mí me haría desconfiar, la verdad. Igual Ernesto está en lo cierto y la pintora no es tan santa como me la has pintado. Igual fue ella quien lo empujó por el acantilado y es algo difícil de demostrar, ya que en la autopsia salieron unos niveles de alcohol en la sangre que hubieran tumbado a un elefante. El crimen perfecto. Piénsalo, hermano. ¿No lees novela negra? Deberías. Cosas más raras se han visto.

Que Diego le colgara el teléfono empieza a convertirse en una costumbre. Él no tenía nada que pensar al respecto, ni en ese momento ni ahora que, asomado al balcón, se despereza con la primera taza de café del día, contemplando el ocre de las hojas de los árboles que tiñe el otoño. Cree conocer a Greta. Visualiza su sonrisa y su mirada, la manera en la que trata a Celso y al resto de participantes del club de lectura, la dulzura que desprende al hablar y el beso que le dio sumergidos en la mar brava. Su susurrante: «No me perdonaría nunca que murieras por mí», antes de probar por primera vez sus labios. Así que, ¿qué sabrán ellos, que no la conocen? Nada. Ellos no saben nada ni les interesa cómo puede sentirse Greta. Ahora empieza a entender mejor sus constantes negativas a que escribieran sobre Leo hasta que llegó él y cambió de idea. Solo piensan en el dinero, el maldito dinero que todo lo pudre, y en sus propios intereses, medita Diego, con la vista clavada en su móvil con cero notificaciones, ni llamadas ni wasaps.

—A ver si ahora se me ha jodido el móvil —murmura, dando un respingo a causa del estridente sonido del timbre. Alguien espera al otro lado de la puerta.

64

Diego echa un vistazo por la mirilla. Desde el percance con el coche que se dio a la fuga al arrollarlo, se le ha metido en la cabeza que su vida corre peligro. Que Ernesto es capaz de hacer cualquier cosa para conseguir esa última canción o para quitarse de encima de la peor de las maneras al pelele del escritor que va a contar verdades turbias sobre Leo, perjudicando el prestigio de la discográfica. Aunque el mundo está lleno de escritores y cualquiera podría ocupar su lugar. Y, a pesar de todo, poco le importa a Ernesto que la biografía salga a la luz mientras él se forre a costa de la canción *Voy a dejarla*. Es contradictorio. Perverso. Todo por unas letras. Unas últimas letras que llevan tres años buscando y que, sin que ni siquiera el propio Leo lo supiera, valen oro tras su muerte.

Tal vez el accidente no tiene nada que ver con Ernesto, su amenaza y sus planes. Si fueran por las malas, habrían enviado a algún matón a casa de Greta para apoderarse de la dichosa canción. Y, que él sepa, no han hecho nada de eso.

Tal vez fue casualidad.

Tal vez nunca lo sabremos.

Un hombre de aspecto sospechoso con visera roja espera en el rellano. En sus manos, Diego distingue un paquete.

—¿Quién es?

—Repartidor de SEUR —contesta el hombre con desgana.

—Deje el paquete y márchese —le pide Diego.

El repartidor pone los ojos en blanco y deja el paquete en el felpudo de la puerta tal y como Diego le ha pedido. El hombre, acostumbrado a hablar con puertas más de lo que le gustaría, le pide el número del documento de identidad. Diego lo grita alto y claro, al tiempo que el repartidor teclea en su dispositivo táctil y se marcha. Es cómico ver cómo Diego abre la puerta con sigilo, mira a ambos lados del rellano para asegurarse de que el hombre se ha largado, coge el paquete rectangular a la velocidad de un rayo y lo entra en el piso dando un portazo. Sostiene el paquete. Lo mira extrañado y lo zarandea para adivinar qué hay dentro sin necesidad de desembalarlo, a ver cómo suena.

¿Y si es una bomba?

Qué peliculero eres a veces, Diego.

Deja el paquete sobre la mesa de la cocina. Apenas pesa. Coloca los brazos en jarra. Pensativo y sin dejar de mirarlo, le da un sorbo al café. Finalmente, la curiosidad se impone y, a los pocos minutos, lo abre descubriendo en su interior otro paquete envuelto en papel de cartón. Lo desdobla y los ojos le hacen chiribitas al descubrir un cuadro firmado por G. Leister. El corazón martillea en su pecho cuando se centra en los detalles de lo que le parece una escena que vivió en otra vida. Ahí donde debería estar su primer editor, el hombre que confió en su talento antes que él mismo, hay un vacío. Reconoce la calle y la librería Rafael Alberti donde hizo su primera presentación en las características baldosas de su fachada, con un escaparate lleno de ejemplares de *Una promesa en Aiguèze*, algo que nunca sucedió. Su libro, que pasó sin pena ni gloria, no fue de los que llenaron los codiciados escaparates, sino que fue directamente desterrado al fondo de las estanterías de las pocas librerías donde se distribuyó. Increíble cómo Greta ha plasmado la ilustración de la cubierta en miniatura con un trazo fino y perfecto. No obstante, lo que más llama su atención es la joven que Greta ha pintado de espaldas.

—Así que no te imaginé —le dice a la nada—. Eras tú.

65

Madrid
19 de junio de 2009

Alejandro Perea, editor de la pequeña y humilde editorial Ariadna, cuyo nombre estaba dedicado a su hija, fichó a Diego con la esperanza de hacer reflotar una empresa que cada vez tenía menos sentido. Era imposible luchar contra los grandes grupos editoriales, los peces gordos que copaban todo el mercado y no dejaban más que migajas a las pequeñas que intentaban abrirse camino en un negocio lleno de pirañas. No podía hacer grandes tiradas, a duras penas era capaz de costear los ejemplares destinados a los periodistas para posibles entrevistas en periódicos, radios o canales de televisión locales, y, mucho menos, invertir en una buena estrategia de marketing. Así que, *Una promesa en Aiguèze*, destinada a fracasar desde el principio, porque a veces el boca a boca no es suficiente para salvar un naufragio, salió a la venta con una tirada prudente y tan solo un par de presentaciones cerradas. La primera, en la librería Rafael Alberti, lo que ya era un buen presagio de por sí, pues se trata de una de las más solicitadas de todo Madrid. Eso fue lo que le dijo Alejandro para convencer a Diego que, preso del pánico escénico y de la pesadilla recurrente de que no acudiera ni una sola persona a su primera presentación por no ser un autor famoso, no quería salir de la comodidad de su pecera.

—No basta con publicar, Diego. Hay que promocionarla. Dar la cara. Y eres un tipo con presencia y labia, yo de hombres no entiendo, pero a mi hija la tienes loquita. Un autor guaperas siempre vende.

Por aquel entonces, Diego aún no se había hartado de esa expresión. Él se consideraba un tipo de lo más normal. Ni tenía los ojos azules al más puro estilo Paul Newman, ni lucía una melena dorada como Brad Pitt en *Leyendas de pasión* y ni siquiera estaba musculado. Pero atraía. Y él, que casi nunca había sido rechazado por ninguna mujer, con el tiempo se daría cuenta de que un escritor guaperas, como decían que él lo era, no vende ni más ni menos. Es cuestión de talento y suerte. Especialmente suerte, y que apuesten fuerte por ti como lo intentó Perea, aunque, sin recursos, limitamos los milagros a Lourdes.

Aquella tarde de junio en la que Diego tenía su primera presentación, acudió a la librería con los nervios a flor de piel. Apenas había dormido y tenía el estómago cerrado. No esperaba encontrar una cola de lectores esperando frente a la puerta, claro, seguía pensando que él no era nadie para que le ocurriera algo así de bueno, pero tampoco la desolación con la que tuvo que enfrentarse nada más entrar. La realidad lo abofeteó. Nadie lo esperaba. Solo su editor, que estaba hablando con la librera, cerrando la presentación de otro autor. Alejandro le dijo que invitara a sus padres y a su hermano que, por aquel entonces, ya empezaba a despuntar como la futura promesa de la novela histórica. Él se negó. No quería amigos ni familiares. No quería que Amadeo se llevara el protagonismo del que tenía que ser su momento ni que le dijera, una vez más, medio en broma, medio en serio, que era un copión. Como si todavía fueran a parvulitos. Así que ahí estaba Diego, en compañía de sus inseguridades y sus miedos, saludando con un gesto de cabeza a su editor, que le pasó una mano por encima del hombro y lo llevó hasta una sala con más sillas dispuestas de las que se llegarían a ocupar. Tomó asiento frente a una mesa repleta de ejemplares que se quedarían acumulando polvo, y esperó con un nudo de ansiedad instalado en su pecho a que empezara a entrar gente. El editor comprobaba a cada segundo la hora en su reloj de pulsera, y, seguidamente, dirigió una mirada compasiva a Diego y se encogió de hombros.

—Esperaremos un poco más, Diego —le pidió, mirando hacia atrás en dirección a la puerta.

Una señora que había entrado a comprar un cuento infantil para su nieta, vio el cartel donde se anunciaba la presentación de Diego, la nueva promesa literaria. Al ver que no había nadie, se sentó por lástima, ya que había algo en ese chico que le recordaba a su hijo. Y lo mismo hizo una pareja de unos cuarenta y tantos años que, después de cuchichear entre ellos durante unos minutos, se sentaron en las sillas de la última fila.

—Bien. Sin más preámbulos, empezaremos la presentación de *Una promesa en Aiguèze*, la primera novela de Diego Quirón, un autor novel y desconocido, pero con un gran futuro por delante —anunció Alejandro con una sonrisa, mirando alternativamente a los tres asistentes. Jamás, desde que había aterrizado en el mundillo, había visto una presentación tan triste en la que el desánimo era palpable hasta en la manera en la que Diego apoyaba los codos sobre la mesa.

—Todo empezó por una ruptura sentimental —empezó a explicar Diego con voz temblorosa— que me condujo hasta Aiguèze, una pequeña comuna francesa ubicada en la región de Languedoc-Rosellón…

Los asistentes empezaron a aburrirse al poco rato, ahogando bostezos, mirando el reloj. Diego había contado toda la novela. Error de novato. El editor le hacía señas de que se callara, de que dejara de hacer spoilers a mansalva, que ahora, para qué iban a leerla si la había destripado y ya conocían hasta el final. ¿Qué gracia tenía? El paripé empezó quince minutos más tarde de lo previsto y terminó diez minutos antes. Firmó solo dos ejemplares. Sí, por compasión. Diego salió de la librería cabizbajo y con el corazón en un puño, prometiéndose a sí mismo que, si continuaba en la profesión, algo que no creía posible, jamás de los jamases volvería a pasar un trago como ese. No haría más presentaciones ni firmas de libros. Se planteó que, si volvía a publicar, lo haría bajo seudónimo y solo saldría de la comodidad del anonimato por un premio o una gran suma de dinero. Se sintió tan mal consigo mismo, que le escocían los ojos y un nudo le apretaba la garganta, dificultándole la tarea de hablar con claridad. El editor se despidió de la librera agradeciéndole la oportunidad y salió tras Diego que, apoyado en un árbol de la acera, parecía estar a punto de echarse a llorar.

—Es lo normal al principio, no te preocupes. Que lo de hoy no te hunda. Esta es una carrera de fondo en la que cada día cuenta. Y esto también ha sido un aprendizaje, aunque ahora te cueste verlo, chico.

—Lo he hecho fatal. Para tres personas que se han sentado ahí por lástima y he quedado como el culo.

—Bueno, para la próxima no cuentes toda la novela.

—Es que no sabía qué decir. Me daba pánico quedarme callado, sin nada que contar. Y, cuando les has propuesto la ronda de preguntas, no han dicho ni mu.

—Ya pasó. Una experiencia vital más y ya está. Así vas cogiendo experiencia. Esto le ha pasado alguna vez a todo el mundo. ¿Sabes que el mismísimo David Lynch presentó *Cabeza borradora* en Cannes ante un total de cero personas?

—Gracias, Alejandro. Por la oportunidad, los ánimos y eso, ya sabes…

—Nada, chico. Todo irá bien. Ya verás como…

Diego dejó de prestarle atención. Volvió la vista a un lado y se percató de la presencia de una chica joven, rubia y bonita, muy bonita, que se había detenido frente a la puerta de la librería y lo miraba con los ojos brillantes y un ejemplar de *Una promesa en Aiguèze* contra su pecho. Durante los pocos segundos que sus miradas se cruzaron, Diego pensó que nadie coge así un libro que

315

le es indiferente.

—Eh, Diego, ¿me estás escuchando?

Diego, atolondrado, volvió a mirar a su editor. Asintió, a pesar de no tener ni idea de lo que le había dicho. Tampoco importaba.

—Vamos, que te llevo a casa. Tengo el coche aparcado aquí cerca —lo animó Alejandro, pasando un brazo por su espalda e instándolo a caminar calle arriba.

Cuando Diego se giró para volver a mirar a la chica, ya no estaba. ¿Había sido un espejismo? ¿El desánimo que sentía era capaz de fabricar una ilusión que olvidaría en unos días? ¿O era uno de esos ángeles que su madre aseguraba que existían y que aparecían cuando más los necesitábamos?

66

Madrid

La chica rubia de ojos brillantes existió. Y era Greta. De ahí, sopesa Diego, la conexión casi inmediata que sintió por ella nada
más verla. Su amabilidad, la generosidad con la que lo trató desde
que puso un pie en su casa. El beso en la playa. El beso. Sus miradas, las chispas, la cercanía, la familiaridad. Todo, desde el contacto físico hasta la intimidad que se creó entre ambos en muy pocos
días, venía de ese momento que Greta ha plasmado tan bien en
el cuadro. Algo en la puerta del subconsciente siempre recuerda
lo que la mente desecha. La mente de Diego había desechado ese
instante dada su brevedad, por considerarlo fruto de una ilusión,
de una alucinación momentánea. Sin embargo, su subconsciente
lo tenía anclado. Cobran sentido las palabras de Celso, y Diego
se ve catapultado al interior de la librería con olor a tinta y a café
recién hecho flotando entre sus viejas estanterías:

«Cuando me habló de ti se le iluminó la cara. Hacía tiempo
que no la veía tan emocionada como ahora, teniendo en casa a un
escritor del que se enamoró platónicamente hace muchos años».

Y entonces lo ve. Regresa a la buhardilla de la casa de
Redes, donde Greta le enseñó sus cuadros. Los visualiza, especialmente los que más le gustaron. Él es el hombre pensativo que

aparece en cada uno de ellos y cuya presencia llena los escenarios ficticios plasmados sobre el lienzo. Siempre fue él. Que el cuadro de Leo se llevara todo el protagonismo provocó que desviara la atención a lo que de verdad importaba. A lo que Greta le quería enseñar y, en aquel momento, no se atrevió a confesar.

—Me ha perdonado —delibera Diego en voz alta, sin dejar de mirar el cuadro con una sonrisa de oreja a oreja—. Esto significa que me ha perdonado —añade, recorriendo con la yema de sus dedos la melena rubia de la chica.

Seguidamente, suena la melodía del *Aserejé* en su móvil. Es, posiblemente, la única vez que Diego no resopla por la estridente cancioncita, al ver en la pantalla el nombre de Greta.

—Greta —contesta en una exhalación.

—Prepara tus cosas y baja.

—¿Qué?

—Que hagas la maleta, Diego —le ordena con voz serena.

—Pero…

—Te espero abajo.

Greta cuelga el teléfono sin darle opción a decidir si sí o si no, aunque la respuesta habría sido evidente. Sí. Sí a todo. Paralizado, Diego consigue dar un paso en dirección al balcón para comprobar si es cierto que Greta está ahí. Se le detiene el corazón al asomarse y distinguir la vieja camioneta color cereza con los intermitentes puestos y mal aparcada en la estrecha calle, dejando el espacio justo para que transite otro vehículo. Por un momento, Diego recorre el piso como un pollo sin cabeza. No sabe ni por dónde empezar. Va hasta el dormitorio, coge la maleta de debajo de la cama, está tan nervioso que le tiemblan las manos. Hace tiempo que no viaja, así que tiene que sacudirle el polvo. A veces le gustaría ser tan organizado como Amadeo y menos caótico. Abre el armario. Media ropa termina esparcida en la cama y coge lo imprescindible, lo que mejor huele y menos arrugado parece estar. Tres vaqueros, dos sudaderas y tres jerséis sumado a lo que lleva puesto, varias camisetas de manga corta, calzoncillos, calcetines... Lo mete todo en la maleta sin doblar, con la esperanza de que cierre sin problemas, y, al llegar donde sea que Greta piense llevarlo, no tenga que planchar. Corre hasta el minúsculo cuarto de baño en el que a duras penas cabe una persona. Se aplica desodorante y colonia, vuelve a lavarse los dientes, maldice al coche negro de alta gama que se dio a la fuga por la magulladura que le dejó en la mejilla. En tiempo récord, prepara una bolsa de aseo con la maquinilla de afeitar incluida. Bien. La maleta cierra.

Vuelve a asomarse al balcón. Greta sigue ahí, esperándolo. Mira a su alrededor, le da un último sorbo al café, y vierte el resto del contenido en el fregadero, donde deja la taza sin lavar. Inspira hondo, coge las llaves y, con la respiración acelerada, sale al rellano. Hoy las vecinas del segundo deben de haber salido a comprar al mercado, no están cuchicheando como lo tienen acostumbrado. Gracias a ellas, que tienen controlado a todo el vecindario, se enteró de que Ingrid se había ido a Barcelona con la compañía de teatro, un par de días después de que se marchara de su piso con lágrimas en los ojos. Una incomodidad menos, pensó en su momento, con pena por todo lo que habían vivido.

Nada más poner un pie en la calle, Diego exhala el aire contenido en los pulmones. Greta lo mira divertida a través del retrovisor, saca la mano por la ventanilla y lo anima a acercarse.

—Abre el maletero y deja tu equipaje —le dice alzando la voz para que Diego la oiga.

Diego obedece. Abre el maletero, deja la maleta y se acerca, abriendo la puerta y acomodándose en el asiento del copiloto. Le parece imposible estar con ella, tan cerca. Han pasado más días distanciados que conviviendo juntos en Redes. La distancia y la manera en la que terminaron, han provocado que los sentimientos se intensifiquen y que ahora se miren como si no quisieran volver a perderse de vista.

—¿Me perdonas? —lo sorprende Greta, mirándolo tan fijamente que a Diego le da la sensación de que podría meterse

319

dentro de su cabeza.

—No hay nada que perdonar.

—¿Qué te ha pasado en la cara?

—Ayer me caí de la bici, no es nada —contesta Diego restándole importancia, con una verdad a medias. Ni por asomo piensa contarle que, tal vez, un matón enviado por el mánager de Leo quiso darle un susto del que podría haber salido peor parado. No quiere preocuparla. No quiere pensar que su integridad física corre peligro si no le consigue la última canción de Leo al demonio disfrazado de mánager.

—Celso me lo contó todo. Que la noticia en prensa te había pillado por sorpresa y que tú solo cometiste el error de compartir con tu hermano la información que habías recabado. Así que, sí, tienes que perdonarme, porque aquella mañana te traté mal sin darte opción a que te explicaras. No soy fácil, Diego. Te dije que había oscuridad en mí. Pero esa oscuridad se ha ido. Se largó en el mismo momento en que nos dimos aquel beso en la playa.

Diego contempla a Greta que, sonrojada, presa de una repentina timidez, mira hacia abajo y se muerde el labio inferior. La magia, una vez más, se rompe en el momento en que Diego quiere decir algo, lo que sea antes que soportar un minuto más este silencio, cuando son interrumpidos por el pitido de un claxon. Al furgón que tienen detrás le es imposible pasar por el hueco que queda libre.

—Será mejor que nos pongamos en marcha. Nos queda un largo camino por delante.

Greta arranca, apaga los intermitentes, mete primera y se alejan de la calle que memorizó al leer el contrato editorial.

—¿Con quién has dejado a Frida?

—Con Celso.

—¿Y adónde vamos? —pregunta Diego, aunque lo que de verdad quiere decirle es que no ha podido arrancarse de la cabeza el beso en la playa que acaba de mencionar Greta, tomando la iniciativa de algo que no quiere ocultar por más tiempo. Porque, si algo le ha enseñado la vida a Greta, es que, a veces, no hay tiempo.

—¿Te ha gustado el cuadro?

—Me ha hecho recordar.

—¿El qué? —tantea Greta, con la mirada al frente, esbozando una sonrisa pícara cargada de satisfacción.

—Aquella tarde. Mi desastrosa primera presentación. El optimismo de un editor del que no he vuelto a saber nada y mi frustración. A ti con mi libro contra tu pecho. Pensé que te había imaginado. Cuando volví la vista atrás ya no estabas.

—Pues estuve ahí, Diego. Y yo nunca pude olvidar ese momento. Nunca. Ni siquiera cuando Leo apareció en mi vida haciéndome pensar que sí, que te había dejado atrás. Me mentí a mí misma porque te creí un imposible hasta que, al fin, nueve años más tarde, el destino ha jugado a mi favor y te presentaste en casa como si fueras un milagro.

67

Madrid
Viernes, 8 de abril de 2011

Una Greta de veintitrés años con un montón de sueños cumplidos pese a su juventud, observaba cómo colocaban sus cuadros en la galería donde exponía esa tarde. Era ya su quinta exposición, la anterior había sido en pleno Paseo de Gracia de Barcelona, donde todos sus cuadros fueron vendidos a precios estratosféricos por coleccionistas que pensaban que Greta Leister era una buena inversión a corto plazo.

La artista del momento, agasajada por los críticos que aseguraban que sus cuadros cobraban vida propia gracias a unos colores vibrantes y una luz inimitable, recordó la malograda primera presentación de un autor que la enamoró tanto en su momento, casi dos años atrás en el tiempo, que varias habían sido las veces en las que había vuelto a pasar por la librería Rafael Alberti por si el destino hacía de las suyas y lo volvía a ver. También recorría las ferias literarias con la esperanza de ver al autor firmando en alguna caseta. Ahora que había ganado un poco de confianza en sí misma, sabía que no se quedaría rezagada en un segundo plano y se acercaría a él. Pero nada se sabía de Diego Quirón. Y Madrid es muy grande para coincidir. Desde su primera obra *Una promesa en Aiguèze*, no había vuelto a publicar nada. Greta guardaba su libro como oro en paño, no solo porque fuera su preferido y ninguna otra historia hubiera calado en ella de la misma forma, sino porque parecía no quedar un solo ejemplar en todo el mundo tras el cierre de la editorial en enero de ese mismo año. Tal era su adoración por Diego, por las palabras que plasmó y por la sensibilidad con la que contó su historia, que era el protagonista indiscutible de cada una de sus obras. Diego, sin saberlo, había recorrido el mundo entero. A veces le daba miedo. Lo que para ella era admiración, un enamoramiento puro y platónico, para otros podía tratarse de una obsesión enfermiza. Cuando le preguntaban con curiosidad y una pizca de malicia quién era ese hombre, siempre el mismo, siempre pensativo y melancólico, solo y perdido en su propio mundo, protagonista indiscutible en cada uno de los escenarios que Greta creaba únicamente para él, ella se limitaba a encogerse de hombros y a contestar:

—Nadie. El hombre del cuadro no existe.

Greta tenía un don. Y el mundo lo había visto, desde que el bar El Chambao, en pleno corazón de Malasaña, le había cedido su espacio hacía un año y medio para exponer una pequeña parte de su colección. Victoria Orsi, de ascendencia italiana, una de las marchantes más prestigiosas de todo Madrid, pasó por ahí y se fijó en la obra de Greta, elevando sus sueños a tres metros sobre el cielo. La vida de Greta dio un giro repentino de ciento ochenta grados. Dejó su trabajo en el McDonald's. Invirtió sus ahorros en material y, al cabo de unos meses, cuando vio más dinero del que jamás habría imaginado en su primera exposición, alquiló un piso espacioso en Malasaña que tenía una gran habitación destinada a dar rienda suelta a su pasión. Ese piso no solo se convertiría en su hogar, también en su estudio, y Greta no podía sentirse más afortunada.

La exposición iba sobre ruedas. Greta Leister era el centro de atención. A ella, sin embargo, le gustaba quedarse en una esquina discreta contemplando cómo la gente admiraba su obra.

¿Qué sentían por dentro al ver uno de sus cuadros por primera vez? ¿Qué pensaban? Le gustaba que le hicieran la pelota. ¿Y a quién no? Su juventud era su gran aliada, pero también su enemiga. Esas personas que hoy te agasajan, te sonríen y te dicen que eres la mejor, mañana, cuando el éxito no sea más que un puñado de polvo en el recuerdo, ya no estarán. Nadie es imprescindible. Otro puede ocupar tu lugar. El éxito es efímero. Cruel. Y, cuando desaparece, las personas que te quedan pueden contarse con los dedos de una sola mano.

De vez en cuando, Victoria se acercaba a Greta con una sonrisa deslumbrante para presentarle a futuros clientes. Propietarios de cadenas hoteleras interesados en adquirir varios Leister para las suites y las recepciones de los mejores hoteles de Francia, Italia, Alemania, Inglaterra… Cada vez que le mencionaban Alemania, la niña desvalida y abandonada que habitaba en Greta pensaba en su padre. ¿Y si iba a algún hotel de Alemania y veía uno de sus cuadros en recepción? ¿Se sentiría tan orgulloso de ella como para intentar retomar la relación? Pero nunca ocurrió. A lo mejor su padre no era de los que se alojaba en hoteles aun siendo directivo de una multinacional que lo hacía viajar constantemente. Tal vez no era de los que se fijaba en los cuadros de los hoteles y mucho menos en las firmas de los artistas en una esquinita cauta. Era probable que lo único que le quedara de él era su apellido y los rasgos físicos de la abuela alemana que nunca conoció y que tanto atraían en España.

Greta, aconsejada por su marchante, había cambiado su forma de vestir y no le había quedado otra que aprender a andar en tacones. Terminaba cada exposición con dolor de pies, de cabeza y, sobre todo, de cara. Apenas sentía las comisuras de los labios de tanto forzar la sonrisa ante desconocidos que la miraban con admiración. El resultado de esa exposición fue brillante: todos los cuadros vendidos y tres encargos importantísimos.

Greta solía quedarse un rato más, cuando la sala iba vaciándose, con la intención de despedirse de sus cuadros que, en pocas horas, serían empaquetados y enviados a sus destinatarios. Le dolía no volver a verlos más. Cada cuadro era único. Especial. Fue entonces, en ese instante de soledad y reflexión, cuando lo vio. Leo Artes entró por la puerta acristalada de la galería adueñándose de cada rincón por la luz que desprendía. Sabedor de que llegaba tarde, no parecía tener prisa, y, al igual que Greta, agradeció internamente tener prácticamente toda la sala para él. Greta clavó su mirada en Leo, que no se dejó ni un solo cuadro por admirar. Treinta y cinco minutos más tarde, antes de que Victoria terminara las gestiones correspondientes con la galerista, Leo caminó en dirección a la artista. Parecía que la había visto desde el principio, la tenía bien ubicada, pero no dio el paso hasta que no se supo de memoria cada una de sus creaciones. El instante en el que Leo caminó en dirección a Greta, se ralentizó como en las escenas de las películas en las que algo importante está a punto de suceder. La sonrisa congelada de Leo le provocó un tirón inusual en el vientre. Su presencia imponía, era magnética hasta el punto de dejarte aturdida.

—Te descubrí hace tiempo. Mucho antes de que expusieras en galerías tan alucinantes como esta. Soy un gran admirador de tus obras, Greta —se presentó Leo, recalcando su nombre y tendiéndole la mano que Greta estrechó.

—Muchas gracias —contestó ella, manteniendo bajo control el temblor de su voz.

—Me llamo Leo.

—Yo Greta —dijo, presa de los nervios que el cantante le provocaba aunque lo intentara disimular con una fingida indiferencia, dándose cuenta de que él ya conocía su nombre. Sorprendentemente, el cantante de moda del momento, el que más suspiros robaba, la conocía, había venido a su exposición por ser ella, y eso le parecía increíble.

—Lo sé —rio Leo—. Me encanta tu nombre. Para mí es… Greta es un nombre especial. Oye, ¿te apetece ir a tomar algo por ahí?

«¿Cómo negarse?», pensó Greta mirando el reloj, alargando la respuesta, haciéndose la difícil, simulando estar ocupada y solicitada y...

—Eh... vale, tengo un ratito.

El «ratito» se convirtió en siete horas. Una copa, una cena, otra copa más, venga, va, la última... nos damos nuestros teléfonos y quedamos otro día... Leo era un chico serio y de pocas palabras, con un aire atormentado y seductor que no pasaba desapercibido, pero a Greta, por aquel entonces, le gustaba hablar y él sabía escuchar. Eran tal para cual. A las cuatro de la madrugada, él la acompañó hasta su portal. Un par de minutos de titubeo y tonteo, y él recorrió su rostro con la mirada como si la estuviera memorizando, hasta fijar los ojos en sus labios premeditadamente. Se agachó un poco y, al ver que Greta no se apartaba ni titubeaba, levantó la mano y acarició su mejilla, una táctica infalible para acercarse más y más, y un poco más, concluyendo la cita con un beso en los labios. El mejor beso que a Greta le habían dado nunca, empezó a un ritmo pausado y dulce y terminó con una fogosidad apabullante que provocó que subiera las escaleras del portal con las piernas temblorosas como gelatinas, después de una despedida perfecta y la promesa de volverse a ver pronto.

Muy pronto.

68

Madrid

—Te has quedado mudo, Diego.

—Es que me sorprende que alguien como tú sintiera algo por mí sin conocerme. Solo por una fotografía en blanco y negro en una contracubierta y una novela que, a día de hoy, solo recuerdas tú.

—Y Celso —ríe Greta, omitiendo lo que piensa en realidad, que su novela no era una novela común, que era sentimiento, un rayito de luz en un mundo triste, caótico, repleto de más energías negativas que positivas—. ¿A qué te refieres con alguien como yo?

«¿Pero tú te has visto?», se calla Diego conteniendo el aliento. Greta provoca en él un aturdimiento exagerado, como el que Leo provocó en ella cuando lo conoció.

—Alguien con tanta luz —resuelve con espontaneidad, sin poder apartar la mirada de ella y pensando en las acertadas palabras que Ingrid usó a modo de despedida.

«¿Aún sigues sin creer en el amor a primera vista, Diego?».

Greta cambia el semblante. Se queda seria, tan seria, que Diego cree que la ha vuelto a pifiar. Es una de sus especialidades y, delante de Greta, ese don se incrementa. Pero en este caso Diego no ha dicho nada malo, lo que pasa es que Greta aprendió de Leo que, cuando una persona irradia luz, siempre existen grietas por las que es fácil que se cuele la oscuridad. La locura. Ella siempre temió esa locura.

—¿Piensas que estoy loca? —pregunta, tensando la mandíbula sin quitar ojo de la autopista que los aleja de Madrid en dirección a Zaragoza.

—¿Qué? No, claro que no. Nunca pensaría eso de ti. Oye, que por aquí no se va a Redes.

—Es que no vamos a Redes.

—¿No me lo vas a decir?

—Paciencia. Lo sabrás en unas horas.

Vamos, Diego, piensa un poco. No puedes ser tan tonto. Aunque, lo cierto, es que, mientras sea con Greta, te da igual el destino, ¿verdad? Con ella irías hasta el mismísimo infierno.

La conversación cambia de rumbo con naturalidad. Un viaje por carretera en el interior de una vieja camioneta no es el ambiente más propicio para hablar de sentimientos, así que Diego empieza a hablarle de los locales nocturnos que ha visitado y de los encargados que ficharon a Leo cuando era un desconocido, para avanzar en la biografía después de Redes. Después de Elsa. Obviando, por supuesto, la balda de la estantería de los autores rusos marcada con una L y una E y un «siempre» que supone que Greta ignora y que el mundo se quedará sin conocer.

¿Para qué añadir más dolor a una biografía ya de por sí triste y oscura?

—Sé que necesitas muchos datos sobre Leo para escribir la biografía y yo te los daré, te lo dije y voy a cumplir mi promesa. Te contaré nuestra historia. ¿Pero podríamos dejar de hablar de él, por favor? Solo por unos días, no permitamos que Leo sea nuestro centro, Diego. No es sano —le pide Greta con gesto sombrío, parando en una estación de servicio para comer. Ahora que por fin vuelve a tener a Diego a su lado y que no le falta el aire, se le ha abierto el apetito.

Francia

Diego, a veces, no tiene muchas luces, esa es la verdad, o prefiere hacerse el tonto, que, para el caso, puede parecer lo mismo.
Sin embargo, las dudas se disipan cuando cruzan la frontera y
se adentran en el país vecino. Francia los recibe al atardecer, con
el cielo teñido de rosa y el dorado del sol en el horizonte escon-
diéndose tras unas montañas verdes que, en poco más de un mes,
lucirán nevadas.

—Así que vamos a Aiguèze.

—A cumplir una promesa —confirma Greta—. Contan-
do con una parada cada tres horas, llegaremos sobre las once y
media de la noche —calcula con efectividad—. Nos esperan.

—¿Nos esperan?

—Ajá —asiente Greta, pensativa, envuelta en un halo de
misterio. En vista de que Diego se ha quedado estancado y de que
se percibe cómo le corroen los nervios por dentro, decide añadir—: Para seguir hacia delante, es necesario cerrar etapas. Con tu
llegada a Redes, me ayudaste sin ser consciente a cerrar una etapa
muy difícil, así que yo te debo esto, Diego.

—No me debes nada. Anda, para por ahí, da la vuelta y
vamos a...

—No. Vamos a Aiguèze a ver a Valerie.

—Que la tengo olvidada, Greta, de verdad. Si llamé hace unos meses fue por simple curiosidad, por saber si seguía regentando el hotel. No quiero que pienses que...

—Yo no pienso nada —vuelve a interrumpirlo—. Hace solo unos meses llamaste a su hotel para escuchar su voz, para asegurarte de que seguía ahí. Eso significa algo, no me digas ahora que fue por simple curiosidad, porque no cuela. A no ser que Ingrid, tu vecina...

—Lo de Ingrid terminó. Ya te dije que no teníamos nada serio, pero, bueno, lo que había ya... ya no.

—Ah.

Greta apenas puede disimular la media sonrisa que se le ha formado en los labios al saber que Diego es libre. Si tiene que ocurrir algo entre ellos, algo en lo que Greta no puede dejar de pensar, con las ansias y la ilusión de quien desea un futuro más prometedor que el presente, más feliz, menos pesado que los años que quedaron atrás, ya no habrá terceras personas a las que dañar y eso allana el camino.

—¿Y Yago? —inquiere Diego en un susurro, la mirada fija en el salpicadero.

—Tampoco teníamos nada serio, ya lo sabes, pero también se ha terminado. Es lo mejor para él.

Se pierden en una mirada que apenas dura unos segundos, pero que está cargada de significado, de los pocos recuerdos que conservan juntos y de una promesa que, si bien aún no ha cogido forma, empieza a germinar en dos corazones que laten a la par, en el instante en que emergen las primeras estrellas en un inmenso cielo azul cobalto.

—Las promesas, por muy insignificantes que sean, hay que cumplirlas. Porque, si no, pueden romperte el corazón —empieza a explicar Greta con calma—. Te hablé de mi padre. Te dije que mi madre descubrió que tenía otra vida lejos de Madrid. Otra mujer, otros hijos... que nos abandonó cuando yo tenía siete años. Lo que no te conté, es que, hasta ese momento, yo fui su niña. Una niña querida y mimada a la que le prometía que siempre estaría ahí, con ella, que la hacía sentir única porque para él era lo más importante, que la quería y la adoraba —añade nostálgica—. No estamos programados para que nos fallen, Diego, y, cuando lo hacen, es inevitable sentirse herido. Es el peor sentimiento. Es un dolor que no cura nunca, que te cambia y te convierte en una persona con sentimientos encontrados a la que le costará volver a creer en los demás o, por el contrario, a dar demasiado y entregarte en cuerpo y alma de inmediato a quien menos lo merece, con la esperanza de que no te vuelvan a abandonar. La herida se convierte en trauma, el trauma en malas decisiones, y las malas decisiones en un vacío difícil de gestionar. Confiar en alguien como para creer que cumplirá su promesa, la que sea, y, con el tiempo, darte cuenta de que era una mentira. Por eso tienes que volver a Aiguèze. Para enmendar tu error y cerrar viejas heridas, incluidas las tuyas. Para curar un corazón que dejaste roto y sentir que puedes volver a entregar el tuyo en paz con el pasado y sin remordimientos.

70

Madrid
Agosto, 2011
Leo & Greta, cuatro meses de relación

El abandono de su padre había convertido a Greta en una chica necesitada de atención y cariño hasta extremos preocupantes. Una vez cumplido su sueño de ser una artista reconocida con más dinero del que podría gastar nunca, se entregó a Leo al cien por cien. Dejó a un lado su trabajo decepcionando a su marchante en varias ocasiones, echando de su vida a las pocas amigas que le quedaban del colegio y hasta a su madre, a la que veía un par de veces al mes con la excusa de que estaba hasta arriba de encargos. Cuando estaba con él, que era prácticamente las veinticuatro horas del día, no existía nada más en el mundo. Solo él y ella. A Greta le encantaba que la llamara a todas horas para saber dónde estaba, con quién, qué hacía, si estaba bien… No se daba cuenta de que Leo se estaba apoderando de su día a día, absorbiéndola por completo. Le maravillaba sentirse especial cuando Leo se subía a un escenario y, mientras todas las chicas de la sala lo vitoreaban, le lanzaban ropa interior y otros enseres igual de personales, él solo tuviera ojos para ella, dedicándole desde la primera hasta la última canción del repertorio.

Greta estaba ciega. No siempre el amor nos arrastra por senderos que merecen ser visitados. A veces, la toxicidad no se identifica como tal, se confunde con sentimientos más benévolos y esos senderos terminan siendo lava que te daña y te quema.

El día en el que Greta estaba vaciando su piso de Malasaña, dejando únicamente su material de trabajo con la intención de conservarlo como taller para trasladarse al de Leo en Chamberí, él realizó una llamada al teléfono fijo de una casa que no visitaba desde que era niño, con la mala suerte de no ser contestada por quien deseaba.

—María. ¿María, está Elsa? —preguntó con impaciencia y ansiedad, estrujando el móvil contra la oreja y maldiciendo no tener el número personal de Elsa.

—¿Leo?

—Sí, soy yo.

—¡Deja en paz a Elsa, *carallo*! No vuelvas a llamar a esta casa. Ella ha rehecho su vida, te ha olvidado.

Leo exhaló una dolorosa bocanada de aire y negó, tanto para sus adentros como para el exterior. Su voz sonó ronca al decir:

—No. Eso es imposible. Ella nunca…

—Leo, ¿todo bien? —lo sobresaltó Greta, acercándose a él silenciosa como un gato y dándole un toquecito en el hombro. Fue tal la fuerza que Leo empleó para apartarla, fruto de la rabia porque María le hubiera colgado la llamada, tratándolo como si fuera escoria, que tiró a Greta al suelo.

—¡Joder! —estalló Leo, llevándose las manos a la cabeza. Fue corriendo hacia Greta que, desde el suelo, lo miraba con terror. Leo nunca olvidaría esa mirada. Años más tarde, ya ni se esforzaría en disimular que la mujer que estaba destinada a casarse con él no le importaba nada—. Greta, lo siento. Lo siento. Perdóname, ha sido sin querer. ¿Estás bien?

—Sí…, creo que sí —contestó Greta, aturdida, rechazando la mano que le tendía Leo—. Déjame en paz.

—Elsa, por favor…

—¿Cómo me has llamado?

—Greta. Greta —repitió compungido.

—No. Me has llamado Elsa. ¿Quién es Elsa?

—Perdona, yo…

—Mira, creo que nos hemos precipitado. Todo ha sido demasiado intenso, ha ido demasiado rápido y no… no estoy preparada para ir a vivir contigo, Leo —decidió Greta. De veras sonaba firme y decidida, pero cuando alguien es tu debilidad, es difícil llevar a cabo según qué decisiones tomadas en caliente—. Será mejor que te vayas. Voy a volver a sacar mis cosas de las cajas y me quedo aquí.

—Por favor, no me hagas eso, no me dejes, te quiero conmigo. Te quiero, te quiero, te quiero…

Leo era persuasivo. Se sentó frente a Greta, la rodeó con sus brazos y empezó a acariciarle la cara con posesión, pero ella lo veía como un acto desesperado de amor para no perderla.

—Por favor, perdóname… es un mal momento, es…

—¿Con quién estabas hablando por teléfono? —quiso saber Greta, sin que en su pregunta hubiera un rastro de malicia.

—Con nadie. Con nadie importante, te lo juro.

Greta le creyó. Porque si Leo le hubiera dicho cualquier estupidez, como que había visto un cerdo de color verde surcando el cielo, también le habría creído. Con el tiempo, comprendió que debería haberle hecho caso a esa vocecilla interior que le advertía que no siguiera, que no se fuera a vivir con él, que el infierno estaba a un solo paso de mostrar su peor cara. Era demasiado joven como para cargar con algo así y salir indemne.

Se abrazaron. Se besaron e hicieron el amor por última vez en el piso de Malasaña que había visto a Greta madurar y conseguir sus alas. Unas alas que estaban a punto de quebrarse sin que ella lo sospechara, por la necesidad de sentirse amada, protegida, a salvo. Y, precisamente por esa necesidad, fruto de la huella que dejó su padre al abandonarla, terminaría siendo una marioneta con el corazón hecho trizas. Pero la venda de sus ojos no desaparecería, como tantas otras cosas negativas en la vida de Greta, hasta que los planes de Leo se torcieron, posicionándose en su contra.

71

Aiguèze, Francia

Aiguèze huele a jazmín y a promesas a punto de cumplirse. Cuando Greta alcanza el final del trayecto a las once y media de la noche y recorre la estrecha rue Le Barry flanqueada de casas campestres de piedra protegidas por setos bien recortados, Diego siente una punzada en el pecho, los nervios aturullados en el estómago. Se detienen frente a la verja pintada de color verde esperanza.

—Llama al timbre, Diego —le pide Greta.

Diego es incapaz de mover un solo músculo de su cuerpo.

—Va, Diego, no me harás salir del coche, rodearlo y llamar al timbre yo. Está en tu lado. Llama.

—¿Por qué me da la sensación de que me conoces más que yo mismo?

—Porque sé leer entre líneas. Porque no solo leí tu historia, la sentí. Te sentí —contesta, tranquila, como si tuviera la respuesta preparada.

—Joder, no sé si esto...

—Hemos hecho un viaje muy largo y no va a ser en balde.

—No me has dejado conducir. Tienes que estar molida.

—No te he dejado conducir porque en cuanto me hubiera despistado, habrías dado media vuelta en dirección a Redes —ríe

Greta—. Va, Diego, no te escondas, que nos esperan.

—Pero ella sabe… ¿Valerie sabe que vuelvo?

—Una promesa es una promesa, en Aiguèze y en cualquier otra parte del mundo.

—¿Pero sí o no? —se impacienta Diego.

—Mmm… puede que sí, puede que no. Anda, llama al timbre.

Sobre el muro que cobija el telefonillo, se distingue el cartel que da la bienvenida a Les Jardins du Barry. Diego vaga por las imágenes que se le presentan y que se remontan diez años atrás en el tiempo. Nada de lo que le rodea ha cambiado. Parece que Aiguèze se ha congelado en el tiempo mientras la vida ha seguido su curso. Diego, con la mirada fija en el telefonillo, se ve a sí mismo más joven, más ingenuo, y a la preciosa Valerie entregándole todo cuanto tenía. Regresa a la despedida, a las lágrimas y al nudo en la garganta, a la promesa que solo cumplió en la ficción por la necesidad de perdonarse al decidir que no volvería a pisar Aiguèze. Y ahora está aquí. Diez años después. Tras una inspiración profunda, Diego llama al timbre ante la atenta mirada de Greta. La voz de una mujer que Diego reconoce al instante no tarda en surgir:

—*Les Jardins du Barry, bonne nuit.*

—*Bonne nuit, j'ai une réservation au nom de Greta Leister.*

—*Bienvenue, mademoiselle Leister.*

Diego, expectante, se olvida de Valerie en cuanto Greta ha abierto la boca dándole muestras de un perfecto y celestial francés, música para sus oídos.

—¿Cuántos idiomas hablas? —se interesa Diego, con la intención de mantener a raya los nervios obviando que, después de una década, se encuentra a muy pocos metros de distancia del que fue su primer gran amor. La cancela se abre automáticamente y Greta conduce lentamente por el camino de grava hasta la zona de aparcamiento.

—Castellano, inglés, francés, italiano y alemán, claro —

contesta divertida, admirando el relajante entorno, alumbrado por farolillos y guirnaldas luminosas que cuelgan de las ramas de los árboles sin un orden preciso, y le otorgan al jardín un ambiente de fiesta con encanto.

—Alemán, claro, como si fuera tan fácil. Yo a duras penas me apaño con el inglés, siempre he sido muy malo con los idiomas.

—Oye, esto es precioso. No me extraña que desearas quedarte a vivir.

—Eso pasó en otra vida —alega Diego enfurruñado como un crío.

—En una sola vida caben muchas vidas. ¿No te parece que hay algo mágico en volver a esa otra vida que te marcó y te convirtió en escritor? Porque no tenías pensado escribir y seguir los pasos de tu hermano hasta que conociste a Valerie.

—¿Cómo sabes eso?

—Tú te has tragado cientos de entrevistas de Leo y yo, durante estos días, he memorizado las que te han hecho a ti.

—Vamos, las dos o tres que debe de haber por ahí.

—Dos o tres, sí, pero me han gustado las respuestas que diste. Muy sinceras. Muy tú —añade, guiñándole un ojo—. Piensa que, si hace diez años hubieras terminado en otro lugar que no fuera Aiguèze, no habrías conocido a Valerie. Seguramente, no habrías escrito ninguna novela. Y tú y yo no habríamos coincidido nunca.

Diego traga saliva, se pierde en los labios de Greta. Cuánto dicen nuestras decisiones de nosotros mismos. Cuánto puede cambiar una vida dependiendo de la decisión que tomemos, por muy pequeña o aleatoria que esta sea.

Greta aparca el coche. Es temporada baja, así que tienen el privilegio de ser los únicos huéspedes de Les Jardins du Barry. La tranquilidad se respira en un ambiente silencioso, tan solo roto por el sonido relajante del agua cayendo en un pequeño estanque artificial, ubicado en un extremo del jardín bajo uno de los imponentes sauces llorones que, irremediablemente, a Diego le recuerdan al lugar donde reposan los restos de Leo, el último lugar donde estuvo antes de despedirse de Redes. Greta le ha dicho que él, sin ser consciente, la ha ayudado a pasar página con respecto a su famoso marido. Y que por eso le debe esto. Volver a Aiguèze. Cumplir su promesa. Romper con el pasado para seguir hacia delante. Él no tiene esa necesidad, hace mucho que no la tiene, aunque llamara hace unos meses para volver a escuchar la voz de Valerie, esa que tantas veces le susurró al oído que nunca olvidaría lo que habían tenido durante aquel verano de 2008. No tendría que habérselo contado a Greta. No tendrían que estar aquí. No le queda muy claro por qué ahora ha vuelto a Aiguèze, mientras sale del coche como un autómata con las piernas entumecidas por haber estado tanto rato sentado. Se siente al borde del colapso por lo que le espera al cruzar el camino de baldosas que tan bien recuerda y que conducen a la recepción donde una Valerie de cuarenta y seis años, diez más a como su mente la recuerda y la visualiza, los espera.

Greta, por su parte, tiembla; hace frío. Coge un jersey del asiento de atrás y se lo pone, al tiempo que camina en dirección al maletero para sacar el equipaje.

—Es tal y como me lo había imaginado —le dice a Diego—. Vamos, que me muero de sueño.

Mentira. Greta no se muere de sueño, se muere de curiosidad, deseosa de ver cómo Valerie y Diego reaccionan y se miran después de tantos años. Está impaciente, ansiosa. ¿Le recordará el momento a uno de sus vídeos virales preferidos? Ese con millones de visitas en el que la artista Marina Abramovic se reencuentra con Ulay, su gran amor, veintitrés años después. Celso le dijo que igual no era buena idea forzar a Diego a venir hasta aquí, que a saber si se lo tomaba mal o qué sentimientos volvían a despertar en él, teniendo en cuenta las ganas que tiene Greta de que pase algo entre ellos.

—Soy consciente de que el amor que tuvieron puede volver a surgir, Celso —reveló ella—. Por eso necesito llevarlo a Aigueze. Porque, si en algún momento tiene que haber algo entre Diego y yo, quiero estar segura de que dejó atrás el amor que más le marcó.

—Quieres ponerlo a prueba —sentenció el librero.

—Algo así.

—Demuestras una seguridad en ti misma apabullante, mi querida Greta. Hay que tener valor. Después de todo por lo que has tenido que pasar, me siento muy orgulloso de ti.

Diego camina detrás de Greta cargando con las dos maletas.

—Ya las llevo yo —se ha ofrecido, caballeroso, aunque no sabe qué demonios lleva Greta en su equipaje para que pese tanto.

Cuando llegan al umbral de la doble puerta de madera con cristal, Greta se gira y mira a Diego.

—¿Preparado?

—Qué remedio —contesta él de mala gana.

Nada más poner un pie en el coqueto espacio de recepción, ven a Valerie. La respiración de Diego se vuelve irregular y Greta no lo admitirá, pero está casi tan nerviosa como él. Parece que los años no hayan pasado para la propietaria del hotel salvo por las canas que luce en su melena rizada antaño negra y las arrugas de expresión que se han apoderado de la piel sedosa que Diego, con manos inexpertas, tantas veces acarició. No es verano, pero lleva uno de sus distinguidos caftán, y su mirada serena es exactamente la misma. Los recibe con una sonrisa tras el mostrador, que se esfuma en cuanto reconoce a Diego. Incrédula, como si estuviera frente a un fantasma del pasado, Valerie se lleva una mano a la boca. Seguidamente, emite un suspiro profundo, fruto de la emoción que la embarga, y que provoca que rodeé el mostrador y estreche a Diego entre sus brazos sin darle tiempo a reaccionar. Él corresponde a su abrazo mirando a Greta por encima del hombro de Valerie, mientras ella no puede evitar emocionarse un poquito y temer internamente que el corazón de Diego no se acelere solo por los nervios, sino por algo más. Por los recuerdos, esos que pesan o que te ayudan a seguir. Al rato, sin que el contacto desaparezca, Valerie se separa de Diego para mirarlo directamente a los ojos.

—Diego. Cuánto has crecido.

El comentario afloja la risa de Greta. «Cuánto has crecido» era lo que le decía su abuela Antonia, la madre de su madre, cuando iban a visitarla en verano a su casa de Valladolid.

—Diez años —murmura Diego con voz muy queda—. Siento no haber...

—Shhh... —Valerie lo calla colocando el dedo índice sobre sus labios, un roce breve que a Diego le incomoda por la intimidad que emana. No pregunta qué le ha pasado en la cara, si le duele el cardenal de la mejilla, un poco inflamada—. Tenías que vivir. Seguir tu camino y experimentar, conocer otros mundos —le dice, en un correcto español pero con un marcado acento francés—. Tengo tantas cosas que contarte, Diego. Tantas...

Valerie vuelve entonces al mundo real, teniendo en cuenta la presencia de Greta, y se sitúa detrás del mostrador de manera profesional.

—Vienes con tu novia. Greta Leister, tengo la reserva a tu nombre.

—No somos novios —aclara Greta, mirando de reojo a Diego, cuyo semblante se ha vuelto inescrutable.

No han saltado chispas como esperaba, casi podría decirse que Greta se siente decepcionada. El encuentro no ha sido frío, pero tampoco tan emotivo como había idealizado, aun siendo de las que piensan que, donde hubo fuego, quedan cenizas. En este caso, las cenizas parece habérselas llevado el viento, ya que, si bien Valerie y Diego no han dejado de mirarse, no percibe la unión ni la pasión que él plasmó en su primer libro. La gran historia de amor igual no fue para tanto. Ahora, Greta se plantea que quizá solo se trataba de una ficción donde se inventan situaciones y los sentimientos se engrandecen para captar el interés del lector y despertar en él emociones dormidas.

—Os he preparado el apartamento l'Olivier. ¿Os importa compartir cama? —pregunta, con una sonrisa traviesa que sonroja a Diego y compromete a Greta.

—No nos importa —contesta Greta por los dos.

—Diego, Greta, me gustaría invitaros mañana a cenar.

En vista de que a Diego le ha mordido la lengua el gato, Greta vuelve a responder por él:

—Nos parece estupendo. ¿A que sí, Diego?

—Eh… sí, claro, claro.

—Bien. El papeleo formal lo haremos mañana, hoy es tarde.

Valerie coge la llave del apartamento y se ofrece a acompañarlos. Recorren el camino en silencio bajo un cielo estrellado que Greta admira con la cabeza en alto, mientras sus acompañantes fijan la mirada en el césped rociado.

—Aquí es —les dice Valerie, deteniéndose frente al apartamento y abriendo la puerta—. Treinta y siete metros cuadrados, salón, cocina americana, una habitación y un cuarto de baño. Vistas al jardín, terraza, barbacoa, lavadora, plancha, sofá, televisión… Espero que os sintáis cómodos. Al final, ¿cuántos días pensáis quedaros?

Greta se encoge de hombros, no lo tiene muy claro.

—Ya iremos viendo —contesta sonriente.

—Sois muy bienvenidos. Descansad.

Valerie le da la espalda a Greta y se sitúa frente a Diego. Mirándolo fijamente a los ojos, coloca la mano en su hombro y la desliza hasta su antebrazo sonriendo, bajando la mirada y sacudiendo la cabeza, como si el gesto pequeño y simbólico que acaba de hacer hubiera quedado mejor en su cabeza.

—*Bonne nuit.*

Cuando Valerie cierra la puerta tras ella, Greta enarca las cejas y le dedica una amplia sonrisa a Diego que él, ceñudo, no corresponde.

—¿Qué pretendes con esto, Greta? —pregunta, con una seriedad que provoca que Greta se amedrente.

—Ya te lo he dicho. Que cumplas tu…

—No tenías que meterte en algo así. No era necesario. No todos necesitamos hacer las paces con el pasado, ¿sabes? Duerme en la cama, yo duermo en el sofá.

Eso ha dolido.

—Diego…

Greta hace un intento por acercarse a Diego, pero él se lo impide yendo hasta el cuarto de baño, donde se detiene en el umbral de la puerta dando por finalizada la noche:

—Ahora mismo no quiero hablar.

72

Diego se asoma a la puerta que da al dormitorio. Greta está profundamente dormida, agotada por el trajín de ayer. Siente haber sido tan mezquino. Sabe que este viaje lo ha hecho por y para él con la mejor de las intenciones, demostrando una seguridad en sí misma admirable. Diego no tiene esa seguridad. Ni loco provocaría un encuentro de Greta con algún ex. Por si acaso. A no ser, se atormenta, que los sentimientos que Greta le despierta no sean recíprocos y a ella no le importe que vuelva a caer en los brazos de Valerie.

Apenas ha podido pegar ojo pese a estar agotado, pero su encuentro con Valerie no fue del todo como él esperaba. Sintió rabia por el paso del tiempo transcurrido. Por esa segunda parte de *Una promesa en Aiguèze* que nunca llegó a suceder. Sintió rabia por no sentir nada. La mujer que vio detrás del mostrador le pareció una desconocida, y se enfadó consigo mismo pagando su desengaño con Greta, por no permitirle conservar el bonito recuerdo que hasta ayer tenía de aquel verano de 2008. Diego va a tener que darle la razón a Sabina. Allí donde has sido feliz, nunca debes tratar de volver. En la memoria se vive el idilio y se es feliz; en la realidad se recibe el golpe.

Mientras contempla el rostro sereno de Greta y se centra en su respiración pausada, es consciente de que está perdido. Que las mujeres con las que estuvo en el pasado ya no tienen ningún poder sobre él. Porque todo cuanto le importa lo tiene aquí, al lado, su presente y su futuro, durmiendo con una placidez que lo calma, en el apartamento l'Olivier, a quinientos setenta euros la semana que Diego desconoce que Greta ha pagado por adelantado. Una punzada le atraviesa el pecho al recordar su visita a la discográfica de hace dos días. Las amenazas por parte de un mánager con malas pulgas y peores intenciones si no le conseguía la última canción que, según él, existe, y Greta la oculta porque podría incriminarla en la muerte de Leo. No se plantea ni por un segundo que Greta pudiera haberle hecho algo a su marido. Sería de locos que lo hubiera empujado por el acantilado si, como insinúa el mismo título de la canción, *Voy a dejarla*, él tenía intenciones de separarse. Sin embargo, la cara que puso cuando le preguntó si estaba segura de que fue un accidente, le hace sospechar que Greta no le ha contado toda la verdad. Y necesita saberla. Aunque una parte de él la tema. Porque qué rápido se apagan algunas vidas. Que sentimiento de injusticia se apodera de nosotros cuando eso sucede.

Diego sale del apartamento y se ve sumergido en un mundo distinto al de su barrio de Lavapiés, siempre tan ruidoso, tan lleno de gente, de anécdotas. Aquí no parece que ocurra mucho. No huele a salitre como en Redes ni se oye el rumor de las olas, pero sí se le parece en el silencio y la calma que se respira en un entorno cuidado y limpio repleto de vegetación. Recuerda el delicioso café que preparaba Valerie para los desayunos. El zumo de naranja, los cruasanes calientes y esponjosos recién hechos. Por un momento, su paladar saborea el recuerdo de aquellos desayunos. Pasea por el jardín solitario, sin más huéspedes que Greta y él, sintiéndose dueño de todo cuanto le rodea. Esa podría haber sido su vida. Si se hubiera quedado, si hubiera regresado tal y como prometió. Quién sabe si en un mundo alternativo hubiera sido posible. Quién sabe si el Diego de ese mundo inexistente es más feliz.

—*Bonjour, Diego* —lo saluda Valerie, apareciendo de detrás de unos setos que estaba recortando. A su caftán se le ha unido hoy unos guantes de jardinería de color violeta a juego con sus sandalias veraniegas, como si se resistiera a ponerle fin al verano pese a estar a un paso del invierno.

—Buenos días.

—¿Tienes hambre? ¿Quieres desayunar?

—Un café sería genial.

—Eso está hecho —sonríe Valerie, desprendiéndose de los guantes y caminando lentamente por el sendero en dirección a la recepción, donde, tras un arco, se encuentra un comedor luminoso gracias a los grandes ventanales que llegan del suelo al techo con unas privilegiadas vistas al jardín, vibrante a estas horas de la mañana—. Puedes sentarte ahí. Era tu mesa, ¿recuerdas?

Sí, claro que se acuerda. Una mesa para cuatro comensales junto al ventanal, que solía ocupar Diego durante aquellas mañanas de agosto de 2008 en las que el hotel estaba más concurrido que ahora.

—Gracias.

Al poco rato, Valerie le sirve un desayuno de lo más apetitoso. Café solo, con dos de azúcar, como la anfitriona recuerda que le gusta a Diego. Zumo de naranja, un cruasán de mantequilla, caliente y esponjoso, y un par de tostadas con un potecito de mermelada de frambuesa adquirido en uno de los populares mercados medievales de la zona.

—¿Puedo sentarme contigo?

—Claro —acepta Diego con una sonrisa tirante.

—¿Greta aún duerme?

—Sí, no he querido despertarla.

—Un viaje largo.

—Ajá —confirma Diego, distraído, dándole un primer mordisco al cruasán que le sabe a gloria y evitando la mirada fija de Valerie. Siente ser tan frío, tan distante con ella, pero no puede evitarlo, no le sale ser de otra manera.

—Greta Leister —empieza a decir Valerie—. Sabía que su nombre me sonaba de algo. Tengo un cuadro suyo en mi apartamento. Este mundo es un pañuelo. Me lo regaló un generoso huésped italiano cuando su valor era muy inferior al que tiene ahora. Es un cuadro en el que aparece un chico joven y pensativo sentado a la mesa de la terraza de un bar con vistas al mar. Siempre me ha gustado mirarlo y ahora entiendo por qué. Ayer me fijé mejor en el cuadro y se parece mucho a ti.

—¿El chico del cuadro? —quiere cerciorarse Diego.

—Sí. ¿Cuánto hace que la conoces? —se interesa Valerie, escudriñando su expresión.

—Un par de semanas.

—Es curioso, porque ese cuadro es de hace más tiempo. Tiene siete años. ¿Cómo es posible que ya te pintara? ¿Te inventó? ¿Saliste de sus cuadros? —ríe, pizpireta—. Ayer por la noche me entró curiosidad. La busqué en Google. En todos sus cuadros apareces tú, Diego, siempre es el mismo chico, el mismo perfil e idéntico semblante, y eso es muy significativo, ya que si la conoces desde hace dos semanas, ¿cómo es posible que ella ya te conociera a ti?

«¿Hasta dónde puede llegar una obsesión?», se pregunta Diego, intranquilo, limitándose a encogerse de hombros sin satisfacer la curiosidad de su primer amor, ahora, como suele ocurrir siempre que el tiempo corre en nuestra contra, convertida en una desconocida que habría pasado desapercibida si se la hubiera cruzado por la calle.

—Esa chica vale oro —prosigue Valerie con interés—. Literalmente. Sus cuadros se han revalorizado mucho en los últimos años. Si el negocio me va mal, podría vivir el resto de mi vida con la venta de su cuadro.

—¿Cuánto podrían llegar a pagar por él?

—Un millón de euros —contesta Valerie sin inmutarse,

mientras a Diego se le atraganta el trozo de cruasán que tiene en la boca a medio masticar.

—¿Me disculpas un momento? Tengo que hacer una llamada.

—Claro. Igual he hablado de más.

—No, al contrario. Gracias.

—Oh, no sé por qué, pero no hay de qué. ¿Sigue en pie la cena de esta noche?

—Sí —confirma Diego, dándole un trago apresurado al café y poniéndose en pie.

—Qué bien. Tengo ganas de que conozcas a mi pareja —dice Valerie, misteriosa, cuando Diego ya le ha dado la espalda con el móvil en alto. Pero se detiene y se gira; ahora es él quien la escruta.

—¿Eres feliz?

Valerie sonríe, le brillan los ojos. Le gusta esa pregunta. Ojalá la gente la formulara con más asiduidad.

—Sí, podría decir que sí, aunque ya sabes que la felicidad son momentos. Y ahora estoy en uno de mis mejores momentos, Diego. Me ha costado mucho, como suele ocurrir con todo lo que merece la pena, pero al fin me siento en paz conmigo misma después de haber librado muchas batallas internas.

—Me alegro. Te lo mereces. Siempre mereciste lo mejor. Y espero que me perdones por no haber vuelto. Por no haber cumplido mi promesa.

—La cumpliste. Con tu libro. Inmortalizando nuestra historia.

—¿Lo leíste? —se sorprende Diego.

—Al año siguiente de que te marcharas, vino un huésped al hotel que me recordó a ti. Era joven, guapo, hablador... muy interesante. Quería ser escritor. No sé si lo habrá conseguido, no he vuelto a verlo ni a saber nada de él. El caso es que siempre llevaba encima tu libro. Me contó que, por ese libro, había venido hasta Aiguèze para conocer este hotel y, lo más curioso, para conocerme a mí. Me regaló tu libro, decía que él podía conseguir otro ejemplar en España. Lo he leído nueve veces, una vez por año. Significa mucho para mí y espero que me lo dediques.

A Diego se le humedecen los ojos. Ha tenido que regresar a Aiguèze para darse cuenta de que sí mereció la pena escribir y publicar aquel libro. La emoción ahora lo embarga. Solo es capaz de asentir, esbozar una sonrisa pequeñita y tímida y alejarse en dirección al jardín, donde tarda en ubicarse y en enviar un wasap a Amadeo exigiéndole el número de teléfono personal del mánager de Leo. Cuando el doble *check* se vuelve azul y Diego sabe que Amadeo ha leído su mensaje, el teléfono no tarda ni un minuto en sonar.

—¿Se puede saber qué bicho te ha picado? ¿Para qué quieres ahora el teléfono de ese facineroso? ¿No te sirve el de la discográfica?

—Tengo que hablar con él.

—¿De qué?

—Insinuó que Greta mató a Leo. Sus palabras exactas fueron: mejor viuda y rica, que separada, humillada y en la ruina. ¿Pero sabes cuánto cuesta uno de sus cuadros?

—Ni lo sé ni me importa.

—Pueden llegar a tener un valor de hasta un millón de euros, Amadeo. ¿Qué necesidad tenía de matar a Leo?

—Coño, un millón. Debería apostar más por el arte, invertir en algún artista que, con el tiempo, me haga de oro. ¿Tú qué crees?

—Amadeo… —resopla Diego perdiendo la paciencia—. Necesito hablar con Ernesto.

—¿Pero tú crees que a ese tío le importa si fue un asesinato o un accidente? ¡No le importa una mierda! Él solo quiere la condenada canción póstuma, hará lo que sea para conseguirla de una manera u otra. Mucho ha esperado ya, la paciencia se le agota. Si se la consigues, nos pagará cien mil euros y no tendrás problemas de ningún tipo porque sí, porque te tengo que dar la razón, ni la editorial ni nadie va a dar la cara por ti. Pero, si no la encuentras, bueno…, ya sabes. Sus amenazas no son de las que caen en saco roto, ándate con ojo.

—No sé cómo conseguir esa canción. No voy a hacerle ningún daño a Greta, ¿entiendes? No quiero que nadie piense lo peor por esa estúpida canción.

—Entiendo. Piensa que no todos los crímenes los mueve el dinero, aunque te parezca increíble oír eso de mi boca. Igual no era por un tema de pasta que, a la vista está, la pintora viuda no necesita. Igual era por el tema de no sentirse humillada, de no soportar que el tío quisiera dejarla.

—Que no. ¡Que Greta es incapaz de matar a una mosca, joder! —revienta Diego, cerrando el puño y dando un golpe en el aire que, de haber tenido a su hermano delante, habría estampado contra su cara petulante.

Diego va a decir algo más, cualquier cosa que Amadeo no tardará en rebatir, cuando siente una presencia a su espalda. Es Greta, con los ojos somnolientos, la mirada ausente. Su pelo corto y dorado despeinado, el flequillo cayendo por su frente y la tez pálida como la nieve. Podría mirarlo furiosa por haber escuchado casi toda la conversación que ha mantenido Diego, ella no sabe con quién, pero a la vista está que, quienquiera que haya al otro lado de la línea, sopesa la posibilidad de que ella mató a su marido. Diego cuelga la llamada dejando con la palabra en la boca a Amadeo. Greta levanta una mano, niega con la cabeza y le sonríe.

—No pasa nada. He oído cosas peores, estoy acostumbrada a que se hable de mí a mis espaldas. Lo que has dicho de mejor viuda y rica que separada, humillada y en la ruina, te lo dijo Ernesto, el mánager de Leo, ¿verdad? —Diego traga saliva y asiente, preparado para cualquier cosa—. También me lo dijo a mí. Me ha amenazado muchas veces para conseguir la última canción de Leo, de la que solo conoce el título: *Voy a dejarla*. Bueno, yo habría pensado lo mismo. De haber escuchado la canción, cualquiera lo pensaría, y haberla ocultado durante tanto tiempo me incrimina, me hace parecer sospechosa y siento no haberte dicho la verdad cuando me preguntaste por ella. Aparentemente, soy la única persona con un móvil coherente para cometer un crimen que nunca se consideró como tal, sino como un desgraciado accidente por lo borracho que Leo iba esa noche. En estos tres años, no han podido probar nada en mi contra. Estoy limpia —aclara con seguridad, sin que le tiemble la voz—. Sé que te dije que te metieras en la vida de Leo para escribir sobre él, no en su muerte, pero quizá sea su muerte la que más hable de su vida. Nuestra historia es la suma de nuestros últimos momentos. Si no he vuelto a hablar de aquella noche es porque así, silenciándola, parece que nunca haya existido, lo cual es una tontería; lo único cierto es que Leo murió y yo aprendí a vivir con el dolor y también con la culpa. —Greta inspira hondo, mira a Diego con los ojos entornados, y añade con la voz a punto de quebrarse—: Soy consciente de que exageré al enfadarme cuando me preguntaste si estoy segura de que fue un accidente y, claro que no, Diego, no estoy segura de nada. Pero te voy a contar lo que pasó aquella noche. Lo poco que recuerdo. Te lo voy a contar porque así, a lo mejor, me quito este tumor de dentro que se ha hecho grande, tan grande, que ya no puedo soportarlo más.

73

Redes, A Coruña
19 de noviembre de 2015

Discutieron como tantas otras noches. Entre los dos terminaron una botella de *Jack Daniel's*. Demasiados años enganchados el uno al otro; una por amor, el otro por creer que ella era su salvación, la Greta real de la que Raimon se encapricharía y por la que abandonaría su alma, en lugar de la Greta ficticia que Elsa creó. Necesitaban el alcohol y la destrucción para ahogar las penas, para ignorar que su relación estaba muerta y se había vuelto destructiva, que no les seguía compensando vivir en una mentira cuando los dos, por separado, tenían la oportunidad de encontrar un camino en el que ser felices. Aunque Leo sabía que para él era tarde. Había perdido esa oportunidad desde que su madre volvió a entrar en su vida hacía años, tantos, que parecía que ella no hubiera existido nunca y él se hubiera conformado a existir con Raimon en su interior, pudriendo todo cuanto había a su alrededor, incluidas las personas a las que, supuestamente, más quería.

¿Pero Leo quería a alguien? ¿Cómo puedes querer a alguien si te desprecias, si no te quieres a ti mismo ni un poquito? ¿Cómo?

Leo esa noche no fue Leo. Al menos durante unas horas,

quién sabe si durante los últimos minutos de su vida regresó, dándose cuenta de que había llegado el final. Raimon, apoderándose de su cuerpo cada vez más escuálido y poco saludable, aprovechó el momento para enseñarle a Greta la canción más hiriente y delirante que había compuesto en los últimos años de fructífera carrera musical. Raimon la miraba con una sonrisa afilada como si en cualquier momento fuera a saltarle a la yugular.

—*Voy a dejarla*—leyó Greta en la pantalla del portátil, con la vista un poco nublada. Estaba mareada. Se sentía mal, muy mal. Quería encerrarse en el cuarto de baño y vomitar todo el alcohol ingerido hasta que no quedara más que bilis. Esa noche se prometió no volver a beber.

—Escúchala. Mira lo que Leo ha compuesto para ti. Si yo fuera tú, lo mataría —le susurró.

El portátil estaba abierto sobre la mesa de centro con un programa que Leo utilizaba para grabar maquetas a capela y enviarlas a la discográfica antes de encerrarse en un estudio profesional. Greta no sintió nada cuando Raimon puso en marcha la canción y la voz ronca de Leo emergió, para contarle una verdad que ella sospechaba desde el mismo día que pisó Redes y conoció a Elsa.

Voy a dejarla.
Su mirada verde ya no me dice nada.
Siempre, para siempre, fue ella,
la otra, la que aún me ama.
Voy a dejarla.
Él la quiere. Yo no.
Si desaparece, él se irá,
se irá con ella,
me dejará en paz.
Voy a dejarla.
No la quiero. Nunca la quise.
Para qué mentir más,

si ella, la otra, es la que forma parte de mí,

la que me entiende y me adora,

la que me empuja a vivir.

Greta miró a Raimon como se mira a los locos. Con desprecio, con tristeza, con miedo y desconfianza. Se tapó los oídos. Lloró. No quería escuchar más, no quería saber cómo terminaba la canción. ¿Con quién había perdido esos cuatro años de su vida? ¿Con quién se había casado? ¿Era Leo? ¿Era Raimon? ¿Cómo saberlo si ambos sabían mentir tan bien? ¿Cuándo había empezado a normalizar una situación tan estrambótica, tan loca, tan hiriente?

Algo en su cabeza hizo clic.

Y abrió los ojos, esos ojos que habían estado tan ciegos, como si una venda los hubiera cubierto imposibilitándole ver nada.

—Yo te quiero, Greta. Yo nunca te haría esto. Nunca te hablaría mal ni te despreciaría; cuando lo hace es él, es Leo, no soy yo.

Leo no la quería. Raimon sí. Pero lo que sentía Raimon no era amor. Raimon, en realidad, no existía. Raimon era una enfermedad macabra y destructiva apoderándose de una mente cada vez más desquiciada.

—¡Déjame! —gritó Greta.

Era enfermizo. Salvo al principio, siempre lo había sido.

Entonces Greta se levantó. Dio vueltas por la casa sintiéndose exhausta, del todo perdida. Tenía que irse. No podía quedarse ni un segundo más en presencia de Leo, de Raimon, fuera quien fuera ese ser despreciable y narcisista del que se enamoró como una idiota y al que creyó conocer. Desde que llegaron a Redes, Leo había cambiado. Pasó de venerarla y de llamarla a todas horas atosigándola, mostrándose arrepentido cada vez que discutían, a ignorarla por completo, como si no fuera más que un objeto de decoración de la casa. Ese lugar lo había cambiado. O tal vez siempre había sido así. Redes había despertado los demonios más ocultos de Leo, más de los que mostraba cuando vivían en Madrid. Pasaban días sin verse, sin hablarse, Leo siempre encerrado en la caseta del jardín con su música, dando largos paseos de madrugada, pasando las tardes en la playa o con ella. Con Elsa. Qué bien había sabido disimular Greta el desprecio que sentía por ambos. A Greta, que había intentado entenderlo y ayudarlo, enviarlo a los mejores psiquiatras para solucionar su enfermedad, para que pudiera desprenderse de la crueldad de una personalidad dominante como lo era Raimon, ya no le quedaba nada. No le quedaban fuerzas. No le quedaba amor. Parecía que le hubieran arrancado el corazón de cuajo, que seguía latiendo de puro milagro. Aunque la culpabilidad de lo que estaba a punto de ocurrir no tardaría en llamar a su puerta y confundirla. Dedicó los tres años siguientes a la memoria de alguien que iba a dejarla, que nunca la quiso ni la trató bien. Idealizó lo que nunca tuvieron. Y sintió que, tras su marcha, no podría volver a respirar con normalidad. En cierto modo, Greta quiso proteger a Leo del mal recuerdo que dejó, idealizando unos años que no eran más que humo.

—¡Lo voy a matar! ¿Me oyes? ¡Lo voy a matar! —empezó a gritar Raimon encolerizado.

—¡Me da igual! ¡Haz lo que te dé la gana!

Cuando la puerta se cerró, Greta tuvo un mal presentimiento. Raimon iba a matar a Leo. Leo iba a matarse. ¿Qué diferencia había, si se trataba de un mismo cuerpo? Si desaparecía uno, desaparecería el otro; fin. Sintió una sacudida de terror en el estómago. Contuvo la respiración y, con el corazón martilleándole en el pecho, abrió la puerta y salió al frío exterior. Llamó a Leo desde el umbral de la puerta. Probó con el nombre de Raimon. Solo el eco de su voz le respondió.

A lo lejos, atisbó los faros de un coche alejándose marcha atrás del camino de tierra que daba acceso a la casa, pero estaba demasiado preocupada por su marido como para darle prioridad.

Podía ser un turista perdido que se había confundido girando a la izquierda al pensar que había un desvío por ahí y se había topado con una casa, rectificando y volviendo a la carretera principal. No sería la primera vez. Sin embargo, los faros de ese coche en el que no reparó, quedarían grabados en su retina.

Greta dio un paso hacia delante y luego otro más. Sus pies corrieron en dirección al sendero que daba al acantilado, sabiendo que era el paseo recurrente de Leo al caer la noche. Decía que no había un lugar mejor para contemplar las estrellas. Que quería comprar un telescopio. No podía ver nada, a pesar de los retazos de luz con que la luna salpicaba el camino y los campos. Greta recorrió el sendero flanqueado por muros de piedra con el viento golpeándole en la cara y congelándole las lágrimas, adheridas a sus mejillas frías y sudorosas. El recorrido le pareció eterno. Cuando llegó al final, tropezó y cayó de bruces.

—¡Leo! ¡Raimon! —chilló entre gemidos de dolor.

Greta forzó la vista para tratar de ver algo, un rastro de humanidad, pero la espesa niebla que parecía emitir un brillo verde, moverse y tomar forma, velaba el paisaje. Con la intuición de no estar sola, de estar siendo observada, apoyó las manos en la tierra cubierta de escarcha y, haciendo acopio de valor, se incorporó.

Siguió el camino cojeando, soportando el dolor, manteniendo bajo control la embriaguez y mirando sin ver nada a su alrededor, tan solo percibiendo el vaivén de las ramas de los árboles agitándose a merced del viento.

Pasados unos pocos minutos, la bruma se disipó a cámara lenta y lo vio. Lo que al principio era una silueta negra como el cielo de esa noche, adquirió la forma de Leo en el borde del acantilado con los brazos abiertos como si, de un momento a otro, fuera a desplegar sus alas y echar a volar. Greta avanzó con el corazón en un puño, tratando de no hacer ruido para no delatarse. Su intención era acercarse poco a poco a Leo, con paso sigiloso en su dirección, para apartarlo del peligroso borde y evitar el desastre.

¿Y si Raimon lo empujaba a saltar por los aires?

¿Y si Raimon cumplía sus últimas palabras y lo mataba?

¿Cómo podía seguir viviendo Greta si Leo moría esa noche?

Greta no sabría decir por qué sus pies dejaron de funcionar. Simplemente, se durmieron, rindiéndose ante el temblor que pareció abrirse bajo sus pies. No percibió el peligro que se le aproximaba por la espalda, tal y como se aproximan siempre los cobardes, y, aunque durante una milésima de segundo se giró con la oportunidad de ver el rostro de la amenaza, todo ocurrió demasiado rápido. No vio venir el golpe en la cabeza, provocando que volviera a caer al suelo, esta vez sumida en un sueño profundo, en la paz y en la calma de dejar de existir durante unas horas.

Si Greta hubiera mirado la hora al despertar, se habría dado cuenta de que había estado inconsciente una hora. Durante los sesenta minutos que Greta había desaparecido del mundo, la noche seguía siendo noche y la luna llena, cuyo fulgor bañaba el mar de plata, apenas se había movido de sitio; sin embargo, había ocurrido algo terrible a tan solo unos metros de distancia. Todo había cambiado. Aunque no lo pareciera. Nunca lo parece. Leo estaba muerto. Pero ella aún no lo sabía.

La atravesó un dolor punzante que hizo que se llevara la mano a la cabeza, al punto donde más le dolía. Sintió el líquido viscoso de la sangre penetrando en cada surco de su palma, que miró con incredulidad, como si nada de lo que estuviera viviendo fuera real o le estuviera sucediendo a otra persona. No recordaba qué había pasado. La última imagen que su mente había conservado era la de Leo con los brazos extendidos en el borde del acantilado, donde fijó su vista borrosa al incorporarse con un ligero mareo dominando su cuerpo.

Se arrastró hasta el lugar donde había visto a Leo por última vez. No había nada. Ni nadie. Antes de llegar al precipicio, Greta se tumbó bocabajo porque temía caer al vacío si se asomaba de pie. No se sentía en condiciones de arriesgar tanto.

Aún tardó en procesar un rato lo que sus ojos le mostraban. Sus reflejos eran demasiado lentos como para ser presa del pánico, pero, poco a poco, entendió los hechos y sintió un vacío, una ausencia. La oscuridad que se abría. El temor ascendía por su columna, vértebra a vértebra, anclándola al lugar. Leo, atrapado entre las rocas puntiagudas, yacía inerte con los ojos abiertos y las pupilas dilatadas fijas en las estrellas que miraba sin mirar. En el momento en que Greta se percató de que lo que estaba viendo era real, que Leo había abandonado su caparazón dejándolo expuesto a las furiosas olas que rompían contra su cuerpo sin vida y lo mecían a su antojo, el gemido ahogado se convirtió en un llanto animal. Se quedó ahí, en medio de la nada, llorando y contemplando el cadáver de su marido, durante lo que le pareció una eternidad, memorizándolo hasta el punto de plasmarlo días después en un lienzo.

El tiempo convirtió el dolor en arrepentimiento y ese arrepentimiento daría paso a una voz en su cabeza que le susurraría cosas malas, perversas. Esa misma voz la haría dudar de si no habría sido ella quien lo había empujado, y su cerebro había fabricado otra historia, con la intención de sobrevivir a un trauma del que no se desprendería hasta que no descubriera o recordara qué pasó en realidad y quién más estaba ahí con ellos.

74

Aiguèze, Francia

Diego y Greta se han sentado a una de las mesas de madera de Le Bouchon, uno de los bares que ocupan la place du Jeu de Paume, sombreada por sus frondosos árboles plataneros, a pocos metros de Les Jardins du Barry. Diego, afligido por lo que le acaba de contar Greta, le da un sorbo al café con leche y niega con la cabeza.

—Hay un proverbio que dice que allá va la lengua donde duele la muela. Y es cierto —prosigue Greta—. A lo largo de estos tres años, he vuelto una y otra vez al momento en que me golpearon porque podría haber previsto que me seguían. Podría haber luchado y, así, las cosas habrían sido distintas. Leo no habría muerto esa noche. Como ya te dije ayer, en una sola vida caben muchas vidas, alternativas que podrían haber sido, pero que nunca llegarán a ser.

—No fuiste tú, Greta, deja de torturarte. Ahí había alguien más, alguien que te golpeó dejándote inconsciente, y que, posiblemente, empujó a Leo.

—¿Quién, Diego? Por más que me he esforzado, las imágenes de aquella noche se me presentan difusas. Son niebla en mi memoria.

—Solo se me ocurren dos nombres. Dos sospechosos.

—Yago y Elsa —confirma Greta con pesar, respirando hondo antes de continuar hablando—: ¿Crees que no lo he pensado? Cientos de veces. Cientos. Si me hice amiga de Elsa y me enrollé con Yago fue para sonsacarles algo, para ver con mis propios ojos hasta dónde eran capaces de llegar, pero en ningún momento me dio la sensación de que hicieran… de que estuvieran ahí. De que supieran algo o de que me quisieran hacer daño. Dios, tendrías que haber visto cómo estaba Elsa el día del funeral. Rota. Estaba rota. No la vi en un año y, cuando volvimos a retomar la relación, no era la misma, aunque supongo que delante de mí ha intentado disimular y ha tenido una buena excusa, la enfermedad de su madre, que ha empeorado mucho en los últimos meses. La muerte de Leo nos cambió a todos. Respecto a Yago, hasta que tú apareciste me trataba bien. Más que bien. Y yo reconozco que, a pesar de no sentir más que una atracción física, me enganché. Se convirtió en un desahogo —comenta sinceramente con apuro—. Hasta parecía que Yago me quería, aunque, después de lo de Leo, creo que no soy muy buena viendo esas cosas… No es excusa, pero cada uno arrastra sus traumas y el abandono de mi padre causó que me pasara media vida buscando un amor con tanta desesperación que caí en las peores manos.

—Entonces tú lo sabías. Sabías que Leo había vuelto con Elsa.

—Y que por eso había vuelto a Redes, para estar con ella, aunque por el camino me arrastrara a mí. No sé qué juego se traían entre manos, no sé qué pintaba yo en esa historia… Elsa fue testigo en nuestra boda y en ningún momento me pareció que le doliera que el que ya era su amante se casara con otra. Así que tan mal estaba de la cabeza Leo, como lo está Elsa. Se lo he ocultado hasta a Celso, a quien considero mi mejor amigo. La primera vez que fui a la librería vi la balda con las iniciales de Elsa y Leo y ese «siempre» tan de ellos que aparecía en cada canción, aunque no tuviera sentido.

Diego se queda en silencio, forzando a su cerebro a recordar la letra de la canción *De otro*. Fue la primera que le hizo dudar sobre quién la había compuesto, si Raimon apoderándose de Leo o el propio Leo sin que Raimon tuviera nada que ver. Se lo confirmó Celso al hablar al respecto y preguntarle si diferenciaba las canciones las unas de las otras. Ahí estaba la clave. El librero aseguró que Raimon, el monstruo, tal y como lo llamó, también se había apoderado de la música de Leo y que, cuando él componía, sus letras eran más pesimistas, no había final feliz. Diego consigue recordar la letra del estribillo, la tararea mentalmente, mirando hacia un punto indeterminado tras la espalda de Greta, sin ver nada en realidad.

Ella es de otro,
nunca fue mía,
no me mirará jamás
como lo mira a él,
como si fuera capaz
de bajarle las estrellas.

Si esa canción la compuso Raimon, piensa Diego, habla de Leo y Greta. «Ella es de otro, nunca fue mía». Ella quería a Leo, se enamoró de la superficie, no vio más allá, no percibió ese interior podrido del que se apoderaba Raimon. Quien estaba enamorado de Greta no era Leo, sino Raimon, la personalidad que ella detestaba y que él quería sacarse de encima. Leo nunca pudo olvidar a Elsa. Si metió a Greta, era para deshacerse de Raimon. De alguna forma, su intención era que Raimon desapareciera de él para irse con Greta. Un juego macabro, sí. Y arriesgado. Porque, ¿de qué forma iba a provocar que Raimon desapareciera? A Diego solo se le ocurre una respuesta y pensarla es tan dolorosa como que hubiera sucedido. No tiene ninguna duda de que, de no haber muerto Leo aquella noche, la pérdida que Redes habría llorado sería la de Greta.

—¿Cómo has podido vivir tanto tiempo con esto? —inquiere Diego, silenciando lo que está pensando y llevando impulsivamente su mano hacia la de Greta, acariciándole el dorso con el pulgar, gesto que la estremece y provoca que se le salten las lágrimas.

—Me he creado mi propio escondite. He aprendido a vivir o, más bien, a sobrevivir con mis mentiras, en un mundo del todo irreal que, lejos de recomponerme, me ha jodido. Ese escondite que me creé por necesidad era perfecto. No había dolor. El pasado no fue traumático, lo llené de luz, lo convertí en algo que en realidad no existió. Me engañé, Diego. He estado tres años malgastando mi vida y engañándome a mí misma, fantaseando con algo que nunca sucedió —contesta con un hilo de voz, la vista clavada en su mano entrelazada a la de Diego encima de la mesa—. Todos tenemos secretos. Por miedo, por vergüenza, o porque creemos que, si los descubren, sospecharán de nosotros, pensarán lo peor. Guardar esa noche solo para mí durante tantos años me ha impedido vivir como de verdad quería. Lo dejé todo por Leo y, hasta muerto, tuvo que limitarme. Me hizo creer que, si me iba de Redes, si huía de esa casa, de su casa, o dejaba de visitar su tumba, yo también enloquecería. Es mi mayor miedo. Volverme loca. Casi lo consigue. Pero, por suerte, entraste en escena y, lo que he querido hacerte ver viniendo a Aiguèze, es que me has salvado la vida. Eres lo más real y bonito que me ha pasado en mucho tiempo.

Ahora es Greta quien acaricia la mano de Diego, que la mira absorto como si a su alrededor no existiera nada más, ni el camarero sirviendo otras mesas, ni coches transitando, ni los pocos turistas que quedan en el pueblo avanzando por la plaza para visitar la iglesia parroquial Saint-Roch d'Aiguèze.

—No sé si significó algo para ti, pero aquel momento en la playa fue muy especial —reconoce Greta con voz melosa.

—No he podido quitármelo de la cabeza.

—¿Y si desaparecemos? ¿Y si pasamos de la editorial, in-

362

cumplimos el contrato y mandamos a la mierda a Ernesto? ¿Qué podría salir mal?

—Que me llevarían a los tribunales. Que me dejarían sin un euro —contesta Diego, resoplando y poniendo los ojos en blanco.

—Por el dinero no tienes que sufrir.

—Pero sí por mi integridad física. Ayer te dije que tuve un accidente con la bici. Bueno, es una verdad a medias. Un coche provocó el accidente y se dio a la fuga.

—¿Crees que fue el matón de Ernesto?

—Ah, que tiene un matón.

—Todos los cabrones tienen un matón. A los dos días de la muerte de Leo, Ernesto vino a Redes con la chulería que lo caracteriza. Iba acompañado por dos tipos trajeados grandes como armarios con cara de estreñidos. ¿Qué necesidad tenía de visitar a una viuda indefensa con dos guardaespaldas?

—Supongo que lo hizo para intimidarte.

—Exacto. Eso fue lo que más me cabreó. Por eso me encerré aún más en mí misma diciendo que no a todo y de muy malas maneras, lo reconozco. No a una biografía. No a la última canción. Cuando me preguntaste por ella… dudé. Tuve miedo de que tus intenciones no fueran buenas.

—Y no lo eran, pero, en cuanto te conocí, supe que, bajo ninguna circunstancia, haría algo que pudiera dolerte o perjudicarte —reconoce Diego, dispuesto a sincerarse por completo—. Mi hermano y hace dos días Ernesto, me alentaron a que consiguiera la canción de la manera que fuera, hasta robándola, y yo, erre que erre con que tú asegurabas que esa última canción no existía.

—Cien mil euros, ¿no? Te pagarían cien mil euros si la consigues y evitarías tener problemas con Ernesto y escribir la biografía con total libertad, sin quebraderos de cabeza —medita Greta.

—Sí. Cincuenta mil para mí, cincuenta mil para mi hermano, y no deliraría con que cada coche que me arrolla y se da a la fuga es una advertencia de Ernesto y que, a la próxima, igual no tengo tanta suerte y no lo voy a poder contar.

—Tu hermano es un poco... no sé cómo decirlo suavemente.

—Otro cabrón como Ernesto.

—Ya... Pocos llegan a lo más alto siendo buenas personas, eso está claro.

—¿Todavía sigues queriendo que se sepa la verdad sobre Leo? ¿Una biografía sin artificios ni mentiras, como dijiste, con la intención de ayudar a otras personas y normalizar el tema de las enfermedades mentales? —pregunta Diego, reprimiendo la rabia que le provoca tener la seguridad de lo que habría pasado si Leo no hubiera caído del acantilado. Lo que necesita descubrir ahora, es si Elsa estaba implicada de algún modo y si sus sentimientos eran tan fuertes como, por lo visto, por las canciones que dejó, lo eran para Leo.

Greta desvía la mirada y observa a un niño risueño de dos años aprendiendo a decir *oiseau*, pájaro en francés, mientras su madre lanza migas de pan al suelo, reuniendo a una considerable bandada de pájaros.

—Ya no estoy segura, Diego. Tal vez sea mejor disfrazar la realidad como he hecho estos últimos tres años desechando de mi memoria todo lo malo, coleccionando ejemplares de *El fantasma de la ópera* para Leo, hablando con su fantasma, con lo que quedaba de él, y quedándome solo con el amor, ese falso amor que en realidad nunca viví. Disfrazar la realidad como también hizo Leo desde que triunfó en la música y se convirtió en una figura pública. Me gustaría regalarle una última vida, la vida normal que siempre deseó y no pudo tener.

—La tercera vida de Leo Artes.

—¿Cuál fue la segunda? —inquiere Greta confundida.

—La de Raimon —resuelve Diego, silenciando la conclusión a la que ha llegado minutos antes: Leo no solo quería separarse de Greta para estar con Elsa. Lo que quería era acabar con Greta para que Raimon, la personalidad que realmente estaba enamorado de ella, desapareciera también de su vida. Una locura fruto de la desesperación. Un plan delirante propio de una salud mental enferma y desquiciada.

—La tercera vida de Leo Artes —repite Greta en un murmullo, dirigiendo la mirada al cielo con nubes dispersas que no emborronan la nitidez del azul—. Suena bastante bien.

75

Greta y Diego se han pasado el día fuera del hotel, perdiéndose por las callejuelas impregnadas de la huella medieval de Aiguèze, sin dejarse un solo recoveco por visitar. No son necesarias muchas horas para conocer el entorno, el pequeño e idílico pueblo en el que escasean los turistas cuando el verano llega a su fin, algo que a Greta le ha recordado a Redes. Han recorrido el sendero que conduce al acantilado sobre el que está situado el pueblo, y han admirado las vistas de las impactantes gargantas, una maravilla natural de la región, talladas por el río Ardèche. En un cómodo silencio, se han animado a pasear por la parte inferior del río, y, desde ahí, han regresado por la Grand Rue flanqueada por casas de piedra, cuyo encanto reside en que son casi tan antiguas como el propio lugar. Luego, han llegado al punto de partida, a la plaza principal, donde han degustado el típico *cassoulet*.

—Tengo agujetas en partes de mi cuerpo que ni siquiera sabía que existían —ríe Greta, saliendo del dormitorio y sorprendiendo a Diego con un estilo distinto al que lo tiene acostumbrado.

¿Dónde están los tejanos viejos, los jerséis gruesos y anchos, y las botas desgastadas? Esta noche han sido sustituidos por una chaqueta vaquera sobre un vestido largo de color coral y los mismos zapatos de tacón que llevó para su cita con Yago en

Ares, la noche en la que llegó tan borracha a casa que Diego tuvo que llevarla hasta su habitación. Recordar el momento le provoca una punzada de nostalgia. Echa un vistazo rápido a la decoración austera e impersonal del apartamento l'Olivier. Donde de verdad le gustaría estar a Diego es en Redes, con Frida, sentado en el sofá, con el rumor de las olas de fondo, el fuerte viento silbando, la bruma constante engulléndolos en una noche interminable repleta de estrellas y la chimenea encendida con el olor a chocolate caliente flotando en el aire. De lo que no está tan seguro es de que a Greta le apetezca volver. Le da la sensación de que está huyendo del pueblo donde ha vivido más tiempo en soledad del que vivió con Leo. Se nota en su voz cuando evoca el pasado, como si fuera capaz de derrumbarse bajo el peso de la tristeza.

—Estás impresionante.

—¡Anda ya! Si es un trapito de nada —vuelve a reír Greta, acercándose a Diego con pasos vacilantes. Le da una palmadita en el pecho, sin poder evitar ese segundo extra en el que la mano desciende y forma una caricia que simboliza algo más que una amistad.

—Quiero volver a Redes, Greta —le dice, muy serio, tanto, que se le forman arrugas en el entrecejo.

—¿Por qué? ¿Por la biografía? ¿Para volver a hablar con Elsa y recabar más información?

«Hablar con Elsa —piensa Diego—. Tan imposible como que me toque la lotería».

—No. Sí, bueno, puedo escribir desde allí. Puedo hacerlo en cualquier parte. No sé tú, pero yo no imagino un lugar mejor en el que estar… los dos. Tú y yo.

Greta no contesta. Se calla, se muerde el labio inferior, gesto natural en ella, lo hace sin darse cuenta. Seguidamente, cierra los ojos, sonríe y asiente. En el brillo de su mirada hay un cúmulo de sentimientos ansiosos por emerger.

—¿Preparado para la cena?

—Creo que sí.

—¿Y crees también que te has reconciliado con el pasado? ¿Con el chico que fuiste, que prometió volver a Aiguèze y no lo hizo?

—Desde el mismo instante en que volví a ver a Valerie —contesta Diego, ocultando que le molesta un poco la obsesión de Greta por las promesas, algo comprensible teniendo en cuenta que su padre la abandonó siendo una niña, suceso que la marcó más de lo que le hizo creer la primera vez que sacó a relucir el tema.

—No te guarda rencor.

—No. Es una gran mujer.

—Tienes buen gusto —alega Greta, guiñándole un ojo, sin que Diego perciba segundas intenciones en su comentario.

Recorren el sendero iluminado por la luz tenue de los farolillos en dirección a la caseta de recepción, contemplando el entorno mágico que les rodea.

—Me encantaría tener un jardín así.

—Tú puedes tener el jardín que quieras —comenta Diego, pensando en el desorbitado valor económico que tienen sus obras—. ¿Si no es en Redes, dónde te gustaría vivir? —pregunta con curiosidad.

—París, Amsterdam, Londres, Bali… He estado tan recluida en Redes, como si la casa que reformó Leo se hubiera convertido en una tela de araña que me ha atrapado y de la que me ha costado escapar, que ahora lo que me apetece es conocer mundo y vivir en diversos países. No atarme a ningún sitio en concreto durante mucho tiempo. Poder decir que en un año he vivido en cinco, seis, ¡diez ciudades distintas! Una ciudad por mes. O un pueblo, una isla… ¿Qué te parecería?

—Sería genial.

—Puedes venir conmigo —propone Greta con timidez, cuando llegan al umbral de la puerta, aun sabiendo que nunca hay que planear nada, que lo que cuenta es el presente, que el mañana no es seguro, podría no existir.

—Sí. Y me encantaría —reconoce Diego, dedicándole una amplia sonrisa que provoca en Greta una sacudida, en el mismo instante en que Valerie los saluda con efusividad, abriéndoles la puerta y cediéndoles el paso.

—¡Espero que os guste el pescado! —exclama con voz aguda, más nerviosa de lo habitual, mirando alternativamente a Greta y a Diego al tiempo que se frota las manos—. De primero tenemos *vichyssoise*, mi especialidad, y, de segundo, merluza al *beurre blanc*. El secreto está en la salsa, que se elabora a base de mantequilla, vino blanco y chalotas. *Un délice!*

—Seguro que les gustará, cariño —emerge una voz femenina a su espalda, con un inconfundible acento andaluz—. Hola, chicos, Valerie me ha hablado mucho de vosotros. Soy Macarena, la novia de Valerie —se presenta, dándoles dos besos a los asombrados invitados y haciéndoles pasar al comedor, donde solo hay dispuesta la mesa ubicada en el centro, de forma circular, vestida con un mantel de cuadros rojos y cuatro cubiertos preparados.

Macarena no ha cumplido aún los cuarenta. Es alta, incluso más que Greta, de cabello negro como el azabache recogido en un moño alto e informal, piel canela y ojos grandes del mismo color que el café del que destacan unas largas y espesas pestañas.

—¿Te acuerdas de que te conté que mi abuela era de Sevilla, Diego? —empieza a relatar Valerie, algo más relajada. Coge el cucharón de la olla y empieza a servir la *vichyssoice* en los platos hondos, mientras Macarena, de pie, descorcha una botella de vino blanco—. En noviembre de 2010, dos años después de que te conociera, cuando no tenía programada ninguna reserva hasta Navidad, viajé a España. Estuve a punto de llamarte e ir a Madrid, pero me desvié del camino y elegí Sevilla.

—Sevilla es una maravilla —rememora Diego por la tontería que le dijo el día que llegó al hotel, la rima que solo pueden entender Valerie y él, pero no Greta y Macarena, que lo miran componiendo un gesto de extrañeza.

Valerie ríe y prosigue:

—Sí, Diego, y tenías razón. Sevilla es una maravilla, es todo alegría y color, sus casitas blancas con las macetas de barro con geranios en las fachadas y la gente, la gente es fantástica, tan abierta y tan generosa, te hacen sentir una más. Lo primero que hice al llegar a Sevilla, fue ir a visitar a unas primas que viven en Triana, donde nació mi abuela. No me dejaron pagar un hotel, insistieron en que me quedara con ellas el tiempo que quisiera.

Valerie se acomoda en la silla cuando los platos están servidos. Nadie se atreve a probar bocado para escucharla con atención, incluida Macarena, que la mira con devoción. Greta se fija en esa mirada resplandeciente y no puede evitar compararla con la de Diego cuando la mira a ella. Es ahora cuando entiende lo que le dijo Celso, la sensación que tiene la gente desde fuera al verlos y pensar que, aún sin tener nada, lo pueden ser todo estando juntos. Greta mira a Diego con el rabillo del ojo. Una pequeña sonrisa se dibuja en su rostro al ver su expresión concentrada, atento a todo cuanto dice Valerie. Pero, al mismo tiempo, da la sensación de que está ausente, tal y como ella lo dibujaba. Parece que sus pensamientos vuelen en otra dirección. Le es del todo imposible saber qué piensa realmente, si le ha impactado que Valerie esté con una mujer.

—Me dejaron una moto con la que me moví por Sevilla y, en el parque de María Luisa, el parque más bonito de la ciudad, conocí a *Macagena* —prosigue Valerie.

—No hay manera de que diga bien mi nombre. Yo creo que lo hace a propósito, porque con otras palabras pronuncia la r sin problemas —salta Macarena riendo.

Ahora es Diego quien mira de reojo a Greta. Sabe que, a pesar de todas las penas, tiene la risa floja y se le escapa con cualquier tontería. Adivina en quién está pensando: en la dulce Margarita y en cómo pronunció *Crin Isgu* en el club de lectura la primera y única vez que él estuvo ahí. Y vuelve a echar de menos

Redes. Y vuelve el deseo de regresar, de ver a Celso, de reunirse con el club de lectura octogenario los jueves por la tarde, de contener la risa ante las palabras mal pronunciadas de Margarita y hasta de emocionarse con ella. A lo mejor encontró su lugar en Redes y ahora se da cuenta. A lo mejor su lugar es Greta y el entorno es lo de menos.

—*Macagena* iba vestida de flamenco y bailaba junto a otras mujeres. Había un corrillo alrededor de ellas en el que me mezclé a base de dar muchos codazos —rememora feliz—. Y entonces la vi. Y mis ojos no pudieron despegarse de esta sevillana mujerona que me atrajo desde el primer segundo.

—¿Sevillana mujerona? ¡Valerie! —la increpa Macarena, dándole un suave codazo, sin dejar de reír.

—Sí, sí, sevillana mujerona, puesto que eres una mujerona de Sevilla —le da la vuelta Valerie con toda la coherencia.

Ahora ríen los cuatro, Diego anonadado porque no reconoce a la Valerie de su pasado en la mujer que tiene delante. Son la noche y el día. Hasta hace unas horas, le daba la sensación de que, salvo sus sentimientos, que la juventud tiende a magnificar, nada había cambiado. Ahora se percata de que los años no pasan en balde, de que los recuerdos también mienten, de que el tiempo y las experiencias vitales transforman a las personas, convirtiéndolas en unas completas desconocidas.

—Cuando terminaron la función, me acerqué a ella y me presenté.

—Valerie es muy atrevida —les guiña un ojo Macarena.

—Le propuse un café y ella, que es una profesora de flamenco muy responsable, me dijo que no, que tenía que volver a la academia con sus alumnas después del espectáculo, una manera de dejar atrás la vergüenza de actuar en la calle delante de tanta gente.

—Pero cuando iba caminando en dirección a la academia, sabía que, si no aceptaba ese café, cometería el peor error de mi vida, así que volví al punto donde Valerie se había quedado quieta mirándome y le di mi número —prosigue Macarena.

—Esa misma tarde la llamé. Quedamos para cenar.

—Y recorrimos Sevilla en moto —recuerda Macarena emitiendo un profundo suspiro.

—Y nos perdimos y nos enamoramos como unas adolescentes.

—Tanto, pero tanto, que cuando me dijo que tenía que regresar a Aiguèze, no lo pensé dos veces y le dije que, si me aceptaba, me iba con ella.

—Por supuesto, le dije que sí.

—Y llevamos ocho años juntas. Los años más felices de mi vida.

—Y de la mía, *mon amour Macagena*.

—¿A qué te dedicas aquí en Aiguèze, Macarena? —se interesa Greta.

—Doy clases particulares de flamenco en Aiguèze y en los pueblos de los alrededores. Al principio costó. No hay muchos habitantes y la mayoría es gente mayor, pero corrió la voz y las francesas han descubierto que adoran los trajes de flamenca y que estilizan la figura.

—Se os ve muy felices —apunta Greta, y Diego percibe en su voz una dulzura distinta, casi nostálgica, como si añorara lo que tienen Valerie y Macarena.

—Cuando se trata de la persona correcta, nada ni nadie puede enturbiar la felicidad de cada instante. Lo sabes desde el minuto en que vuestras miradas se cruzan. El amor todo lo puede, aunque a veces hay que tener valor para arriesgar por quien de verdad lo merece. Y, ahora, por favor, basta de cháchara y empezad a cenar, que se va a enfriar todo y la *vichyssoise* fría no vale nada.

Empiezan a degustar la cena. Greta y Diego se deshacen en elogios con el primer plato y se deleitan con el segundo.

—Me tienes que dar la receta de esta salsa —le pide Greta a Valerie—. Está riquísima.

—¿Te gusta cocinar?

—No mucho, pero me gustaría aprender.

—¿Ya sabéis cuántos días os quedaréis? Igual podemos sacar un ratito y te enseño, yo encantada —se ofrece Valerie con amabilidad.

—Pues… —titubea Greta mirando a Diego.

—Tú decides —le dice, encogiéndose de hombros y mirándola con la misma seriedad que horas antes, cuando le ha dicho que quiere regresar a Redes. Y entonces Diego enarca las cejas y la seriedad desaparece para dar paso a una sonrisa cálida y confortante en la que Greta se perdería el resto de su vida y que la hace comprender que ese «tú decides» simboliza algo más. Mucho más. Puede que todo lo que de verdad importa.

76

Diego y Greta se despiden de Valerie y Macarena con un abrazo y palabras de agradecimiento por la estupenda velada.

—Pasad buena noche, chicos. Hay una luna llena maravillosa para quedarse un rato en el jardín a admirarla —les aconseja Valerie, con los ojos fijos en el cielo estrellado, antes de que Diego y Greta se alejen en dirección a su apartamento, cruzando el jardín por el camino de baldosas. Un pequeño lagarto se asusta al oír sus pisadas y desaparece veloz entre las piedras.

—Va a ser verdad que puedes ganarte a la gente por el estómago —comenta Greta, llenando el silencio en el que Diego ha estado sumido prácticamente toda la noche—. Oye, ¿estás bien? Casi no has hablado.

—Porque habláis mucho, no ha habido manera de abrir la boca.

—¿Te ha molestado? —pregunta Greta, enlazando su brazo al de Diego, que ni se inmuta. Cree que lo hace porque le molestan los tacones y necesita un apoyo para caminar más ligero, cuando lo que en realidad busca Greta es intimidad. Roce. Cariño.

—¿El qué?

—Que Valerie esté con una mujer.

—Ah, no, para nada. Al contrario. A ver, al principio me ha chocado por los prejuicios tontos de esperar... bueno, de esperar a una pareja masculina, ya sabes. Pero eso qué más da. Me alegra que sean felices y se las ve muy enamoradas. La verdad es que siento indiferencia. Y eso me confunde —reconoce Diego, encogido, con las manos metidas en los bolsillos de los tejanos. Emite un suspiro y añade—: Por lo que significó y tal…

—No siempre donde hubo fuego quedan cenizas.

—No. A veces las cenizas se las lleva el viento —razona Diego, mirándola tan fijamente que Greta se pone a temblar. Hay miradas que compenetran más que las palabras.

Llegan al apartamento l'Olivier. Greta abre la puerta y enciende la luz. Va a decir algo en el momento en que Diego también. Se quedan callados, sonríen cómplices.

—No tengo sueño —comenta Greta, mientras se quita los zapatos de tacón y compone un gesto de alivio—. Voy a salir un rato al jardín. Valerie tiene razón, la luna de hoy es demasiado impresionante como para perdérsela.

«Sal conmigo —le piden sus ojos—. No te vayas a dormir, Diego, aún no. No seas de los que se amodorran con la ingesta de vino. Sal al jardín conmigo».

—Salgo contigo —decide Diego.

«Bien».

Es una noche agradable en la que ambos, en sus más secretos pensamientos, creen que dormir sería desaprovechar el tiempo. Se acomodan en las sillas de jardín con la mirada fija en la luna, cómplice de un silencio cómodo y natural, cuya burbuja explota cuando Greta suspira y Diego le pregunta:

—¿En qué piensas?

Greta sacude la cabeza, esboza una sonrisa tímida.

—Te parecería una tontería.

—Nada de lo que pienses podría parecerme una tontería nunca —la alienta Diego.

—Tiempo al tiempo.

—No, en serio. Va, dime, que ahora tengo curiosidad.

—Pues pienso en lo que siempre pienso cada vez que no

puedo dormir y salgo al jardín a ver la luna y las estrellas con la misma fascinación que cuando era una niña, aunque desde Madrid no se ve ni la mitad de lo que se ve desde aquí o desde Redes. Pienso que los primeros humanos que habitaron la Tierra veían la misma cara de la luna y que dentro de cien, doscientos, mil años…, si el planeta sigue en pie, los habitantes del futuro seguirán viéndola de la misma manera en la que esta noche la estamos viendo tú y yo. Y que estaremos muertos, obvio, nadie es eterno. Y que, quizá, haya alguien en el futuro desvariando y pensando lo mismo que yo, y, por un momento, aunque no tengamos ninguna conexión ni hayamos compartido tiempo ni espacio, estaremos ligados de algún modo, porque mis pensamientos de hoy seguirán vivos en el futuro y mis pensamientos de hoy están unidos a los de alguien del pasado y así, de alguna forma, lo estoy reviviendo. Es un bucle sin fin. Ya te lo he dicho, es una tontería, un pensamiento infantil —añade riendo.

—Teniendo en cuenta que habrán pasado por el mundo como unos cien mil millones de personas, no me parece ninguna tontería. Me parece algo bonito, profundo. Nunca me lo había planteado así.

—También es mala suerte que los americanos clavaran la bandera en la cara oculta de la luna —comenta, aflojando la risa de Diego, quien ha perdido interés en la impresionante luna llena de esta noche y mira a Greta con los ojos entornados, expectante y nervioso por lo que podría suceder.

—Yo ahora estoy pensando que igual hace cincuenta años una pareja estuvo así, como nosotros, mirando la luna desde este mismo punto en el que nos encontramos, y que él se levantó, enmarcó con sus manos la cara de la mujer, y la besó.

—¿Y qué crees que ha sido de esa pareja?

—Que fueron felices —resuelve, levantándose y dándole la espalda a la luna para centrarse en Greta.

—¿Por qué nos perdemos todo lo que ocurre después de la palabra fin?

—Porque la historia se haría pesada, se alargaría demasiado. Porque después de la palabra fin vienen las partes aburridas, la rutina, el dolor… el misterio se acaba. Y también porque a nadie le gusta que al final los protagonistas mueran. Irremediablemente, es lo que pasa, siento el spoiler.

—Claro. Sabemos que mueren.

—Sí, mueren. Algún día morirán.

—Y volviendo al tema de la pareja de hace…

—… cincuenta años.

—Vale. De hace cincuenta años —se pone en situación Greta—. Has dicho que él se levanta. Como tú, que te has puesto en pie. Pero si quieres que estemos ligados a ellos y que, de alguna manera, revivamos su experiencia, tienes que enmarcar mi cara con tus manos y… besarme.

—¿Es lo que quieres que haga?

—Qué va. Para nada.

—Si quieres que lo haga lo…

—Cállate.

Es Greta quien lo silencia, levantándose y enmarcando la cara de Diego con las manos, uniendo sus labios a los de él, fundiéndose en un beso fogoso, apasionado, que nada tiene que envidiar al primero que surgió de improviso en la mar embravecida y helada de Redes. La mano de Diego resbala por el cuello de Greta acariciando al fin esa clavícula que lo vuelve loco, y se enreda en su nuca. El tiempo parece contener el aliento cuando sus labios se separan y sus ojos se enzarzan a escasos centímetros, tan cerca que se respiran cada vez que inhalan, con una de esas miradas intensas que son capaces de fundir el hielo en un segundo. Greta hunde los dedos en su pelo y apresa sus labios con los dientes. Lo besa con rabia, con la necesidad de dar rienda suelta a lo que le quema por dentro, a lo que ha deseado desde la primera noche en la que puso un pie en su casa y dio el vuelco que necesitaba a su vida. Sus lenguas se enredan y el anhelo aumenta al ritmo de las caricias, ávidas y feroces, y también tiernas. Todas las emociones bullen en el interior de Greta y la asfixian. Jamás, jamás, ni siquiera por Leo, había tenido esta necesidad, este vuelco en el estómago de estar y de tocar y de besar a todas horas a una persona.

Greta entrelaza su mano a la de Diego y lo arrastra hasta la habitación. No encienden la luz, con la de la luna filtrándose por los estores tienen suficiente, creando un ambiente mágico que los envuelve y los acuna en la necesidad que tienen de fundirse en un solo ser. El resplandor proyecta una franja en los ojos de Greta; parece que lleve una máscara con la que Diego puede leerle el pensamiento.

El vestido largo de color coral se escurre veloz hasta el suelo dejando a Greta expuesta, al tiempo que Diego es incapaz de dejar de mirarla mientras lo desnuda con una lentitud tan exasperante como excitante. Lo tumba en la cama y se coloca encima de él, acogiéndolo muy lentamente en su interior. Sus corazones, latiendo a la par, duplican la velocidad. Los músculos de ella, en tensión; los dedos de él clavándose en sus caderas, guiándola. Greta contempla a Diego contener la respiración, apretar los dientes y tensar la mandíbula cuando empieza a moverse rítmicamente. Diego, entregado, le cede el control absoluto acariciando con devoción cada parte de su cuerpo. Ella busca su boca en medio del remolino de emociones que la situación le provoca, moviéndose más rápido, más profundo. Hasta que un gemido ronco se abre paso a través de su garganta cuando empieza a temblar, alcanzando el orgasmo más brutal que ha experimentado nunca. Nota cómo Diego se estremece bajo su cuerpo un momento después, y ella cae sobre su pecho sonriente, satisfecha y emocionada, hasta el punto de que se le escapa una lágrima que rueda por su mejilla y aterriza en el pecho de él. Permanecen en silencio, abrazados, encajando como dos piezas perfectas que han estado buscándose desde siempre. Los dedos de Diego dibujan formas en su espalda provocándole escalofríos, placer.

—He estado deseando esto mucho tiempo, Greta —le susurra al oído.

—¿Dos semanas es mucho tiempo?

—Me ha parecido una eternidad.

—Pues si dos semanas te han parecido una eternidad, imagínate yo, que llevo esperándote nueve años —replica Greta, echándose a un lado para poder mirarlo, ya sin miedo a que piense de ella que está loca, que algo así no ocurre en la vida real, y menos con un escritor.

—¿Sí? ¿En serio? Pero si no me conocías. No sabías nada de mí. Hay autores que escriben maravillas, sensiblerías en las que en realidad no creen y son unos gilipollas.

—Llámalo presentimiento o como quieras, pero yo sabía que eras especial. Que eres especial. Ese cuadro que pinté... el que te mandé a casa... —titubea Greta—. Ese momento se me quedó grabado a fuego, Diego, necesitaba expresarlo en un lienzo, y, aunque nuestras miradas se cruzaron dos segundos, solo dos segundos, para mí fue algo único. Imborrable. Tengo la seguridad de que hemos nacido para hacer muchas cosas, y una de las más importantes es estar juntos.

Diego la rodea por la cintura y le da un beso en la sien. Tiene la piel caliente y huele a vino y a limón. Sonríe mientras la observa, le roza la mejilla con el pulgar y le susurra al oído que quiere más.

—Es una noche demasiado bonita como para perder el tiempo durmiendo, ¿no crees? —confirma Greta.

—Mmm... —ronronea Diego, del todo conforme.

Esta vez es Diego quien se coloca encima de Greta, agitada por algo tan superficial como los músculos de él contrayéndose, su espalda ancha protegiéndola y sus brazos fuertes, más fuertes de lo que parecen debajo de la ropa, envolviéndola en un abrazo. Y le encantan sus dedos, ágiles como los de un pianista, y sus manos grandes y expertas, como si tuviera el don de saber dónde tiene que tocar para llevarla al cielo. Sus cuerpos se aprietan, colmándose de roces y caricias, y Diego vuelve a entrar en su interior lento, intenso, moviéndose a un ritmo que la hace delirar. Greta arquea las caderas, lo busca, jadea en su boca y sus manos se pierden por su piel.

—Imagina que dentro de cien años... —intenta decir Greta con la voz entrecortada, pero Diego la interrumpe colocando el dedo índice en sus labios.

—No quiero imaginar nada, Greta. Quiero vivirlo. Todo. Ahora. Contigo.

TERCERA PARTE

77

De vuelta a Redes, A Coruña

Los días en Aiguèze han sido un sueño del que a Greta y a Diego les ha costado despertar, en lo que podría calificarse de atracón: una de esas nebulosas de sexo en que las únicas pausas son para comer, dormir un rato y ducharse. Juntos, claro. Están en esa fase en la que, mientras puedan tocarse, lo demás carece de importancia. Pero, al igual que dicen que después de la tormenta llega la calma, después de la calma también puede llegar la tormenta, y es capaz de ser tan cruel que podría aniquilarlo todo a su paso.

Y eso es lo que ocurrirá. El mundo de Diego y de Greta está a punto de resquebrajarse sin que lo vean venir.

Despedirse de Valerie y Macarena a las puertas de Les Jardins du Barry no ha sido fácil para Greta. Sin embargo, para Diego no ha sido un momento tan trascendental. Él se siente tan feliz de regresar a Redes, pobre ingenuo, que no ha derramado ni una sola lágrima, mientras Greta, Valerie y Macarena se han tomado la despedida como una gran tragedia griega.

—Prométeme que volverás —le ha pedido Valerie.

—No me he ido aún y ya os echo de menos, así que te lo prometo, Valerie. La próxima merluza al *beurre blanc* la prepararé yo, eres una gran profesora de cocina. Y yo siempre cumplo mis

383

promesas —ha comentado, con el dedo índice en alto y una sonrisa burlona, mirando a Diego de reojo.

—Y dale. Qué cruz —ha resoplado Diego poniendo los ojos en blanco.

De camino a Redes, han parado en Madrid para que Diego subiera a su piso a por más ropa y el ordenador portátil de Amadeo.

—¡Diego! Pensábamos que nos habías abandonado —ha exclamado Dolores, la vecina, contenta al verlo.

—Pues vengo a buscar un par de cosas y me vuelvo a ir.

—¿Adónde, hijo? —se ha interesado Aurelia.

—A Galicia.

—Mi suegro era gallego —dice Dolores.

—Me da la sensación de que todo el mundo conoce a un gallego, ¿a que sí? —medita Aurelia.

Diego ha aprovechado que las vecinas lo han apartado de la conversación, y ha seguido el breve camino hasta su piso. Mientras ascendía el último tramo de las escaleras del portal, su ya de por sí desatada imaginación ha creado escenarios ficticios como el de encontrar la cerradura forzada y todo el piso revuelto, con los cojines del sofá desmenuzados y sus libros maltratados tirados por el suelo. Hasta le ha dado un vuelco el corazón con solo imaginarlo. Pero nada de eso ha ocurrido. Su piso está tal y como lo dejó, con su desorden habitual, el cuadro de Greta encima de la mesa, y la taza de café que no llegó a lavar en el fregadero. Ernesto no ha debido de olvidarse de él, pero también debe de suponer que la última canción de Leo que tanto ansía está en Redes, a buen recaudo, y no en un piso de Lavapiés de un escritor del tres al cuarto, que no sabía dónde se metía cuando le propusieron escribir una biografía que ahora tiene que empezar de cero, después de decidir junto a Greta que crearán una vida distinta para Leo, aunque suponga idear una mentira. No hay marcha atrás en lo referente a la muerte de Raimon siendo un bebé, pero sí pueden alegar un error por parte de la prensa respecto a la personalidad múltiple que padeció, y que no solo llevó a Leo a las fauces del infierno, sino que arrastró consigo a Greta, y, quién sabe, puede que también a Elsa, a quien no han podido localizar. Un tono y, a continuación, salta el contestador, tanto si la llama Diego como si es Greta quien marca su número desde su móvil. A lo mejor los ha bloqueado. Celso tampoco sabe nada de Elsa, pero no es una habitual de la librería, donde él se pasa media vida.

En el viaje de vuelta, ha conducido más kilómetros Diego que Greta, a quien se le ilumina la cara cuando pasan por delante del cartel que da la bienvenida a Redes. A pesar de haber estado muchas horas en el coche, más de doce, el viaje no se ha hecho pesado, al contrario, porque Greta y Diego empiezan a entender que el tiempo que pasan juntos es preciado y da igual el cómo, lo importante, siempre, es con quién.

—Volver al hogar —ha murmurado emocionada, aun sabiendo que no será por mucho tiempo. Ahora que Diego le ha devuelto la esperanza de poder vivir una nueva vida, tiene planes, y no va a seguir encadenada al fantasma que todavía ronda en la buhardilla de la casa, cuyas luces encendidas ponen a Diego en alerta.

—Las luces están encendidas, Greta.

—Normal, son las diez de la noche.

—Ah, ¿las tienes automáticas? Para que piensen que estás en casa.

—No. Pero es una idea genial para evitar robos.

—¿Entonces? —se impacienta Diego. Estaciona la camioneta y apaga el motor.

—Celso nos espera en casa y, ya de paso, habrá encendido la chimenea, que después de tantos días cerrada y con este frío nos habríamos congelado. Le di una copia de las llaves.

—¿Por qué no me lo has dicho?

—Para que te asustaras tal y como has hecho —ríe Greta, mirando a través de la ventanilla la espesa niebla que se ha empezado a formar alrededor de la casa.

—Muy graciosa.

—Espero que Frida no le haya dado mucho trabajo.

—Frida es una santa.

—Bueno, no te creas… tiene su genio.

—Nunca te he preguntado desde cuándo la tienes —cae en la cuenta Diego, bajando de la camioneta al mismo tiempo que Greta.

—Tres años y tres meses. Un día, me la encontré en la puerta de casa famélica y sedienta. Le di de comer, de beber, y la llevé al veterinario. La pobre estaba en pésimas condiciones, pero se recuperó rápido. Resulta que no tenía chip. Calculó que apenas llegaba al año de vida, era un cachorro. Y así fue como llegó a mi vida. Ella me encontró y me adoptó —cuenta con humor.

—Entonces solo estuvo tres meses con Leo.

—Sí. No se llevaban nada bien. Creo que Frida vio algo malo en él desde el principio; los animales tienen mejor ojo que nosotros —recuerda Greta, sonriendo al ver aparecer a Celso por la puerta. Delante de él, va Frida, que ignora a Greta para ir corriendo a recibir a Diego. Lo primero que él le dice, como si fuera capaz de entenderlo, es cuánto la ha echado de menos—. Cría cuervos y… —añade, dándole un abrazo a Celso—. ¿Todo bien, Celso? ¿Frida te ha dado mucho trabajo? —pregunta, aún abrazada a él con la mejilla apoyada en el hombro del librero.

—No hay una perra más buena en el mundo —contesta Celso sin quitar ojo de Diego—. Chico, ¿has cuidado de mi Greta?

—Me ofendes. Eso no hace falta ni preguntarlo.

—Así que… ¿todo bien? —inquiere, enarcando las cejas y componiendo un gesto travieso que hace reír a Greta.

—Todo genial —contesta ella—. Ya te contaré —le susurra al oído con complicidad.

—¿Habéis cenado? Os he traído osobuco, que me ha sobrado del mediodía.

«Un poco fuerte para la cena», se calla Greta, que pasa el

brazo por encima de la espalda de su amigo y caminan en dirección a la casa.

—Me parece genial —contesta Greta con entusiasmo—. Quédate a cenar con nosotros, que me tienes que contar qué habéis hecho en el club de lectura en mi ausencia.

—Ay, *filla*, con decirte que Margarita apenas ha abierto la boca, te lo digo todo.

Diego se queda fuera en compañía de Frida, que no se separa de su lado como para asegurarse de que esta vez su humano tonto no se va a marchar. Poco a poco, saca el equipaje del maletero, incluido el último cuadro que Greta pintó y le mandó antes de llamarlo sorprendiéndole con el viaje que lo ha llevado de vuelta a Aiguèze con el fin de cumplir una promesa. No ha querido arriesgarse a dejarlo en su piso, entre otras cosas, porque no han arreglado aún la cerradura de la puerta de la entrada principal y eso genera inseguridad. Y no solo por el valor económico que tiene, eso le da lo mismo, sino por todo lo que simboliza. Fue la primera vez que vio a Greta, a quien ahora contempla ensimismado a través de la ventana, tal y como hizo la noche en la que irrumpió en su vida. Apenas han pasado unas semanas, pero a Diego le da la sensación de que ha transcurrido más tiempo. De que lleva toda la vida perdiéndose en sus besos y en su piel y de que la conoce desde siempre. La misma sensación tiene con Celso, el fiel amigo cuyo rostro resplandece y parece rejuvenecer veinte años solo cuando está con Greta.

78

Elsa no se inmuta cuando oye la llave en el cerrojo de la puerta. Sabe que es Yago, quien no es muy dado a ir al supermercado a comprar, y mucho menos a cocinar, por lo que viene algunas noches a lo único que sabe hacer, que es gorronear. La madre, María, como siempre en la butaca tapada con la manta hasta el cuello, tiene los ojos fijos en la pantalla del televisor que emite un programa de citas a ciegas. Aunque ella no lo ve. No ve nada. O puede que vea más de lo que Elsa cree.

—¿Qué hay de cenar? —pregunta Yago, entrando como un huracán y agachándose para darle un beso en la sien a su madre, que ni lo mira.

—Ha sobrado un poco de brócoli —contesta Elsa desde la cocina.

—Joder, Elsa. Qué mierda.

—Pues si no te gusta lo que cocino, da media vuelta y vete al bar. Tacaño, que eres un tacaño.

—Greta ha vuelto —suelta en un murmullo, bajando la mirada y logrando captar la atención de Elsa que, como por inercia, mira su móvil. ¿Habrá intentado ponerse en contacto con ella? No lo sabe, la tiene bloqueada, a Greta y al escritor, a este último para que deje de incordiarla. Su última pregunta la dejó perpleja. ¿Cómo podía saber que Leo y ella habían vuelto a estar juntos? No lo sabe ni Greta, ¿verdad? ¿Verdad? No, Greta no lo puede saber. No lo puede saber, porque, de saberlo, no la trataría tan bien—. Con el escritor —añade Yago con voz queda y gesto derrotado.

Elsa se queda callada, maldice en silencio.

¿A qué vuelven?

Rememora internamente la noche en la que vio al escritor deambulando por el acantilado. Su acantilado, el de Leo y ella, el lugar que tenía que liberarlos y donde todo se torció. ¿Con qué derecho estaba ese forastero ahí? Recuerda cómo, aterrado, confundiéndola con una visión de lo quieta que estaba, dijo: «¿Hola?». Y cómo, aprovechando que el escritor desvió la mirada, salió escopeteada, su identidad protegida gracias a la oscuridad, y echó a correr hasta que las piernas le flaquearon, dejándose engullir por las profundidades del bosque de donde salió calada hasta los huesos cuando tuvo la seguridad de que Diego había regresado a casa.

—Sabías que pasaría, Yago, que ella no buscaba nada serio contigo —dice Elsa al cabo de un rato—. Solo has sido un pasatiempo, un desahogo. Greta es mucha mujer para ti.

—¿Y no lo era para el loco de Leo?

Elsa, enajenada, con los ojos tan rojos que parecen inyectados en sangre, da dos pasos y se planta frente a su hermano que, pese a sacarle dos cabezas e ir vestido con el uniforme, pistola incluida, no la achanta.

—Que no vuelvas a llamarlo loco, ¿oíste? Nunca.

—Y a mí no vuelvas a levantarme un dedo, que estás tan loca como lo estaba Leo. Mírate. Mírate —la señala, mirándola de arriba abajo con desprecio—. ¿Creías que aún tenías una oportunidad con él?

—Él me quería a mí, a ver si lo entiendes de una puta vez —escupe con rabia—. Da igual las veces que me encerraras en el sótano para que no pudiéramos vernos, asumiendo el rol del padre al que perdimos siendo demasiado jóvenes y que nunca te correspondió. Da igual, no conseguiste separarnos; Leo y yo estábamos conectados de una manera que tú jamás entenderías. No sabes una mierda. Leo y yo teníamos muchos planes, por eso volvió al pueblo, para estar conmigo.

—Claro. Y volvió con Greta. Por eso se casó con ella, portándose como un cabronazo al invitarte a su boda, *carallo*, y tú detrás, siempre detrás. Y, por eso, como teníais tantos planes y te quería tanto, se tiró por el acantilado —ríe Yago, cruel, tan cruel como lo fue con Leo desde el día en que descubrió el cadáver de su perro en la playa. Yago ha contado tantas mentiras, tantas versiones sobre la muerte de Leo según con quién está hablando, que él mismo se las ha llegado a creer tragándose la verdad. La dura verdad.

—¿Se tiró? No. No, no se tiró. A Leo lo mataron, lo sabes tan bien como yo porque tú estuviste ahí, ¿verdad? —Yago tensa la mandíbula, se queda en silencio. El tiempo se le ha echado encima consumiéndolo al encubrir lo que, efectivamente, no fue un accidente, sino un asesinato. Demasiado tiempo despistando, amenazando, sufriendo. Está tan cansado de llevar la carga él solo…—. Llegaste a los dos minutos de que Greta te llamara. ¿Cómo es eso posible? ¿Qué has estado ocultándome todos estos años? Estoy harta, harta de que no me digas la verdad, de tener que estar encerrada en esta puta casa cuidando de *nai*, de quien tú te has desentendido, y de que todos me tratéis como una tonta, como una loca con la vida echada a perder. Y yo no estoy loca, Yago. No lo estoy.

—*Cala a boca!* —grita María desde el salón. No es la primera vez que se la llevan los demonios, aunque la enfermedad la haga ser inconsciente de sus palabras. Las manos, agarrotadas, arañan el reposabrazos—. *Cala a boca! Carallo, cala a boca!* —sigue desvariando y repitiendo como un disco rayado.

Elsa y Yago se giran para mirarla. Comprimen los labios y componen un gesto idéntico de contrición, dando muestras de la huella genética que los une como mellizos.

—Elsa… Delante de ella no —sugiere Yago, arrastrando a su hermana hasta el dormitorio, para poder mantener una conversación que ha tardado tres años en llegar y en la que, cuando todo esté dicho, no habrá vuelta atrás. Siempre existe ese día en el que todo se precipita y se transforma, en menos de lo que tarda en pasar una estrella fugaz.

79

Greta sale de casa bajo las primeras luces del alba, dejando a Diego tan profundamente dormido que ni se ha enterado de que el otro lado de la cama se ha quedado vacío.

En el exterior, la humedad es palpable en el aire condensado, el césped está lleno de escarcha y, a lo lejos, se distingue la bruma alejándose en dirección al mar. Greta se agacha y recoge las latas vacías de comida para gatos que dejó anoche. Los gatos han debido de echarla de menos durante esta semana que ha estado en Aiguèze. ¿Quién les habrá dado de comer en su ausencia? ¿Quién los alimentará cuando ella ya no esté aquí? Piensa en Valerie y en Macarena y sonríe; no hay nada más significativo y entrañable que recordar a las personas con una sonrisa. Condujo más de mil kilómetros por una promesa ajena, y ahora tiene la sensación de que se ha ido de Francia trayéndose con ella a dos buenas amigas. Este hecho estimula sus ganas de salir de Redes y no solo recorrer lugares, sino vivir en ellos, dejar huella en personas que aún son desconocidas, y que esas personas aún desconocidas dejen huella en ella. Quiere una vida llena de huellas. Pero esta vez de las buenas. De las que no hieren. De las que no mienten.

Greta Leister conduce como cada mañana desde hace

tres años los siete kilómetros que separan su casa del cementerio Cruceiro de Caamouco. Conoce tan bien el camino que podría hacerlo con los ojos cerrados, si no fuera por los animales que, imprevisibles, cruzan por las estrechas carreteras flanqueadas por bosques con olor a mar.

Así, con este párrafo, fue como la conocimos. En esta ocasión, Greta es consciente de que recorre el camino por última vez. Las últimas veces conscientes duelen, aunque sean para sanar. Cuando se encuentra frente a la tumba de Leo con multitud de flores y obsequios de todo tipo cubriendo la inscripción de la lápida, se pone en cuclillas y llora. La voz emerge de su garganta ronca, sin la calma con la que siempre intenta dominar la rabia que bulle en su interior, ya inexistente, porque Leo no le podrá hacer más daño. Ahora lo entiende. Él ya no tiene ese poder, fue ella quien se lo concedió, encerrándose en sí misma y en esa casa. Ni las costosas reformas han podido ocultar sus historias horribles, el mal que inició una mujer atormentada, envenenando la conciencia de su hijo.

—Adiós, Leo. Este es un adiós definitivo, aunque sé que aquí no te alcanza mi voz, que te has quedado en el lugar de siempre o eso he creído durante este tiempo… Por eso, también tengo que alejarme de ahí, sabiendo que no vas a perseguirme porque eres tú el que está encadenado a Redes, a esa casa, no yo. ¿Y si todo este tiempo he estado hablando con Raimon? ¿Y si él es el fantasma? No sé cómo te las ingeniabas, pero cada vez me costaba más distinguiros en tu juego macabro al más puro estilo doctor Jekyll y señor Hyde. La dolorosa verdad es que nunca te conocí. Las mentiras, por pequeñas que sean, acaban ocupando demasiado espacio. Han tenido que pasar tres años desde tu muerte para que me diera cuenta. ¿*El fantasma de la ópera* era tu libro preferido o era el de Raimon? ¿Para quién he estado coleccionando tantos ejemplares? ¿Cuál de los dos me insultaba y me humillaba, dejando mi autoestima a la altura del betún? ¿Cuál de los dos me hacía el amor? ¿Con cuál de los dos me casé en la playa aquel día soleado de enero? —inquiere a media voz. Tantas preguntas que se quedarán sin respuesta, que Greta siente el alma un poco rota—. Ya no siento rencor. Solo lástima. Me gustaría decirles a las mujeres que están pasando por la misma situación de maltrato y humillación que pasé yo, que no se puede romantizar algo tan terrible, que hay que cortar antes de que sea demasiado tarde y no intentar salvar a quien no quiere ser salvado. El amor no duele. Si duele, no es amor. ¿Has logrado liberarte? ¿Has recuperado tus alas, Leo? ¿Volar solo, libre, alto? Espero que sí. De verdad, a pesar de todo el daño, de esos cuatro años que fueron mi infierno, espero que, si hay algo después de esta vida, hayas encontrado la paz que no tuviste aquí.

Greta se incorpora mirando a su alrededor, con la extraña sensación de estar siendo observada. Lo siente en la nuca, en el leve cosquilleo que trepa por la columna. Se apropia de un ramo de lirios blancos de la tumba de Leo y camina lentamente hasta la tumba de Lucía, la mujer de Celso.

—Hasta siempre, Lucía. No sabes lo mucho que me habría gustado conocerte. Celso no te olvida. Sé que no te viene a visitar con mucha frecuencia, pero no se lo tengas en cuenta, es que no le gustan los cementerios, dice que no es lugar para las almas. Qué te voy a contar que no sepas, ¿no? Nadie mejor que tú lo conoce. Él te mantiene viva en su corazón y sé que tenéis conversaciones de lo más interesantes al caer la noche. A él le va bien hablar contigo. Tu recuerdo le reconforta. Qué sensaciones más bonitas dejaste, Lucía. A mí no me fue tan bien seguir hablando con mi muerto. Demasiadas batallas internas. Bueno…, te dejo estas flores. Espero que te gusten.

Greta sale del cementerio sin mirar atrás y conduce hasta Ares para hacer una visita a la panadería de siempre y sorprender a Diego con un buen desayuno que le recuerde a sus días felices en Aiguèze.

Elsa detiene su coche unos metros antes de llegar a casa de Greta. La casa que para Elsa aún es la de Leo. Siempre lo será. La misma casa preciosa, grande y luminosa, por la que nadie hubiera dado un duro hace años, y en la que tendría que vivir ella, no Greta, que se ha adueñado de todo injustamente.

Yago le dijo que volvieron hace cuatro días y, por lo que se comenta por el pueblo, parece que Greta y el escritor viven en una constante luna de miel. No se esconden. Los han visto paseando por Redes de la mano, abrazados y hasta besándose. El colmo. Es la manera que tiene Greta de reírse de Leo. Ya no se respeta ni a los muertos. Desde que Yago, que por suerte no se ha cruzado por el pueblo con la pareja del momento, le contó la verdad sobre la noche en la que Leo murió, siente una opresión en el pecho que es incapaz de gestionar. No come, no duerme, por no poder, no puede ni soportar a su madre, por la que hasta hace nada se desvivía para que llevara la enfermedad lo más dignamente posible. A Elsa le va a estallar la cabeza. El corazón le estalló hace tres años, ya ni lo siente, en el momento en que su propio hermano le dio la fatídica noticia de la muerte «accidental» de Leo.

Accidental.

¡JA!

—Tres años perdidos. Tres años sin hacerte justicia, Leo, la justicia que mereces. Tendría que haberlo visto, pero me acobardé. Pensé que me detendrían solo con leerme el pensamiento y que terminaría en prisión. Porque lo que pensábamos hacer era tan malo como lo que al final ocurrió, lo que yo tanto temía. ¿Por qué elegiste el nombre de Greta, estúpida? —se reprende a sí misma, golpeándose la frente contra el volante—. Leo. Leo, ¿estás aquí? Si hubiera elegido otro nombre para Raimon, pongamos que Laura, Ana, Miriam... ¿habrías elegido a una Laura, a una Ana o a una Miriam? ¿Por qué ella? ¿Por qué esta Greta tan luminosa, tan... tan llamativa? Era más fácil montártelo con alguien que físicamente te atrajera, ¿no? No, no, no te echo nada en cara, no... —Elsa rompe a llorar—. ¿Tan ocupados estáis en el infierno como para no contestar? —delira, entre lágrimas, volviéndose loca de celos y de rabia—. Este no era el plan. No era el plan. No eras tú quien tenía que morir esa noche, Leo. No eras tú...

Inspira hondo, se seca las lágrimas con brusquedad y sale del coche.

Redes, A Coruña
17 de noviembre de 2015
Dos días antes de la muerte de Leo Artes

Elsa y Leo tenían por costumbre encontrarse en la librería de Celso. Lo hacían entre las estanterías olvidadas de los autores rusos, que les recordaban a aquella pareja joven e ilusionada que un día fueron, montándoselo en el mismo rincón donde ahora planeaban la muerte de Greta a dos meses de que se cumpliera un año de la pantomima de la boda.

—Será Raimon quien se case con ella, te lo prometo. Yo nunca lo haría —le había asegurado Leo entre lágrimas.

Respecto a verse en la librería, Elsa tenía sus reservas, pero confiaba en Leo. Todo lo que dijera iba a misa, aunque a Elsa cada vez le daba más miedo, porque, en los ojos de Leo y pese a tratarse del hombre al que amaba, veía a Raimon. Apenas reconocía al hombre del que se enamoró, pero por él habría hecho lo que fuera. Por aquel entonces, ni Elsa ni Leo sabían que la librería de la que conocían hasta el último de sus recovecos, era el lugar de evasión de Greta mientras los obreros trabajaban en la remodelación de la casa. Y Leo no lo llegaría a saber nunca.

—Celso chochea, no se entera de nada —aseguraba Leo,

echando un vistazo en dirección al mostrador a través del hueco de las baldas, desde donde veía a Celso siempre con la cabeza gacha, centrado en algún libro o en la caja registradora—. La que siempre estaba alerta era la mujer y esa está criando malvas. Créeme, este es nuestro lugar, aquí nunca entra nadie, estamos más seguros que en el acantilado.

Al acantilado iban de noche, cuando las sombras y la bruma densa los protegían de miradas indiscretas. Al fin y al cabo, Elsa también tenía pareja, Javier, un hombre insulso que le servía para que nadie, especialmente su madre y su hermano, sospecharan que había vuelto con Leo en cuanto él la vino a buscar. Cogidos de la mano, tras un efusivo beso en los labios, Leo, susurrante, le contó su plan:

—He compuesto una canción. *Voy a dejarla.*

—¿Ese es el título? *Voy a dejarla.*

—Sí. Dentro de dos días, Raimon le enseñará la canción. Últimamente Greta no nos diferencia, está un poco ida, ¿sabes? Pero ese día lo hará, créeme.

—¿Dentro de dos días? ¿El día 19? Como el día de vuestra boda, 19 de enero.

—Es poético. El número 19, además, simboliza la máxima representación de la luz y del éxito. Es vida y sabiduría. Nada puede salir mal en un día 19.

—Sí… —le dio la razón Elsa, inspirando hondo, abriendo mucho los ojos, atenta a todo cuanto Leo le tuviera que decir.

—No sé cómo reaccionará. Greta es imprevisible, hermética. Pero provocaré una discusión con Raimon y, luego, haré que ese demonio salga de mí. He estado practicando, a veces hasta puedo dominarlo, sacarlo fuera, dejar de oír su voz en mi cabeza. Seré yo quien salga de casa en dirección al acantilado arrastrando a Greta conmigo. Estará tan preocupada que saldrá a por mí.

Cualquiera con dos dedos de frente, habría salido corriendo de allí, alegando una locura transitoria por parte de Leo. Eso era lo que parecía. Eso era lo que él era. Un enajenado mental peligroso, urdiendo un plan de asesinato con la intención fantasiosa e irreal de desprenderse de la enfermedad, de esa otra personalidad que no era él y con la que no podía batallar más. Si Leo no acababa con Raimon, y tenía que hacerlo cuanto antes, Raimon acabaría con él. Dos identidades distintas no pueden convivir en un mismo cuerpo. Es antinatural. Retorcido. Peligroso. Insano. Elsa, en todo lo referente a Leo, como si estuviera bajo su hechizo, perdía la cabeza y no razonaba con coherencia.

—¿Quieres que vaya?

—No. No vengas bajo ninguna circunstancia, por si algo se tuerce y la policía peina el entorno. No quiero que tengas nada que ver con esto.

—Vale. Tranquilo, no iré.

—Haré el paripé como que me voy a tirar.

—Dios, no, Leo, a ver si te va a pasar algo.

—No, tranquila —rio Leo risueño—. Greta vendrá y… ¿quién caerá? Ella. Ella será quien caiga por el acantilado. ¿Por qué? Encontró la canción. Voy a dejarla. No pudo soportar la idea de que yo la dejara y se suicidó —planeó, haciendo parecer fácil lo que no tenía sentido.

—¿Crees que va a colar? Es decir, Greta no parece de las que se quitan la vida por una ruptura —dudó Elsa.

—Una ruptura mediática que una persona débil y sensible como ella no podrá soportar —le recordó Leo con firmeza—. Además, Greta está llena de traumas. El abandono de su padre, la fama y la pasta repentina para la que no estaba preparada, y su madre. Dice que es la mejor madre del mundo, pero en los cuatro años que llevamos juntos apenas ha ido a verla ni se llaman. Cada una hace su vida por separado, no están tan unidas como ella quiere hacer creer.

—Y así… ¿así Raimon desaparecerá?

—Estoy seguro de que funcionará, es lo único que nos queda por intentar. Ni psiquiatras ni pastillas, Elsa, la solución es acabar con Greta para que Raimon también desaparezca. Ella le ha dado sentido a su vida, lo noto. Sin ella, Raimon se apagará y, para que eso ocurra, Greta tiene que morir.

—Pero tú, cuando eres Raimon, ¿sientes algo por ella?

Ahí estaba. La temida pregunta. La aterradora respuesta:

—Yo no sé lo que soy ni lo que hago cuando soy Raimon, ya lo sabes. Solo sé que, cuando abro los ojos, estoy desnudo, metido en la cama con Greta. Y estoy harto. Yo te quiero a ti, Elsa. Solo te quiero a ti.

—Te quiero siempre y para siempre —rememoró Elsa en un murmullo, rozando con las yemas de los dedos sus iniciales en la balda.

Ninguno de los dos se dio cuenta de que Celso estaba muy cerca, de espaldas a ellos, en las estanterías de atrás que da cobijo a los autores franceses, muy dados a los finales trágicos de los que no se salvan ni los personajes principales.

82

Redes, A Coruña

Elsa se asoma por el muro de piedra que rodea la casa de Greta, con cuidado de que no la vean. Frida, la perra, no le preocupa; es tan vaga que le da hasta pereza ladrar. Tras la ventana que da a la cocina, Elsa distingue la figura de Greta preparando café. Mírala, qué tranquila, hasta parece feliz. Cuánto le gustaría a Elsa destrozar esa cara perfecta y borrarle la sonrisa de un plumazo.

¿Cómo puede seguir viviendo después de todo?

¿Cómo podría conseguirlo Elsa, a quien el corazón le late tan deprisa que cree que, de un momento a otro, no va a poder más y va a reventar?

Elsa está tan ensimismada en sus pensamientos, en la rabia que la consume por dentro, que no se da cuenta de que Greta ha salido de casa y viene hacia ella.

«Mierda. Finge. Finge normalidad, como si no pasara nada, como si no supieras nada».

—¡Elsa! ¿Cómo estás? —la saluda Greta sonriente. «Tiene mejor aspecto que nunca, la muy maldita», se muerde la lengua Elsa. Cuidado, Elsa, que te vas a envenenar—. He estado llamándote, pero me salta el contestador.

—Ah. Es que se me ha estropeado el móvil, tengo que

comprar otro.

—¿Quieres tomar un café conmigo? Hay algo que quiero contarte antes de que te enteres por terceras personas.

«Qué será… qué será», sonríe Elsa, maliciosa, sin que Greta perciba su falsedad.

—No puedo. Los sábados la cuidadora se va antes, y, ya sabes, a mi madre no se la puede dejar sola. A ver si hoy podemos salir a pasear un rato antes de comer.

Una mentira detrás de otra, Elsa, como si hubieras estado practicando toda la vida.

—Hace mucho que no la veo. Tendría que haberme pasado más por vuestra casa —se lamenta Greta, ahora que no le queda mucho tiempo en Redes—. Oye, ¿qué te parece si esta tarde me paso un rato? Así veo a tu madre y hablamos.

—Claro. Así matas dos pájaros de un tiro.

El desafortunado comentario incomoda a Greta, que gira la cabeza y mira en dirección a la casa, extrañada porque Frida, en el porche, lleva un rato ladrando.

—¿Sobre las cinco te va bien? —pregunta Greta.

—Perfecto. A las cinco. Hasta luego.

Cuando Elsa desaparece, Frida deja de ladrar y vuelve al interior de la casa. Greta se asoma al muro que delimita la propiedad por donde antes ha visto asomarse a Elsa, y ve que ha dejado el coche en la carretera, a unos metros de distancia, como si su propósito no fuera otro que el de fisgonear sin ser vista.

83

Greta cierra con candado la caseta donde Leo se pasaba horas componiendo y maquinando y guarda el *pendrive* que contiene la última canción en el bolsillo de los tejanos. Va hasta la cocina, coge las dos tazas de café que estaba preparando antes de la «no-visita» imprevista de Elsa, y sube a la buhardilla. A medida que asciende las escaleras, el ruido que hace Diego al teclear se hace más estridente.

«Debe de estar inspiradísimo», piensa Greta, con las mismas ganas que tiene Diego de escribir, que ella de volver a coger un lienzo en blanco y darle vida.

Diego lleva escribiendo desde que se ha levantado, asegurándole a Greta que tenía la historia perfecta para esa tercera vida imaginaria de Leo de la que se sienten cómplices. Su intención es entregarla cuanto antes a la editorial y olvidarse del asunto. Cerrar, con la misma rapidez con la que llegó, una etapa que le ha traído lo mejor: Greta.

«—¿Se puede sentir tanto y tan intenso tan rápido? —le preguntó Diego anoche, estrechándola entre sus brazos.

—A veces, basta con un segundo —declaró Greta, repitiendo una vez más las palabras de Celso con la misma seguridad con la que las pronunció él».

—Te traigo café —anuncia Greta, agachándose y dándole

un beso cariñoso en el cuello.

—Me viene genial, gracias —dice Diego, sin apartar la mirada de la pantalla del portátil que Greta, con la barbilla apoyada en su hombro, cotillea. Es así como alcanza a ver que lleva escritas treinta páginas y, lo que más le interesa, el motivo por el que ha subido hasta aquí: tiene internet abierto y en una de las pestañas distingue el logo de Gmail, por lo que tiene a su disposición su correo electrónico personal.

—Vas muy avanzado, ¿no?

—Escribo ficción, es lo que se me da bien. He llegado a la conclusión de que escribir sobre hechos reales no es lo mío.

—¿Has convertido a Beatriz en la madre que todo niño desearía tener?

—Por supuesto.

—Ha venido Elsa —comenta Greta con gesto sombrío, incorporándose y captando la curiosidad de Diego, que se levanta y le da un primer sorbo al café.

—¿Y qué se cuenta?

—Que se le ha estropeado el móvil.

—No me lo creo.

—Yo tampoco. No parecía ella. Estaba rara, nerviosa. No sé, no me ha hecho sentir cómoda. Le he dicho que entrara a tomar café, quería contarle que voy a poner la casa a la venta y que me voy de Redes, pero tenía prisa. Así que esta tarde a las cinco iré a su casa, así también veo a su madre, que las he tenido bastante desatendidas este último año.

«Espero no coincidir con Yago», se calla.

—Vale. Voy a salir un rato a estirar las piernas —decide Diego—. ¿Vienes a dar una vuelta?

—No, sal tú. Voy a buscar el ejemplar de *El gran Gatsby* para mi última tarde con el club de lectura. Estoy segura de que tengo un ejemplar antiguo por aquí —se excusa, señalando las estanterías con el corazón en un puño al pensar que no volverá a compartir lecturas con sus octogenarios favoritos—. Llévate a

Frida, que se airee un poco. No sé qué le pasa últimamente, gruñe más de lo habitual.

Diego asiente, le da un beso y, taza en mano, sale de la buhardilla. Greta se queda quieta, expectante, casi sin respirar. Solo se atreve a sentarse frente al ordenador cuando oye el ruido de la puerta principal abrirse y cerrarse.

—Bueno. Al lío.

Minimiza el documento Word con el inicio de la biografía inventada de Leo, venciendo la poderosa tentación de echarle un ojo a lo que hay escrito, e introduce el *pendrive* en la ranura del portátil. Entra en el correo electrónico de Diego, un Gmail común de usuario, y abre un mensaje nuevo en el que arrastra el archivo con la última canción de Leo cantada a capela y necesitada de efectos de sonido y arreglos en un estudio profesional. No le cabe la menor duda de que será un gran éxito. Aunque la canción le rompió el corazón la primera vez que la escuchó, ahora no siente más que indiferencia. Greta se sabe de memoria el correo electrónico de Ernesto Plazas, el arpía del mánager con el que tantas veces ha tenido que lidiar desde la muerte de Leo. Lo introduce y, en asunto, para que quede bien claro, escribe en letras mayúsculas:

LA ÚLTIMA CANCIÓN DE LEO ARTES

Luego piensa en los cien mil euros que Ernesto les prometió por la canción y, como Greta sabe que el mánager es muy dado a la palabra, fácil de incumplir, y no a los contratos oficiales, busca en la lista de contactos desde el correo de Diego el nombre de Amadeo Quirón, su hermano. Lo encuentra fácilmente, es el primero en la lista. Añade a Amadeo en copia. Él será quien reclame la sustanciosa cifra. Involucrar al hermano en el mismo correo electrónico que recibirá Ernesto con la canción, es la manera que tiene Greta de asegurarse de que Diego cobre los cincuenta mil euros que le pertenecen.

Duda si escribir un mensaje o no. Finalmente, decide que lo mejor será escribir algo breve para evitar problemas y que Ernesto sepa que tiene su confirmación, aun creyendo que es Diego quien le ha enviado el e-mail que tanto ha ansiado. Ernesto puede hacer lo que le dé la gana con la única canción póstuma, ya que, por contrato, Leo estaba ligado a la discográfica hasta 2025. Para que el acuerdo profesional se rompa, todavía faltan siete años. Los beneficios de esta canción, como el resto de los temas que Leo dio a conocer en vida, irán destinados a una cuenta corriente a nombre de Greta, cuyos fondos desvía de forma anónima a varias organizaciones de investigación contra el cáncer, enfermedades raras y enfermedades mentales.

Ella nunca quiso el dinero de Leo.

Buenos días, Ernesto:

Adjunto la última canción de Leo Artes tal y como quedamos, con la autorización de Greta Leister. Pongo en copia a mi hermano Amadeo para que se encargue de la retribución que nos corresponde al haberte conseguido la canción póstuma a la que le auguro un gran éxito.

Saludos cordiales,
Diego Quirón

Greta, nerviosa, inspira hondo y lo envía. Ya está hecho. No hay vuelta atrás. Extrae el *pendrive*, se lo guarda en el bolsillo, entra en la carpeta de elementos enviados de Gmail y borra el último *e-mail*, el que ya espera a ser descubierto en la bandeja de entrada de Ernesto y Amadeo. Greta no sabe cuál de los dos estará más feliz.

84

Greta se arrepiente de haber quedado con Elsa. Tiene que salir de casa en quince minutos para llegar puntual a las cinco tal y como han quedado. Está tan a gusto en el porche trasero, compartiendo silencio y calma con Diego sentado a su lado, leyendo uno de los libros preferidos de ella que ha cogido prestado de la buhardilla, *La gente feliz lee y toma café*, de Agnès Martin-Lugand, que no quiere que este momento termine nunca. La melodía del *Aserejé* irrumpe y se entremezcla con el murmullo de las olas rompiendo en las rocas, sobresaltando a la pareja, especialmente a Greta.

—Mi hermano —suelta con hastío—. Paso.

Greta conoce el motivo de la llamada de Amadeo. Los saltos de júbilo que habrá dado al recibir el *e-mail*. Se alegra de que Diego decida no contestar. Sabe que, más pronto que tarde, tendrá que confesarle que ha sido ella quien ha enviado la canción, y no es algo malo, Diego no se lo tomará como una traición ni nada por el estilo y que se lo oculte es peor, pero no quiere enfrentarse a eso. Aún no.

—¿Por qué *Aserejé*?

—Es patético, lo sé. Me la puso una exnovia por la broma del nombre, el Diego rumbeando y tal, y no sé cómo cambiar la melodía. He entrado en Configuración, he visto tutoriales, lo he probado todo para cambiar la melodía y nada. No hay manera.

—¡Pero si es muy fácil! —ríe Greta—. Anda, dame tu móvil, que te pongo la melodía predeterminada.

—¿Lo sabes hacer? —inquiere Diego con ingenuidad.

—Hasta un niño de cinco años lo sabe hacer —sigue riendo Greta, que coge el móvil y, en menos de dos minutos, borra para siempre el *Aserejé* que Diego ha estado soportando durante años, pensando incluso en comprar un móvil nuevo para deshacerse de la canción que suena cada vez que recibe una llamada. Greta pulsa un botón y una melodía insulsa pero discreta cobra vida—. Así sonará tu móvil cuando te llamen.

—No me lo puedo creer. Gracias.

—No ha sido nada. Bueno…, me tengo que ir. Pasaré por la librería a ver a Celso, los sábados se muere de aburrimiento, el pobre.

—¿Qué te apetece cenar?

—Tortilla de patatas.

—¿Con cebolla o sin?

—Sin.

—Sacrilegio.

—Ya —vuelve a reír Greta, sintiéndose más plena y feliz que nunca, levantándose y besando a Diego en los labios a modo de despedida—. Te quiero —le dice en un susurro, prodigándole una caricia en el cuello con la punta de la nariz. Lo ha dicho en un tono de voz tan bajito, que a Diego le parece haber oído mal. ¿Acaba de decir por primera vez que le quiere?

—¿Qué has dicho?

—Nada —suelta Greta, despreocupada, dándole la espalda y alejándose de él.

—¡Oye! —llama su atención Diego. ¿Quién dijo que los mejores mensajes empiezan por «oye»?—. Que… yo también te empiezo a querer.

«Te empiezo a querer», repite Greta para sus adentros, dejando ir un suspiro y reconstruyendo en su cabeza la voz de Diego. Acto seguido, arranca la camioneta y emprende el camino, sin sospechar que esta noche no regresará a casa.

85

Elsa ha preparado café y galletas de coco, las preferidas de Greta, que cien veces le ha pedido la receta y cien veces su amiga le ha negado la respuesta alegando que es secreta. Lo que no le sale tan bueno a Elsa es el café, así que Greta le añade leche y lo endulza con cuatro terrones de azúcar, un exceso por el que sus glóbulos blancos en la sangre ya están temblando. María, la madre, se encuentra sentada en el sillón como la última vez que Greta la vio, una de las pocas veces que la vino a visitar cuando le diagnosticaron la enfermedad. Hoy la ve más desmejorada, anciana antes de tiempo. Ni la ha mirado ni habla, tiene los ojos abiertos y Elsa asegura que está dormida.

—Vamos a la cocina, ahí estaremos tranquilas —le ha dicho Elsa nada más recibir a Greta en casa.

—¿Estás bien? Esta mañana te he visto un poco nerviosa —se interesa Greta, sentándose a la mesa de la cocina donde el café y las galletas de coco están servidas en una cuidada cubertería de porcelana con más de cincuenta años de historia.

—No es nada.

—Vale. Yo… quería contarte que me voy de Redes.

—¡No! —exclama Elsa en un gesto que a Greta se le antoja exageradamente teatral—. ¿Y qué voy a hacer sin ti?

«Falsa», se muerde la lengua Greta. Sin poder disimular

más, demasiados años siguiéndole la corriente, fingiendo ser su amiga, le devuelve a Elsa una mirada cargada de odio que hiela la sangre. Elsa aguanta como puede la sacudida que se ha apoderado de su vientre.

«Sabe algo —piensa Elsa, mordiéndose la uña del dedo meñique—. Ha recordado. Sabe algo».

—Voy a poner la casa a la venta —prosigue Greta apaciguando la furia—. Y me voy a ir con Diego.

—He oído por el pueblo que se os ve muy enamorados. —Greta frunce el ceño, la mira extrañada; qué rápido se sabe todo en Redes—. Que os han visto pasear por Redes abrazados, de la mano… ya sabes, esas cosas —aclara con inocencia.

—Esas cosas —asiente Greta, dando un sorbo al café extremadamente edulcorado—. Sí, nos va bien, aunque en realidad nos estamos conociendo.

—Claro, claro. Para conocer bien a una persona se necesitan años. Y, en algunos casos, toda una vida no es suficiente porque nunca llegamos a conocer al cien por cien a nadie.

—Todos tenemos secretos, ¿no?

—Secretos que no nos contaríamos ni a nosotros mismos —asevera Elsa, pensando en su hermano, cogiendo una galleta y animando con un gesto a que Greta las pruebe.

La cocina empequeñece y el ambiente se vuelve cargado y asfixiante. Greta se siente agobiada como un animal enjaulado expuesto en un zoo. De repente, le entran las prisas por salir de la casa de Elsa en la que tantas otras veces llegó a sentirse bien, normal, a pesar de su sonrisa fingida y las ganas de gritarle que ella no era idiota, que sabía que había retomado la relación con Leo y que este, tal y como hizo su propio padre, había emprendido una doble vida en un pueblo en el que todo se sabe, en el que todos se conocen, en el que mantener un secreto a salvo es casi imposible. Transcurren cinco minutos más que a Greta le parecen tres horas, sin que tengan nada más que decirse. Es Elsa quien rompe el hielo echándola de su casa de la manera más elegante que sabe:

411

—Yago debe de estar al caer. Supongo que no sería cómodo que os encontrarais. Está muy dolido contigo, Greta.

—Sí, y yo me tengo que ir, que quiero ir a ver a Celso antes de volver a casa —dice Greta, levantándose sin haber terminado el café, seguida por Elsa, que camina dos pasos por detrás de ella.

Greta se detiene frente a María, que «duerme» con los ojos abiertos, las pupilas dilatadas, un velo grisáceo entelando el color miel del iris. Lleva su mano a la de la mujer formando una suave caricia a modo de despedida cuando, abruptamente, María levanta la mano y agarra con fuerza el antebrazo de Greta.

Uno nunca encuentra lo que busca cuando lo está buscando y, si lo encuentra, lo llama milagro. Y eso es lo que sucede cuando las uñas de María se clavan con una fuerza inusitada en la carne de Greta: el milagro de recordar paso a paso a modo de fogonazo de luz en su cerebro lo que ocurrió aquella noche. Quién más estaba en el acantilado con Leo y con ella.

Mientras tanto, Elsa contempla la escena con perplejidad y el corazón latiéndole a golpes, en el momento en que Greta levanta la mirada y la clava en ella.

El tiempo empieza a correr en tu contra, Elsa, ¿qué vas a hacer?

—Me… me tengo que ir.

Greta ha tenido que hacer un gran esfuerzo para que las palabras emerjan de su garganta, el mismo esfuerzo que le resulta titánico para deshacerse de la mano sarmentosa de María, como si en lugar de mano fuera una garfio capaz de arrastrarla hasta el mismísimo infierno que se ha propagado en su interior.

Yago frena en seco en mitad de la carretera al ver a Greta salir corriendo de la casa de su madre.

¿Qué hacía ahí?

¿Qué le pasa? ¿Por qué corre como si estuviera huyendo?

¿Por qué está llorando?

Observa cada uno de sus precipitados movimientos. Greta, a quien Yago echa de menos cada día, la única mujer por la que él habría sentado cabeza, entra en su camioneta, arranca el motor y se aleja calle abajo. En cuanto el policía la pierde de vista, evita la tentación de seguirla y estaciona el coche. Nada más emprender el camino en dirección a la casa, se enfrenta a la mirada de desprecio de su hermana, que lo espera en el umbral de la puerta. Sabía que no podía confiar en ella. Lo sabía. Habría sido preferible que Elsa siguiera viviendo en una mentira, en el desconocimiento más absoluto. Por su bien. Por el de todos. Yago no sabe hasta qué punto la información que ahora Elsa tiene en su poder la puede hacer enloquecer como casi consigue el desgraciado de Leo Artes.

—¿Qué pasa, Elsa?

—Lo sabe. No sé cómo ha podido pasar, pero Greta lo sabe. Lo he visto en sus ojos.

Yago asimila las palabras, aunque son difíciles de digerir. Lo que no puede asimilar con tanta facilidad, es la mirada cargada de odio que destila Elsa. La mujer que ahora tiene delante, es una completa desconocida que se ha llevado a su hermana y que sería capaz de hacer cualquier cosa.

Conducir la relaja, aplaca la ansiedad, el nudo que le estruja la garganta. Greta ha visto caer la noche desde una carretera sin asfaltar que no conduce a ninguna parte, cuando decide regresar a Redes y retomar su plan inicial de la tarde, que no es otro que el de ir a ver a Celso. Aparca en la plaza, desierta a las siete de la tarde salvo por los cuatro parroquianos que toman una cerveza en los bares, testigos poco fiables en el caso de que le ocurriera algo. Se protege del frío encogiéndose sobre sí misma, de brazos cruzados, y camina nerviosa, muy nerviosa y a paso rápido en dirección a la librería.

Un mal presentimiento se apodera de Greta nada más girar la calle, antes siquiera de situarse frente al local, al no ver la luz de siempre que mana desde el interior y se refleja en el asfalto. Celso habrá decidido cerrar antes, sopesa inquieta, porque las persianas están medio bajadas. Greta mira a un lado y a otro de la calle antes de agacharse para entrar, con cuidado de no golpearse en la cabeza. La campanita que cuelga encima de la puerta emite su particular sonido advirtiendo de su presencia en la librería, que exhala un insólito silencio sin la canción *Frente a frente* en honor a Lucía sonando en bucle en el hilo musical.

—¿Celso? —lo llama, estremecida, no solo por este silencio antinatural, sino también por la oscuridad, esa que tanto temen los niños, la que se percibe siniestra e impredecible, sumada al olor a polvo y a libros, testigos mudos, estáticos como estatuas, de lo que está a punto de ocurrir—. ¿Celso? —insiste Greta, avanzando a tientas por la librería, esta vez con la voz entrecortada y la garganta tan bloqueada que hasta le hace daño, dejando entrever el mismo miedo que sintió hace tres años en el acantilado.

Celso no contesta.

No puede.

Pero eso Greta, de espaldas a la estantería de donde emerge una silueta escurridiza, no lo sabe. Una fuerza que al principio le parece sobrenatural la empuja hacia delante haciéndola trastabillar y caer de bruces. Los fantasmas no hacen esas cosas. Y esto ha sido demasiado real.

Greta, dolorida y desde el suelo, consigue girarse para mirar de frente a la amenaza. Sus ojos, adaptados a la oscuridad, reconocen a la persona que en un par de segundos la dejará noqueada sin que eso le suponga ninguna dificultad, haciéndola desaparecer de la faz de la tierra con la maligna intención de que sea para siempre.

CUARTA PARTE

Al final, las almas gemelas se encuentran
porque tienen el mismo escondite.

ROBERT BRAULT

87

Redes, A Coruña
En el lugar donde empezó todo
Faltan 9 días

—Ya somos el olvido que seremos. Ya somos el olvido que seremos. Ya somos el olvido que…

Su voz resuena con un eco sordo, parece que a Greta le hubieran envuelto la cabeza en papel de aluminio.

—Pero qué… —interrumpe Greta, despertando en una sala diáfana de cemento con una triste bombilla desnuda oscilando en un techo tan agrietado, que da la sensación de que vaya a derrumbarse. A duras penas emite una luz macilenta que lo llena todo de escalofriantes sombras a su alrededor, si bien lo increíble es que la electricidad siga llegando hasta aquí. Se da cuenta de que apenas se puede mover. Unas esposas le acorralan las muñecas y los tobillos. El fuerte dolor de cabeza se incrementa cuando, tras humedecerse los labios agrietados, aspira un olor nauseabundo que es incapaz de reconocer.

—Ya somos el olvido que seremos. Lo escribió Borges. ¿Has leído *El jardín de senderos que se bifurcan*? Ese y *El libro de los seres imaginarios* son mis favoritos. Dos obras maestras. Sublimes. ¿Es que no has aprendido nada en el club de lectura?

—Confié en ti —murmura Greta con los ojos vidriosos y la voz temblorosa, casi tanto como su mentón, reprimiendo las ganas de dar rienda suelta a las lágrimas para no darle el placer de verla llorar.

—Nunca conocemos del todo a las personas. Nunca podemos dar nada por hecho. El factor sorpresa siempre está ahí, acechando, y no para bien. Todo el mundo fantasea con querer saber la verdad, pero la verdad siempre decepciona; es, invariablemente, menos atrayente que el misterio.

—¿Qué tienes pensado hacer?

Directa y al grano, como si así doliera menos. Greta, sin ser capaz de pensar con claridad, asimila. ¿Qué otra cosa puede hacer? Por mucho que cueste, asimila y entiende, y, por eso, la voz ahora emerge de su garganta dura, fría y distante, como si no le perteneciera, como si no fuera ella la persona que, a todas luces, está a punto de morir.

—Lo sabes. No te hace falta preguntarlo, Greta, pero te lo diré. Nueve días. Son los que te quedan. Hasta entonces, te mantendré con vida, te cuidaré. Dentro de nueve días, será día 19, ese día maldito, tan solo un número que has estado evitando y tentando desde el fatídico 19 de noviembre de 2015. Sí… dentro de nueve días se cumplirán tres años de la muerte de Leo. Los días transcurren lentos, pero los años pasan volando, ¿no te parece? El tiempo es el mentiroso más astuto que existe. Tendrás el honor de morir el mismo día, de la misma forma y en el mismo lugar, con tres años de diferencia.

Greta quiere gritar. Luchar con uñas y dientes, tratar de escapar y recuperar la vida feliz que apenas ha tenido tiempo de saborear. Aferrarse a un clavo ardiendo tan imposible como el de que Diego adivine dónde se encuentra, aunque aún no lo sabe ni ella, y qué plan retorcido le espera dentro de nueve días.

Tictac. Tictac.

88

Diego, intranquilo porque son las diez de la noche y Greta no ha dado señales de vida, ha tenido que llamarla hasta en ocho ocasiones para darse cuenta de que se ha dejado el móvil en casa. Para cualquier persona llevar consigo el móvil es tan imprescindible como lo es para un fumador llevarse su paquete de tabaco y un par de mecheros por si uno falla, pero Greta no tiene redes sociales, no es adicta a la tecnología. No necesita mirar el móvil cada dos minutos.

¿Y si le ha pasado algo? ¿Cómo va a llamar a la grúa si la vieja camioneta la ha dejado tirada en algún camino por el que transitan más jabalíes que coches?

«¿Cómo se vivía sin móvil?», trata de recordar Diego exasperado.

Vuelca la tortilla de patatas —sin cebolla— en un plato. Ya está fría. Le devuelve la mirada a Frida, que lleva un par de horas mustia e inquieta, recorriendo la casa como si buscara algo y, lo más preocupante, sin tumbarse en el sofá ni un solo segundo como es costumbre en ella.

—¿Qué pasa, Frida? —le pregunta Diego, saliendo al porche y mirando a su alrededor. La niebla ha engullido el paraje en esta noche en la que las espesas nubes no dejan ver las estrellas.

Diego no tiene coche para salir a buscarla. Por no tener,

no tiene ni bicicleta, aunque tal vez en algún lugar de la casa haya una, no lo sabe. Quiere pensar que a Greta se le ha ido el santo al cielo en la librería hablando con Celso o incluso en casa de Elsa, que a lo mejor la ha invitado a cenar. Pero en cualquiera de los dos casos, le habría llamado desde algún otro móvil. Celso y Elsa tienen su número.

—Algo va mal, Frida —se teme, con una angustia creciente en el pecho, hablando con la perra, que lo mira con ojos tristes. Seguidamente, va a por el móvil de Greta y busca el contacto de Yago—. No sé si es buena idea llamarlo. A lo mejor estoy exagerando y en diez minutos la vemos aparecer.

Se decanta por utilizar su móvil y marcar el número de Elsa, pero el contestador salta tras el primer tono. Vuelve a coger el móvil de Greta, selecciona con decisión el contacto de Yago y pulsa el botón de llamada. Es policía, él sabrá lo que hay que hacer. Yago tarda en contestar, pero, cuando lo hace, habla exaltado y tan rápido, que a Diego le es difícil asimilar lo que está diciendo.

—¡Greta! ¡Joder, Greta, te estamos buscando por todas partes! ¿Qué ha pasado? ¿Qué le has hecho a Celso?

—Perdona, pero qué… ¿qué estás diciendo?

Un silencio sepulcral se apodera de la línea. Tan sorprendido está Diego como Yago.

—¿Diego?

—¿Qué ha pasado, Yago?

—¿Greta no está contigo?

—Por eso te llamo. Porque Greta no está y algo va mal. Sé que algo va mal.

—Pensaba que… —balbucea Yago—. *Cago en Deus!* —vocifera con rabia.

Diego no lo puede ver, pero Yago sale de comisaría ante la expectante mirada de sus compañeros, y se sube al coche con la decisión de regresar a casa de su madre. Es el último lugar donde querría mirar en el caso de que a Greta le haya pasado algo y hayan errado en las primeras sospechas, en la tan típica evidencia, pero ahora mismo es lo único que tiene. Lo único que puede hacer. Comprobar que a Elsa no se le haya ido la cabeza del todo.

—Cuando has cogido el teléfono pensando que era Greta, has preguntado que qué le ha hecho a Celso. ¿Le ha pasado algo?

—Celso está en el hospital, en A Coruña —le cuenta Yago, al tiempo que arranca el coche y pisa el acelerador—. Debatiéndose entre la vida y la muerte. Si Greta aparece por casa, llámame. Ahora mismo es la principal sospechosa de lo que le ha ocurrido al librero.

—¿Sospechosa? ¿Cómo estás tan seguro?

Yago cuelga el teléfono sin darle tiempo a Diego a que lo increpe con más preguntas. ¿Pero en qué cabeza cabe? Ella no le ha podido hacer nada a Celso, lo adora. Entonces, ¿quién? ¿Qué es lo que ha pasado? ¿Dónde está Greta?

89

Dos horas antes
20.00 h

Margarita, que menos mal que tiene la cabeza bien anclada al cuerpo porque si no se la dejaría en todas partes, avanzaba a la velocidad reducida a la que le permitían sus piernas por la rúa Nova en dirección a la librería, donde había estado por la mañana y se había dejado el monedero. Esta mañana ha salido de casa con el monedero, de eso estaba segura. Ya había ido a ver a Mónica a la carnicería y no lo tenía, y Margarita solo ha estado hoy en la carnicería y en la librería de Celso, así que debía de estar ahí. Eso esperaba. Porque, si en un despiste tonto se le había caído por la calle, ya lo daba por perdido y llevaba el documento de identidad, que vaya engorro si se lo tiene que ir a hacer, y veinte euros, una fortuna para una jubilada que vive al mes con cuatrocientos euros de pensión después de haber estado más de cincuenta años trabajando en el campo. Quién fuera político para cobrar una excesiva pensión vitalicia de por vida. Así nos va.

A Margarita no le ha extrañado ver la persiana medio bajada de la librería. Celso debía de estar a punto de cerrar, pero lo que sí le ha parecido raro es que no hubiera luz. Es lo último que Celso hace antes de irse a casa, apagar la luz, y, por lo que la anciana ha visto, no ha habido ningún apagón ni nada por el estilo.

—¿Celso?

Margarita lo ha llamado al tiempo que ha emitido un quejido al agacharse con dificultad para esquivar la persiana. La espalda ya no está para mucho trote. Ha entrado en la librería, oscura como boca de lobo, y ha caminado lentamente en dirección al pequeño cubículo que Celso usa como despacho. Ha deducido que tenía que estar ahí, al fondo del local, detrás de la salita que usan en el club de lectura de los jueves.

Pero tampoco había luz.

De repente, cuando sus ojos se han adaptado a la oscuridad, ha chocado con algo. Por poco no tropieza y se parte la crisma. Con la mirada estupefacta en dirección al suelo, ha retrocedido un par de pasos y, ajustándose las gafas para escudriñar con más precisión la situación, ha reconocido al librero tirado en el suelo, inconsciente. De su cabeza manaba sangre, había sangre por todas partes corriendo en oscuros regueros que seguían las líneas de las tablas de madera. La anciana, que no podrá pegar ojo en toda la noche y padecerá de taquicardias que a punto estarán de llevarla junto a Celso, ha emitido un alarido que se ha oído hasta en la plaza. Seguidamente, al ritmo pausado que marca la vejez, ha salido al exterior para pedir ayuda.

La policía y la ambulancia han llegado en diez minutos. Se han llevado a Celso al hospital en estado crítico. El librero ha recibido un fuerte golpe en la cabeza con un objeto contundente que no han encontrado. Yago y sus compañeros de la policía local de Redes no tardarán en descubrir que Greta, cuya camioneta está aparcada en la praza do Pedregal, ha sido vista yendo en dirección a la librería alrededor de las siete de la tarde. Lo que nadie sabe, es que Greta no ha llegado a salir de ahí.

90

Nadie está tan loco como para robar un coche de policía, y menos en un pueblo con poco más de doscientos habitantes, así que Yago sale dejándose la llave en el contacto y la puerta mal cerrada, y corre en dirección a la casa de su madre. No hay tiempo que perder. Le tiembla la mano. Hoy no le es tan fácil atinar con el agujero de la cerradura y abrir la puerta. Hoy tampoco se detiene a darle un cariñoso beso a su madre, sentada en la butaca frente al televisor, durmiendo con los ojos abiertos. No se detiene a olfatear el ambiente para adivinar qué ha hecho Elsa de cenar, aunque sobre la encimera ve un montón de croquetas. Su hermana solo hace croquetas cuando está triste, estresada, enfadada con la vida que siente que hace mucho que le ha dado la espalda.

—¡Elsa! ¡Elsa! —la llama Yago con determinación, mirando en dirección a la cocina, adentrándose en el pasillo escasamente iluminado, abriendo todas las puertas, incluida la del cuarto de baño, donde encuentra a su hermana en el retrete.

—¡Yago, hostia! ¡Sal de aquí!

—Sal tú cagando leches —espeta Yago furioso.

—Cagando leches —ríe Elsa—. Nunca mejor dicho.

Que Yago sea la autoridad en Redes, no significa que Elsa vaya a salir del cuarto de baño de inmediato. Al contrario. Ante todo, es su hermano. No le tiene ningún respeto. Se toma su tiempo. Y ese tiempo lo aprovecha Yago para sentarse al lado de su madre, que lo mira sin verlo con la boca entreabierta de la que le sale un hilillo de baba, como si de verdad estuviera durmiendo, como si alguien tuviera la capacidad de conciliar el sueño con los ojos abiertos, como si fuera más fácil estar más allá que más aquí.

—*Nai*, ¿Elsa ha estado toda la tarde en casa?

Yago espera una respuesta rezumando una paciencia que se le está agotando. Pero nada, ni un solo gesto. La mujer no contesta. Igual no tiene nada que decir. Igual no habría que menospreciar tanto al karma; el mal que provocas, vuelve multiplicado a ti. Dicen que el destino es caprichoso y no, el destino no solo es caprichoso, también es sabio. Yago, impotente, coge un pañuelo y le seca la boca con un gesto un tanto brusco. Después de dos años desde que se le diagnosticó la enfermedad que la consume a diario y merma sus facultades mentales, tendría que estar acostumbrado a ver así a la mujer fuerte y decidida que fue y que siguió adelante con dos hijos adolescentes tras la muerte de su marido. Perdida, con la mente nublada, sin vida, sin futuro y sin recuerdos. Tal vez sea mejor así. Que sean otros los que carguen con los recuerdos.

—A ver, ¿qué pasa? —pregunta Elsa nada más salir del cuarto de baño.

—¿Que qué pasa? Dímelo tú, Elsa. ¿Qué has hecho esta tarde?

—Croquetas —contesta, inocente, señalando la cocina.

—¿Y qué más? ¿Has salido?

—No, ¿por qué iba a salir? Yo no dejo a *nai* sola, ya lo sabes. ¿A qué viene tanta pregunta? —se extraña.

—Elsa, basta de tonterías. ¿Dónde tienes a Greta? ¿Qué le has hecho?

—¿Greta? ¿Qué pasa con esa?

—Que ha desaparecido. Greta ha desaparecido y alguien casi mata a Celso. Se lo han llevado muy grave al hospital, veremos si sobrevive a esta noche.

—Espera, espera… ¿Me estás acusando de algo?

—Te estoy preguntando. ¿Tengo que ir a mirar al sótano?

—Mira lo que quieras, pero te recuerdo que eras tú el experto en encerrar en el sótano.

—Era por tu bien —replica Yago, con la mano a punto de girar el pomo de la puerta que conduce al sótano. Nada más abrirla, la madre se revuelve en el sillón y empieza a chillar. Elsa corre hacia ella mirando con desprecio a su hermano.

—¿Ves lo que has conseguido? Alterar a *nai*. A ver ahora quién duerme en esta casa.

Yago no se detiene. Impulsado por el presentimiento de que Greta está en casa, de que su hermana le ha hecho algo porque nadie la odia tanto como Elsa, desciende las escaleras con los latidos del corazón en las sienes. Sin embargo, cuando enciende la luz del sótano, lo recibe la nada más absoluta y abrumadora, mientras arriba los gritos de su madre se apagan como la llama de una vela a merced de una ráfaga de viento.

91

Diego no sabe qué más puede hacer después de llamar por enésima vez a Yago y no obtener respuesta. No saber qué ha ocurrido y dónde está Greta, hace que sienta que no es necesario morir para ir al infierno. El infierno está aquí, en este mundo que creemos conocer y es lo que está viviendo él. El reloj marca las tres de la madrugada de la noche más larga de su vida. Es incapaz de pegar ojo. Si tuviera coche, trataría de descubrir a qué hospital se han llevado a Celso y recorrería los cuarenta kilómetros que separa Redes de A Coruña para ir a verlo. Si es que aún sigue vivo. Ha buscado en Google y se ha dado una vuelta por Twitter para ver si había alguna noticia al respecto que le avanzara información, pero, por lo visto, es más trascendental la enfermedad de un muerto famoso que se pasó media vida mintiendo a un público que lo adoraba sin conocerlo, que el hecho de que un pobre librero haya sido atacado en su local y una mujer se encuentre en paradero desconocido. Aunque esa mujer sea Greta Leister, que dejó de ser conocida por sus pinturas para ser conocida como «la mujer de…» y, por mucho morbo que cause, nadie se ha enterado de lo sucedido. Redes es un puntito minúsculo en un mundo demasiado grande donde ocurren cientos de tragedias a diario, minuto a minuto; imposible dar protagonismo a todas.

Frida, abatida, lo acompaña en su congoja tumbada en el

431

sofá, mientras él entierra la cabeza en las manos. Ha ido hasta el acantilado, donde la única respuesta que ha obtenido ha sido la del eco de su voz. Luego ha bajado hasta la playa. Ni rastro de humanidad, como si hubiera llegado el fin del mundo. Con la linterna de su móvil activada, ha caminado durante más de media hora por los caminos de tierra que rodean la casa con la intención de llegar hasta el centro del pueblo. Se ha perdido pese a activar el GPS, sintiéndose un completo inútil. Los nervios tampoco ayudan a que uno se centre. Diego se ha sentido dentro de una película de terror en la que ha estado dando vueltas en círculo por el mismo lugar, luchando contra el miedo y el sueño para evitar alucinaciones. Una silueta, una Dama Blanca, una meiga… quién sabe. Casi todo lo malo ocurre de noche, cuando el mundo duerme. Sin embargo, esta noche Diego no es el único que no duerme en Redes. La luz de unos faros atraviesa las ventanas. Antes siquiera de que a Yago le dé tiempo a bajar del coche, Diego ya ha abierto la puerta y lo espera en el porche delantero de la casa.

—¿Me vas a contar de una puta vez qué es lo que está pasando? —pregunta Diego desquiciado, más cansado de lo que se ha sentido nunca.

El policía hoy no le parece tan imponente ni tan seguro de sí mismo. El sueño, el cansancio y la tristeza se reflejan en sus ojos achinados, tan inyectados en sangre que la esclerótica se ha quedado sin su blanco habitual. Quiere forzar una sonrisa, pero no le sale. Yago tiene los ánimos por los suelos, y el colmo es que su hermana lo ha echado de malas maneras de casa, recriminándole delante de una madre más muerta que viva que con qué derecho se cree para sospechar de ella respecto a algo tan grave como mandar a un hombre al hospital y hacer desaparecer a una mujer. Tal vez tenga razón. Empieza a sospechar que la desaparición de Greta ha sido voluntaria y que algo ha debido de ocurrir con Celso para que lo atacara y se esfumara. A lo mejor el librero, un hombre que jamás se ha metido en problemas y tiene fama de ser un buen vecino, una de las mejores personas del pueblo, también tenga sus secretos. Como aquello que dijo Gabriel García Márquez de que todo el mundo tiene tres vidas: una vida pública, una vida privada y una vida secreta.

¿Qué vida secreta has estado ocultando todo este tiempo, Celso?

—La camioneta de Greta sigue en la plaza. No ha podido ir muy lejos —dice Yago, dando por hecho que Greta ha huido, algo que enfurece a Diego, eso, y que entre en casa sin preguntar. El policía va directo hasta la cocina. Abre uno de los cajones y saca unas llaves—. Greta guarda la copia de las llaves de la camioneta aquí. Ten. —Yago le tiende las llaves y se sienta en el reposabrazos, lo más lejos posible de Frida, como si fuera alérgico a los perros, adoptando el mismo gesto en el que hace unos minutos se había acomodado Diego: la cara enterrada en las manos—. Dame unos minutos. Ahora te llevo al pueblo para que puedas coger la camioneta y no te quedes aquí sin medio de transporte.

—Qué considerado. Ahora, por favor, ¿me puedes explicar qué ha pasado? —insiste Diego un poco más tranquilo, cerrando la puerta para que el frío no se cuele en el interior de la casa.

—Ojalá lo supiera —contesta Yago abatido y con sinceridad. Ni rastro de la desconfianza que la presencia del escritor le generaba al principio, hace apenas unas semanas. La única preocupación de Yago era que le «robaran a su chica». «Su chica». Ja. Qué absurdo le parece ahora—. Ojalá lo supiéramos. Margarita, muy nerviosa, ha sido quien ha encontrado el cuerpo de Celso malherido en la librería. Las persianas estaban medio bajadas y no había luz. Le han dado un golpe fuerte en la cabeza, no sabemos con qué, no hemos encontrado el arma. Lo han llevado al hospital con un traumatismo craneoencefálico. Lo último que sé es que ha precisado de cirugía para descomprimir el cerebro y así eliminar hematomas intracraneanos y no sé qué mierdas más, y que las próximas veinticuatro horas son decisivas. Está en coma inducido, Diego —recalca con voz queda—. En la unidad de cuidados intensivos. Es grave de cojones, le dieron fuerte, con rabia. La intención era matarlo.

—¿Pero quién puede tener algo contra Celso?

Yago se encoge de hombros y se frota la cara. Él se ha hecho esa misma pregunta y no se puede quitar de la cabeza la sangre que manaba de la cabeza del librero, seguido de su cuerpo inerte intubado en una camilla que han metido en la ambulancia para llevárselo directo al hospital. Nadie sabe si volverá.

—Hay testigos que han visto a Greta aparcar la camioneta en la plaza e ir caminando en dirección a la librería, más o menos a la misma hora en la que se supone que han atacado a Celso. Nadie ha visto nada más ni ha oído nada. Se abren varias vías de investigación. Todo es muy confuso. O bien ha sido Greta quien casi mata a Celso y ha huido, aunque no encaja porque no ha cogido la camioneta, o hay una tercera persona implicada.

—Hay una tercera persona, Yago. Tiene que haberla. Y Greta está retenida contra su voluntad o…

«… muerta», le susurra a Diego una voz interior que provoca que se le erice el vello de la nuca.

—Sé en quién estás pensando. Elsa. He ido a su casa, parece no saber nada y asegura que no ha salido en toda la tarde.

—¿Y la crees? —desconfía Diego.

—No sé qué creer, pero es mi hermana, *carallo*. Las ha pasado canutas. Primero Leo, luego el alzhéimer precoz de nuestra madre, a quien se pasa las veinticuatro horas cuidando. Si Elsa me dice que no ha salido de casa en toda la tarde, tengo que creerla, ¿o no?

—Cuando Leo volvió con Greta a Redes, siguió su relación con Elsa.

Yago comprime los labios y asiente. Mentir a estas alturas sería una estupidez, pero tiene que ir con cuidado. Diego no puede saberlo todo. Nadie puede saber lo ocurrido la noche en la que Leo murió. Si Greta se ha esfumado, es porque, tal y como le ha asegurado Elsa hace unas horas, lo sabe. Recordó. Es lo peor que podría haber pasado. Y no puede seguir culpando a Elsa, aunque sea la única con un móvil plausible para hacer lo que sea que haya hecho. Llevársela, esconderla, matarla. Dios. Le va a estallar la cabeza.

—Greta me contó lo que pasó —prosigue Diego—. Alguien la atacó de la misma forma en la que han atacado hoy a Celso, pero con mejor suerte y sin daños cerebrales que lamentar. Al despertar, Leo había caído por el acantilado. Y luego te llamó.

—Y llegué a los cinco minutos, sí. ¿Intentas acusarme de algo? —se le encara Yago, poniéndose a la defensiva.

—No. Pero recordé una canción de Leo que se titula *De otro*. Celso me preguntó un día si sabía diferenciar las canciones. Él aseguraba que unas las escribía Leo y otras Leo bajo la personalidad de Raimon.

—Por favor, déjate de estupideces. Esa enfermedad no existe. Leo estaba loco. Punto.

—Leo estaba enfermo. Padecía una enfermedad que sí existe, y es muy jodida. Hay personas que conviven con hasta cien personalidades que se apoderan de su día a día sin que puedan hacer nada salvo soportar que gente sin empatía como tú los tache con la palabra más simple: locos. No son locos, son enfermos. La salud mental hay que tomársela muy en serio —rebate Diego—. Déjame contarte mi teoría, por favor. —Yago pone los ojos en blanco y hace un ademán con la mano para que continúe—. *De otro*, estoy convencido, la escribió Raimon. O sea, Leo bajo el dominio de la personalidad de Raimon. La letra dice: «Ella es de otro, nunca fue mía». Quien estaba enamorado de Greta era Raimon, al tiempo que Leo seguía queriendo a Elsa. Igual es una locura, pero si Leo trajo hasta aquí a Greta, fue para deshacerse de ella, pensando que así Raimon también se largaría. Si Leo no hubiera muerto aquella noche, yo no habría conocido a Greta.

—¿Pero qué cojones estás diciendo, Diego?

—Que Leo iba a matar a Greta. Que la quería muerta para que Raimon desapareciera. Lo que no sé es si tu hermana…

—No metas a Elsa en esto y deja de desvariar. Ahora vamos, te llevo al pueblo para que puedas coger la camioneta.

—Insiste, Yago. Métele presión. Se derrumbará y confesará.

—¡Es mi hermana y no tiene nada que confesar! —zanja Yago, negando lo que hasta hace unas horas le parecía lo más evidente. Se levanta del sofá. Frida levanta un poco la cabeza y le dedica un gruñido que Diego apacigua acariciándola entre las orejas—. Está siendo una noche muy larga. Vamos a por la camioneta, quiero inspeccionarla.

Diego nunca ha subido en un coche policial y este hecho le pone un poco nervioso. Yago le abre la puerta del copiloto. Su intención no es llevarlo en la parte de atrás como a un detenido, protegida por una mampara divisoria de metacrilato. En menos de cinco minutos, llegan a la plaza. Diego entiende por qué se ha perdido cuando ha ido caminando con la intención de llegar al pueblo. No ha sido solo por su escaso sentido de la orientación. Él no es de aquí, todos los caminos parecen iguales y la escasez de farolas no ha ayudado a que se ubicase con precisión.

Yago estaciona el coche junto a la camioneta de Greta. Diego pulsa el botón del mando y lo abre, permitiendo que el policía mire en su interior con la ayuda de una linterna. No cree que pueda encontrar nada de interés, si bien la intención de Yago es dar con el objeto contundente con el que han golpeado a Celso. Yago abre la guantera y saca dos paquetes de tabaco Marlboro que pertenecían a Leo. Rebusca entre los papeles, echa un vistazo debajo de los asientos, levanta una manta en la parte trasera repleta de pelos de Frida y abre el maletero, donde no hay absolutamente nada.

—Limpio —confirma—. Te lo puedes llevar.

—¿Qué esperabas encontrar? ¿Una Glock semiautomática? —se burla Diego, pese a las circunstancias, subiendo a la camioneta de Greta. Aún huele a ella. Se centra en ese olor que, con los días, desaparecerá, teniendo la imperiosa necesidad de sentirla cerca.

Yago guarda la linterna y, antes de que a Diego le dé tiempo a arrancar, se asoma a la ventanilla. Con gesto severo, le advierte:

—No te metas en esto y déjanos hacer nuestro trabajo.

—¿Cómo quieres que no me meta si Greta ha desaparecido y Celso está en coma?

¿Has visto lo que has hecho, Yago?

¿Te das cuenta de las consecuencias que tienen las palabras?

¿Del matiz que adquieren cuando se trasladan a quienes jamás deberían descubrirlas?

Para los hechos y para las palabras nunca hay vuelta atrás. No deben menospreciarse, hay que darles la importancia que merecen. Pueden cambiarlo todo. Si hubieras mantenido el pico cerrado, Yago, nada de esto estaría pasando. Pero es comprensible. No todo el mundo podría haber soportado como has hecho tú la carga de un terrible secreto durante tres años. A cualquier otra persona la habría consumido, y no necesariamente en años, como a ti; a veces, como en el amor, basta con un solo segundo.

92

Redes, A Coruña
En el lugar donde empezó todo
Faltan 5 días

Cinco son los días que le quedan a Greta Leister. Pero nadie, salvo ella, lo sabe. Y aún le parecen demasiados como para poder sobrevivir a un lugar así. Tal vez no tenga el placer de morir la noche del día 19 en el acantilado. Es posible que no vuelva a sentir la brisa marina acariciando su rostro. Y también puede que sea demasiado pronto para tener alucinaciones y ponerse a hablar con su fantasma preguntándole por qué la que tenía que morir aquella noche era ella y no él. No lo entiende. No le entra en la cabeza que de verdad creyeran que, con su muerte, el trastorno de personalidad múltiple de Leo fuera a desaparecer, lo que hace que comprenda que Elsa tampoco está en sus cabales, cuando le trae una fiambrera a rebosar de croquetas y le dice:

—No soy Elsa, Elsa murió con Leo. Yo soy Greta. Llámame Greta.

«¿Por qué, de entre todos los nombres, el mío? ¿Lo elegiste antes de que Leo me conociera o después, intencionadamente, cuando llegué a Redes?», se calla Greta. En el fondo, no le interesa conocer la respuesta, no es más que una ilusión de su secuestradora. El caso es que está encerrada, desesperada, sin posibilidad de salir, de liberarse de las esposas que la acorralan. Intuye dónde se encuentra, pero no está segura. Cada día que pasa huele peor; la cisterna del váter cochambroso donde Elsa la arrastra para que haga sus necesidades no funciona.

Greta, sin tener un máster en psiquiatría, deduce que no es necesario padecer una enfermedad diagnosticada para darle nombre a la parte oscura que hay en ti, llegando a creer tu propia farsa y consiguiendo comportarte con normalidad cuando te deshaces de ella. Elsa tiene a Greta. Con ella asume un rol cruel y malvado, hasta es posible que fuera provocado por Leo y sus delirios, teniendo en cuenta lo frágil y moldeable que es Elsa y lo enamorada que estaba de él. Si le hubiera pedido que se tirase de un puente, Elsa lo habría hecho sin titubear. Greta, la Greta de verdad esposada y sin posibilidades, solo se tiene a sí misma, y aun así, pese a lo feo del asunto, se alegra de que Leo no la eligiera a ella. Podría haber acabado igual de mal que Elsa. En estas circunstancias, solo le queda el comodín de hurgar en la herida, ahí donde más duele:

—Apuesto todo lo que tengo a que Leo no estaba enamorado de esta versión, Greta. Él quería a Elsa. A la dulce y buena de Elsa que lo ha dejado todo para cuidar de su madre enferma. Leo no quería a ninguna Greta —recalca, insistente, esbozando una sonrisa maliciosa con las pocas fuerzas que le quedan—. Ni a mí ni a la Greta que has creado tú para convencerte de que eres ajena al mal que estás provocando.

—¡Cállate! ¡Cállate, cállate, cállate! No tienes ni idea de por qué lo hago.

—Sí, sí lo sé. Estás haciendo esto porque cometí el error de dejarte entrever que recordé lo que pasó aquella noche. Fue tu hermano quien te lo contó, ¿verdad? Porque tú tampoco lo sabías. Al final no lo soportó más y te lo contó… y, cuando corté con él, intentó liarme, quiso hacerme creer que fui yo quien empujó a Leo. En el fondo, siempre supe que no tuve nada que ver con su muerte, que alguien me golpeó y ocurrió mientras yo estaba inconsciente. Y, sí, ahora sé quién estaba ahí esa noche, con Leo y conmigo. Pero siempre te queda la duda, ¿sabes? —Greta suspira, cierra los ojos y sacude la cabeza con la imagen de Yago en mente—. ¿También está metido en esto? ¿Sabe Yago que estoy aquí?

Jaque mate, Greta.

O casi.

—La que tendría que haber muerto eras tú, para que Raimon desapareciera contigo. Leo y yo podríamos haber sido felices y tú lo estropeaste todo. ¡Tú! Algo tan simple como un nombre, tu nombre, Greta, el nombre que me inventé para Raimon, fue el desencadenante para que Leo te buscara en Madrid. Dio contigo por casualidad, cuando todavía no eras nadie y exponías en bares. Greta. Me dijo que había conocido a la Greta perfecta para Raimon, que Raimon se enamoraría de ella y nos dejaría en paz... Libres. Sin su presencia endemoniada que lo pudría todo —explica Elsa entre lágrimas, con un escalofrío recorriéndole el cuerpo entero, una fuerte sensación de que puede hacer lo que quiera, de ser lo que quiera—. La que tendría que haber muerto eras tú, tú, tú...

Elsa entra en bucle. Sus ojos dicen: «Qué estoy haciendo. Qué estoy haciendo, yo no soy así, tengo que liberarla, tengo que dejarla marchar». Los hechos, no obstante, difieren de sus pensamientos enmascarados por una personalidad dominante y ficticia digna de investigación, puesto que la mente humana es más compleja de lo que podemos llegar a imaginar, y la emprende a golpes contra Greta. Es tal la violencia con la que Elsa la apalea, desmedida y atroz, que le parte el labio y le deja el ojo izquierdo amoratado y tan hinchado, que tardará días, si es que existe un futuro para ella, en recuperarse.

93

Hace cuatro días que Greta desapareció y Celso sigue en coma inducido. Diego, con la preocupación reflejada en su rostro, conduce la camioneta de Greta hasta A Coruña y se queda en la sala de espera del hospital durante un par de horas, porque hasta que no lo suban a planta no se permiten visitas. Luego regresa a Redes, se acerca a comisaría para averiguar si hay algún avance y si desde A Coruña tienen algo, va hasta casa con Frida y dan largos paseos hasta bien entrada la noche. Ha ido a visitar a Margarita, que sigue impactada por lo ocurrido, y le ha pedido ayuda para ir a renovar el documento de identidad, que por lo visto lo ha perdido. También ha conducido hasta la casa de Elsa tres veces en diferentes horarios, pero le ha abierto la puerta la cuidadora de la madre. Siempre le dice lo mismo:

—Elsa ha salido a hacer unos recados. Le diré que has venido.

Sin embargo, su teléfono no suena y, aunque busca a Elsa por Redes en la farmacia, en el supermercado, en la carnicería y en los bares, aun sabiendo que apenas los frecuenta, no la encuentra.

¿Dónde va Elsa a hacer los recados?

Le urge hablar con ella. Yago sigue negando que su hermana tenga algo que ver con lo que sea que le haya ocurrido a

Greta, pero Diego empieza a sentir el peso de la culpa al verse incapaz de hacer más.

Tiene llamadas que no le ha dado la gana de contestar de Amadeo, insistente con wasaps que Diego borra sin leer, y del mánager de Leo. Se pregunta si Ernesto Plazas conoce su paradero actual y si el motivo de sus numerosas llamadas es para volver a amenazarlo con que, si no le entrega la última canción de Leo, *Voy a dejarla*, ahora que es consciente de que existe, le va a arruinar la vida. Más de lo que la tiene ya, porque no saber dónde está Greta, si estará bien o si estará… —no, no quiere ni pronunciar la palabra— lo está consumiendo.

En el momento en que Amadeo, harto de llamarlo y no obtener respuesta, le manda un contundente wasap en el que dice: «Haz el favor de mirar tu cuenta corriente», a Diego le faltan veinte minutos para llegar a A Coruña y en la radio el presentador, eufórico, da paso a la canción póstuma del famoso cantautor fallecido en 2015, Leo Artes.

Voy a dejarla.

—Pero qué… —espeta Diego, que casi se sale de la carretera del susto.

Logra calmar los nervios para escuchar con atención la letra de la canción, la voz resucitada de un cantante muerto para gusto de sus innumerables fans. La discográfica ha estado trabajando en ella durante estos últimos días, acompañando a la voz, que era lo único que tenían, de guitarra y piano, potenciando así su incalculable valor. El resultado final es sublime. La canción emociona, si bien es reconocible el delirio en la construcción de cada estrofa, el sello personal del artista. Y la voz te transporta. Consigue ponerte el vello de punta, sentir escalofríos. Se pueden hacer virguerías en un estudio profesional.

«¿Cómo han conseguido la última canción?», se pregunta entonces Diego. Y un cúmulo de pensamientos turbios se apoderan de él, anticipándose a las graves consecuencias que *Voy a dejarla* va a desatar por haber salido a la luz. Precisamente ayer, saltó a la prensa la noticia de que Greta Leister, viuda de Leo Artes, se encuentra en paradero desconocido y que se la está buscando por ser la principal sospechosa de haber dejado en coma a Celso Mugardos, el librero de Redes, debatiéndose entre la vida y la muerte en el Hospital Universitario de A Coruña.

Todo es mentira. Especulaciones que, a base de repetirse hasta la saciedad, provocan que el público se las crea. Repite una mentira mil veces y se convertirá en una verdad.

¿Pero qué pensará la gente ahora?

La respuesta no tarda en llegar.

Diego, en la sala de espera del hospital, ignorando el wasap de su hermano en el que le pregunta si ha mirado su cuenta corriente, bucea por Twitter, donde todos se creen con el derecho de opinar. El *hashtag* con el título de la canción póstuma de Leo, #Voyadejarla, se ha convertido en el tema del momento en la red social. Y no solo con comentarios limitados a unos pocos caracteres alabando la canción, sino culpando a la actualmente fugitiva Greta Leister de haberlo empujado por el acantilado, puesto que ahora se sabe que iba a dejarla. Tal y como opina sin saber nada una tal @laudel91, es como si Leo la hubiera compuesto a modo de carta de despedida, para advertir de que si le ocurría algo, Greta tenía la culpa. La mayoría de usuarios opinan lo mismo. Que Greta lo mató. Porque iba a dejarla. De locos. Atrás ha quedado la enfermedad que padecía Leo Artes; nadie, absolutamente nadie, la menciona. Como si la noticia que provocó que Greta se enfadara con él nunca hubiera existido, como si ya nadie recordara que se está trabajando en una biografía autorizada del cantante. La memoria colectiva olvida rápido y los titulares tampoco distan mucho de la opinión pública, donde la polémica está servida. Acusan a la pintora de ser la responsable de la muerte del cantante, cuando los planes de este eran muy distintos al componer la canción: nada más y nada menos que lo contrario a lo que sucedió, provocar que pensaran que Greta se había suicidado al enterarse de que Leo quería dejarla. Le salió mal la jugada. El tiro por la culata. Diego lo intuyó desde el principio, desde que Greta se abrió a él en Aiguèze. Se preguntan por qué el último tema del artista ha tardado tanto en aparecer, a cinco días de que se cumplan tres años de su muerte, que inicialmente se creyó accidental. Y, por si todo eso no fuera poco, inventan que Greta atacó al librero porque este, pese a los años transcurridos, lo descubrió y se lo echó en cara. Diego prefiere no seguir leyendo tantas invenciones sin fundamento ni sentido, al tiempo que se devana los sesos, porque no tiene ni idea de cómo han podido conseguir la canción. Greta la tenía a buen recaudo, ni siquiera él sabía dónde estaba, y, de haberlo sabido, no se la habría entregado a Ernesto pese al suculento beneficio económico que, por lo visto, le han ingresado en la cuenta. A Diego ya no le preocupa el dinero ni cómo lo va a declarar. Lo que le tiene en vilo es saber que se reabre el caso de la muerte de Leo ahora que elucubran que no fue accidental, e imputan a Greta sin otorgarle siquiera el beneficio de la duda. Algo bueno tiene que haber en todo esto, sopesa. A lo mejor ahora se ponen a buscarla con ahínco y dan con ella.

Saturado de tanta información falsa, Diego da un golpe sobre la silla libre que tiene al lado, espantando a una pareja de sesenta años que, con los ojos llorosos por motivos personales, le dedican una mirada compasiva. Quienes viven su infierno particular, entienden y empatizan con el dolor ajeno mejor que nadie.

94

Lo primero que Diego hace al llegar a casa, es recoger las latas de comida para gatos que anoche dejó en el porche. Los gatos callejeros de Greta no pueden pasar hambre. Si Diego cumple con la rutina que Greta había establecido, serán los únicos que no noten su ausencia. Acaricia a Frida, tumbada en el sofá. Parece que se le han quitado las ganas de vivir, como si los animales fueran más humanos que algunas personas, y entendieran mejor que nadie lo que está ocurriendo. Frida sabe que Greta está en peligro. De estar bien, habría encontrado la manera de ponerse en contacto con Diego.

—Venga, Frida, arriba. Vamos a dar una vuelta.

Frida se levanta lentamente como si le hubieran caído veinte años encima y, sumisa, permite que Diego le ponga la correa. Con una mano sujetando a la perra y la otra el móvil, Diego llama a su hermano.

—¡Dieguito, por fin! Oye, tengo la factura de la discográfica, te la tengo que pasar. Y tienes que rendir cuentas con Hacienda, que no pasan ni una y menos con el ingreso que te han hecho. Menudos hijos de…

—Amadeo. ¿Cómo habéis conseguido la última canción de Leo?

—¿Que cómo la hemos conseguido? Joder. ¿El alzhéimer

445

no es cosa de viejos?

—No estoy para bromas ni idioteces —le corta Diego con una fría calma que no es más que una mentira para creerse que lleva las riendas de la situación—. Greta lleva desaparecida cuatro días.

—Ya, ya, estoy al corriente. Es muy fuerte y, si te sirve de algo, no creo en las paparruchadas que se están diciendo sobre ella. Respecto a la canción, la enviaste tú, desde tu cuenta de Gmail. Al escucharla se me pusieron los pelos como escarpias, pero nada que ver con lo que han conseguido desde la discográfica, cómo han potenciado la voz, el ritmo… En fin, que me pusiste en copia para asegurarte de que cobráramos los cien mil euros, lo cual fue una idea brillante, que del facineroso de Ernesto hay que fiarse hasta cierto punto.

—Yo no os he mandado ninguna canción —replica Diego sofocado. Una ansiedad creciente en el pecho se apodera de él. Es una sensación desagradable que lo ha acompañado durante estos últimos días y a la que no se acostumbra.

—Coño, Diego, te reenvío el correo electrónico ahora mismo. Hasta escribiste que Greta te había dado la autorización para enviar a la discográfica la canción.

—Que yo no os he…

Diego se calla de golpe. Fue Greta. La canción la mandó Greta. Tuvo que ser ella. Incapaz de pensar con claridad, Diego busca entre los recovecos de su memoria el momento en que Greta pudo conectarse desde el portátil y entrar en su correo electrónico con facilidad, pero, por más que trate de indagar, no obtiene la respuesta.

—No hará falta —dice Diego, cuando llega al acantilado y distingue a una mujer de espaldas a él, sentada en el borde con las piernas colgando—. Amadeo, tengo que colgar.

—Vale, pero, eh, espera. Si tienes novedades sobre Greta, llámame. Soy tu hermano, me preocupas.

—Ahora que tenéis la maldita canción y el dinero y que

creéis que la biografía va viento en popa, te preocupo. Claro.

—¿Creemos? ¿Es que la biografía no va bien? ¿Qué es lo que no funciona? Puedes contar conmigo. Podría ir a Redes, ayudarte a…

—No. No, Amadeo, ni se te ocurra aparecer por Redes. Adiós.

Diego cuelga y guarda el teléfono en el bolsillo trasero de los tejanos. Como si Elsa fuera una suicida y tuviera que ir con mucho cuidado, se acerca sigiloso. Frida, a su lado, emite un gruñido. Elsa parece tan ensimismada en su mundo, que no se percata de su presencia hasta que no lo tiene detrás y la respiración agitada de la perra la pone en alerta.

—¡Diego! —exclama Elsa mirando hacia arriba.

—Sal del borde, por favor. Es peligroso.

—¿Tienes vértigo?

—Un poco —reconoce Diego, mirando con el rabillo del ojo hacia el abismo.

—Ya. Como todos.

Elsa se levanta de un impulso y se aleja del borde del acantilado, al tiempo que Diego retrocede un par de pasos para sentir que no corre ningún peligro. Iluso.

—Es que… dentro de cinco días se cumplen tres años de la muerte de Leo —dice Elsa, componiendo un mohín de disgusto.

—¿Has escuchado la canción?

—Como para no escucharla. Está por todas partes. Así que iba a dejarla… Leo iba a dejar a Greta.

«Como si no lo supieras», se calla Diego, mirándola con desconfianza.

—Iba a dejarla por ti.

Elsa, incapaz de sostenerle la mirada, la aparta y la dirige a la inmensidad del océano, brillante a estas horas de la tarde en la que el sol, pese a su fuerza, no es capaz de apaciguar el frío helado de mediados de noviembre.

—¿Dónde tienes a Greta?

—¿Qué? —ríe Elsa—. ¿Estás loco?

—No, Elsa, yo no estoy loco.

—No tengo ni idea de dónde está Greta. Por qué le hizo lo que le hizo al pobre Celso…

—Ni se te ocurra culparla de eso. Ella no le hizo nada a Celso.

—No es lo que dice la prensa. La gente, la policía… todos hablan. Todos la culpan. Cuando el río suena… Solo te ha faltado decir que ella no pero yo sí. ¿Por qué desconfías de mí? Yo no te he ocultado nada, Diego. Nada. Si has podido empezar a escribir sobre Leo fue gracias a mí, porque, que yo sepa, Greta no ha cumplido. No te ha contado su parte. La parte final en la que escuchó la canción, supo que Leo iba a dejarla, y, enfurecida, lo mató.

«No, eso no fue lo que pasó. Había alguien más, alguien a quien Greta no ponía cara», se muerde la lengua Diego, que no va a permitir que Elsa, con las mismas artimañas que usó su hermano con Greta, lo confunda.

Ahora, Diego no reconoce a Elsa. Apenas ha tenido tiempo de conocerla, pero en su momento, algo que confirmó Celso con intenciones ocultas, llegó a pensar que era buena persona al cuidar con tanta devoción de su madre enferma, sacrificando su vida, su presente y su futuro, por ella. Sin embargo, la mujer que tiene delante está lejos de tener buen corazón. Hay algo en ella que no le gusta. Que lo asusta.

—No es verdad —niega Diego al cabo de un rato—. Eso no fue lo que pasó. Había alguien más ahí, en el acantilado, con ellos. ¿Quién? ¿Fue tu hermano, Elsa? ¿Fue Yago quién empujó a Leo e intentas protegerlo como él intenta protegerte a ti?

Elsa se encoge de hombros; le importa bien poco lo que el escritor crea o no. La verdad, la temible verdad que le ha costado noches de insomnio desde que su hermano se la reveló, solo la conocen Yago, Greta, Celso y ella. Y Greta y Celso ya no tendrán la oportunidad de darla a conocer al mundo. En cuatro días estarán muertos.

«*Quién mató a Leo Artes*. Sería un buen título para su biografía», cavila Elsa, alejándose de Diego sin dignarse a mirarlo.

—La encontraré —sentencia Diego, esperanzado, en un tono lo suficientemente alto como para que Elsa, a unos metros de distancia, lo oiga.

Elsa se detiene, chasquea la lengua contra el paladar. Contiene la risa maléfica de Greta, su yo oscuro oculto en alguna parte de su mente enferma. Sería un mal momento para dejarla aflorar. Podría hacer cualquier tontería como asesinar a Diego ahora, aquí mismo; sería tan fácil empujarlo y regalarle la misma muerte que se llevó a Leo, a su Leo, que echaría por tierra su plan inicial. Así que, antes de irse, antes siquiera de llegar a fabricar imágenes en las que Diego saldría muy mal parado, reprime a la parte mala que hay en ella y se limita a contestar con indiferencia:

—Buena suerte con eso.

95

Redes, A Coruña
En el lugar donde empezó todo
Faltan 2 días

Existe una idea romántica universal con los pasadizos secretos, esos que se hallan bajo tierra y que conectan edificaciones; sin embargo, cada uno de sus recovecos ocultan tragedias e historias siniestras. La librería de Celso no es la excepción. A mediados del siglo XV, en pleno Medievo, se trataba del establecimiento de un herrero. Construyó un pasadizo subterráneo que conducía al sótano de su vivienda, donde ejerció durante años torturas y sacrificios humanos a quienes consideraba inmorales, tomándose la justicia por su mano y ahorrando trabajo a los inquisidores cuyo objetivo era terminar con la brujería o con cualquier práctica que fuera en contra de la religión cristiana. Esa casa, en pie desde siglos antes de que las construcciones coloniales invadieran el pueblo pesquero de Redes llenándolo de color, fue la que vio nacer a Leo y a Raimon Artes y la que se sumió en la soledad y el olvido tras la muerte del segundo. Cuando en 1983, Celso se convirtió en el nuevo propietario del local, que había pasado por cientos de manos que lo habían usado de tasca, peletería, carnicería, panadería, inmobiliaria y joyería, no tardó en descubrir la trampilla que conduce a los túneles y que decidió cubrir con una alfombra. Celso, con fobia por los espacios cerrados, solamente se atrevió a recorrerlos una vez, movido por la curiosidad de averiguar adónde conducían. El túnel, con los pasadizos más amplios de lo que el librero elucubró en un primer momento, no era infinito, no le pareció que tuviera mucho recorrido y podía caminar medio erguido. Los suelos de piedra con restos de arenilla resultaban resbaladizos y por ahí corrían todo tipo de insectos y animales de cloaca. Era un pozo de oscuridad y silencio. Una tumba que desprendía un frío aterrador. En el momento en que el recién estrenado librero finalizó el camino, se sintió demasiado confuso y desubicado como para saber dónde se encontraba, a qué lugar conducía la segunda trampilla que distinguió en la pared viscosa de piedra. Efectivamente, había una conexión entre la librería y un sótano cerrado y sin apenas ventilación, escondido bajo la estancia de la planta baja que cobijaba a las mulas de los que habitaron la casa antes que los Artes.

Ya sea por nostalgia o por macabra curiosidad, el anciano de cejas pobladas que recorre el pueblo en bastón, se detiene frente a la puerta de caballeriza del que fue su hogar desde 1963 hasta 1984. Han pasado muchos años, pero es imposible olvidar a los fantasmas que los aterrorizaron hasta hacer enloquecer a su mujer, fallecida hace dos décadas de un derrame cerebral. Los fantasmas continúan gritando a pesar del tiempo transcurrido. Ahí siguen, pidiendo una clemencia que jamás llegará. Todos dejamos nuestra huella en los lugares donde hemos estado en forma de vibraciones. Únicamente el tiempo tiene la capacidad de desvanecerlas, reemplazándolas por nuevas personas que crean nuevos recuerdos que pasan por el mismo lugar. El silencio esconde miles de historias que se han quedado sin contar. Lo que el anciano desconoce, es que en el sótano donde se cometieron tantas torturas no hay fantasmas, no como los que su mujer aseguraba ver, sino una mujer aún con vida encerrada, malherida y sin posibilidad de salir. El hombre, con su mano arrugada y temblorosa, víctima de la artritis a sus orgullosos noventa años, empuja la puerta de caballeriza y se adentra en el interior. Cuántos recuerdos. Cuánto ha cambiado este lugar, ahora en ruinas. No tiene nada que ver a cómo lo tenía su mujer, siempre limpio y cuidado pese a lo mucho que le desagradaba la casa.

Sus ojos tardan en adaptarse a la oscuridad. Su cuerpo menudo y viejo se estremece por el frío que desprenden las paredes de lo que una vez consideró su hogar. Ahí donde tenía las dos mulas, a las que llamaba Cándida y Herminia en honor a sus abuelas, hay una trampilla cerrada con candado. Nunca le gustó el sótano. De ahí procedían las leyendas y los gritos fantasmales que todos ignoraban y aseguraban no oír, porque es preferible cerrar los ojos ante lo incomprensible que buscar la verdad. Pero ha oído algo. Y está convencido de que ha sido real. Un golpe seco, un aullido de dolor. Benditos amplificadores auditivos; al anciano no se le escapa nada, ni un solo bisbiseo. Extrañado, deja el bastón apoyado contra la pared y, con mucho esfuerzo, se agacha e inclina la cabeza pegando la oreja a la trampilla.

—¿Hola? ¿Hay alguien ahí? —pregunta.

Greta, desde abajo, abre mucho los ojos ante lo insólito de la situación. ¡Hay alguien arriba! La esperanza se abre paso en su interior, provocando que recobre las fuerzas y que emerja la voz que, hasta este momento, creía dormida como cuando estás dentro de una pesadilla y quieres gritar pero tienes la garganta bloqueada y no eres capaz.

—¡Sí! —grita Greta, aunque no lo suficientemente alto para que el anciano, desde arriba, la oiga. Por eso, se arrastra lo más rápido que puede hasta el primer peldaño de la escalera y vuelve a gritar—: ¡Sí, estoy aquí! ¡Estoy aquí!

La ha oído. Hay respuesta al otro lado:

—¿Quién eres?

—Por favor. Soy Greta Leister. Vaya a comisaría, diga que

estoy aquí.

—¿Greta Leister?

El hombre cae en la cuenta de quién se trata. A pesar de su avanzada edad, aún puede presumir de tener buena memoria, algo que cree que es gracias a sus largos paseos por las callejuelas de Redes, que lo mantienen activo. Greta Leister es la pintora, claro. La viuda del cantante, del loco de Leo Artes, que nunca fue santo de su devoción. El anciano le temía. Si alguna vez se lo encontraba por la calle y tenía la opción de cambiar de acera, lo hacía. Nunca le gustó la maldad que destilaban los ojos del cantante. Greta Leister, repite en su lúcida memoria. Es la misma mujer a la que acusan de haber intentado matar al librero, pero no puede ser. A la vista está. Ha debido de ser otra persona y a ella la han retenido aquí, a saber por qué y para qué, medita su alma detectivesca, influenciada por películas como *Harry el Sucio*. Oh, *Harry el Sucio*. Harry Callahan, el policía que decide tomarse la justicia por su mano e ir en busca de un francotirador en San Francisco, esa ciudad que al anciano, que lo más lejos que ha estado ha sido en Lugo, le es del todo desconocida. Ya no se hacen películas como las de antes.

—Tranquila. Voy a por ayuda —le promete, dando un par de toquecitos en el metal oxidado de la trampilla.

Venga. Un esfuerzo más. El anciano se pone a cuatro patas, apoya una mano contra la fría pared que se cae a pedazos y se pone en pie. En el momento en que va a coger el bastón, algo se lo impide. Una mano le agarra con fuerza del cuello del abrigo y lo impulsa hacia atrás. Cuando consigue darse la vuelta, distingue a Elsa. En Redes se conocen todos, pero la mujer que tiene delante no le parece Elsa.

«¿Dónde está su dulzura habitual? ¿Seguro que se trata de ella?», piensa, confundido, porque la Elsa que lo mira como si él fuera la amenaza, tiene la cara tan desfigurada por la rabia que le parece un monstruo.

—Elsa, ¿qué has hecho? —pregunta el anciano con voz

trémula, mirando en dirección a la trampilla.

Elsa, con lágrimas en los ojos dada la batalla interior que está librando y que nadie comprendería, extrae una llave y la introduce en el candado que mantiene cerrada la trampilla bajo la que tiene presa a Greta. El hombre, paralizado, observa cada uno de sus rápidos movimientos enfrentándose a un destino que quizá tenía que ser, pero no tenía por qué. Siempre quiso morir durmiendo, relajado y sin dolor, sin enterarse de que su cuerpo se rendía ante la muerte inevitable. No obstante, la fuerza que Elsa emplea al empujarlo por el agujero que conduce al sótano donde una Greta malherida y hambrienta no esperaba compañía, provoca la muerte del anciano casi en el acto. Su cuerpo cae como un títere sin voluntad. La cabeza rebota contra el suelo de cemento abriéndose como una sandía. Los ojos no suplican, se dejan vencer, Greta es la última persona a la que mira y, sin tener la capacidad de hablar, parece estar pidiéndole perdón.

—¡No! —grita Greta, impotente, al ver morir al anciano, de cuya cabeza empieza a manar sangre corriendo por el suelo sin control. Siente como su alma se desgarra ante una situación de pesadilla que no comprende, que no asimila.

Elsa, desde arriba, espera paciente a que el hombre dé su último aliento. No tarda ni tres minutos, lo cual agradece porque quiere marcharse a casa con su madre.

—No tenías por qué matarlo, Elsa —espeta Greta con rabia, rota de dolor. Ahora le queda claro que Elsa es capaz de cualquier cosa para seguir ocultando la verdad que ella jamás debió dejar traslucir en su presencia. Ni recordar. Se vive mejor en el desconocimiento. En la piadosa mentira.

—No te confundas. Lo has matado tú. Está muerto por tu culpa —señala Elsa con una serenidad que hiela la sangre.

Elsa vuelve a cerrar la trampilla, cuyo eco sepulcral parece imitar el llanto de las cientos de almas que, durante siglos, han padecido en este mismo lugar un calvario inhumano al que ahora se está enfrentando Greta, como si de verdad mereciera tal castigo. Al dolor desgarrador, se le suma la confusión de tener que convivir los días que le queden aquí dentro con el cadáver de un anciano al que reconoce de haberlo saludado siempre que lo veía paseando por el pueblo. Cuerpo enjuto, boina a cuadros, ojos pequeños, cejas pobladas… sí, es él. Nunca ha sabido su nombre. ¿Dónde se ha dejado el bastón con el que siempre lo veía pasear por el pueblo?

—Acaba ya, Elsa… Acaba con esto ya —le pide a la nada, suplicante y con voz quebrada, contemplando el cadáver con la vista nublada, los ojos anegados en lágrimas.

A lo largo de los seis días que lleva encerrada, sin saber si es de día o si es de noche, ha deseado estar muerta. Aunque desaparecer suponga no volver a ver a Diego, su único rayito de luz y esperanza dentro de este infierno más adverso a medida que el tictac del reloj avanza sin compasión.

96

Siete días sin noticias de Greta.

Siete días son los que Celso lleva batallando para seguir con vida. Nadie sabe si despertará y, en el caso de que despierte, desconocen en qué condiciones será. No confían ni en que sea capaz de hablar.

Yago y el equipo policial de Redes asegura estar buscando a Greta. Y una mierda. No tienen nada. Ni siquiera han interrogado a Elsa por ser la hermana de Yago y tener ese aspecto de no haber roto nunca un plato. Diego ha perdido la cuenta de las veces que ha ido a comisaría y casi lo encierran en una de las celdas que tienen en el sótano por desacato a la autoridad.

—¡Si tanto desconfías de mi hermana, síguela, *carallo*! Anda, síguela, a ver dónde te lleva —espetó Yago, enfurecido, harto de Diego y sin ganas de disimular que su presencia le resulta un incordio—. No te voy a detener por eso, pero sí si sigues tocándonos las pelotas, diciéndonos cómo tenemos que hacer nuestro trabajo.

Diego se tomó sus palabras al pie de la letra. Ha estado siguiendo a Elsa. Ha aparcado el coche a los metros suficientes de distancia de su casa para ver pero no ser visto. O eso cree él. Sería un detective nefasto. Ha visto a Elsa salir de casa para, únicamente, cuidar de los rosales que sobresalen de las rejas de la verja. Poco más. También la ha visto coger el coche, conducir lenta y precavida como una ancianita hasta el centro del pueblo, entrar en el supermercado, salir mirando a ambos lados de la calle, detenerse con algún vecino a hablar tres minutos… En el tiempo en el que Diego ha estado observándola y siguiéndola, Elsa no parece ser de las personas que tienen secretos y, aun así, le da mala espina, a pesar de no tener nada para demostrarlo. La intuición no es un buen fundamento.

Pero el tiempo… el tiempo, ese mentiroso astuto, siempre corre en nuestra contra.

Hace días que Greta, sin estar, está por todas partes, igual que *Voy a dejarla* y su letra reveladora sonando a todas horas, que la han convertido en culpable de un crimen que ella no cometió. Hablan de Greta en redes sociales, en los periódicos, en las radios y en las televisiones de todo el país. Se ha ganado el odio de muchos sin merecerlo. Su caso incluso ha llegado al otro lado del charco, donde lo han calificado de novelesco, y sus obras de arte, la mayoría en manos de su marchante, se han revalorizado inexplicablemente. No desean comprar la obra, sino a la artista. Todos quieren un Leister. Aunque sea la pintura de una asesina, tal y como aseguran que es, y precisamente por eso ansían tanto su trabajo.

Mienten.

—¿Por qué sigues en Redes? ¿Qué necesidad hay de meterte en ese follón? Sal de ahí, vuelve a Madrid, escribe. Tienes al mánager contento, ya no tienes problemas de ningún tipo ni necesidades económicas. La editorial espera un primer borrador, aunque sean los primeros capítulos. Ya no necesitas a Greta para nada, te di contactos con los que puedes hablar sobre Leo. Vuelve, que mamá y papá están preocupados —le dijo ayer Amadeo, sin su habitual vanidad.

—No puedo hacer como si nada.

—El amor lo jode todo. Es eso, ¿no?

Al fin has entendido algo, Amadeo. Te ha costado.

—Es eso —confirmó Diego, sentado en el sofá con la vista clavada en la pantalla negra del televisor apagado, sin percatarse de que estaba temblando.

Diego, en esta casa tan grande en la que cada rincón le recuerda a Greta, entiende lo sola que ha podido llegar a sentirse a lo largo de estos últimos tres años. Sin Leo, aunque su marcha la liberara. Sin su madre, cuya muerte repentina meses más tarde de la de Leo debió de hundirla. Y sin amigos reales salvo Celso y los componentes del club de lectura, los octogenarios entrañables que, entre lágrimas, le han dicho que, para lo que necesite, ellos están ahí, como buenos amigos y vecinos que son. Pero no quiere contagiarle a nadie esta pena que siente. Suficiente tienen ya. Así que Diego sube a la buhardilla y destapa los cuadros de Greta con respeto. Así, contemplándolos, se siente más cerca de ella. La visualiza creando, feliz y tranquila, otorgando la luz y la vida en lienzos en blanco que su día a día no tenía.

«No tenía».

¿Por qué piensa en ella en pasado?

Intenta ver en cada cuadro algo que no sea él, protagonista de escenarios que nunca ha visitado y, por eso, se centra en el del cadáver de Leo. Si lo descubrieran, se lo llevarían. Lo usarían en su contra. Greta, de aparecer viva, terminaría sus días en prisión. Así que Diego coge el cuadro y, sin ningún tipo de reparo, lo arrastra escaleras abajo sintiendo que está encubriendo un crimen. Se detiene frente a la chimenea y lanza a las llamas la pintura del cadáver de Leo encajonado entre las rocas, vívido y escalofriante, una silueta perfecta eternizada en sus pupilas como si fuera lo último que vio. Solo cuando ya es demasiado tarde para rescatarlo del fuego, se pregunta si Greta se enfadaría por lo que acaba de hacer. Parece un niño irracional y enrabietado que acaba de cometer una travesura sin pensar en las consecuencias que vendrán después.

Lo hecho, hecho está.

Diego contempla hechizado cómo el lienzo, cada vez más

ennegrecido, se contrae, se dobla sobre sí mismo y se desfigura, emitiendo sonidos extraños, como si de veras hubiera un alma atrapada ahí dentro que se resiste a desaparecer por el fuego que todo lo engulle con un hambre voraz.

97

El cansancio empieza a pasarle factura a Diego. Los kilómetros que separan Redes de A Coruña se estiran como gomas de mascar, haciéndose pesados e interminables. Esta mañana, temprano, Diego ha recibido una llamada del hospital. Buenas noticias. Por fin. Falta hacía. Han subido a Celso a planta, ya puede recibir visitas, y, lo mejor, pese a que la lesión cerebral ha afectado al habla, el resto de facultades no se han visto mermadas y auguran una próspera, aunque lenta, recuperación.

—Celso es un luchador —se ha emocionado Diego, que conduce con los nervios a flor de piel y el corazón retumbando con fuerza en su pecho.

Diego conoce el hospital de memoria. Recorre sus pasillos asépticos, saluda a las enfermeras, solícitas y ajetreadas, a Manolo, uno de los amables camilleros que desprende tufillo a tabaco, se detiene en recepción y pregunta por la habitación a la que han trasladado a Celso Mugardos. La mujer teclea fijando la mirada en la pantalla del ordenador y le dice que se encuentra en la sexta planta, habitación veintidós, pero que solo puede recibir una visita y ya hay alguien dentro.

—¿Quién?

La mujer curva los labios hacia abajo y se encoge de hombros. Diego, a paso rápido, se dirige hasta los ascensores que, por suerte, no están concurridos. Presiona la sexta planta y no tarda ni tres minutos en plantarse frente a la habitación veintidós, cerrada a cal y canto. Mira a un lado y al otro del pasillo; solo se permite una visita, pero no hay nadie que le pueda impedir entrar. Nada más abrir la puerta y ver al hombre que hay a un lado de la cama de espaldas, sujetando una almohada con la mano derecha, los nervios de Diego se crispan y arremete contra Yago, que se gira visiblemente sorprendido.

—¿Qué pensabas hacer con la almohada? —inquiere Diego, acercándose amenazante y arrebatándole la almohada de la mano sin que Yago oponga resistencia.

—*Carallo*, Diego, ¿qué pensabas que iba a hacer? Ponerlo cómodo, que parece que vaya a pillar una luxación con esa almohada fina como una hoja de papel.

Celso está dormido. Las manos fuera de las sábanas entrelazadas sobre el vientre. Sus constantes vitales estables. Tiene la cabeza cubierta con un vendaje de color blanco inmaculado. ¿Qué habría pasado si Diego no hubiera llegado? ¿Yago dice la verdad? ¿Solo quería acomodar al librero y Diego es un exagerado, o su intención era asfixiarlo hasta provocarle la muerte?

—Solo permiten una visita.

—Yo he llegado antes —replica Yago malhumorado—. En cuanto ha corrido la voz de que Celso ha despertado del coma he venido hasta aquí.

—Preferiría que te fueras.

—¿Te recuerdo quién soy?

—No hace falta.

—Tengo que interrogarlo. Saber qué ocurrió, quién lo golpeó. Así, a lo mejor, liberamos a Greta de la culpa, ¿no? Para una persona que duda de que fuera ella y se preocupa por su paradero, y me estás echando de malas maneras —se lamenta, destilando falsedad—. Así que esperaré hasta que despierte.

—Acaba de salir del coma, Yago. El traumatismo le ha afectado al habla, no podrá responderte con claridad. —Yago mira al librero, profundamente dormido. Sopesa las palabras de Diego respecto a que no podrá hablar con claridad, lo cual ahora es un alivio—. Espera unos días, puede ser contraproducente. No conviene alterarlo.

—Eres un coñazo, tío. Ya me voy —decide Yago, dedicándole a Diego un gruñido a modo de despedida.

En cuanto la puerta se cierra, Celso abre un ojo y luego el otro, hasta formar un guiño travieso dedicado a Diego.

—No estabas dormido. —Celso niega levemente con la cabeza a modo de respuesta—. No quiero ponerte nervioso —empieza a decir Diego, controlando las constantes vitales en el monitor—, pero necesito respuestas. Necesito saber qué pasó en la librería, quién intentó… quién te golpeó.

Diego inspira hondo. No tenía pensado revelarle a Celso que Greta está en paradero desconocido, posiblemente en peligro, y siente la angustia en la boca del estómago al no saber cómo eludir el tema para no alarmarlo. El librero abre la boca. De su garganta emerge un sonido gutural. Quiere hablar. Quiere, pero no puede. El funcionamiento del cerebro es complejo y aún puede dar gracias de estar vivo. Empieza a hacer gestos erráticos, se señala a sí mismo, abre extremadamente los ojos. No hace falta que Diego le diga que hace ocho días que Greta se esfumó como si se la hubiera tragado la tierra. El librero ya lo sabe.

—Escribir —se le ocurre a Diego—. ¿Puedes escribir?

Celso asiente y levanta el brazo para que Diego lo ayude a incorporarse, colocándole en la espalda la almohada que Yago sostenía sospechosamente antes de su llegada. Le tiende el móvil escudriñando el gesto de Celso, que frunce el ceño al ver qué día es.

—Perdona, dame, te abro el bloc de notas para que puedas escribir.

Celso niega, señala la pantalla, ahí donde indica la hora. No, la hora no, la fecha: Domingo, 18 de noviembre.

—Sí, hoy es 18 de noviembre. —Celso sigue haciendo

gestos torpes que Diego intenta desentrañar, al tiempo que las constantes vitales del monitor ascienden de forma alarmante—. Mañana. 19 de noviembre. Sí. —Diego cae en la cuenta de lo que el librero le quiere decir—: Mañana hará tres años que Leo murió.

Abre el bloc de notas. Vuelve a darle el móvil a Celso que, con el dedo índice tembloroso como una gelatina, empieza a escribir lo que su memoria, errante y difusa, le dicta:

Greta. Mañana medianoche acantilado.
Ayúdala. De Elsa.
Yo mentí. Yo maté a Leo.

—No —niega Diego, porque le es imposible creer que un hombre bueno como Celso haya podido cometer un crimen. ¡Ni siquiera se lo imagina aplastando a una mosca molesta! ¿Por qué se está atribuyendo un asesinato que él no cometió? ¿A quién está protegiendo?—. No, Celso, estás confundido. Tú no mataste a Leo. No es posible que fueras capaz de golpearle la cabeza a Greta y no...

Diego se queda mudo cuando el monitor empieza a emitir un pitido estridente que llena toda la habitación. Sobrecogido, echa un vistazo a la pantalla, donde el ritmo cardíaco tiene una sucesión de picos dentados. En menos de un minuto, la puerta se abre de sopetón y entra un médico acompañado de dos enfermeras que apartan a Diego gritándole de malas maneras que salga, debido al nerviosismo del momento en el que la vida de Celso pende de un hilo. Diego, con el corazón en un puño, obediente y en *shock*, se queda en el pasillo con la mirada fija en la puerta cerrada. Vuelve a leer en el móvil lo que Celso acaba de escribir: «Yo mentí. Yo maté a Leo».

98

Si por la ausencia de Greta, a Frida parece que le hayan caído veinte años encima, a Diego, con lo que ha ocurrido en el hospital, da
la sensación de que le hayan caído cuarenta. No solo la presencia
de un Audi aparcado en la entrada de la casa que le recuerda al de
Amadeo le sorprende al llegar, también divisar a Frida ladrando
desde el alféizar de la ventana de la cocina. Cuando Diego sale de
la camioneta de Greta, el conductor del Audi imita el movimiento
desvelando su identidad.

«No puede ser. Le dije que no viniera», se lamenta Diego.

Amadeo extiende los brazos en un intento por abrazar a
su hermano, pero este, como por inercia, se aparta.

—¿Qué haces aquí?

—Macho, podrías haberme dicho que esto es Siberia.
Coño, qué frío.

—Que qué haces aquí, Amadeo.

—Hacerte compañía, joder. Ayudarte con la biografía,
que yo creo que aún te falta mucha práctica en el arte de escribir.

—¿En qué realidad vives? ¿Crees que tengo ganas de po-
nerme a escribir? Vuelve a Madrid, tengo cosas que hacer.

—Shhhh… ¿Oyes eso?

—¿El qué? —se impacienta Diego.

—El silencio. De no ser por ese chucho, vaya paz. Vaya

paz… Venga, hermano, que yo te ayudo.

—¿Tú me ayudas? ¿A qué me ayudas? ¿A subir mañana a medianoche hasta el acantilado donde una psicópata piensa matar a Greta? A la misma hora, el mismo día y en el mismo punto en el que murió Leo Artes. Y que esa psicópata es hermana de un policía de Redes muy influyente que lo niega todo y al que van a creer antes que a mí si voy a comisaría y cuento lo que va a pasar, porque no tengo con qué demostrar nada. Si por esta desesperación que siento me anticipo y vuelvo a buscar a la psicópata a casa o a seguirla como he hecho estos días, igual mata a Greta antes de tiempo. Lo peor es que, después de recorrer el pueblo entero con la esperanza de encontrarla, no tengo ni puta idea de dónde la puede tener retenida. ¡Ni puta idea, es como si se la hubiera tragado la tierra! —estalla Diego, confiando en lo que Celso le ha revelado que va a pasar en poco más de veinticuatro horas. Ojalá esté en lo cierto. Ojalá llegue a tiempo.

Amadeo languidece. Es, con total probabilidad, la primera vez que Diego ve cómo se queda sin palabras.

—Vete, Amadeo —zanja Diego con la mirada opaca. Le da la espalda y avanza en dirección a la casa, haciéndole señas a Frida para que baje del alféizar de la ventana y se calme. La perra no tarda ni un segundo en obedecer y en plantarse tras la puerta removiendo el rabo.

—Ve-venga…, que sí, que yo te ayudo —titubea Amadeo—. ¿A quién hay que matar? Porque si hay que enfrentarse a una psicópata pues uno se enfrenta con dos cojones. Por ti lo que haga falta, hermano. ¿Pero has dicho una psicópata? ¿Una? O sea, ¿una mujer?

Diego frena en seco frente a la puerta. No confía al cien por cien en Amadeo, y mucho menos después de echarlo a los leones desde que le propuso escribir la biografía de Leo, pero no es de los que se rinden fácilmente y, solo por la pereza que le debe de dar conducir de vuelta a Madrid, va a resultar misión imposible echarlo de aquí.

—Entra.

Frida se acerca a Amadeo.

—Quita, quita —se aparta Amadeo—. ¿El chucho muerde?

Frida, insistente, lo olfatea. Amadeo no es de su agrado como la mayoría de humanos tontos con los que se cruza, pero le permite estar en casa mirando a su alrededor con los labios curvados hacia abajo componiendo varios asentimientos de cabeza. Le gusta lo que ve. Salvo el chucho, que ya ha perdido interés en él y no parece que vaya a morderle.

—Así que esta era la casa del cantante.

—Y de Greta —añade Diego, cabizbajo, mirando en dirección a la chimenea, donde todavía queda algún resquicio del cuadro del cadáver de Leo.

Tiene ganas de echarse a llorar. Han sido días muy duros, los peores que recuerda. Siente que está perdiendo poder respecto a sus propias emociones, imposibles de dominar, que oscilan entre la desesperación más absoluta al miedo a que a Greta le ocurra lo peor sin que él pueda hacer nada. Sin embargo, tiene que sacar fuerzas de donde no las tiene para recorrer una vez más el camino que, si Celso está en lo cierto, lo conducirá a Greta. Mañana a medianoche. Y todo para salvarla. Para no perderla. Para que Elsa no se salga con la suya cumpliendo así el pacto que hizo con Leo tres años atrás. No obstante, si Celso está equivocado y Elsa tiene otros planes menos previsibles en el caso de que Greta aún siga con vida, se ve a sí mismo bien jodido. Hablando mal y en plata.

—Oye, sin mariconadas. ¿Necesitas un abrazo?

—Lo que necesito es que Greta vuelva —se derrumba Diego, y, por un momento, a ojos de Amadeo, vuelve a ser aquel niño de seis años que siempre estaba reclamando su atención, robándole sus figuras de los *Power Rangers* y adueñándose de la Nintendo.

—¿Quién dices que la tiene secuestrada?

—Se llama Elsa. Fue el primer amor de Leo, aparentemente una mujer indefensa. Es una historia muy larga.

—Tengo tiempo —dice Amadeo, espatarrándose en el sofá con esa mala costumbre suya de adueñarse de lo que no le pertenece.

Desde que la enfermedad de la personalidad múltiple de Leo saltó a la prensa con el morboso detalle de la muerte de su gemelo con solo seis meses, Diego se prometió no volver a hablar con su hermano del tema ni revelarle información comprometida. Pero puede que ahora no haya biografía y no tiene problema en devolver el adelanto gracias al pago por la última —y maldita— canción. Diego lanza un leño a la chimenea, cuyas ascuas estaban humeando intermitentemente, y una nube de cenizas y de chispas salta en protesta. Seguidamente, prepara café y se dispone a relatarle a Amadeo lo que conoce de la macabra vida de Leo Artes que igual ya no verá la luz. No tendría sentido; si Greta está en peligro, es por culpa de Leo y lo odia. Lo odia con todas sus fuerzas porque, aun estando muerto, es el culpable de lo que está ocurriendo. Pasado y presente se entremezclan provocando un futuro que, ahora mismo, Diego ve negro. Egoístamente, Leo es la causa de su dolor. Ahora que Greta le falta, se da cuenta de cuánto le importa. No es un amor pasajero que surgió en pocos días como ocurre con las personas a las que estás destinado a ser y a estar. Ha perdido la cuenta de las veces que ha pensado en la última vez que la vio, sin sospechar ni por asomo que ya entonces el peligro se cernía sobre ella. La última mirada que le dedicó cuando él le dijo:

—Yo también te empiezo a querer.

No, mentira, no la empezaba a querer. Ya la quería. Hay sensaciones que deberían poder embotellarse.

99

Redes, A Coruña
En el lugar donde empezó todo
19 de noviembre de 2018 – El día

—Yo también te empiezo a querer.

La voz de Diego resuena en la memoria de Greta, con la fantasiosa idea de que aparece por la trampilla y la salva de una muerte segura que está cada vez más cerca.

Tictac.

Tictac.

Hoy es el día.

Lleva nueve días encerrada.

Greta, desorientada y con la esperanza por los suelos, no lo sabe. Nadie la encontrará. Nadie puede sospechar de Elsa, la buena de Elsa cuyo rostro es tan familiar en Redes que nadie desconfiaría de ella y que sigue empeñada en llamarse a sí misma Greta. Nadie sabe que, debajo de las entrañas de la casa maldita de Redes, una de las más añejas con el orgullo de llevar siglos en pie, se esconde un sótano aciago del que es imposible escapar.

Empieza a delirar. Siente la cabeza abotargada, tiene la boca seca y le ruge el estómago. Ayer Elsa no vino.

¿Y si le ha pasado algo?

¿Y si se queda encerrada aquí para siempre?

¿Y si este lugar se convierte en su tumba?

Tuvo que arrastrarse hasta el orinal apestoso y mugriento ella sola, teniendo en cuenta que está atada de pies y manos y que cada movimiento le parece un suplicio porque siente los músculos de su cuerpo muertos, inútiles, apelmazados. Tiene la piel de las muñecas en carne viva de tanto intentar liberarse de las esposas fuertes como rocas, indestructibles.

El cadáver del anciano al que cien veces le ha pedido perdón se está pudriendo. Desprende un olor rancio cada vez más fuerte e insoportable, y su piel ha adquirido un color verde negruzco que evita mirar porque la visión le provoca náuseas.

Desconoce si es de día o si es de noche. Si Celso está vivo o está muerto. Porque algo le hizo Elsa, que sabía que esa tarde ella iría a la librería. Maldita costumbre de exponer tus intenciones.

Sus pensamientos se detienen en cuanto oye el ruido inconfundible y metálico que pasará a formar parte de sus pesadillas recurrentes. La llave en el cerrojo del candado, la trampilla abriéndose y su voz áspera, dura, imprevisible. Los ojos pardos de Elsa brillan a través del hueco de la trampilla, y una sonrisa afilada se dibuja en su rostro demacrado. Su silueta se recorta en el umbral. A Greta le parece más fea que nunca, más monstruo. Se le ha podrido el interior y desconoce cuándo ha ocurrido.

—Ha llegado la noche. Ni se te ocurra gritar ni llamar la atención —le advierte, susurrante, mostrándole la hoja afilada de un cuchillo que, en caso de rebelarse, terminará rajándole la garganta. O eso se encarga Elsa de hacerle creer al componer el gesto de rebanarse el pescuezo. Las almas oscuras también sienten miedo a fallar.

«¿Dónde está la Elsa cuyo único mayor secreto era haber sido la amante de Leo mientras él estaba casado conmigo?», se pregunta Greta, acobardada y temblorosa.

Tictac.

Tictac.

Qué nerviosos nos ponen las agujas del reloj cuando marcan un fin.

Cualquier fin.

100

—¡Corre, Amadeo, joder, corre más rápido!

El tabaco, el exceso de alcohol y de carbohidratos, pasan factura. Hay que estar en forma, por si vienen mal dadas. El nerviosismo es palpable en la expresión de Diego, que habría preferido subir hasta el acantilado sin el incordio de su hermano que, sin resuello, le dice en tono melodramático, como si creyera estar dentro de una película apocalíptica de Nicolas Cage:

—Ve tú, yo te alcanzo, pero, coño, que son las once y cuarenta y cinco y el librero dijo a las doce, ¿no? ¿Desde cuándo eres tan puntual?

Ojalá lo tuviera al otro lado de la línea telefónica para poder colgar cuando le viniera en gana y no tener que soportarlo en vivo y en directo. Diego ha dejado de escucharlo y avanza por la cuesta a la máxima velocidad que le permiten sus piernas para llegar cuanto antes. No hay tiempo que perder; de hecho, tendrían que haber venido hace una hora. Por si acaso. Por si ya es tarde. Desde niño, Diego tiene la mala costumbre de caminar y correr mirando hacia atrás. Siempre en su mundo, con la cabeza llena de pájaros y pensando en las musarañas, como le decía su padre. Y eso es lo que hace ahora, en el peor momento, correr mirando en dirección a su hermano, estampándose contra algo duro y estático. Inconscientemente, con la mente nublada por el cansancio, los nervios y la preocupación, pide perdón. Su subconsciente parece estar en medio de la jungla de Madrid, cuando puede que le esté hablando al tronco de un árbol, que tampoco es el caso. Tropieza y cae. Yago, imperturbable, lo mira con ojos vidriosos desde arriba. Hace un gesto de silencio llevándose el dedo índice a los labios y le tiende la mano. Diego desconfía, puede levantarse él solo.

—Solo quiero ayudar —le asegura el policía, avanzando en dirección al acantilado con Diego, confuso, pisándole los talones—. No hagas ruido.

En cuanto llegan a la cima, distinguen la silueta de una mujer en el precipicio del acantilado. Ninguno de los presentes estuvieron aquí hace, exactamente, tres años, pero para Greta habría sido una regresión al pasado. La mujer tiene los brazos extendidos de la misma forma en la que los tenía Leo antes de caer al vacío. En la mano derecha sujeta algo, no alcanzan a ver qué es. Diego entiende por qué un velo brillante cubre los ojos del duro de Yago, porque, sin olvidarse de que Greta puede estar malherida —o muerta—, Elsa, su melliza, va a suicidarse.

—¿Y Greta?

Yago lo mira con el rabillo del ojo y sacude la cabeza.

¿Qué quiere decir? ¿Que ya es tarde, que está muerta? ¿Que no sabe dónde está?

Nunca ha sentido tanto miedo. Diego quiere gritar. Gritarle a él, gritarle a Elsa, preguntarle dónde está Greta, qué ha hecho con ella. Pero el policía lo aplaca colocando una mano sobre su pecho para que no haga nada. Un solo movimiento y están perdidos.

—¿Has pedido refuerzos?

—¿Refuerzos? *Carallo*, Diego, es mi hermana —replica Yago en un bisbiseo, poniendo los ojos en blanco, como si lo que le acabara de preguntar Diego fuera una sandez.

—¿Cómo sabías que estaría aquí?

Yago tensa la mandíbula y comprime los labios antes de

contestar.

—Era obvio que en un día tan señalado como el de hoy vendría aquí, al mismo punto donde Leo murió. Ha venido cada aniversario, visita el acantilado de noche casi cada día. Y es mi hermana —repite compungido—. Es mi hermana…

—¡Joder! ¡Esto parece el puto Everest! —vocifera Amadeo, surgiendo de entre los matorrales sudoroso y jadeante, abriendo los ojos como platos cuando ve a Elsa—. ¡Chiquilla! ¡Que te vas a caer! ¿Es que no lo ves?

Diego, con una sacudida en el vientre incontrolable, se lleva las manos a la cabeza. Dadas las circunstancias y el motivo por el que han subido hasta aquí, no puede haber nadie más idiota que Amadeo para pifiarla en el último momento.

—¿De dónde ha salido ese? —espeta Yago, levantándose y caminando lentamente en dirección a su hermana que, alarmada por los voceríos de Amadeo, se gira con el rostro desencajado. No solo la oscuridad y la niebla que engulle el paraje la hacen irreconocible, también su gesto, del todo maléfico, nada que ver con la mujer servicial que prepara las mejores croquetas del mundo y el peor café.

—¡Yago, quieto! Quieto, no te acerques. Ya es tarde —le dice Elsa, mostrando lo que sujeta en la mano derecha: un cronómetro con el que controlar el tiempo. Lo que nadie piensa pese a los artilugios que nos hacen creer que nosotros tenemos el poder, es que es el tiempo el que nos controla a nosotros, simples mortales con mil defectos y aires de grandeza.

—No pensaba que llegarías tan lejos, Elsa.

—¡No me llames Elsa, soy Greta! ¡Soy Greta!

«¿Soy Greta?».

Diego, en un segundo plano, está cada vez más perdido.

—No eres Greta. Greta era tu juego para contentar a Leo cuando decía ser Raimon, pero tú no eres como él y él ya no está. Eres buena, Elsa. Eres buena y todo va a ir bien. También esto pasará —trata de apaciguarla Yago con un tono de voz pausado, dando un par de pasos en su dirección.

—¡Que no te acerques!

—Escucha. Escucha, Elsa, mamá no tiene por qué saber nada de todo esto, ¿vale? Ella lo hizo por tu bien. Lo hizo porque pensó que era lo mejor para ti, pero ya no necesita protección. No le va a pasar nada, te lo juro. Has cargado demasiado, a partir de ahora te ayudaré más. Yo no te lo conté para que le hicieras daño a Greta, ella no tiene la culpa. Es tan inocente como tú. Somos inocentes —recalca—. Yo solo necesitaba sacarme la espinita de encima, compartirlo contigo como antes, como cuando éramos niños y nos lo contábamos todo. Eres mi otra mitad, Elsa. Mi otra mitad... Pensaba... pensaba que estabas mejor. Que, después de tres años, habías dejado a tu Greta atrás, olvidada, y que descubrir lo que pasó te quitaría de encima toda la amargura y te haría bien.

—Creía que la tenía olvidada, pero solo estaba dormida —gimotea Elsa refiriéndose a Greta, la personalidad tenebrosa que creó para contentar a Raimon cuando emergía, y no dejarlo solo, para que este dejara de actuar maquiavélicamente cuando sumía a Leo en un sueño profundo—. Hasta que vi que ella recordó cuando mamá la agarró fuerte del brazo. Si no me hubieras contado nada yo... yo no habría atado cabos, nunca habría sabido que mamá fue la causante de que mi vida se partiera en dos. Greta podría habernos destrozado, ¿entiendes, Yago? Habría destrozado a mamá, habría revelado la verdad, y, si yo he perdonado a mamá, nadie, ni siquiera ella, tiene derecho a hacerle daño. No lo permitiré. ¿Qué dirían de nosotros en el pueblo? ¿Qué dirían?

—Greta no va a hacerle daño a mamá, te lo prometo —insiste Yago, consciente de que hay algo en Elsa que no funciona bien, mientras sigue avanzando con el mismo cuidado que tendría cualquiera si caminara hacia una bomba a punto de explotar.

«Vale. Ahora sí que no entiendo una mierda», piensa Diego, mandándole señales a Yago por si sus miradas se encuentran, para que le pregunte a su hermana dónde está Greta. Si está...

si está ahí abajo, muerta, encajonada entre las rocas afiladas tal y como estuvo Leo y como ella misma lo pintó. Greta es lo único que le importa. Se la trae al pairo quién empujó a Leo al vacío hace tres años, si fue la madre de Yago y Elsa, y si Elsa, en lugar de estar enfurecida con ella como cabría esperar, le ha hecho daño a Greta para protegerla, culpabilizándola de todos sus males, aun sin ser responsable de nada. Porque con alguien tiene que pagarlo, y no va a ser con su madre enferma. Qué más le da el porqué. Diego quiere a Greta, es lo único que quiere, que siga viva, volver a abrazarla, volver a sentir sus labios, su mirada tierna y tranquila entrelazada a la de él. Y ni rastro de ella por ningún lado.

—¿Dónde está Greta? —pregunta Yago al fin.

Elsa estalla en lágrimas y se lleva la mano al pecho como si padeciera un dolor insufrible.

—Elsa, ¿dónde está Greta?

Ahora la voz de Yago es más grave. Diego, quieto, sin apenas respirar para no hacer ruido, reprime las ganas de abalanzarse contra Elsa y hacerla desembuchar de la peor de las maneras. Es desesperante. La situación está sacando lo peor de él. Siente un volcán en su interior difícil de apaciguar y no ayuda que su hermano esté a su lado mordisqueándose las uñas como si estuviera presenciando la escena crucial de una película. Yago, por su parte, aparentando una tranquilidad que en realidad no siente, quiere asomarse al acantilado para mirar lo mismo que estaba mirando Elsa hasta que Amadeo la ha alarmado, pese a saber que sería dar un paso en falso. Otro más. Su hermana va a tirarse y él no va a poder salvarla. Lo visualiza incluso antes de que ocurra como si hubiera adquirido el poder de anticiparse al futuro. Como si ya hubiera sucedido y esto no fuera más que el espejismo de una escena anterior que conduce al inevitable destino final.

—Elsa, por favor, ven aquí…

El cronómetro emite un pitido. La cuenta atrás ha terminado. El futuro que se predice, es imposible cambiarlo.

—Perdóname, Yago. Y dile a mamá que la quiero. Aunque

ni ella ni yo recordemos quién soy.

    —Elsa, no lo hagas. Por favor… Elsa… ¡NOOOOOOOO!

101

Redes, A Coruña
Tres años antes

Volver al pasado es entender el presente. O, al menos, intentarlo. Averiguar por qué hemos llegado hasta aquí. En qué punto el camino tomó una bifurcación inesperada. Cuándo se torció. En este caso, para entender el presente, basta con viajar cuarenta y ocho horas atrás en el tiempo, antes de que María, la madre de Elsa y Yago, empujara a Leo por el acantilado.

Leo, delirante y apasionado, poseído por esa personalidad descerebrada a la que llamaba Raimon, igual que el gemelo al que aplastó mientras dormían la siesta, hablaba con Elsa frente a los estantes de los autores rusos de la librería de Celso. Le estaba contando el plan de terminar con Greta la noche del 19, después de enseñarle la última canción, sin tener en cuenta que el librero tenía ojos y oídos en todos los rincones de su territorio, especialmente si se trataba de él, del chico al que le salvó la vida dos veces y al que quería y temía a partes iguales. En todo niño hay un monstruo que es muy fácil de alimentar y, si lo haces fuerte, se apoderará de todo. El librero lo sabía.

¿Existe una predisposición genética a enloquecer?

¿Cómo saben los locos que están locos?

¿Por qué Elsa, que parecía una buena chica, se dejó arrastrar por la oscuridad, hasta el punto de ser cómplice en el plan de un asesinato? ¿Por qué no le paró los pies a Leo?

Porque el amor, ese que dicen que va a salvar el mundo y que todo lo puede, también tiene su lado destructivo y te hace cometer locuras. Por amor, matas. Aunque te creas incapaz de acabar con una vida. La posibilidad de perder a quien más quieres te lleva a la desesperación y esta, a su vez, a tomar malas decisiones para las que hay un inicio y un final, pero es imposible retroceder y recapacitar.

Celso había oído decir a Leo que el número 19 simboliza la máxima representación de la luz y el éxito. Que es vida y sabiduría y que nada puede salir mal en un día 19. Un día 19 de enero se había casado con Greta. El 19 de noviembre pensaba matarla. No obstante, todo tiene su lado negativo, nada es blanco o negro en su totalidad. La influencia de un número como el 19, es capaz de intoxicar de poder al no saber controlar los beneficios que brinda, con el riesgo de dejar que el egocentrismo te guíe dejando de lado la humildad, tan infravalorada en estos tiempos soberbios.

María y Celso, amigos de toda la vida y preocupados cada uno a su manera desde que Leo había regresado a Redes e irrumpido en la vida de Elsa como si no hubieran transcurrido los años, hablaban a diario al respecto. La gota que colmó el vaso fue cuando Celso descubrió qué se traían entre manos. Algo incomprensible, aunque no improbable tratándose de Leo, que había caído sobre el librero como un jarro de agua fría. En cuanto Leo y Elsa salieron de la librería sin las manos entrelazadas como antaño para no levantar sospechas, Celso llamó a María que, en ese momento, se encontraba en la frutería del supermercado y su máxima preocupación consistía en elegir un manojo de plátanos que no se pusieran pochos en dos días.

—María, ¿puedes acercarte a la librería? Tengo que hablar contigo, es urgente.

María, alarmada, llegó en diez minutos. Abrió la puerta de la librería con la urgencia de un GEO. En lugar de plátanos, había comprado manzanas, que tardan más en estropearse. Celso no es de los que se atropellan con las palabras, pero, al pensar en lo que Leo y Elsa querían hacerle a Greta, a quien había cogido cariño, le contó a María de manera atolondrada lo que había oído. Parecía que su cerebro había padecido un colapso.

—Ese chico es malo. Lleva el mal en la sangre y se lo está contagiando a mi hija, que parecía haber mejorado en su ausencia. Hasta se había echado un novio bien majo. ¿Por qué tuvo que volver, Celso? No lo entiendo, tendría que estar encerrado en un manicomio.

—Hay que llamar a la policía, María, aunque no tenemos ninguna prueba de que quieran hacerle daño a Greta. Así, ¿cómo nos van a creer? ¿Qué podemos hacer para ayudarla?

—No, a la policía ni pío. Mi hijo es policía, sé cómo funciona. Y él no ha podido hacer nada para salvar a su hermana de las garras de ese malnacido que siempre vuelve a ella. Siempre, con esa obsesión loca que lo tiene enfermo. Tú no hagas nada, Celso. Yo me encargo. Es mi hija y no voy a consentir que le pase nada. Ni a ella ni a Greta. Pobre chica, no sabe dónde se ha metido.

Celso, inquieto, obedeció sin interponerse, pese a no saber a ciencia cierta en qué pensaba María al decirle que ella se encargaba del asunto. Creía conocerla bien, daba por sentado que no había nada malo en ella, así que confió y lo dejó todo en sus manos. El tiempo le hizo creer a Celso que él había matado a Leo, el chico enfermo del que siempre se compadeció. Si María lo empujó al vacío, fue por su culpa. También envidió un poco, si acaso una enferma de alzhéimer puede ser envidiada, que los recuerdos de aquella noche se esfumaran de la memoria de María y quedaran en él como un tumor maligno que lo corroe todo.

María era una mujer decidida y fuerte que siempre había pensado que, por sus hijos, no le temblaría el pulso a la hora de hacer desaparecer a cualquiera que les hiciera daño. Y no había nadie más dañino que Leo Artes, de quien su hija, por desgracia, se había enamorado. Pero eso no era amor. Era locura. Obsesión. La estaba enfermando. Un amor así solo puede terminar en desastre y más vale prevenir que curar, especialmente si se trata de proteger a la persona que más quieres.

¿Qué es lo que no haría una madre por sus hijos?

Ella no había criado a una hija para ser débil ni para obedecer órdenes de nadie y, sin embargo, Leo le había trasladado su veneno convirtiéndola en un monigote a su merced. Por él era capaz de hacer cualquier cosa, hasta el mal que ella, como madre, jamás le había inculcado. Basta. Eso se tenía que acabar. No iba a consentir que Elsa siguiera destrozándose la vida. Iba a matar a Leo antes de que este, con su alma podrida y corrompida, terminara con su hija y le robara lo más preciado, su gran corazón.

Siempre hay dos versiones de una misma historia, de unos mismos hechos. Esto es lo que María vivió y su memoria, incapaz de resistirlo, enfermó hasta olvidar incluso su nombre:

La noche del 19 de noviembre en la que Celso le había dicho que Leo y Elsa habían trazado el delirante plan de matar a Greta para poder estar juntos sin irrupciones, con la loca reflexión de que así la enfermedad de la personalidad múltiple se extinguiría y Raimon desaparecería para siempre, María condujo hasta la casa en la que vivía el matrimonio. Estaba lo suficientemente alejada del pueblo como para que nadie reparara en su presencia. En ese paraje, se podía cometer un crimen sin testigos igual que en el acantilado, el lugar donde María sabía que tenían pensado conducir a Greta.

Las luces de la casa estaban encendidas. María apagó los

faros del coche para no ser descubierta. Vio, sin necesidad de salir, a Leo y a Greta a través de las ventanas. Sus gestos eran frenéticos, estaban discutiendo. Leo había puesto su plan en marcha. María se sintió preparada para salvar a Elsa y, ya de paso, a Greta.

—Os ha comido el cerebro. Os está destruyendo… Pero ya estoy aquí. Ya estoy aquí y no os va a pasar nada malo —murmuró María.

A las once y media de la noche, Leo salió de casa dando un portazo que resonó en el silencio sepulcral de la noche. María arrancó el motor en el momento en que Greta abrió la puerta para ir en busca de su marido, con la mala suerte de percatarse de su presencia.

¿La había reconocido?

¿Greta había visto a María tras el cristal del parabrisas, o la oscuridad la había encubierto?

No podía cometer ni un solo error. No podía permitir que Greta la viera. María dio marcha atrás conduciendo a una rapidez endiablada por la carretera de tierra, y se detuvo en el punto más próximo a la cuesta que conducía al acantilado. De esa forma, llegaría antes que Greta y esta no correría ningún peligro.

A medida que Greta se iba acercando al acantilado sintiendo las piernas pesadas como el plomo, María la oyó llamar a Leo. También llamó a Raimon en un grito desgarrador y desesperado. Parecía un poco ebria, algo que podía jugar a su favor. A María, escondida tras unos matorrales con una barra de hierro que había sustraído de una obra y que pensaba utilizar para eliminar a Leo, asomado en el borde del acantilado con los brazos extendidos interpretando su pantomima, no le quedó más remedio que emplearlo contra Greta en su justa medida. Lo bastante fuerte para dejarla inconsciente, pero lo bastante flojo para no matarla. La agarró del brazo con fuerza, Greta se dio la vuelta durante una milésima de segundo, suficiente para verla y borrarla de su memoria, y la golpeó en la cabeza provocando que cayera de bruces en el acto.

—También te estoy salvando a ti —le susurró, agachándose y tomándole el pulso para asegurarse de que el golpe no había sido fatal, antes de caminar a través de la bruma en dirección al borde del acantilado donde Leo, de espaldas a ella, no la vio venir.

No hay mayor error que dejar entrever tus intenciones.

María, sigilosa, extendió el brazo y colocó la palma de su mano en la espalda de Leo. No hizo falta mucha fuerza, pero María la empleó con toda la rabia que anidaba en su interior. Leo perdió el equilibro. Así de fácil. No hubo lucha ni resistencia. Su cuerpo empezó a flotar en el espacio ante la mirada de María, asomada en el borde del precipicio, mezcla de espanto y fascinación, preguntándose qué último pensamiento había ocupado la mente de Leo en sus últimos segundos de vida.

Solamente nosotros, cómplices de esta historia que va adquiriendo un sabor a despedida, sabemos cuál fue su última reflexión. Y que el cielo salpicado de estrellas fue lo último que vio.

102

Redes, A Coruña

Nadie podría haberlo evitado.

La marea arrastra el cuerpo inerte de Elsa fuertemente golpeado por las rocas, antes de que una ola se la lleve hacia las profundidades del océano. Yago, arrodillado en el borde con las uñas clavadas en la tierra, emite un grito desgarrador que pone los pelos de punta hasta al mismísimo Amadeo, quien siempre parece ajeno al dolor de los otros. Diego, paralizado, se levanta del escondrijo donde hasta hace escasos minutos estaba con Yago para no sobresaltar a Elsa. Se acerca lentamente a él, no solo con la intención de tratar de calmarlo, algo imposible, acaba de perder a su otra mitad, sino para ver si ahí abajo le espera también el cuerpo de Greta. La simple visión le provoca escalofríos y unas ganas locas de echarse a llorar como un crío.

—No vayas, Diego, a ver si te va a asesinar —le advierte Amadeo.

Diego no le hace caso.

Sin llegar a acercarse al borde del precipicio, pero con la mirada puesta en el mar embravecido, Diego coloca una mano sobre la espalda temblorosa de Yago, que lo mira ausente, como si se le hubiera fugado el alma. Siente alivio al no ver a Greta, pero quién sabe, tal vez su cuerpo también se lo ha llevado el mar como acaba de hacer con Elsa, quien ahora no es más que un punto diminuto en la inmensidad del océano.

—Mi hermana se ha... —balbucea Yago, abatido, incrédulo ante lo que acaba de vivir—. Mi hermana... Y yo no he podido... no he podido salvarla.

¿Qué se dice en situaciones así?

Nadie te prepara para esto. A Diego siempre le han parecido absurdas las condolencias que se dan en los funerales con la intención de mitigar el dolor de los más próximos al fallecido. El dolor no disminuye por decirle a alguien cuánto lo sientes o que le acompañas en el sentimiento. Qué le importará al afligido cuando la persona que yace en el interior de un ataúd se ha llevado tantos buenos momentos a ese mundo desconocido en el que muchos creen para no temer que, después de esto, no hay nada. La nada, dejar de existir, sin más, es el terror que provoca la muerte a la que, tarde o temprano, todo el mundo se tiene que enfrentar. Y, sin embargo, de los labios de Diego se escapa un manido «lo siento» en un tono de voz tan bajito que Yago ni lo oye, en parte porque una explosión ruge en el mismo instante, llevándose todo el protagonismo.

El primero en reaccionar es Amadeo al ver ascender las primeras llamas procedentes de la que fue la casa de Leo Artes. El fuego aparece como un amanecer sangriento abriéndose paso entre los árboles. El olor a humo no tarda en suplantar el aroma a salitre y a césped mojado que desprende la zona.

—¡Mi coche! —exclama Amadeo, levantándose como un resorte.

—Frida —dice Diego en una exhalación.

—Id —interviene Yago con la voz quebrada, sin poder moverse del lugar donde ha visto caer a su hermana.

Ahora Amadeo, por intereses propios, sí que corre veloz ladera abajo. Incluso a Diego, más en forma que él, le cuesta seguirle el ritmo. Tropieza un par de veces debido al nerviosismo, incapaz de asimilar que las llamas estén destruyendo a la velocidad de un rayo la estructura de la casa que lo cobijó hace un mes. Cuando llegan a la explanada, ve que es imposible adentrarse en ese infierno para ir en busca de Frida; ninguno de los dos saldría con vida. Sobre sus cabezas, las chispas se elevan y las ascuas desaparecen en la oscuridad. El viento cambia de dirección, el aire se vuelve espeso y ceniciento. No obstante, una pizca de esperanza se abre paso en el interior de Diego al distinguir dos maletas tras el coche de Amadeo. Una de las maletas es suya. La otra es de Greta, la reconoce en el acto porque es la misma que llevó a Aigüeze.

—¡Greta! —grita Diego, dando vueltas sobre sí mismo, con la mirada fija en el fuego reflejado en sus pupilas—. ¡Greta! —vuelve a llamarla, esta vez con más fuerza, derrumbándose por completo y llorando y riendo a la vez al ver aparecer a Greta junto a Frida como si fueran un espejismo, emergiendo del jardín trasero a punto de ser pasto de las llamas.

—Diego —murmura ella, aunque apenas le sale la voz, acariciando el lomo de Frida, más nerviosa que de costumbre—. Diego…

Las lágrimas cubren sus mejillas huesudas en su totalidad. Los nueve días que ha pasado encerrada en el sótano secreto de la casa maldita y las últimas horas compartiendo espacio con el cadáver del anciano en estado de descomposición, no solo la han afectado psicológicamente, es algo que se intuye en su mirada ensombrecida que condensa la desolación del trauma de lo vivido, sino también físicamente: delgada y ojerosa, heridas abiertas en las muñecas, libres al fin de las esposas con las que Elsa la retuvo, y la ropa sucia y raída que le va holgada y desprende muy mal olor, algo de lo que Diego ni se percata al estrecharla entre sus brazos dándole calor. Diego le da un beso en la sien, la estrecha contra su pecho y cierra los ojos con miedo de que, al abrirlos, Greta vuelva a desaparecer.

Amadeo, un mero espectador de la escena, se ha quedado

quieto como una estatua frente al capó de su Audi. El fuego hace estallar las ventanas y sigue rugiendo fiero destrozándolo todo a su paso.

—¿Te quedó buena la tortilla de patatas? —pregunta Greta con la voz apagada, ya que apenas le quedan fuerzas para hablar, en un intento de no perder el sentido del humor. Se niega a que esa parte de su personalidad también se la llevara Leo.

Frida ladra y salta, apoyándose en sus patas traseras para mantenerse en pie, separando a la pareja a golpes de hocico como si ella también necesitara un abrazo. Diego enmarca el rostro de Greta con sus manos y solo es capaz de sonreír, sintiéndose, de manera extraña, más feliz que nunca.

—Te hice caso. No le puse cebolla.

—¿Y Celso? —pregunta inquieta—. ¿Cómo está Celso?

—Bien. Tranquila, se pondrá bien. Está deseando verte.

Greta respira aliviada. Sonríe feliz, aunque la pena no tarda en volver a asaltarla.

—Tenía que quemarla para deshacerme de…

«…mi fantasma».

—Vale. Tranquila.

—Ella me dejó…

—Shhh… —Diego la vuelve a abrazar. A lo lejos se oyen unas sirenas, los bomberos deben de estar al caer—. Ya habrá tiempo de hablar de lo que ha pasado. Ahora alejémonos de aquí y respira. Solo limítate a respirar.

Greta emite un profundo suspiro tratando de desprenderse de las imágenes de estos últimos días que, probablemente, la acompañarán el resto de su vida. Está cansada, muy cansada… no hay una sola parte de su cuerpo que no le duela. Los párpados se le empiezan a cerrar, su cuerpo adormecido y extasiado se rinde. Ya está a salvo. A salvo. Se está tan a gusto aquí, entre sus brazos, pese al fuego y al olor a humo y al hombre con cara de petulante que no conoce, que sería capaz de quedarse dormida incluso de pie.

—Greta, cuando te dije que te empezaba a querer…

—Mmm… —ronronea ella, entre la vigilia y el sueño, restregando la mejilla contra la solapa del abrigo de Diego.

—No te empezaba a querer, yo ya te quería. Te quiero, Greta. Te quiero mucho.

Una hora antes
23.20 h

Greta, sumisa, ha seguido a Elsa por las calles desiertas del pueblo asumiendo su destino como lo hacían las condenadas por brujería cuando las dirigían a la hoguera. Nada de gritar, luchar, ni tratar de escapar, o Elsa no tendría inconveniente en clavarle el cuchillo y terminar antes de tiempo y de distinta forma. La ha empujado a la parte trasera del coche dedicándole una mirada glacial. Greta ha cerrado los ojos, demasiado exhausta como para sentir el miedo trepando por sus entrañas. El traqueteo del coche la ha adormecido lo suficiente como para que haya tenido la sensación de que el recorrido ha durado solo un par de minutos.

—Hemos llegado —ha dicho Elsa, saliendo del coche y abriéndole la puerta a Greta. Le ha tendido la mano y, sin la brusquedad de minutos antes, la ha ayudado a salir al gélido exterior donde, al abrir la boca, el vaho se ha entremezclado con la niebla—. Sígueme.

Greta ha obedecido sin oponer resistencia. A mitad del sendero inclinado que conduce al acantilado, Elsa, para sorpresa de Greta, ha frenado en seco. Ha inspirado hondo y se ha girado para mirar a Greta a los ojos. La prisionera apenas podía tenerse en pie. Entonces, Elsa ha sacado un cronómetro del bolsillo de su chaquetón, ha pulsado un botón para iniciar la cuenta atrás y, seguidamente, le ha quitado las esposas que le robó a Yago un día que fue a visitarlo a comisaría y las ha lanzado al mar.

Greta, mientras se frotaba las endebles muñecas en carne viva emitiendo un gemido ahogado de dolor, ha percibido en Elsa una mirada distinta, la mirada de siempre, la que no hacía intuir peligro alguno.

«Ha vuelto. Elsa ha vuelto», ha pensado expectante.

—Siempre quise ser como tú. Incluso antes de conocerte me apropié de tu nombre, pero hay quienes tenemos que conformarnos con ser personas normales y corrientes que no destacan por nada. Aburridos, olvidables, prescindibles, y, a lo mejor por eso, nos fijamos en cualquiera que es distinto, que desprende algo singular. Único. Así era Leo. Tú también lo viste. Y lo soportaste y lo cuidaste a pesar del daño que te hizo y hasta lo lloraste sin sentir rencor cuando murió. La realidad es que, si mi madre no hubiera intervenido esa noche, la que habría muerto eras tú y él jamás te habría llorado. Leo estaba convencido de que Raimon solo desaparecería de su interior si tú morías. Que, en cierto modo, se iría contigo allá donde sea que se van los muertos.

Greta, debido al dolor físico y psicológico que sentía, ha tenido ganas gritar, logrando contenerse para seguir escuchando lo que Elsa quería decirle:

—Leo me embaucó con esa confianza suya incluso cuando era Raimon y todo en él era maligno y daba miedo, tanto miedo como el que te he dado yo estos días cuando Greta, mi Greta, me ha poseído. La enfermedad mental le puede llegar a cualquiera, lo difícil es reconocerlo. Si la situación es propicia a que ocurra, ten por seguro que hasta las mentes más fuertes se ven incapacitadas para vencer la locura, la depresión y hasta instintos que jamás imaginarías poseer. Todos tenemos un lado malo que nos esforzamos en encubrir hasta que no tenemos nada que perder.

»Creé a Greta para él hace muchos años, antes de que te conociera. Siempre me gustó ese nombre. De haber tenido una hija, se habría llamado Greta. En fin… eso ya no sucederá nunca —ha añadido con tristeza, la vista clavada al cielo—. Fue un juego, algo que surgió de improviso, sin más, sin pensar en las consecuencias que acarrearía en mi salud mental. Luego Leo buscó a una Greta cualquiera por Madrid. No le valía otro nombre. Algo tan simple como un nombre… Hasta que vio un cuadro tuyo por casualidad y le gustó. Si te hubieras llamado de otra manera o yo hubiera elegido otro nombre, jamás lo habrías conocido, pero, como muchas otras cosas en la vida, estábamos destinados a encontrarte. Así estaba escrito. Leo ya era famoso, tenía más confianza en sí mismo que nunca y fue a por ti. Te buscó. Y le fue muy fácil encontrarte. «Ya tengo a una Greta real para Raimon», me dijo. Real. Como si yo hubiera sido un dibujo animado —ha soltado emitiendo una carcajada áspera—. Aunque me esforcé mucho para ser de Leo y de Raimon, yo sé que un cachito de él también te quería. Y te odié. Durante mucho tiempo te odié, pero ahora… he olvidado quién soy, pero mi esencia no es mala. No soy mala… Así que vete, Greta. Sal corriendo. Sálvate tú y vive. Vive feliz y perdóname. Yo me tengo que ir… me tengo que ir con Leo —ha balbuceado, rozando la locura que durante tanto tiempo había disimulado, mirando a ambos lados como quien busca a alguien—. Ha estado tres años llamándome en sueños, ¿sabes? Y creo que ha llegado el momento de ser libre. De volar.

—Elsa, no es necesario que lo hagas.

—Cuídate.

Elsa ha seguido ascendiendo por el sendero irregular. Greta no ha tardado en perderla de vista, engullida por la niebla que se ha apoderado del paraje. Ha querido llorar, pero si de algo se ha dado cuenta durante estos días de cautiverio, es que la vida no espera. Es muy breve e incierta y no hay tiempo para lamentaciones. Lo pasado, en el pasado se queda. Así que, libre de toda amenaza, Greta ha abrazado la ansiada libertad y ha emprendido el camino contrario a Elsa en dirección a lo que ha considerado hasta hoy su hogar. Nos aferramos demasiado a las cosas materiales pensando que una casa o un coche mejor van a hacernos felices, cuando lo cierto es que sentirse en paz con uno mismo es la clave para vivir una vida plena y completa, y, a poder ser, en buena compañía. Por eso, Greta ha caminado torpe y tambaleante con una idea muy clara en su cabeza. Terminar con todo lo que la ha poseído con la falsa y mundana creencia de que era ella la que poseía.

Al llegar a la explanada de la casa con un torbellino de emociones revoloteando en su interior, ha sentido por primera vez que ese lugar no le pertenece, que lo que ella ama es a quienes hay en su interior y que su hogar es donde ellos estén. Diego y Frida. También ha habido espacio para pensar en Celso, aunque con cierta congoja por la incertidumbre. Desconoce si está vivo o muerto.

De los nervios y de la emoción, no ha reparado en el Audi aparcado junto a su camioneta, y, sin embargo, al llamar a la puerta no han resonado unos pasos impacientes al otro lado esperando su llegada como si no hubiesen pasado nueve días de absoluto silencio. Tan solo los ladridos de Frida le han dado la bienvenida. Ha girado el pomo. Por probar. La puerta se ha abierto de par en par. Frida se le ha echado encima y la ha recibido a lametones; Greta se ha reído y le ha preguntado dónde está Diego, por qué no está en casa.

—¿Se ha ido? —ha temido, como si la perra le pudiera responder.

No, no se ha ido. Hay vida en esta casa pese a la soledad, ha deducido, al ver que la chimenea estaba encendida, algo que ella jamás habría hecho por el peligro que conlleva que salte una brasa y se produzca un incendio. La idea ha empezado a asentarse en su cabeza. Ha sido la señal definitiva.

Ha subido las escaleras agarrándose fuerte a la barandilla, pues ha temido desfallecer de un momento a otro. No podía más. Las fuerzas se le estaban agotando. Ha abierto la habitación de invitados y se ha topado con ropa esparcida sobre la cama que le ha resultado desconocida. Esa ropa no es de Diego. La ha ignorado. Entonces, ha abierto su habitación, donde sí ha reconocido la maleta de Diego y parte de su vestuario en el interior del armario. Ha recogido todas sus pertenencias, incluido el ordenador portátil. Ha sacado de debajo de la cama la maleta que llevó a Aigüèze y ha seleccionado la ropa con la que empezará una nueva vida en otro lugar lejos de Redes.

Luego, Greta ha ido hasta la buhardilla seguida de Frida, quien parece temer que se vuelva a esfumar y no se ha separado de su lado. Greta ha encendido la luz. La buhardilla ha cobrado vida. Su fantasma la estaba esperando.

—Llévate el ejemplar antiguo de *El fantasma de la ópera*. Es el más valioso de la biblioteca y te va a encantar.

—No creo que lo lea nunca, Leo.

—Tú te lo pierdes.

—Sí. Bueno, sobreviviré. He perdido muchas cosas mientras he estado en este escondite que creamos juntos, pero pienso recuperar las importantes, las que sé que me van a hacer feliz como nunca lo fui contigo. Es mi única ambición en la vida —ha dicho, mirando sus cuadros. «Qué ardan junto a todo lo demás», ha pensado—. El Leo que yo creé nunca existió —ha añadido, dibujando una sonrisa serena en su rostro—. Es casi como si una parte de él me hubiera poseído. Yo también podría haber enloquecido. Como tú. Como Elsa. De la cordura a la locura hay un paso muy pequeño, como del odio al amor o viceversa.

—Lo superarás.

—No. No lo superaré. Ya lo he superado —ha sentenciado Greta con convencimiento.

—Al final solo quedarán los buenos momentos, ya verás. También los hubo, ¿no?

—Ahora mismo me es imposible decirte cuál.

En cualquier otro momento, esas palabras habrían adquirido cierto matiz de rencor. En esta noche negra e interminable han sonado huecas, indiferentes.

—Es comprensible. No supe quererte bien.

El silencio los ha envuelto. Sobraban las palabras. Saldadas las cuentas pendientes, su fantasma ha empezado a desvanecerse ante los ojos cansados de Greta, incapaces de derramar una sola lágrima más.

—Adiós, Greta.

—Adiós, Leo. Adiós, Raimon.

Made in United States
Orlando, FL
17 November 2024

53995780R00296